ANDREAS WINKELMANN

Blinder Instinkt

Buch

Kriminalkommissarin Franziska Gottlob verbringt gerade ein ruhiges Wochenende bei ihren Eltern auf dem Land, als sie der Anruf erreicht: Aus einem Heim ist ein junges Mädchen verschwunden. Mitten in der Nacht hat der Täter die kleine Sarah entführt. Niemand hat etwas gehört, niemand sah ihn kommen – auch Sarah selbst nicht, sie ist blind. Franziska eilt sofort zurück in die Stadt und nimmt die Ermittlungen auf.

Derweil steht Boxchampion Max Ungemach im Ring. Vor ihm liegt der wichtigste Kampf seiner bisherigen Karriere. Doch Max ist unkonzentriert. Auf seiner Schulter spürt er eine kleine, unsichtbare Hand, die an ihm zu zerren scheint: die Hand seiner kleinen Schwester Sina. Seit sie vor ungefähr zehn Jahren an einem Sommertag spurlos verschwand, kämpft Max mit der Erinnerung an sie. Zwar gewinnt er auch diesen Boxkampf, doch die neu aufgeflammte Erinnerung an Sina lässt ihn nicht mehr los. Und so ist Max geradezu erleichtert, als ihn wenige Tage später eine junge, rothaarige Kriminalkommissarin namens Franziska Gottlob um ein diskretes Gespräch bittet. Sie hat Parallelen zwischen ihrem aktuellen Fall und dem von Max' Schwester Sina festgestellt und hofft auf seine Hilfe. Was sowohl Max als auch Franziska völlig unterschätzen, ist, mit wem sie es zu tun haben: einem hochintelligenten Psychopathen, der nicht nur seine Opfer auf perfide, kaum vorstellbare Art zu quälen versteht, sondern auch für seine Jäger ein paar ganz besondere Überraschungen bereithält …

Autor

Andreas Winkelmann, geboren im Dezember 1968, entdeckte schon in jungen Jahren seine Leidenschaft für unheimliche Geschichten. Als Berufener hielt er es in keinem Job lange aus, war unter anderem Soldat, Sportlehrer und Taxifahrer, blieb jedoch nur dem Schreiben treu. »Der menschliche Verstand erschafft die Hölle auf Erden, und dort kenne ich mich aus«, beschreibt er seine Faszination für das Genre des Bösen. Er lebt heute mit seiner Familie in einem einsamen Haus am Waldesrand nahe Bremen.

Von Andreas Winkelmann sind im Goldmann Verlag außerdem lieferbar:

Tief im Wald und unter der Erde. Thriller (46955)
Hänschen klein. Thriller (47125)

Andreas Winkelmann

Blinder Instinkt

Thriller

GOLDMANN

MIX
Papier aus verantwortungsvollen Quellen
FSC® C014496
FSC
www.fsc.org

Verlagsgruppe Random House FSC-DEU-0100
Das FSC®-zertifizierte Papier *München Super* für dieses Buch
liefert Arctic Paper Mochenwangen GmbH.

1. Auflage
Originalausgabe Februar 2011

Umschlaggestaltung: UNO Werbeagentur, München
Umschlagmotiv: plainpicture/arcangel
Th · Herstellung: Str.
Satz: omnisatz GmbH, Berlin
Druck und Bindung: GGP Media GmbH, Pößneck
Made in Germany
ISBN 978-3-442-47338-0

www.goldmann-verlag.de

Für Alexandra,

die zusammenführte, was zusammengehört,
und damit an allem schuld ist.
Danke!

Lauf schon los,
ich zähl bis zehn,
dann werde ich dich suchen gehen.

Versteck dich ruhig,
ich find dich doch,
schaue auch ins kleinste Loch.

Meinem Blick
entgehst du nicht,
kenne ich doch dein Gesicht!

Prolog

Mit jeder schwingenden Bewegung der Schaukel rieben sich die groben Seile tiefer in den Ast des Kirschbaums. Ihr Knarren und Ächzen war das einzige Geräusch an diesem Nachmittag im Sommer. Warme Luft glitt an ihrem Gesicht entlang, rauschte in ihren Ohren, ließ ihr langes rotes Haar wehen und ihr weißes Sommerkleid flattern. Bei jedem Schwung nach vorn, die Füße zum Himmel gestreckt, kostete sie ein kleines Stück süßer Schwerelosigkeit, und als sie berauscht war davon und ihr schwindelig wurde, ließ sie die Schaukel ausschwingen.

Aus der einsetzenden Stille schälte sich die Erkenntnis:

Da ist jemand!

Sie musste ihn nicht sehen, um das zu wissen, denn sie spürte seine Anwesenheit. Spürte deutlich, wie sich die zuvor sichere und geordnete Umgebung veränderte, so als schöbe sich etwas unsagbar Böses in ihre Welt, das allein durch seine Präsenz Chaos auslöste. Die geräuschlosen Bewegungen hinter ihr lösten kleine, wellenartige Schwingungen in der Luft aus, in denen sich die feinen Härchen in ihrem Nacken aufstellten und zu vibrieren begannen. Wer sich dort anschlich, wusste nicht, dass man sich ihr nicht unbemerkt nähern konnte. Wer sich dort anschlich, kannte sie nicht und hatte hier nichts zu suchen!

Ihre Gedanken rasten.

Mama und Papa schliefen noch, ihr Bruder war fort und würde so schnell auch nicht zurückkehren. Das Haus lag abseits des Dorfes, und Besuch verirrte sich so gut wie nie hierher.

Wer also schlich sich da an?

War da überhaupt jemand, oder täuschte ihre übersteigerte Wahrnehmungsfähigkeit sie? War es am Ende nur der Sommerwind, der durch die Äste der hohen Bäume über ihr strich und die Blätter zum Flüstern brachte?

Diese Hoffnung wurde ihm Keim erstickt, als sie das Geräusch hörte: Rascheln im Laub. Die letzten Zweifel verflogen. Ihre Wahrnehmung war eine Sache, ihr Gehör eine andere – es täuschte sie niemals.

»Wer ist da?«, fragte sie. Ihre Stimme klang nicht so mutig, wie sie es gern gehabt hätte.

Das Laub verstummte, und eine besonders heftige Wellenbewegung der Luft verriet ihr, dass der Fremde stehen geblieben war. Plötzlich setzte die Angst ein! Ihre Hände schlossen sich fest um die Seile, mit den Füßen stoppte sie die leichte Bewegung der Schaukel.

Lauf ins Haus. Sofort!, rief eine Stimme in ihrem Inneren. Sie tat es nicht. Für normale Menschen wäre es die richtige Reaktion gewesen, nicht aber für sie. Der Weg zum Haus war zu weit, zu uneben. In ihrer Panik würde sie stürzen.

»Mein Papa ist in der Garage, soll ich ihn rufen?«, sagte sie stattdessen und fand das sehr schlau. Wer auch immer sich ihr näherte, musste dadurch doch gewarnt sein.

Plötzlich ging alles sehr schnell.

Die zuvor sanften Wellenbewegungen steigerten sich zu einem Sturm, der eine kurze, aber harte Brandung gegen ihren Körper schmetterte und sie quasi von der Schaukel stieß.

Sie riss den Mund auf und wollte schreien, doch eine große Hand legte sich auf ihr Gesicht, drückte schmerzhaft ihre Lippen gegen die Zähne, verdeckte auch die Nasenlöcher, so dass sie nicht mehr atmen konnte. Die Hand roch und schmeckte nach Fisch. Ein Arm schlang sich von hinten um ihren Brustkorb und riss sie zurück. Sie strampelte mit den Beinen, trat gegen die Schaukel, dann in die Luft, während sie hochgehoben und aus ihrer Welt gerissen wurde.

Luft! Sie bekam zu wenig Luft!

Sie wand sich, spürte ihr Kleidchen reißen, rutschte nach unten und landete in der weichen Laubschicht.

Laufen und schreien! Du musst laufen und schreien!

Sie krabbelte auf allen vieren nach vorn, weg von dem Mann, dessen Fischgeschmack sie immer noch auf den Lippen spürte. Plötzlich schlug etwas hart gegen ihre Stirn. Es war das Brett der durch ihre Tritte hin und her schwingenden Schaukel. Sie schrie auf, kippte nach hinten und spürte Dunkelheit wie ein wallendes Tuch in ihrem Kopf. In ihren Ohren pfiff es entsetzlich laut, zudem lief warmes Blut ihre Stirn hinab. Starke Hände zogen sie an den Füßen nach hinten. Ihre Finger kratzten über trockene Erde, die Nägel brachen ab. Dann war er plötzlich über ihr, presste sie auf den Boden, eine Hand legte sich auf ihren Hinterkopf und drückte sie mit dem Gesicht ins Laub. Drückte sie so fest gegen den Boden, dass sie nicht schreien und nicht atmen konnte … Blätter, überall Blätter … tief im Rachen … keine Luft … keine Luft …

Teil 1

Zehn Jahre später

1

In den Zimmern verloschen nach und nach die Lichter. Eben noch durch bunte Vorhänge farbenfroh erhellte Fenster wurden zu toten Augen. Zeitgleich verschwanden die hingeworfenen hellen Rauten auf dem gestutzten Rasen vor dem Gebäude eine um die andere, wie bei einem übergroßen Memoryspiel, dessen Spieler unsichtbar blieben. Der Rasen wurde schwärzer, die Nacht fester. Auch die leise Symphonie der Geräusche – hier und da ein helles Lachen, gedämpfte Rufe, Klappern, Scharren von Stuhlbeinen –, die aus den gekippten Fenstern drang, verhallte in einem perfekten Diminuendo, und als das letzte Fenster geschlossen wurde, kehrte Ruhe ein.

Die Mädchen und Jungen, die auf den drei Etagen des langgestreckten Gebäudeflügels lebten, schliefen aber nicht sofort ein. Vereinzelt flammten Lichter wieder auf und erloschen erneut. In der dritten Etage, ganz links außen, brannte eines länger als alle anderen. Dort gab es keine Vorhänge, denn das Fenster bestand aus Milchglas. Es war der Duschraum der Jungen, und wahrscheinlich hatte einer vergessen, hinter sich das Licht zu löschen. Die Nachtaufsicht holte es mit zehnminütiger Verspätung nach.

Plötzlich war alles schwarz. Seine ans Licht gewöhnten Augen benötigten einen Moment, um sich darauf einzustellen, und während dieser Zeit hörte er überdeutlich jedes

Rascheln und Knacken. Eine Gänsehaut lief seinen Rücken hinab. Er sah über seine Schulter zurück, konnte aber nichts erkennen.

Dunkler Wald allein machte ihm keine Angst, ganz im Gegenteil. Er konnte sich darin verstecken, war vor Blicken sicher, gleichzeitig bot er ihm die Möglichkeit, das Gebäude über einen längeren Zeitraum unbemerkt zu beobachten. Hier gab es keine Sicherheitsmaßnahmen außer einem zwei Meter hohen Maschendrahtzaun, und es würde ein Kinderspiel sein, da ein Loch hineinzuschneiden. Die Drahtschere dafür trug er in der Jackentasche bei sich.

Die verebbende Angst wurde nach und nach von Aufregung abgelöst, und diese sorgte für ein unangenehmes Kribbeln in seinen Beinen. Er hasste dieses Gefühl, es stahl ihm seine Ruhe, brachte die eben noch sortierten Karten durcheinander. Oft wurde er gerade nachts davon heimgesucht, und wenn es mal wieder so weit war, wenn selbst das Ablegen der Damen, Buben und Könige nicht half, dann konnte er einfach nicht ruhig sitzen oder liegen bleiben.

Auch jetzt nicht!

Also sprang er auf von dem umgestürzten Baumstamm, auf dessen harter Borke er die letzte Stunde reglos verbracht hatte. Er vertrat sich die Beine, die durch das lange Sitzen steif und ein wenig taub geworden waren. Das alte, trockene Laub des letzten Jahres raschelte unter seinen Füßen. Er hob den Arm, schob den Ärmel der Jacke etwas zurück und warf einen Blick auf seine Digitaluhr, deren Anzeige auf Knopfdruck blau leuchtete. Von jetzt an, da sämtliche Lampen in dem Wohnheim erloschen waren, würde er genau eine Stunde warten. Bis nach Mitternacht. Eine gute Zeit!

Natürlich erforderte es Geduld, eine Stunde tatenlos verstreichen zu lassen, und Geduld war leider nicht erlernbar, sie kam und ging. An einem Tag war sie sein Freund, am nächsten kannte sie ihn nicht mal mehr. Und er hatte weiß Gott versucht, sie zu domestizieren, übte sich immer noch darin. Leider meist vergeblich.

Sein großer Vorteil war, dass er Zeit hatte. Noch drängte es nicht. Sollte es heute Nacht nicht passen, dann würde er morgen wiederkommen oder nächste Woche oder in der Woche darauf. Er konnte jedes Risiko umgehen, wenn er sich nicht selbst unter Druck setzte, das war ihm klar.

Er riss den Kopf herum, als hinter einem der Fenster in der zweiten Etage Licht aufflammte – es war *ihr* Fenster!

Sein Mädchen verfügte über eine besonders ausgeprägte Sensitivität, das wusste er. Spürte sie die Gefahr? Lag sie dort oben in ihrem Bettchen, angespannt, die Decke bis zum Kinn hochgezogen? Sicher nahmen ihre Ohren jedes noch so feine Geräusch wahr, filterten sogar elektrische Schwingungen aus der Luft, die ihre Kopfhaut kribbeln ließen.

Die Vorstellung des zitternden Mädchens dort oben, das ihn zwar spüren, aber nicht sehen konnte, erregte ihn ungemein.

Während er auf das erleuchtete Fenster starrte, öffnete er Gürtel, Knopf und Reißverschluss, schob Hose und Unterhose hinunter. Schnell wurden seine Bewegungen hektisch, und gerade als dort oben das Licht erlosch, ließ er sich mit einem unterdrückten Grunzen auf die Knie fallen.

Plötzlich erklangen das laute Schlagen von großen Flügeln und der Ruf einer Eule. Er fuhr hoch, sah sich hektisch um. Sofort stopfte er alles in seine Hose zurück und zog sich an. Allein die Vorstellung, das Tier könnte ihn beobachtet haben, berührte ihn peinlich und ließ das Blut heiß in seinen Kopf schießen. Verstohlen sah er sich um, bevor er sich wieder auf dem Baumstamm niederließ. Er schlug die Beine übereinander, steckte die Hände in die Taschen seiner dunklen Jacke, machte den Rücken krumm, sackte in sich zusammen und tat, als sei nichts gewesen. Überall waren Augen, überall wurde er gesehen. Er sehnte sich zurück in seine Welt, in der er ganz allein bestimmte, wer sehen durfte und wer nicht. Dort konnte er unsichtbar sein, wenn er es wollte.

Wie satt er es doch hatte, angeglotzt zu werden!

Er fror. Die Nacht war kühl, Bewegungslosigkeit und Müdigkeit taten das Ihrige dazu. Die Warterei ließ seine Motivation schwinden. Zweifel machte sich breit. Hatte er wirklich an alles gedacht? War es so einfach und sicher, wie er es sich vorstellte? Vielleicht sollte er es besser noch einmal verschieben, sich mit dem abfinden, was er hatte.

Als er wegen der Kälte zu zittern begann, war die Wartezeit vorbei. Trotzdem gab er noch mal zehn Minuten drauf, allein schon, um seine Geduld zu trainieren. Dame zu Dame, Bube zu Bube, König zu König, zehn Minuten lang, und sie fügten sich, glitten leise und geschmeidig aufeinander, die Kanten in exakter Linie, nahezu perfekt!

Schließlich erhob er sich von dem Baumstamm, machte ein paar Dehnübungen, atmete tief ein und aus und schritt dann leise auf den Waldrand zu. Wo Büsche und Bäume zurückwichen und er seine Deckung aufgeben musste, blieb er stehen und holte die Drahtschere aus der Jackentasche. Mit ruhigen Bewegungen machte er sich ans Werk. Ein Draht nach dem anderen.

Knack, knack, knack … Die Zange war neu und scharf und schnitt wie durch Butter.

2

Die letzten fünf Minuten vor einem Kampf mochte er besonders. Dies war allein seine Zeit. Sein Trainer Konrad Leder, von ihm und einer Handvoll guter Freunde kurz Kolle genannt, verließ den Raum und schloss die Tür. Damit war er allein, und so musste es sein, denn nur dann konnte er seine Gedanken fokussieren, sich auf diese eine bestimmte Sache konzentrieren.

Diese fünf Minuten verbrachte er in einer Welt, in der es nur ihn und seinen Gegner gab. Manchmal jedoch tauchte auch Sina auf. Sina hatte Zugang zu allen Welten, dagegen konnte Max sich nicht wehren, selbst wenn er es gewollt hätte, und diese Wehrlosigkeit rief oft ein bedrückendes Gefühl der Machtlosigkeit in ihm hervor. Es gab kein Entrinnen, und diese Last wog mitunter schwer genug, um seine Seele am Atmen zu hindern.

Auch heute spürte er ihre kleine Hand auf seiner Schulter, die dünnen Finger leicht in seine Nackenmuskulatur gekrallt, damit sie nicht abrutschten. Früher, als sie noch wirklich dort gelegen hatten, war es immer ein angenehmes Gefühl von Wärme und Verbundenheit gewesen. Er war der Starke, der Beschützer, der Wegweiser. Und wenn sie dann noch diesen einen besonderen Satz gesagt hatte, war er sich stets unbesiegbar vorgekommen.

»Der sicherste Platz auf der Welt ist hinter dir, Max!«

Allein die Erinnerung daran genügte, sich heute wieder so zu fühlen. Unbesiegbar!

Somit war der größte Fehler seines Lebens gleichzeitig auch die Quelle seines Erfolges.

Mit locker hängenden Armen, die Füße schulterbreit auseinandergestellt, blieb Max in der Mitte des Raumes stehen. Er ließ seinen Blick umherwandern. In dieser Kabine sah es aus wie in den meisten anderen Kabinen auch: weiße Farbe auf unverputztem Mauerwerk, Neonröhren in Plastikkästen, deren Licht so hart war, dass es greifbar schien. Eine Wandseite zugestellt mit Metallspinden, an der hinteren Stirnseite eine Massagepritsche, die schon bessere Zeiten gesehen hatte. Schweiß hatte das Kunstleder porös werden lassen und ausgeblichen, an mehreren Stellen quoll die Schaumstofffüllung hervor. An der anderen Wandseite hing ein hoher, sehr breiter Spiegel, zu dem Max jetzt frontal Stellung bezog. Er stand seinem Spiegelbild gegenüber, und je länger er die mittelgroße, muskulöse Gestalt in blauen Shorts mit gelben Streifen dort betrachtete, desto weniger nahm er sie wahr. Er begann, den mit Lumpen gefüllten Boxsack zu bearbeiten. Zuerst ein paar leichte Schläge mit der Linken, zwischendurch die Rechte, ein wenig härter, aber nicht viel, und jeder Schlag ließ die Visualisierung vor seinen Augen realer werden. Beinahe war es wie Wahrsagen, mit dem Unterschied, dass er die Zukunft beeinflusste – es zumindest versuchte.

Die vierte Runde war diesmal sein Ziel. In der vierten, kurz vor dem Gong, würde er seinen Gegner zu Boden schicken. Ein Sieg nach Punkten kam nicht in Frage. Die Menschen da draußen hatten Karten für einen Kampf im Schwergewicht gekauft, der Königsklasse des Boxsports. Sie erwarteten eine klare Entscheidung, die nicht durch irgendwelche Ringrichter und das Zählen von Punkten herbeigeführt wurde, sondern durch das donnernde Aufschlagen eines schweren Körpers auf dem Ringboden. Am Ende musste einer stehen und einer liegen, dann waren die Show perfekt und die Zuschauer zufrieden.

Sollen sie haben, dachte Max, *und von mir aus noch ein wenig Blut dazu.*

Er schickte seine Fäuste aus, ließ seine Beine einen Tanz aufführen, den sie blind beherrschten, und sah dabei den Hünen von La Spezia zu Boden gehen, schwer getroffen von seinen harten Schlägen. Die Handschuhe klatschen gegen den Boxsack, regelmäßig, links links, rechts, links links, rechts – seine Variante eines Metronoms, dessen Klang ihn zu hypnotisieren vermochte. Er fühlte sich locker, ruhig und überlegen.

Als seine fünf Minuten vorüber waren, kurz bevor Kolle an die Tür klopfte, stellte Max sich vor den Boxsack, legte die bandagierten und in seine blauen Handschuhe verpackten Hände an die Seiten und die Stirn gegen das weiche Leder. Er bildete sich ein, in dem Sack ein Pulsieren zu spüren, hervorgerufen durch seine Schläge. Ein paar Sekunden in dieser Stellung, das letzte visualisierte Bild, das seinen Gegner ausgeknockt am Boden zeigte, noch einmal heraufbeschwören und es in die andere Kabine schicken, damit der schon mal wusste, was auf ihn zukam.

Aber das Bild erschien ihm nicht. Stattdessen sah er Sina. Sah sie so, wie er sie für alle Zeiten in Erinnerung behalten würde. Als wäre sie nur eine Fotografie, kein realer Mensch, welcher den Zwängen der Zeit unterworfen war – und auf eine grausame Weise stimmte das ja auch. Nur Farbe auf Papier, statisch, unfähig zur Veränderung. Ihr rundliches Gesicht mit der Stupsnase, von deren Flanken in einem schwungvollen Bogen Sommersprossen bis unter die graugrünen Augen verliefen, darüber die hellen Wimpern, nicht rot wie ihr Haar, sondern je nach Lichteinfall durchsichtig, weizengelb oder mit dem Hauch einer zartrosa Schattierung.

Sina!

Sie lächelte nicht. Sie schien sich auch nicht sicher zu fühlen in seinem Rücken, so wie sonst immer. Ihr Gesicht hatte einen erstaunten, vielleicht sogar ängstlichen Ausdruck – und sie sprach auch nicht den Zaubersatz!

Dann klopfte es an der Tür und sie war weg. Mit ihr verschwand seine Konzentration und Fokussierung auf das Ziel des heutigen Abends. Das war nicht gut, überhaupt nicht gut!

Obwohl er nicht »Herein« gesagt hatte, öffnete Kolle die Tür und betrat die Kabine.

»Alles in Ordnung mit dir?«, fragte er.

Max, noch immer abgelenkt, hörte das Stirnrunzeln seines Trainers in dessen rauchiger Stimme, ohne es sehen zu müssen.

»Max?«

Erst jetzt drehte er sich um. »Ja … alles klar, von mir aus kann's losgehen.«

Kolle trat vor ihn hin, hob seine Hände an und überprüfte noch einmal den perfekten Sitz der Handschuhe. Er war mit seinen eins siebzig einige Zentimeter kleiner als Max und sah ihm von unten herauf in die Augen. Seine grauen Pupillen, in die sich neuerdings feine weiße Splitter mischten, fixierten ihn, stellten wortlos Fragen und bekamen aus Max' Augen ebensolche Antworten.

Schließlich schien er zufrieden zu sein. Er nickte leicht und hob seine Hände, die offenen Handflächen Max zugewandt.

»Dann lass uns gehen. Die anderen sind schon draußen.«

Kolles Stimme klang noch heiserer als sonst. Sie hatten viel und hart trainiert für diesen Abend, er hatte viel geschrien und seine Stimmbänder schienen beleidigt zu sein.

Max schlug seine Boxhandschuhe klatschend in die Hände seines Trainers.

»Auf in den Kampf!«, sagte er und erfüllte damit ihr kleines Ritual.

3

Dunkelheit und Stille hatten sich zeitgleich über das Haus am See gelegt. Ohne Mondlicht waren die mächtigen Stämme der Douglasien da draußen vor dem Fenster nichts weiter als verkohlte Finger, die gen Himmel wiesen.

Unheimlich!

Franziska wandte sich vom Fenster ab, schritt durch ihr Kinderzimmer, öffnete die Tür und lauschte. Sie hatte sich nicht getäuscht. Rücksichtsvoll leise gestellt lief unten im Wohnzimmer der Fernseher. Ein bisschen was von seinem fahlblauen Licht fand den Weg die Treppe hinauf, versickerte aber auf halbem Wege.

Sie könnte ins Bett gehen!

Sie könnte sich einfach hinlegen und einschlafen. Müde genug war sie, der Tag war anstrengend gewesen. Sich heute nicht mehr um das kümmern, was sie schon so lange vor sich herschob, war eigentlich genau, was sie wollte, und auf eine oder zwei Wochen kam es doch gar nicht an!

Aber Franziska ahnte, dass es darauf sehr wohl ankam, denn Zeit stand jetzt nicht mehr ausreichend zur Verfügung. Bis vor kurzem hatte sie nicht gewusst, was es wirklich bedeutete, keine Zeit mehr zu haben, auch wenn sie, wie fast alle, diese Floskel tagtäglich gebrauchte. Im Grunde lernte sie gern etwas hinzu, aber auf dieses spezielle Wissen hätte sie lieber noch eine Weile verzichtet.

Nein! Aufschieben war keine Option mehr, und wahrscheinlich würde sich kein so perfekter Zeitpunkt mehr finden wie heute Abend. Vor einer Stunde hatte Franziska sich ins Bett verabschiedet, aber das war nur ein Vorwand gewesen, um ihre Mutter ebenfalls ins Bett zu locken. Und es hatte funktioniert: Mutter schlief längst tief und fest – sie konnte sie leise im Nebenraum schnarchen hören. Gut so – für ein vernünftiges Gespräch musste sie mit ihrem Vater allein sein. Er hatte angekündigt, länger aufbleiben zu wollen, um sich den Boxkampf anzuschauen.

Franziska trat auf den Flur hinaus und kam sich dabei vor, als zöge auch sie in einen Kampf. Warum fiel es ihr so verdammt schwer? Solche Gespräche sollten doch zu dem Normalsten gehören, was Vater und Tochter miteinander tun konnten!

Die Geräusche des Fernsehers wurden mit jeder Stufe, die sie hinunterstieg, lauter. Der kurze Weg vom Ende der Treppe bis zur Wohnzimmertür war eine Zeitschleuse. Jeder Schritt führte sie in die Vergangenheit. Plötzlich war sie die kleine Franzi, kaum zehn Jahre alt, die barfuß und auf Zehenspitzen durch einen endlos langen Korridor schlich, die Händchen zu Fäusten geballt an die Wangen gedrückt, krampfhaft darum bemüht, ja kein Geräusch zu machen. Sie sollte längst schlafen, schon seit Stunden, aber weil sie irgendwas bedrückte oder sie Angst hatte, war sie aufgestanden in der Hoffnung, Papa allein vor dem Fernseher oder an seinem Schreibtisch zu finden.

Franziska trat unter den Türrahmen und sah zu ihrem Vater hinüber. Er bemerkte sie sofort, hatte sie wahrscheinlich längst gehört, und wandte ihr sein Gesicht zu. Ein Gesicht voller Furchen, mit Tränensäcken, Altersflecken und schütterem weißen Haar. Immer noch ihr Papa, immer noch dieses ehrliche Lächeln, aber die Kraft und Sicherheit, die es immer ausgestrahlt hatte, war verschwunden. Ein Teil war mit dem Ende ihrer Kindheit aus diesem Haus ausgezogen, den Rest vertrieb nun die Krankheit.

»Hey, Franzi«, sagte er mit rauer Stimme, »was ist los? Kannst du nicht schlafen?«

Sie nickte, ging hinüber und ließ sich neben ihm auf die Couch fallen.

»Ich bin eigentlich todmüde, kann aber nicht einschlafen.«

»Das kenne ich. Wir haben am späten Nachmittag einfach zu viel Kaffee getrunken.«

So war er! Immer eine Erklärung parat, die einleuchtend klang und keinen Anlass zu weiterer Sorge gab.

»Bleib doch noch ein wenig bei mir. Wir können uns den Kampf zusammen anschauen. Früher hast du Boxen geliebt.«

Dass er den letzten Satz mit einem gewissen Unterton sagte, verstand sich von selbst. Von ihrem zwanzigsten Geburtstag an war sie sieben Jahre mit Boris zusammen gewesen, einem Amateurboxer, der den Aufstieg in die Profiliga verpasst und sich selbst dafür mit Drogen und anderen Frauen belohnt hatte. Ihr Vater hatte ihm vom ersten Tag an nicht vertraut, aber wer hört bei der ersten großen Liebe schon auf den Rat seines Vaters!

Franziska rollte mit den Augen. »Früher war ich vor Liebe blind. Soll ich uns ein Bier holen?«, blockte sie das Thema ab.

Er überlegte einen Moment, wog die Verlockung des Moments gegen die Warnungen ab.

»Klar!«, sagte er schließlich. »Allein hätte ich keins getrunken, aber mit dir zusammen … auf jeden Fall.«

»Okay.« Franziska lief in die Küche, holte zwei Dosen Bier aus dem Kühlschrank und kehrte schnell ins Wohnzimmer zurück. Auf der Couch schlug sie die Beine unter und machte es sich bequem. Sie rissen die Dosen auf, prosteten sich zu und tranken. So gut hatte Dosenbier Franziska lange nicht mehr geschmeckt.

Ihr Vater deutete mit der Dose auf den Fernseher. »Die haben natürlich Verspätung, wie immer. Es läuft noch ein Vorkampf. Uninteressant, aber nicht zu vermeiden. Deine Mutter schläft?«

»Tief und fest … Zumindest klingt es so.«

Er lächelte. »Tja, wenn sie älter werden, schnarchen die Frauen genauso wie die Männer.«

»Reiner Selbstschutz«, sagte Franziska.

»So, meinst du?«

Sie nickte. Dann saßen sie schweigend da, tranken von ihrem Bier, sahen dem langweiligen Vorkampf zu, und Franziska genoss das Gefühl, ein klein bisschen wieder Kind sein zu dürfen. Mit ihrem Vater zu schweigen hatte Franziska immer als angenehm empfunden – doch diesmal funktionierte es nicht. Sie war heute vor dem Mittagessen eingetroffen. Sie hatten den ganzen Nachmittag und Abend gehabt, um über fast alles miteinander zu sprechen, so dass es jetzt eigentlich nichts mehr zu sagen gab. Aber eben nur fast und eigentlich, und deshalb veränderte sich das Schweigen mit jeder Minute, forderte Franziska heraus, forderte ihren Mut heraus.

»Spuck's schon aus«, sagte ihr Papa plötzlich.

Franziska war überrascht. »Was?«

Er betrachtete weiterhin den Bildschirm. »Dir liegt doch was auf der Seele, meine Kleine. Ich kann es praktisch schreien hören, und ich müsste schon ziemlich blöd sein, um nicht zu wissen, was es ist. Also raus damit, und zwar bevor der eigentliche Kampf losgeht.«

Jetzt sah er sie doch an. Seine Augen waren feucht, aber das waren sie dieser Tage immer.

Franziska öffnete den Mund, doch Worte wollten einfach nicht hinaus. Dafür aber Tränen, die ihr plötzlich aus den Augenwinkeln rannen.

Ihr Vater nahm ihre Hand und drückte sie. »Pass mal auf, meine Kleine. Ich sag dir jetzt etwas, und es ist genau so, wie ich es dir sage, und wenn sich daran demnächst etwas ändern sollte, erfährst du es als Erste. Einverstanden?«

Sie konnte nur nicken.

»Ich befinde mich gerade mitten in der Behandlung, also kann niemand, auch kein Arzt, zu diesem Zeitpunkt sagen, in welche Richtung es geht – und das bleibt auch noch mindestens vier Wochen so. Aber ich fühle mich gut. Und weil ich es tief in mir spüre, weiß ich, dass ich noch genug Kraft habe, um mit dieser Scheiße fertig zu werden. Ich bin optimistisch, und du solltest es auch sein. Okay?« Er sah sie aus seinen feuchten Augen an, führte seinen Handrücken an ihre Wange und wischte die Tränen fort. »Okay, meine Kleine?«

Franziska nickte wieder. Jetzt war sie ganz Kind, jetzt steckte jede Faser von ihr in der Zeitschleuse, und all die

Fragen, die sie ihrem Vater hatte stellen wollen, standen ihr plötzlich nicht mehr zu, weil sie ja erst zehn Jahre alt war.

»Oh, verdammt, es geht los!«, rief er plötzlich aus und wandte sich dem Fernseher zu.

Franziska blinzelte die Tränen weg, schniefte, trank von ihrem Bier und konzentrierte sich ebenfalls auf das Boxspektakel.

Alles in Ordnung, tönte es in ihrem Inneren. *Und wenn nicht, dann erfährst du es als Erste!*

4

»Gute Nacht, Sarah«, rief Frau Lange von der Tür aus. »Und wenn noch irgendwas ist, dann klingelst du einfach wieder. Okay?«

»Okay«, antwortete Sarah leise. »Gute Nacht.«

Die Tür wurde geschlossen, und augenblicklich war das Gefühl wieder da.

Jemand beobachtete sie!

Die Dunkelheit hatte Augen bekommen, und die starrten sie an.

Sarah hatte nach Frau Lange geklingelt und Kopfweh vorgetäuscht, weil sie zehn Minuten nach dem Zubettgehen plötzlich Atemnot bekommen hatte. Hervorgerufen durch ein schweres Gewicht auf ihrer Brust und eben diesen Blick, der sie aus den Mauern und Möbeln des Zimmers heraus anzustarren schien. Das war natürlich alles Blödsinn, Kleinmädchen-Ängste, aus denen sie doch rausgewachsen sein sollte, doch sich das einzureden hatte nicht geholfen. Seit vier Nächten schlief Sarah allein in ihrem Zimmer, denn Judith, mit der sie sich so gut verstanden hatte, war zu ihren Eltern zurückgezogen. Sie würde nicht lang allein bleiben, das hatte Frau Lange schon angekündigt, es gab ein Mädchen, das bereits auf einen Platz wartete.

Aber jetzt war sie allein, ausgerechnet jetzt! Die vergangenen Nächte waren ganz okay gewesen, natürlich vermisste sie die Gespräche vor dem Einschlafen und Judiths leise Atemgeräusche, doch Sarah hatte bislang trotzdem keine Angst gespürt.

Heute aber schon!

Heute war alles anders, und sie konnte sich nicht erklären, warum.

Sie lag auf dem Rücken, hatte die weiche Decke bis zum Kinn gezogen, Arme und Hände darunter versteckt und rührte sich nicht. Sie atmete so flach wie möglich, hielt die Augen geschlossen und konzentrierte sich auf ihr Gehör. So still, wie es mittlerweile auf dem Flur geworden war, würde sie jedes noch so leise Geräusch hören.

Doch es blieb still.

Und was auch blieb, war der fast schon schmerzhafte Eindruck, angestarrt zu werden.

Schon tastete Sarahs Hand wieder nach dem Klingelknopf, der an einem Kabel von der Decke über ihrem Bett baumelte. Sie ergriff ihn, befühlte ihn, drückte aber nicht drauf. Ihn da oben zu wissen beruhigte sie ein wenig. Sie konnte aber nicht schon wieder nach Frau Lange klingeln, das wäre peinlich. Wahrscheinlich ahnte ihre Lieblingsschwester ohnehin, dass ihr Kopfweh nicht so schlimm war, wie Sarah behauptet hatte.

Also schloss sie die Augen, faltete die Hände unter der Decke und versuchte es zum zweiten Mal an diesem Abend mit dem Gebet. Die Worte beherrschte sie auswendig, doch auch wenn sie es diesmal zu Ende brachte, war es stumpf dahergesagt, ohne den notwendigen Glauben. Statt sich darauf zu konzentrieren, durchforstete sie die Dunkelheit des Zimmers erneut nach Geräuschen.

Darüber schlief sie irgendwann ein.

Und erwachte ruckartig, als sie tatsächlich etwas hörte.

Die Tür! Sie war ganz sacht ins Schloss gedrückt worden. Sie war nicht mehr allein! Jemand befand sich mit ihr im Zimmer!

Sarah streckte die Hand nach dem Klingelknopf aus. Jetzt war es ihr egal, ob sie Frau Lange störte oder nicht, denn da war jemand, schlich auf ihr Bett zu, setzte sich behutsam auf die Matratze. Sie spürte ganz deutlich, wie die Matratze am Fußende tief einsank unter dem Gewicht dieses Jemand. Das war ganz gewiss keine Einbildung. Auch nicht die leisen Atemgeräusche ganz dicht vor ihrem Gesicht!

Die Klingel! Wo war die Klingel?

Verzweifelt tastete Sarah in der Dunkelheit.

Sie konnte sie nicht finden!

5

Zu den Klängen von Bonnie Tylers »Holding out for a hero« betrat Max hinter Kolle die Arena. Augenblicklich brandete eine Welle aus Geschrei und Gestampfe auf. Unglaublich schnell schwoll sie an, schwappte an den Rängen der Halle empor, überschlug sich, wurde ohrenbetäubend, beinahe schmerzhaft.

Max war erstaunt. Zwar ging es hier um die europäische

Krone im Schwergewicht, aber mit diesem Erdbeben hatte er trotzdem nicht gerechnet. Beinahe schien es so, als wollten die Zuschauer ihn mit der Kraft des Schalls zurück in die Katakomben zwingen.

Rasch näherten sie sich dem Ring. Das Licht wurde intensiver, die Hitze der Scheinwerfer ebenfalls. Als der breite Gang sich teilte, wandten sie sich nach links und stiegen die hölzernen Stufen zu seiner Ecke empor. Kolle hielt ihm die Ringseile auseinander, er stieg hindurch, tänzelte ein wenig, streckte die Arme empor und präsentierte sich. Und obwohl es kaum möglich war, schien das Gebrüll noch infernalischer zu werden.

Kolle legte ihm eine Hand auf die Schulter und zog ihn in seine Ecke zurück.

»Kannst du es hören? Sie ahnen schon, was heute passieren wird, und sind verrückt vor Hilflosigkeit.«

Max nickte und ließ die Arme pendeln. Bizeps und Trizeps fühlten sich locker an, überhaupt schien heute nicht ein einziger Muskel an seinem Körper verspannt zu sein. Beste Voraussetzungen also, wäre da nicht ... Aber nein, er musste Sina für die nächsten zwanzig Minuten einfach aus seinem Kopf verbannen. Er würde das schon schaffen!

Der Ringsprecher begann mit seiner Ansage. Max kannte den Mann mit dem langen schwarzen Haar und den dunklen Augen von früheren Kämpfen.

»Und in der linken Ecke ... Einhundertzwei Kilo ... Eins zweiundachtzig groß ... Sechsundzwanzig Kämpfe ... Keine Niederlage ... Zweiundzwanzig gewonnen durch K. O. ...«

An dieser Stelle war es wie immer, wenn er außerhalb Deutschlands boxte: Die Menge, wenn sie nicht ohnehin schon stand, erhob sich, warf mit Popcorn und Pappbechern und begann in der jeweiligen Landessprache »Schiebung, Schiebung« zu skandieren.

»... Der amtierende Europameister im Schwergewicht ... Der Titelverteidiger ... Der ungeschlagene Meister ... Max Uuuuuuuuungemaaaaaaaaaach.«

Er ging zur Ringmitte, tat dabei so, als würde er sich langweilen, war aber hellwach und angespannt. Während er die Arme abermals noch oben reckte und sich im Kreis drehte, wurden die Pfiffe und Buhrufe schon leiser. So waren sie, die italienischen Fans: heißblütig, aber schnell verkocht. Tausende Augenpaare starrten ihn an. Männer, Frauen, auch ein paar Kinder. Max sah sie alle und doch keinen, eine wogende Masse ohne Gesichter und Namen.

Aber da vorn, in der ersten Reihe, verdammt, war das nicht ...?

Nein! Nein, er hatte sich geirrt. Aber für einen Augenblick hatte er wirklich gedacht ... Was war nur los heute Abend? Das war ihm doch noch nie während eines Kampfes passiert!

Er konzentrierte sich auf seinen Gegner. Der hockte auf seinem Schemel, die langen Beine weit auseinandergestellt, die ebenfalls langen Arme locker auf die mittleren Ringseile gelegt. Salvatore de Martin, der Hüne von La Spezia. Und groß war er wirklich, selbst sitzend!

Dann zitierte der Ringrichter beide Kämpfer in die Ringmitte. Auge in Auge stellten sie sich auf. De Martin überragte Max um Haupteslänge. Die Muskeln des Italieners waren sehnig und hart, nicht solche dicken Pakete, wie Max sie mit sich herumschleppte. Reglose, dunkle Augen blickten auf Max hinab.

Er drückte seine Handschuhe gegen die des Italieners, wandte sich ab, ging in seine Ecke zurück und ließ sich dort auf den hölzernen Schemel fallen. Kolle schob ihm den Gebissschutz zwischen die Kiefer.

»Pass bloß auf seine Auslage auf. Der Kerl kann ja fast von einer Ecke in die andere schlagen!«

Max nickte.

Und schon ertönte der Gong.

Der Italiener ging mit perfekter Deckung auf ihn los. Max ließ ihn kommen, wich zurück, tänzelte nach rechts und machte seine Runde durch den Ring. De Martin versperrte ihm den Weg, also lief er in die andere Richtung, lockte den großen Jungen hinter sich her.

Plötzlich schnellte dessen Führhand zum ersten Mal vor. Max hatte nicht damit gerechnet, dass sie ihn erreichte, war aber trotzdem bereit, und sie blieb an seiner Deckung hängen. Kein besonders harter Schlag, der Junge probierte ihn nur aus, spionierte, vermaß seine Länge. Max ließ ihn gewähren, blieb vorerst hinter seiner Deckung, wich schnell und geschickt aus und bewegte sich ohne Pause durch den Ring.

Aus der Ecke des Italieners ertönte ein spitzer Schrei, den Max trotz der lärmenden Zuschauer hören konnte. Als sei es ein Startsignal für ihn, ging der Hüne von La Spezia auf ihn los. Mit gesenktem Oberkörper, die Deckung immer noch perfekt vor dem Brustkorb, preschte er durch den Ring. Die Führhand zuckte vor, ging ins Leere, zuckte wieder, schrammte an Max' Schulter entlang.

Seine Chance!

Ein schneller Ausfallschritt, rechts abtauchen und die Linke explodieren lassen. Aber de Martin hatte aufgepasst. Schnell war er außer Reichweite, so dass Max nur noch dessen Unterarm traf.

Schon standen sie sich wieder gegenüber, belauerten sich, suchten ihre Chance. De Martin schien so früh schon alles auf eine Karte setzen zu wollen. Jetzt ging er auf Max los wie ein Scheunendrescher, schwang die Arme, landete Schlag auf Schlag gegen seine Deckung und trieb ihn in die Ecke. Max ließ es zunächst geschehen. Beim nächsten Schlag, wenn sich eine Lücke auftat, würde er …

»Max!«

Ein einziges Wort nur, sein eigener Name, der wie ein Donnerschlag durch seinen Kopf hallte. Es war Sinas Stimme, und sie klang, als wäre sie in Gefahr.

Max' Konzentration war dahin. Er bekam einen Schlag gegen die rechte Gesichtshälfte. Viel Dampf steckte nach der wilden Drescherei nicht mehr dahinter, genug jedoch, ihn rückwärts in die Ecke taumeln zu lassen. Die Seile warfen ihn prompt zurück. Instinktiv tauchte er unter einer harten Rechten des Italieners weg und brachte sich mit einem schnellen Schritt hinter ihn.

Das Publikum war außer sich! Für sie musste es so ausgesehen haben, als hätte ihr Held ihn wirklich in Bedrängnis gebracht. In Bedrängnis war er auch gewesen, doch das war nicht de Martins Verdienst. Max spürte, dass er noch nicht wieder so weit war, einen Gegenangriff zu starten. Bis zum Ende dieser Runde musste er sich den Italiener vom Leib halten, danach würde seine Konzentration wieder stehen.

Sina … Mein Gott, Sina!

In Vorfreude auf einen schnellen Sieg ließ de Martin die Führhand sinken, holte für einen Uppercut aus. Das war dumm und auffällig. Max wich aus, versetzte seinerseits dem Jungen einen Schlag gegen die Deckung und klammerte ihn dann. Für einen kurzen Moment, bevor der Ringrichter sie trennte, roch er den Schweiß seines Gegners und spürte dessen rasenden Atem an seinem Ohr. Dann war er weg, und der Gong beendete die erste Runde.

Max ließ sich auf den bereitgestellten Schemel fallen. Bob, ihr Cutman, entfernte ihm den Mundschutz.

»Was ist los?«, fragte Kolle, und spritzte ihm ein isotonisches Getränk in den Mund, das Max gierig schluckte, bevor er antwortete.

»Nichts, es ist nichts.«

»Schau mich an!«

Kolles Gesicht war keine zehn Zentimeter von seinem entfernt. Sein Trainer schien durch seine Augen kriechen zu wollen, um in seinem Kopf nach dem Rechten zu sehen.

»Du wirkst unkonzentriert«, sagte er.

»Ist vielleicht nicht mein Abend …«

»Okay«, sagte Kolle und drückte ihm die Trinkflasche abermals in den Mund, »dann warte nicht bis zur vierten Runde. Schick ihn auf die Bretter. Vielleicht hast du einen Infekt.«

Dagegen hätte Max widersprechen können, doch er tat es nicht. Der Mundschutz wurde ihm wieder zwischen die Zähne gesteckt. Kolle rieb Vaseline auf seine Augenbrauen und Wangenknochen, sah ihn dabei fest an.

»Mach es einfach! Hörst du?«

Max nickte. Und warum auch nicht? Warum sollte er etwas riskieren? Das würde ihm später niemand danken, und für dieses Publikum, das ihn sowieso hasste, musste er keine perfekte Show hinlegen. Je eher er aus diesem Hexenkessel herauskam, desto besser.

Der Gong ertönte. Max federte in den Ring, als sei nichts gewesen. In seinem Kopf aber herrschte noch immer Verwirrung. Von der Konzentration, zu der er sonst fähig war, war er meilenweit entfernt. Wenn das nur gut ging!

De Martin war wieder etwas vorsichtiger geworden, besann sich seiner perfekten Deckung, doch er war in der Pflicht, musste den ersten Schritt tun, seine Fans verlangten es von ihm. Lautstark feuerten sie ihn an. Also startete er einen Angriff.

Max hatte damit gerechnet.

Er ließ ihn kommen, wich einem halbherzigen Schlag aus und legte dann alle Kraft in seine ohnehin gefürchtete Rechte. Seine Faust schoss vor, krachte gegen die erhobene Deckung de Martins, schüttelte ihn ordentlich durch und warf ihn gegen die Seile. Max setzte nach, schickte eine schnelle Kombination hinterher, von der ein Schlag an de Martins Schläfe explodierte. Er war nicht hart genug, um den Hünen zu fällen, reichte aber aus, dessen Deckung erneut zu öffnen.

Da war er. Der Solarplexus.

Als gäbe es eine geheimnisvolle Verbindung, fand Max' rechte Faust ihren Weg dorthin. Sie traf den Jungen zwei Zentimeter unterhalb des Brustbeins. De Martin gab ein lautes »Uff« von sich, so als würde ihm sämtliche Luft aus der Lunge gedrückt, dann taumelte er zurück und krümmte sich zusammen.

Normalerweise hätte Max jetzt gewartet, den Kampf noch ein wenig hinausgezögert, doch nicht heute. Die nächste Rechte traf den Italiener ungeschützt am Kopf. Es war ein fürchterlicher Schlag, den niemand einfach so wegsteckte. Wie in Zeitlupe sah Max, was nun passierte.

Der Kopf des Jungen wurde zur Seite geschleudert. Blut spritzte aus einem Cut unter dem linken Auge. De Martin wurde für einen Moment stocksteif, verdrehte die Augen und ließ die Arme fallen. Während ein ungläubiges Raunen durch die Menge ging, sackte der Hüne auf die Knie und schlug dann der Länge nach vornüber.

Der Ringboden erzitterte unter Max' Füßen.

Der Ringrichter schob ihn weg. Dann begann er, den Italiener anzuzählen.

»Eins … zwei … drei … vier …«

Das alles war für Max weit weg. Er wusste, dass er gewonnen hatte, dass er weiterhin Europameister bleiben und eine dicke Börse einstreichen würde, trotzdem tobte in seinem Kopf ein Unwettersturm der Erinnerung, der nichts mit all dem hier zu tun hatte.

»Zehn.«

6

Die noch unbenutzte, scharfe Spitze des feinen Skalpells drang mühelos in ihre Augenhöhle ein. Er spürte keinerlei Widerstand, selbst dann nicht, als er den Sehnerv durchtrennte. Es war eine Sache von wenigen Minuten, ihr die Augen herauszuschneiden. Sie fielen direkt auf das doppelt gefaltete Stück Küchenkrepp vor ihm auf dem Tisch. Natürlich zappelte sie dabei, versuchte sogar ihn zu beißen, aber ihre Zähne drangen nicht durch den derben Stoff des Arbeitshandschuhs, den er zum Schutz trug.

Im Laufe der Zeit hatte er eine gewisse Routine und Kunstfertigkeit darin entwickelt, ihnen die Augen zu entfernen. Die ersten Versuche damals waren kläglich gescheitert. Er war mit dem Skalpell viel zu tief in die Augenhöhle eingedrungen, hatte dabei ihr Gehirn verletzt, und sie waren auf eine abstoßende Art verendet. Hatten sich verkrampft, gepinkelt und gekotet und wie kleine Zombies gezappelt, bis es nach weniger als einer Minute vorbei war. Ein paar Mal war das zwar interessant gewesen, aber alles andere als zielführend, deshalb hatte er begonnen, seine Technik und sein Werkzeug zu verfeinern. Das Skalpell, welches er nun benutzte, war in der Spitze so fein, dass man einen Grashalm damit spalten konnte. Außerdem nahm er jedes Mal ein neues. Diese unglaublichen Klingen wurden leider auch unglaublich schnell stumpf. Gut, die Instrumente kosteten eine Kleinigkeit, aber das spielte nur eine untergeordnete Rolle. Um ein Profi zu werden, das hatte er schon frühzeitig erkannt, benötigte es zweierlei: Übung, Übung, Übung und die richtige Ausrüstung – und das traf im Grunde auf alle Bereiche des Lebens zu.

Er betrachtete sich mittlerweile als Profi, und als solcher war es ihm wichtig, sie nicht unnötig zu quälen. Vor allem aber durften sie nicht sterben, denn tot nützten sie ihm gar nichts. Wenn sie ihm Freude bereiten sollten, mussten sie lebendig und möglichst vital sein, sonst lieferten sie ihm nicht die Reaktionen, die er erwartete. Er brauchte sie mit hellwachen Sinnen und geschärften Instinkten!

Er erhob sich und ging hinüber zu dem großen Terrarium, welches die komplette Stirnseite des Raumes in Anspruch nahm. Zweieinhalb Meter hoch, vier Meter breit und scheinbar unendlich tief. Er selbst hatte es gebaut. Vor die vorhandene Mauer hatte er einfach eine zweite Leichtbauwand aus Holz eingezogen und verkleidet. Den oberen Teil, den er aufgrund der Höhe nur mit Hilfe eines kleinen Tritts erreichen konnte, nutzte er als Regal für seine umfangreiche

Fachliteratursammlung. Vom Boden bis auf Stirnhöhe aber erstreckte sich eine Panoramaglasscheibe. Sie war eingefasst von edlem Mahagoniholz, dessen warmer, roter Ton einen starken Kontrast zu der grünen Welt darstellte, die hinter dem dicken Glas in künstlichem Licht schimmerte. Der ansonsten nur zweckmäßig eingerichtete Raum wurde beherrscht von dem Terrarium, und immer wenn er durch die Tür trat, übermannte ihn der Eindruck, tatsächlich einen Dschungel zu betreten. Was zu einem nicht unwesentlichen Teil an der Audiodatei lag, die in Endlosschleife auf dem PC lief und über hochwertige Lautsprecher die Geräuschkulisse eines Regenwaldes wiedergab.

Perfektion war ihm wichtig. Er hatte sich große Mühe gegeben und viel Geld investiert, das er eigentlich gar nicht besaß, um dendroaspis viridis einen Lebensraum einzurichten, der dem natürlichen in den tropischen Regenwäldern Westafrikas glich. Da sie ein Baumbewohner war, musste das Terrarium eine gewisse Höhe und Ausstattung aufweisen. Mit Hilfe von einigen exotischen und auch seltenen Pflanzen, die er über seinen Großhändler original aus den fernen Ländern der Welt importieren ließ, hatte er den Ausschnitt eines Regenwalddaches nachgebildet, das von künstlichem Sonnenlicht durchflutet wurde. Die Temperatur von 25–28 Grad Celsius wurde ebenso wie die konstant hohe Luftfeuchtigkeit ständig vom PC überprüft und in einem Diagramm dargestellt. Eine Zeitschaltuhr steuerte Sprühschläuche an der Decke des Terrariums an, die alle sechs Stunden einen Schauer über der kleinen, künstlichen Welt niedergehen ließen.

Vor der Panoramascheibe blieb er stehen und suchte den Urwald dahinter ab, fand dendroaspis viridis allerdings nicht. Irgendwo in dem dichten grünen Blattwerk hielt sie sich verborgen. Egal! Sobald ihr Opfer nervös und orientierungslos am Boden umherkrabbelte, würde sie sich schon zeigen.

Er ging zum Tisch zurück und nahm die nun blinde Wüstenrennmaus aus dem eckigen Glaskasten. Sie am Schwanz tragend stieg er auf einen Schemel und öffnete in einer Höhe von fast zwei Metern eine kleine hölzerne Schiebetür. Sie befand sich oberhalb der Panoramascheibe, aber längst nicht außerhalb der Gefahrenzone. Die grüne Mamba war eine der schnellsten und gefährlichsten Giftschlangen und ihr Biss absolut tödlich, wenn er nicht in kürzester Zeit behandelt wurde. Vorsicht war also angeraten!

Er steckte seine Hand in das Terrarium, ließ die Maus fallen, zog die Hand schnell zurück und schloss die Schiebetür. Die Wüstenrennmaus fiel durch das Blätterdach bis auf den Boden, der mit Holzstreu, Blättern und Sand ausgelegt war. Sie landete auf den Beinen, blieb kurz sitzen und rannte dann los. Verletzt und panisch wie sie war, nützten ihre Tasthaare ihr nichts; sie stieß gegen Steine, Baumstümpfe und die Glasscheibe, wurde dabei immer hektischer. Er hoffte, dass sie keinen Herzinfarkt bekam, bevor die Mamba sie bemerkte! Das war schon öfter passiert und hatte ihn jedes Mal richtig wütend gemacht.

Er ging zwei Schritte rückwärts und ließ sich in den gemütlichen Fernsehsessel fallen, seinen Logenplatz vor dem Terrarium.

Die Show konnte beginnen!

Doch zunächst tat sich nichts.

Die Maus wurde langsamer, ihre Kraft verließ sie. Vielleicht glaubte sie aber auch nur, sie wäre der Gefahr entronnen. Die Vorstellung gefiel ihm! Da saß sie und schöpfte Hoffnung, fand sich mit ihren Verletzungen ab und war dankbar, noch am Leben zu sein, während der eigentliche Feind sie längst mit seinen schwarzen Augen von oben fixierte.

Er blieb reglos sitzen und versank in den Regenwald. Spürte, wie die hohe Temperatur und Luftfeuchtigkeit da drinnen seinen Körper umgaben, wie es ihm den Schweiß aus den Poren trieb, lauschte den fremdartigen Geräuschen, diesem ständigen Singsang aus Vogelgezwitscher, Fiepen, Rascheln, Surren, Kreischen und Zischen, nahm die imaginären Gerüche auf, diesen süßen Duft von Verwesung und Wiedergeburt, den Kreislauf des Lebens, dem alles unterworfen war. Und wie immer, wenn er dort saß, verließ er seinen Körper, dieses ungeliebte Gefäß, das alle anderen sehen konnten. Er schwebte durch den Regenwald, erkundete die fremde, organische, vor Lebendigkeit zuckende Welt, ohne sich über Gefahr und Tod zu sorgen. Es war ein Ritt auf den Wolken, ein Freiflug vom Leben, eine transzendentale Erfahrung von unfassbarer Schönheit.

Leider zwang ihn seine zunehmende Müdigkeit zurück auf den Boden.

Die Nacht war anstrengend gewesen. Er hatte die Neue zuerst sicher unterbringen und dann noch den langen Rückweg in Kauf nehmen müssen. Gern hätte er sich mit ihr beschäftigt, aber die Sedierung würde noch bis in den Vormittag anhalten, also musste er mit diesem Schauspiel hier vorliebnehmen.

Etwas regte sich im Blätterdach!

Die Mamba!

Hatte sie also doch Hunger!

Zunächst bewegten sich nur einzelne Blätter, vibrierten und erstarrten wieder. Er konnte den Körper nicht sehen, nur dessen Auswirkungen auf seine Umwelt. Er richtete sich auf, brachte sein Gesicht näher an die Scheibe und riss die Augen weit auf.

Wo bist du?

Zeig dich, Baby!

Plötzlich glitt ihr schlanker Kopf geräuschlos aus dem Blätterdach. Die dunklen Augen starrten zu Boden, fixierten die Maus, die schon eine ganze Weile auf der Stelle saß. Und diese schien zu spüren, dass nun doch wieder Gefahr drohte. Sie hob das Köpfchen, als wolle sie nach oben schauen, hatte vielleicht vergessen, dass ihre Augen nicht mehr da waren. Die feinen Härchen an der Nase und die Nase selbst vibrierten, sie schnüffelte wie von Sinnen, versuchte, ihre Blindheit olfaktorisch wettzumachen.

Ach, wie er diesen Moment liebte, in dem die Maus begriff, dem Tode geweiht zu sein und gar nichts daran ändern zu können. Er liebte und fürchtete ihn zugleich, war hin und her gerissen und geradezu magisch angezogen. In diesem Moment verspürte auch er diese tiefsitzende Urangst; die Angst der Kreatur vor dem Stärkeren, dessen Nahrung sie war. So einfach und schlicht, eine ewig währende Wahrheit.

Wieder begann die Maus hektisch umherzurennen. Wieder stieß sie gegen alles, was im Wege stand. Die Schlange über ihr blieb völlig ruhig. Ihre glanzlosen Augen bewegten sich nicht. Er konnte nur den Kopf und ein kleines Stück des schlanken grünen Körpers sehen, der Rest verbarg sich noch im Blätterdach.

Ohne Vorwarnung ließ die Mamba sich fallen.

Der zwei Meter lange Körper landete sanft auf dem Holzstreu und bildete sofort einen Kreis um die Maus. Die Maus blieb heftig zitternd sitzen, hob wieder den Kopf an, als hoffte sie, mit ihren blinden Löchern doch noch etwas sehen zu können.

Schon zuckte der Kopf der Schlange vor. Eine wuchtige und doch elegante Bewegung. Die leicht nach hinten gebogenen Zähne gruben sich tief in den Körper der Maus.

»Ja!«, rief er und klatschte in die Hände.

Gebannt beobachtete er das Schauspiel. Die Wüstenrennmaus zuckte noch ein paarmal, unternahm aber keinen Fluchtversuch.

Erst als die Maus sich nicht mehr rührte, begann die Schlange zu fressen. Sie hakte ihren Unterkiefer aus dem Gelenk und schob ihn unter den reglosen kleinen Körper. Nach und nach und eigentlich enervierend langsam verschwand die Maus mit dem Kopf voran im Inneren der Schlange. Zwei Meter sich windendes, grünes Muskelgewebe sog seine Beute mit peristaltischen Bewegungen, aber scheinbar ohne große Anstrengung, in sich hinein. Durch die Ausbuchtung konnte er genau sehen, wo die Maus sich befand.

Was jetzt kam, war langweilig und dauerte lang. Der Verdauungsprozess interessierte ihn nicht. Die Maus war tot, es gab keinen Schrecken, keine Jagd, kein Erkennen der eigenen Hilflosigkeit mehr. All das, was ihn so sehr faszinierte, hörte mit dem Tod schlagartig auf.

Deshalb interessierte der Tod ihn nicht.

7

Am frühen Sonntagmorgen war der Himmel wieder klar. Auffrischender Westwind hatte die Wolken des gestrigen Abends vertrieben. Gegen den Himmel wirkte der See geradezu dunkel und unheimlich.

Franziska Gottlob hatte ihre dicke alte Strickjacke übergezogen, die sie nur noch trug, wenn sie zuhause war. Trotzdem fröstelte sie, als sie auf den Holzsteg hinausschlenderte. Sie schlang Arme und Jacke fester um ihren Oberkörper. Es war kühl für einen Junimorgen, zehn Grad zeigte das Thermometer am Bootshaus an, dazu der leichte Wind, doch das war es nicht allein. Ein bisschen war auch das Wasser des Sees schuld an ihrem Frösteln. Vom Wind aufgeraut und angetrieben, plätscherte es gegen die Eichenpfähle, die den Steg seit vielen Jahren trugen. Die bewegte Oberfläche wollte ihr einfach keinen Blick zum Grund gewähren.

Am Ende des Steges blieb Franziska stehen, lehnte sich gegen den Wind, der ihr langes rotes Haar hinter ihrem Kopf flattern ließ, und sah rüber zum anderen Seeufer.

Wieder einmal spürte sie, wie wohltuend diese Umgebung auf sie wirkte. Alles hier war das genaue Gegenteil zu ihrem unruhigen, von Gewalttätigkeiten geprägten Leben in der Stadt. In diesem Haus am See war sie von ihrem siebten Lebensjahr an aufgewachsen. Ihre Eltern hatten es gekauft, nachdem die Romane ihres Vaters erstes gutes Geld eingebracht hatten. Ihre Seele war hier zuhause, das wusste Franziska, und sie fragte sich abermals, ob es richtig gewesen war, sich einen anderen Lebensmittelpunkt zu suchen.

Sie spürte die Vibration von Schritten im Holz und drehte

sich um. Ihr Vater kam den Steg entlang. Er trug eine grüne Baumwollhose, dazu einen gefütterten Windbreaker, dessen flauschiger Kragen hochgestellt war. Die beiden Kleidungsstücke besaß er seit vielen Jahren, sie waren unverwüstlich, aber heute schien er darin zu versinken. Er war kleiner und schmaler geworden, und Franziska ahnte, dass nicht nur das Alter ihn Substanz kostete.

Ihr Lächeln wollte nicht so recht gelingen, als er sie erreichte.

»Guten Morgen, meine Kleine«, sagte er und umarmte sie. Er hatte sich noch nicht rasiert und kratzte. »Deine Mutter macht das Frühstück. In einer halben Stunde wird sie nach uns rufen«, sagte er und wandte sich zusammen mit seiner Tochter wieder dem See zu.

»Der Kampf war kurz, aber klasse, oder?«

Franziska nickte. »Obwohl er gleich in der ersten Runde unkonzentriert wirkte.«

»Ach was«, winkte ihr Vater ab, »das war nur Show. So leicht lässt der sich den Gürtel nicht wieder abnehmen.«

Dann schwiegen sie und sahen einem Entenpaar zu.

»Papa, ich …«

»Warte«, unterbrach er sie und griff in die Innentasche seiner Jacke. Er holte ein gefaltetes Blatt Papier heraus, faltete es auseinander und reichte es ihr. »Da, diese Stelle«, sagte er und wies mit dem Finger auf eine mit gelbem Marker umkringelte Zahl.

»Was ist das?«, fragte Franziska, die den Zettel nicht verstand. Es war irgendein Laborbefund, so viel war klar, und damit per se schon verwirrend.

»Diese Zahl benennt den aktuellen PSA-Wert zu Beginn der Bestrahlung. Er liegt bei 6,8.«

»Was ist ein PSA-Wert?«

»Prostata-spezifisches Antigen … lässt sich im Blut feststellen. Je höher der ist, umso schlechter. Ab einem Wert von zehn wird es wirklich kritisch. Ich zeige dir diesen blöden Wisch, weil ich dich gut kenne, weil ich weiß, wie wichtig für dich Zahlen und Fakten sind, alles, was sich überprüfen und vergleichen lässt. Ich weiß, dass meine Antwort gestern Abend dich nicht wirklich beruhigt hat. Merk dir den Wert. 6,8. Ein paar Wochen nach der Bestrahlung wird er noch mal gemessen, und wenn er dann deutlich niedriger ist, war die Behandlung erfolgreich.«

Franziska sah von dem Blatt Papier zu ihrem Vater auf. »So einfach?«

Er nickte. »So einfach. Auch Krebs lässt sich in Zahlen ausdrücken. Meine Schicksalszahl kennst du nun. Und ich möchte dich darum bitten, es solange darauf beruhen zu lassen, bis ich eine neue bekomme.« Er sah sie von der Seite her an. »Ist das in Ordnung für dich?«

Sie gab ihm den Zettel zurück. »Ja, ist es. Danke, Papa.«

Eigentlich wollte sie noch viel mehr sagen, aber ihr Vater, der sein ganzes Leben lang immer nur so viel geredet hatte, wie nötig war, hatte ihr gerade deutlich zu verstehen gegeben, dass diese seine Maxime auch für den Krebs in seinem Körper galt. Mehr gab es zurzeit nicht zu sagen. Punkt!

Er deutete mit ausgestrecktem Arm auf den See hinaus.

»Der schönste Ort der Welt, nicht wahr?«, sagte er.

Franziska nickte.

Weil Schweigen das Einzige war, was jetzt Sinn machte, schwiegen die beiden miteinander und ließen die Natur sprechen. Ließen sie ungestört schwappen, gurgeln, plätschern, rauschen, wispern und singen.

Das Läuten ihres Handys beendete diesen besonderen Moment.

Franziska nahm das Gespräch mit einem gequälten Lächeln in Richtung ihres Vaters entgegen. Er bedeutete ihr, dass er schon zum Haus zurückgehen würde.

»Franziska?«, fragte die Stimme ihres Kollegen im Handy.

»Ja, was gibt's?«

»Ein verschwundenes Mädchen.«

Teil 2

1

Sarah erwachte in einer anderen Welt. Dass um sie herum nichts mehr so war, wie sie es kannte, spürte sie sofort, aber in den ersten Sekunden überwogen die Signale, die ihr Körper aussendete: Sie hatte einen ekligen, bitteren Geschmack im Mund, in ihrem Bauch rumorte es, ihr Kopf schmerzte ziemlich stark, diese Art von Kopfweh, die von tief drinnen nach außen zog und sogar in den Augenhöhlen pochte. Sie fühlte sich krank.

Dann setzte die Erinnerung ein und die Schmerzen verblassten.

Harte, kratzige Haare unter ihren Fingern, Atem auf ihrem Gesicht, ein schweres Gewicht am Fußende ihres Bettes. Statt des Klingelknopfes hatte sie in ein Gesicht gefasst, kein menschliches, ganz bestimmt nicht, es hatte sich … hässlich angefühlt.

Was dann?

Was war geschehen?

Ab dem Zeitpunkt hatte sie keine Erinnerung mehr, nur noch Dunkelheit und Leere. Bis jetzt.

Sie konzentrierte sich auf ihre Umgebung. Sie lag nicht mehr auf ihrer weichen Matratze, spürte auch keine kuschelige Decke auf ihrem Körper, und der Duft ihrer Bettwäsche nach einem bestimmten Waschmittel war auch nicht mehr da. Außerdem trug sie ihren Schlafanzug nicht. Sie war nackt!

Das Verlangen, aufzuspringen und wegzulaufen, wurde dadurch noch verstärkt, trotzdem blieb sie zunächst reglos liegen. Sie hatte gelernt, diesen Fluchtimpuls zu unterdrücken. Auf jeden Fall war es immer besser, erst einmal die Umgebung zu erkunden, statt sie panisch zu verändern.

Sie blähte die Nasenflügel und sog die unbekannten Gerüche auf. Nichts von dem, was dabei in ihre feine, äußerst sensible Nase geriet, gehörte zu ihrer gewohnten Umgebung. Sie erkannte den Geruch von modrigem Waldboden, auf dem Blätter verfaulten, um dann selbst zu Waldboden zu werden. Dieser Geruch überlagerte alles andere. Die meisten Menschen hätten das, was sich darunter befand, nicht wahrgenommen, doch ihre Nase filterte auch die feinen Nuancen heraus. Einiges davon konnte sie nicht zuordnen; sie hatte es schlicht und einfach noch nie gerochen. Aber da war auch der Geruch von warmem Regen, von Baumrinde, aus der Harz troff, zusätzlich mischte sich ein versteckter, aber trotzdem strenger tierischer Geruch darunter.

Wo war sie nur?

Der Impuls zur Flucht wurde noch stärker, und obwohl sie um Hilfe rufen wollte, damit jemand käme und sie rettete, sie vielleicht auch nur aus einem dummen Traum weckte, tat sie es nicht. Sie war schließlich nicht dumm. Wer auch immer sie aus ihrem Zimmer in diesen Wald verschleppt hatte, wollte bestimmt nicht, dass sie schrie.

Also tat sie weiterhin so, als schliefe sie. Jetzt, da ihr Kopf nicht mehr damit beschäftigt war, die Gerüche zu sortieren, konnte sie sich voll und ganz auf ihr Gehör konzentrieren. Darin war sie sehr gut. Aber auch die Geräusche waren fremdartig. In einem Wald war sie schon gewesen, und auch dort hatte es allerlei verschiedene Geräusche gegeben, aber völlig andere als hier. Dieses feine Zirpen und unterschwellige Glucksen, dazwischen immer wieder eine Art zischelndes Zucken, aber nur ganz wenig Gesang und Gepiepe, das alles wollte so überhaupt nicht zu der Art von Wald passen, den sie kannte. Ihr Wald war hoch und weit, Vogelgesang hallte darin lange nach. Geräusche ließen sich ganz klar in ein Oben und ein Unten einteilen, hier aber war alles durcheinander, außerdem klang es dumpf, so als fehlte die Weite und Höhe.

Ihre Angst nahm zu, entsandte prickelnde Hitze auf ihre Wangen und die Stirn. So viel Platz beanspruchte die Angst, dass ihre Blase plötzlich heftig drückte und sie meinte, sofort zu müssen. Ganz fest presste sie die Kiefer aufeinander und die Beine zusammen.

Nein, sie konnte nicht mehr still bleiben! Sie musste sich bewegen. Also streckte sie den rechten Arm aus und begann zu tasten. Ihre Fingerkuppen, vom vielen Tasten zwar hart, aber trotzdem äußerst sensibel, bewegten sich in kleinen Schritten vor, und alles, was sie dabei spürten, begann sie sofort zu analysieren.

Das Weiche und Lockere, worauf sie lag, waren ganz eindeutig Laub und Rinde. Aber es waren nur kleine Stücke, und genauso wie das Laub fühlten sie sich feucht an. Hatte es gerade geregnet? Wenn ja, warum war sie selbst dann nicht nass? Lag sie etwa unter einem Dach? Drangen die Waldgeräusche deshalb so seltsam gedrückt zu ihr? Sie legte den Kopf in den Nacken und reckte ihr Kinn nach oben. Wenn sie sich in geschlossenen Räumen befand, konnte sie fühlen, wie weit die Decke entfernt war. Es war wie eine Art menschlicher Ultraschall, aber hier funktionierte es irgendwie nicht richtig. Zwar fühlte sie, dass irgendwas schwer auf der Umgebung lastete, aber einordnen oder gar als Zimmerdecke erkennen ließ es sich nicht.

Großer Gott! Hier war wirklich nichts so, wie sie es kannte. Absolut nichts!

Mit diesem Gedanken wurde die Angst nun doch zu groß, beanspruchte zu viel Platz in ihrem Körper. Es wurde warm und nass in ihrem Schritt, und weil es ihr peinlich war und sie sich nicht mehr zu helfen wusste, rollte sie sich zusammen wie ein Igel und begann zu weinen. Weinte sich in einen unruhigen Schlaf zurück.

2

Franziska Gottlob stand in der Eingangshalle des Helenenstifts, einem Wohnheim für behinderte Kinder und Jugendliche, und war für den Moment gefangen vom Anblick des riesigen Aquariums, das sich an der Wand gegenüber der Eingangstür befand. Es war an die zwei Meter lang und anderthalb Meter hoch. Die Halle war freundlich und farbenfroh ausgestattet, aber angesichts dieses gläsernen Meeresausschnittes verblasste alles ringsherum.

Für einen Moment blendete es sogar die hektische Betriebsamkeit aus, die in der Eingangshalle und auf dem Parkplatz davor herrschte. Die Spurentechniker ihrer Abteilung gingen mit der gewohnten Ruhe und Akribie vor, aber alle anderen, das Pflegepersonal, die Kinder, einige besorgte Eltern, waren durch den Vorfall in heller Aufregung. Es war schwer, sie in ihren Zimmern oder dem Speisesaal zu halten, damit sie die Arbeit der Beamten nicht störten.

»Frau Gottlob?«

Die freundliche, aber zu laute Stimme riss Franziska aus ihren Gedanken. Sie zuckte zusammen, fuhr herum und sah eine kleine, pummelige Frau hinter sich stehen.

»Habe ich Sie erschreckt? Das tut mir leid. Dieses Aquarium kann einen aber auch wirklich in seinen Bann ziehen, nicht wahr? Ich bin Frau Zierkowski, die Leiterin hier.«

Sie streckte ihre Hand aus und Franziska schüttelte sie. »Kommissarin Gottlob, Kripo Hannover«, stellte sie sich vor.

Frau Zierkowski presste die Lippen zu einem schmalen Strich zusammen. Sie wirkte angespannt, ihre Finger bewegten sich wie Spinnenbeine auf ihren Oberschenkeln.

»Gibt es etwas Neues?«, fragte sie schnell. »Haben Sie eine Spur von Sarah?«

Franziska schüttelte den Kopf. »Leider nein. Frau Zierkowski, ich war am Morgen nicht vor Ort, deshalb haben sich die Kollegen erst einmal der Sache angenommen, aber grundsätzlich leite ich die Ermittlungen. Deshalb würde ich gern mit Ihnen sprechen.«

»Aber natürlich! Kommen Sie, wir gehen in mein Büro, dort ist es ruhiger.« Mit kurzen, emsigen Schritten lief Frau Zierkowski voraus. »Schade, dass Sie nicht etwas früher kommen konnten. Ich sprach grade im Speisesaal mit einigen besorgten Eltern, die heute früh hierhergerast sind, nachdem ein paar der Kinder per Handy die Neuigkeit verbreitet haben ... Leider, muss man ja sagen. Die Eltern sind natürlich in heller Aufregung, da wäre eine Kommissarin an meiner Seite nicht verkehrt gewesen.«

»Gab es denn Ärger?«

»Nicht direkt, aber die Fragen war schon heftig. Ich kann das ja verstehen, mein Gott! ... Einfach so aus dem Bett gerissen ... Quasi unter den Augen des Personals ...«

Vor ihrem Büro blieb Frau Zierkowski abrupt stehen und drehte sich um. Sie wirkte nervös und gehetzt. Franziska war froh, nicht in der Haut der Heimleiterin zu stecken.

»Um sieben beim Wecken war Sarah nicht mehr da … Einfach nicht mehr da … Dabei war doch alles so wie immer …«

Sie presste sich die Handfläche gegen den Mund, als müsse sie einen Schrei zurückhalten. Ihre Lippen zitterten, als sie weitersprach: »Entschuldigung, ich …«, sie atmete tief ein und sah Franziska wieder an, »ich habe schon einiges erlebt, gerade was die Schicksale der Kinder angeht, aber dies hier … Nicht zu wissen, was passiert ist, was mit Sarah ist …« Sie schüttelte den Kopf.

Franziska legte ihr eine Hand auf den Oberarm. »Ich kann Sie verstehen, wirklich. Sie müssen sich nicht entschuldigen.«

Die Frau nickte und führte sie in das kleine Büro. »Nehmen Sie bitte Platz.«

»Sagen Sie«, begann Franziska, »mit welcher Art von Behinderung befassen Sie sich hier?«

Frau Zierkowski setzte sich hinter ihren Schreibtisch, Franziska davor. Andere Sitzmöglichkeiten gab es in dem beengten Raum nicht. Die Wände rechts und links waren mit Holzregalen verkleidet, auf den Borden stapelten sich Fachbücher, Aktenordner, Aufbewahrungskartons, Bilder in Rahmen, einige Blumen und ein wenig Krimskrams.

»Wir befassen uns nicht, wir leben hier. Befassen kann man sich mit Aktenordnern oder Automotoren. In dieser Gemeinschaft leben wir mit körperlichen und geistigen Behinderungen aller Art. Leider ist es ja immer noch so, dass unsere Gesellschaft eine Integration kaum zulässt.«

Für einen kurzen Moment war Franziska versucht, sich für ihre falsche Wortwahl zu entschuldigen, unterließ es aber doch. Sie ahnte, dass man mit der resoluten Heimleiterin ganz vortrefflich über die Gesellschaft und ihre Belange diskutieren konnte, aber dafür war sie nicht gekommen. Also beließ sie es bei einem knappen »Ach so« und begab sich zurück auf sicheres Terrain.

»Frau Zierkowski, wie Sie sich vorstellen können, müssen wir in alle Richtungen ermitteln, solange es keinen konkreten Verdacht gibt. Wenn wir davon ausgehen, dass Sarah nicht fortgelaufen ist …«

Die Heimleiterin schüttelte energisch den runden Kopf. »Das ist sie nicht! Sie hätte dazu auch gar keinen Grund gehabt.«

Franziska sah sie an. »Von meinen Kollegen weiß ich, dass es bisher keinerlei Spuren gibt, die auf eine gewaltsame Entführung hindeuten, und das Personal der Nachtschicht hat ja auch nichts bemerkt, oder?«

»Ja, schon, aber … Ich, ich kann es mir auch nicht erklären, aber ich weiß, dass die kleine Sarah nicht einfach so weggelaufen wäre. Wie sollte sie auch!«

»Sarah ist blind, nicht wahr?«

»Ja, seit ihrer Geburt. Hier in ihrem gewohnten Umfeld kommt sie prima damit zurecht, Sie würden nicht mal merken, dass sie nicht sehen kann. Aber da draußen! Wo alles fremd ist! Nein! Das hätte sie nicht getan. Ausgeschlossen!«

»Was können Sie mir über Sarahs Eltern erzählen?«

Frau Zierkowski seufzte. »Ein schwieriges Thema. Die Mutter ist alleinerziehend und drogenabhängig. Eine anstrengende Person, das kann ich Ihnen sagen. Das Jugendamt hat die Vormundschaft für Sarah.«

»Kann die Mutter etwas mit Sarahs Verschwinden zu tun haben?«

»Nein, das ist wohl ausgeschlossen.«

»Der Vater?«

Frau Zierkowski zuckte mit den Schultern. »Ist dem Jugendamt unbekannt, dazu kann ich also nichts sagen. Aber in den vergangenen vier Jahren, seitdem Sarah bei uns ist, hat sich keiner von beiden hier blicken lassen. Warum sollten sie jetzt plötzlich Interesse an ihrer Tochter haben? Und warum auf diese Art?«

Franziska nickte, antwortete aber nicht auf die Frage. Sie würde die Eltern natürlich überprüfen lassen, aber das ging die Heimleiterin nichts an. Für sie gab es eine andere Aufgabe.

»Frau Zierkowski, ich benötige so schnell wie möglich eine Auflistung aller Mitarbeiter dieser Einrichtung, auch ehemaliger.«

»Aber es gibt dieses Haus seit mehr als zehn Jahren! Wie soll ich da …«

»Bis vier Jahre zurück, also so lange wie Sarah hier war, reicht uns erst einmal. Und ich würde sagen, dass die ehemaligen Mitarbeiter am wichtigsten sind. Wie lange sind Sie selbst bereits hier?«

»Von Anfang an!«

»Schön, das ist sehr gut. Dann denken Sie doch bitte darüber nach, ob es unter den ehemaligen Mitarbeitern jemanden gibt, der einen Grund haben könnte, Ihrem Haus zu schaden, oder der schon früher gegenüber den Kindern auffällig geworden ist.«

Frau Zierkowski hob abwehrend die Hände. »Ich glaube nicht, dass …«

»Lassen Sie mich das bitte zu Ende bringen«, unterbrach Franziska sie. »Darüber hinaus benötigen wir eine Aufstellung sämtlicher Lieferanten und aller externen Dienstleister, die auf irgendeine Art mit dieser Einrichtung zu tun haben. Auch hier bitte auf Firmen und Personen achten, die in letzter Zeit den Auftrag verloren haben oder sonst irgendwie auffällig geworden sind.«

Die Heimleiterin sackte in ihrem Stuhl zusammen, ihre Gesichtszüge entglitten ihr. »Wissen Sie, was Sie da von mir verlangen?«

»Sie tun es für Sarah, nicht für mich.«

Frau Zierkowski sah Franziska an und nickte dabei mehrfach. »Ja, ja, natürlich, für Sarah. Ich besorge Ihnen diese Auflistungen, irgendwie werde ich das schon schaffen. Glauben Sie denn, dass der Täter dort zu finden ist?«

»Bei uns wird nicht geglaubt, bei uns wird ermittelt«, sagte Franziska und war sich im selben Moment bewusst, was das für eine blöde Retourkutsche war. »Und da wir bisher keinen einzigen Anhaltspunkt haben, müssen wir alle Möglichkeiten in Betracht ziehen. Ihnen mag das mühselig und wenig erfolgversprechend erscheinen, für uns ist es aber wichtige Ermittlungsarbeit.«

Franziska beendete ihre Ausführungen mit einem, wie sie hoffte, aufmunternden Lächeln.

Die Heimleiterin erwiderte es halbherzig. Sie pulte mit dem Zeigefinger an ihrer Schreibtischunterlage und sagte: »Kleinen Mädchen passiert so viel heutzutage, man hört es ja immer wieder. Aber das geschieht doch nur da draußen, nicht hier, nicht bei uns!« Sie schüttelte ihren runden Kopf. »Ich kann es immer noch nicht fassen, dass nun auch eines unserer Kinder … und warum ausgerechnet Sarah!«

»Wie viele blinde Mädchen in dem Alter haben Sie hier?«, ging Franziska auf diese wirklich wichtige Frage ein.

»Siebzehn.«

»Siebzehn«, wiederholte Franziska leise und jetzt fragte auch sie sich, warum ausgerechnet Sarah das Augenmerk des Täters auf sich gelenkt hatte. Sie machte sich eine geistige Notiz, im Büro am Rechner eine Suche nach ähnlichen Fällen zu starten und sich dabei genauso am Aussehen der Kleinen zu orientieren wie an der Tatsache, dass sie blind war. »Sagen Sie, diese blinden Mädchen, schlafen die alle im gleichen Gebäudeflügel wie Sarah?«

Frau Zierkowski nickte. »Im selben Flügel und auf derselben Etage. Es ist für uns einfacher, wenn wir die unterschiedlichen Einschränkungen der Kinder räumlich zusammenfassen. Warum fragen Sie?«

Bevor Franziska ihr antworten konnte, klingelte ihr Handy. Sie zog es aus der Jackentasche, warf einen Blick auf das Display. »Entschuldigen Sie, da muss ich rangehen.«

Es war Paul Adamek, ihr Assistent.

»Wir haben hier etwas gefunden«, sagte er. »Ich hol dich an der Eingangstür ab.«

Franziska verabschiedete sich von der Heimleiterin, ohne auf deren letzte Frage einzugehen, erinnerte nochmals an die Dringlichkeit der Liste und verließ das Gebäude.

Paul Adamek trug Jeans, Stiefel und einen braunen Blouson. Trotz der kühlen Luft schwitzte er und war schmutzig. Sein ohnehin krauses und kaum zu bändigendes schwarzes Haar sah noch strubbeliger aus als sonst, Tannennadeln hingen darin. Franziska hatte ihn seit seinem Anruf noch nicht gesehen; als sie angekommen war, war er schon mit dem Hundeführer und einem Fährtenhund aufgebrochen.

Scheinbar war er hinter dem Hund durchs Unterholz gerobbt.

Paul wirkte müde und aufgeregt gleichzeitig. »Wie war es bei deinen Eltern?«, fragte er.

Franziska hatte ihn vor drei Wochen eingeweiht. »Irgendwie surreal«, sagte sie. »Ich wollte tough sein und ein ernstes Wort mit meinem Vater reden, hab mich aber wie ein Kleinkind gefühlt und wieder hinhalten lassen. Sei bloß froh, dass deine Eltern gesund sind.«

»Dafür habe ich die andere Variante. Weißt du, wie viel Schlaf ich letzte Nacht hatte? Drei Stunden! Unsere Kleine ist wirklich ständig am Schreien!«

»Wart ihr beim Arzt?«

»Noch nicht, aber lange halte ich das nicht mehr aus. Na ja, wenigstens gab es keinen Nachteinsatz. Das hätte mir gerade noch gefehlt.«

»Dafür mal wieder keinen freien Sonntag«, sagte Franziska.

»Soll ich dir was sagen: Ich bin sogar froh, dass ich auf diese Art rauskomme. Ich weiß nicht, wie Miriam das durchhält. Die hat die Kleine nun wirklich vierundzwanzig Stunden am Tag.«

Franziska schmunzelte in sich hinein. Paul Adamek konnte ihr wirklich leidtun. In den letzten Monaten, seitdem seine Tochter Tabea auf der Welt war, hatte er sieben Kilo abgenommen und eigentlich ständig Ringe unter den Augen. Leider hatte er eines dieser Schreikinder erwischt. Franziska mochte sich nicht vorstellen, wie so etwas das Leben veränderte. Immer wenn Paul davon sprach, und das tat er als besorgter Vater oft, schob sie den Gedanken an eigene Kinder ganz weit von sich.

Schulter an Schulter überquerten sie den Parkplatz in Richtung einer ausgedehnten Grünfläche.

»Zum Wald hin wird das Grundstück durch einen Maschendrahtzaun abgegrenzt«, begann Paul seinen Bericht. »Hinter dem Gebäudeflügel, in dem Sarah schlief, ist ein Loch in den Zaun geschnitten. Die Schnittflächen rosten noch nicht, sind also neu. Und wir haben auch eine Stelle gefunden, von der aus jemand das Gebäude beobachtet haben könnte. Neben einem umgestürzten Baum ist der Waldboden niedergetrampelt, so als hätte sich dort jemand oft und lange die Füße vertreten.«

»Schau an!«, sagte Franziska. »Hat denn der Hund etwas gefunden?«

»Ja. Direkt am Zaun hat er angeschlagen. Dann ist er einer Spur in den Wald hinein gefolgt, hat sie aber verloren. Der Hundeführer ist noch unterwegs und versucht, sie wiederzufinden.«

»Na, das ist doch schon mal was. Ich nehme an, du hast die Spurensicherung informiert.«

»Na klar«, sagte Adamek.

Franziska wusste natürlich, dass sie sich auf Paul Adamek verlassen konnte, immerhin arbeitete sie bereits seit fünf Jahren mit ihm zusammen, ohne dass es irgendwelche Probleme gegeben hätte. Paul war der Typ sorgfältiger Ermittler, der ebenso wie sie selbst möglichst nichts unbeachtet ließ und im Zweifel lieber doppelt und dreifach kontrollierte. Es fehlte ihm zwar ein wenig an Kreativität – wovon sie selbst mehr als genug hatte –, aber diesen Mangel machte Paul durch Fleiß und Zielstrebigkeit mehr als wett.

Sie erreichten den Zaun. Er war an der Stelle, an die Paul sie führte, durch eine Gruppe dicht belaubter Büsche verdeckt. Paul bog ein paar Äste auseinander, und Franziska schlüpfte tief gebückt hindurch. Nachdem sie sich aufgerichtet und ihr Haar aus der Stirn gestrichen hatte, sah sie das Loch bereits. Es begann unmittelbar über dem Boden, war circa einen Meter breit und ebenso hoch. Der Täter hatte sich geschickt angestellt. Er hatte das Stück Drahtgeflecht nicht ganz herausgeschnitten, sondern es oben am Zaun belassen, so dass es herunterklappen konnte. Somit war die Beschädigung von Weitem nicht zu sehen.

»War es oben, als ihr es gefunden habt?«, fragte Franziska.

Adamek schüttelte den Kopf. »Nein, es hing herunter. Mit einem oberflächlichen Blick konnte man es nicht erkennen, und ich muss gestehen, dass ich heute früh daran vorbeigelaufen bin. Erst der Hund hat uns hierhergeführt, nachdem er oben im Zimmer des Mädchens Witterung aufgenommen hat. Es steht also fest, dass der Täter das Mädchen durch dieses Loch im Zaun vom Grundstück gebracht hat. Wahrscheinlich parkte irgendwo im Wald sein Wagen, und dort wird der Hund dann die Spur verlieren.«

»Und wir finden sie wieder«, sagte Franziska, trat durch das Loch im Zaun in den Wald und hatte sofort das Gefühl, in die Welt des Täters einzudringen.

3

»Junge, wie siehst du denn wieder aus!«

Das Gesicht seiner Mutter verzog sich auf die ihm so bekannte und verhasste Art. Rund um ihren Mund begann das Erdbeben. Schlaffes, altes Gewebe formte sich zu einem spitzen Trichter, drang weit nach vorn, so als wolle sie einen

Mondfisch bei der Nahrungsaufnahme nachahmen. Dabei bildeten sich tiefe Schluchten in dem zu dick aufgetragenen Lippenstift. Während ihr Mund diese Form annahm, riss Mutter die Augen weit auf und schob die sorgfältig dünn gezupften Augenbrauen nach oben. Darüber schimmerte weiße, schuppige Kopfhaut unter dünn gewordenem Haar.

Nicht nur das Alter hatte seine Mutter hässlich gemacht. Sie trug ihr Innerstes zur Schau, und das war angefüllt mit Neid, Missgunst und Hass. Es drang ihr quasi aus jeder Pore.

»Hast du heute schon mal in den Spiegel geschaut?«, fragte sie ihn mit ihrem spitzen Mund. Natürlich erwartete sie keine Antwort darauf. Auch wenn es auf Außenstehende gemein und verletzend wirkte – und sie hatte keine Hemmungen, auch vor Dritten so mit ihm zu sprechen –, war es doch nichts weiter als ein Ritual, an das er sich gewöhnt hatte und das ihm eigentlich gleichgültig sein sollte.

An manchen Tagen, schlechten Tagen, trafen ihre Worte ihn aber doch, und dann wurde ihm voller Bestürzung bewusst, dass sie ihm *niemals* gleichgültig sein würden, egal wie sehr er sich auch anstrengte.

Niemals, niemals, niemals!

Ihre Lippen näherten sich seiner Wange und hinterließen einen klebrigen Abdruck darauf. Deutlich spürte er ihre borstigen Barthaare über seine Haut kratzen. Ein kalter Schauer lief seinen Rücken hinab.

»Komm erst mal rein, bevor die Nachbarn dich so sehen.« Mit ihrer erstaunlich kräftigen Hand packte sie ihn an der Schulter und zog ihn in den Hausflur. Bevor sie die schwere Tür schloss, spähte sie nach rechts und links die Straße hinunter – sie war menschenleer.

»Die werden immer neugieriger! Nichts kann man hier

mehr geheim halten. Und der alte Kerl von gegenüber sitzt jetzt den ganzen Tag mit seinem Fernglas hinter der Gardine. Er denkt, ich sehe ihn nicht, aber ich sehe ihn sehr wohl. Ich sehe immer noch sehr gut!«

Dann schlug sie die Tür zu, und er zuckte zusammen. Plötzlich war es dunkel in dem geräumigen Flur, in dem es kein Fenster gab und in dem alle Möbel in dunklem Mahagoni gehalten waren. Sie saugten das wenige Licht auf, schienen ihm mitunter auch alles Leben aufzusaugen.

»Gib mir deine Jacke, und geh deinen Vater begrüßen. Er sitzt in seinem Stuhl im Wohnzimmer. In einer Viertelstunde ist das Essen fertig. Na los, geh schon!« Sie riss ihm quasi seine dünne Sommerjacke von den Schultern und schubste ihn durch den Flur, während sie selbst in die Küche verschwand.

Als sie fort war, blieb er zunächst im Türrahmen zum Wohnzimmer stehen, atmete dort tief ein und aus, strich Falten aus seiner Stoffhose, die nicht vorhanden waren. Seine Handinnenflächen waren schwitzig; er hasste dieses Gefühl, ekelte sich gar davor, konnte es aber nicht abstellen.

Er fühlte sich euphorisch heute, war aufgedreht und kribbelig. Es hatte ihn große Überwindung gekostet, überhaupt herzukommen. Doch das sonntägliche Mittagessen war ein Ritual, das er nicht ausfallen lassen durfte, wenn er den Argwohn seiner Mutter nicht wecken wollte. Und das wollte er auf keinen Fall!

Aus der Küche hörte er das Klappern von Topfdeckeln. Der übliche Geruch drang zu ihm herüber. Kartoffeln, mehlig kochend natürlich, Rotkohl mit deutlich zu viel Rotwein angereichert, dazu Schweinebraten mit fettiger Kruste. Hatte es sonntags je etwas anderes zu essen gegeben bei seinen Eltern? Wenn es so gewesen war, konnte er sich nicht daran erinnern. Dieses Menü hing ihm bis sonst wo hinaus, er konnte kotzen, wenn er nur den Geruch wahrnahm, aber das änderte nichts. Er musste da durch. Jeden gottverdammten Sonntag seines Lebens. Kartoffeln, Rotkohl, Schweinebraten, fettige Soße …

»Hallo, Vater!«, rief er betont freudig aus und trat den einen Schritt vom gefliesten Boden des Flures auf den hochflorigen Teppich des Wohnzimmers.

Der alte glatzköpfige Mann saß wie immer in seinem Rollstuhl vor dem großen Wohnzimmerfenster, das in den Garten hinauszeigte. Blicklos starrte er vor sich hin. Seine Hände lagen ausgestreckt auf den Lehnen des Rollstuhls, als seien sie dort fixiert. Die Finger zitterten wie die Flügel einer Libelle in andauernden, kleinen, fast zarten Bewegungen. Um den schlaffen, faltigen Hals trug er eine dünne metallene Kette mit Clips an beiden Enden, darin befestigt war ein großes weißes Papiertuch, das auf dem Hemd vor seiner Brust lag. Ein Tropfschutz, wie ihn Zahnärzte benutzen, und natürlich war er nicht mehr trocken. Gerade verabschiedete sich wieder ein dünner Speichelfaden vom Mundwinkel seines Vaters. Der Anblick ekelte ihn an! Es schien, als troff das Leben aus dem Körper seines Vaters auf dieses Papiertuch, um von seiner Mutter dann stückweise in den Mülleimer entsorgt zu werden.

Er wartete, bis der Speichelfaden sich von den Lippen getrennt hatte und in dem Tuch versickert war, dann umrundete er den Rollstuhl und ging vor den Füßen seines Vaters in die Knie. »Hallo, Vater, wie geht es dir heute?«

An ihm vorbei konnte sein Vater jetzt nicht mehr schauen, da sich ihre Gesichter genau gegenüber befanden, aber er wusste, dass diese trüben, immerzu feuchten grauen Augen einfach durch ihn hindurchstarrten, so als wäre er gar nicht vorhanden. Er wusste es, weil es nie anders gewesen war. Eine Antwort bekam er auf seine Frage nach dem Befinden nicht. Hatte er aber auch nicht erwartet.

In der Küche rumorte seine Mutter mit den Töpfen.

»Hat er einen schlechten Tag heute?«, rief er ihr zu.

»Ja, einen besonders schlechten.«

Er lächelte. Seine Euphorie ließ ihn mutig werden. Heute konnte er sich trauen, was er sich noch nie getraut hatte, hatte er doch bewiesen, dass er zu allem fähig war. »Tja, alter Mann, so kann es kommen«, flüsterte er ihm zu. »Früher hast du nie zuhören wollen, und jetzt musst du, ob du willst oder nicht. Ein Scheißgefühl, diese Hilflosigkeit, nicht wahr? Und, hat sie dir heute schon die Windel gewechselt und deinen faltigen Arsch abgewischt, hm? Und hast du auch schön brav deinen Brei gegessen …«

Plötzlich stand seine Mutter in der Tür und fixierte ihn mit ihren Argusaugen. Wie erschreckend tief ihm dieser Blick noch immer ins Gebein fuhr!

»Reagiert er?«, fragte sie.

Er schüttelte den Kopf und legte seine Hand in einer, wie er hoffte, liebevoll anmutenden Geste auf die seines Vaters. Schlaff und trocken fühlte sich die Haut an, und kalt. Fast wie die einer gehäuteten Schlange.

»Nein, leider nicht. Dabei wollte ich ihm doch erzählen, wie gut sein Geschäft zurzeit läuft.«

Mutter seufzte schwer. »Das hätte ihn so gefreut. Er hat doch nur für seinen Laden gelebt.«

Das kann mal wohl sagen, dachte er. Etwas anderes als die Belange seines Geschäfts hatte seinen Vater tatsächlich nie interessiert, und darum musste es doch geradezu unerträglich für ihn sein zu wissen, dass sein nichtsnutziger Sohn dort jetzt das Sagen hatte.

»Wir können beim Essen darüber sprechen. Deck bitte den Tisch ein«, befahl seine Mutter von der Tür aus und verschwand wieder in der Küche.

»Ja, gern!«

Aber er blieb noch einen Moment vor seinem Vater hocken, ließ die Hand noch liegen, schloss sie fester um die des alten Mannes und drückte unerbittlich zu, während er leise sagte: »Beschissen läuft dein Geschäft, und wenn es so weitergeht, melde ich nächstes Jahr Insolvenz an. Die Bank will mir die Hypothek kündigen, klasse, oder? Was du in vierzig Jahren aufgebaut hast, habe ich in zehn Jahren zerstört.«

Ahh! Wie gut es sich anfühlte, dem Alten endlich einmal die Wahrheit zu sagen. Allein dafür hatte sich der Stress der letzten Nacht gelohnt. Ohne das daraus resultierende Hochgefühl hätte er sich nie getraut.

Der alte Mann blinzelte. Und war da nicht ein kleines Flackern in den trübsinnigen Augen? Lag es an dem Schmerz der zusammengedrückten Knochen seiner Hand oder an dem Schmerz der Erkenntnis, dass sein eigener Sohn dabei war, ihm alles zu nehmen: Würde, Ehre, Stolz, Geld, die Früchte seines Lebens. Einfach alles! Ja, da war ganz eindeutig ein kurzes helles Flackern, und er bildete sich ein, dass es aus Leid geboren war. Dann war es auch schon wieder erloschen, der alte Mann wieder nur ein Zombie.

Mühsam drückte er sich aus der hockenden Position hoch und ging hinüber ins Esszimmer, das vom Wohnzimmer nur durch einen breiten Mauerdurchbruch getrennt war. Wie seine Mutter es befohlen hatte, stellte er Teller und Gläser auf die blütenweiße Tischdecke, legte das passende Silberbesteck hinzu und drapierte schließlich noch rote Papierservietten auf die Teller, farblich abgestimmt zu den Rosen, die in einer gläsernen Vase am Ende der Tafel standen.

Danach verbrachte er ein paar unschlüssige Minuten neben dem Tisch, darauf wartend, von seiner Mutter gerufen zu werden, und wurde dabei immer nervöser. Er konnte nicht einfach in die Küche gehen und seiner Mutter helfen. Sie hatte es nicht gern, wenn jemand dort umherwuselte, solange sie kochte. Also lauschte er ihren Geräuschen und konnte fast auf die Sekunde genau sagen, wann sie nach ihm rufen würde.

Jetzt!

»Mein Junge, holst du bitte den Wein und schenkst schon mal ein!«

Er wäre nicht schneller gestartet, wäre neben ihm der Startschuss zu einem Hundert-Meter-Lauf gefallen. Auf dem Küchentisch fand er eine bereits entkorkte Flasche Weißwein vor. Er nahm sie, ging zurück und schenkte ein. Währenddessen brachte Mutter die Porzellanschalen mit Kartoffeln, Rotkohl und die Platte mit dem säuberlich zerlegten Fleisch. Als alles dampfend auf dem Tisch stand, warf sie einen zufriedenen Blick darauf.

»So, dann können wir ja essen. Ich hole deinen Vater dazu.«

Sie ging hinüber, entriegelte die Bremsen des Rollstuhls und schob Vater an den Kopf der Tafel. Natürlich hatte er dort zuvor auch ein Gedeck drapiert, genauso wie für Mutter und sich selbst. Es spielte keine Rolle, dass sein Vater nicht mit ihnen aß, wichtig war nur, dass die alten Rituale eingehalten wurden.

»Guten Appetit«, sagte Mutter.

Sie setzten sich, taten sich auf und begannen zunächst schweigend zu essen. Immer wieder warf er verstohlene Blicke zu seinem Vater hinüber; er saß einfach nur da, und sein Leben lief in dünnen, durchsichtigen Fäden aus seinem Mund. Mutter ignorierte es völlig. Sie aß mit gesenktem Kopf. Ihr Gebiss war so schlecht, dass sie auf jedem Bissen Fleisch herumkaute, als enthielte er Hunderte von Gräten. Dabei gab sie schmatzende und merkwürdig zischelnde Laute von sich.

»Wie sieht es denn aus im Geschäft?«, fragte Mutter schließlich. Stets war sie es, die während des Essens das Gespräch eröffnete.

»Gut, sehr gut. Ich denke darüber nach, eine Halbtagskraft einzustellen.«

Sie hielt mit dem Kauen inne und sah ihn über den Tisch hinweg an. Schon schoben sich ihre Lippen zu einer Schnute zusammen.

»O Junge, ich weiß nicht, ich weiß nicht. Dein Vater hat immer gesagt, das Geschäft muss in der Familie bleiben. Einen Fremden hereinholen … Ich weiß nicht. Warum suchst du dir nicht endlich eine nette Frau? Die könnte dir doch im Laden helfen. Ich stand deinem Vater immer zur Seite. Wir brauchten nie eine fremde Hilfe. Wenn die Arbeit zu viel wurde, haben wir eben nachts gearbeitet. Du weißt doch, ohne Fleiß kein Preis! Nein, nein, such dir lieber eine Frau, eine ordentliche, die anpacken und kochen kann. Das wäre eine gute Lösung. Aber du musst auch etwas an deinem Aussehen ändern, musst mehr aus deinem Typ machen. Schau doch mal in den Spiegel! Wie du schon wieder aussiehst, das geht doch so nicht. Heutzutage wollen die Frauen Männer mit Effet!«

Er ließ die Litanei mit gesenktem Kopf über sich ergehen. Er bereute auch nicht, vorschnell von einer Aushilfe gesprochen zu haben, denn letztlich war es egal, was er sagte, seine Mutter würde am Ende doch wieder bei seinem Aussehen und der fehlenden Frau landen. Er könnte vom Angeln erzählen, sie würde mühelos den Bogen schlagen zu seinem Aussehen, er könnte von seinem Fang am Wochenende erzählen, sie würde ohne Anstrengung die fehlende Ehefrau ins Feld führen.

»Was hast du zum Bespiel am Samstagabend gemacht, Junge? Bist du ausgegangen und hast einer Frau den Hof gemacht?«

Er verschluckte sich an einer Gabel Rotkohl, schaffte es gerade noch, ihn nicht auszuspucken, musste aber mit Wein nachspülen. Seine Mutter schüttelte angewidert den Kopf, sagte aber nichts. Wahrscheinlich dachte sie jetzt, dieses Thema sei ihm zu peinlich.

»Ich war im Kino«, log er, als er wieder sprechen konnte.

»Allein?«

Er nickte.

»Ach, Junge«, seufzte sie schwer, so als hätte er einen Mord gestanden. »Was haben wir nur falsch gemacht. Wir haben uns doch immer solche Mühe mit dir gegeben. Es kann doch nicht nur an deinem Aussehen liegen. Da muss doch noch was anderes sein!«

Wie immer hatte sie recht. Aber dazu konnte er nichts sagen. Sie würde es nicht verstehen, niemand würde das. Das war eben das Leid der Einzigartigen. Sie blieben ihr Leben lang unverstanden. Nun gut, damit konnte er sich abfinden, solange das Leben ihm die Möglichkeit beließ, seine Einzigartigkeit zu hegen und zu pflegen, sie sich frei entfalten zu lassen.

Und das tat es!

4

Hier hatte er gelauert und beobachtet, sich vielleicht sogar mächtig und unbesiegbar gefühlt, den Wald als sein Revier betrachtet. Und hatte dabei mit Sicherheit etwas von sich zurückgelassen. Das taten sie immer. Manchmal absichtlich, meistens aber unbewusst. Nicht immer war es greifbar, nicht immer konnte man es in Beweismitteltütchen stecken oder auf Wattestäbchen extrahieren.

»Rechts runter«, sagte Paul Adamek, wies mit dem Arm in die entsprechende Richtung, blieb selbst aber stehen.

Sie arbeiteten mittlerweile lange genug zusammen; er wusste, wie er sich verhalten musste. Franziska benötigte großzügigen Freiraum, wenn sie sich einem Tatort oder einem Täter mit all ihren Sinnen näherte. Einsamkeit war dazu am besten geeignet, doch die gab es nur selten. Paul hielt sich aber so weit zurück und war so leise, dass es dem schon sehr nahe kam.

Franziska wandte sich also nach rechts und ging ein Stück weit am Zaun entlang. Nach zwanzig Metern sah sie links von sich ein Stück in den Wald hinein den umgestürzten Baum, von dem Paul gesprochen hatte. Sie blieb stehen und betrachtete den Waldboden. Die Spur war nicht schwer zu entdecken. Der Täter hatte den gleichen Weg genommen wie sie. Die kürzeste und leichteste Verbindung zwischen dem Stamm und dem Loch im Zaun.

Franziska betrachtete den Stamm. Es handelte sich um eine Eiche. Allzu lange lag sie noch nicht dort, die Rinde war hart und intakt, keine Pilze daran. Einen Moment überlegte sie, setzte sich dann hin. Wahrscheinlich hatte der Täter

Faserspuren auf der Rinde hinterlassen, die die Spurensicherer finden würden. Ihre eigenen ließen sich problemlos davon trennen, so dass sie es ruhig wagen konnte, dort zu sitzen. Das war wichtig für sie. Sie musste denselben Platz einnehmen wie er.

Identische Blickwinkel.

Sie sah auf. Der Platz war perfekt gewählt. Zwischen mehreren Stämmen hindurch und an einer Gruppe Tannen hinter dem Zaun vorbei konnte Franziska die Rückseite des Gebäudeflügels sehen, in dem die kleine Sarah untergebracht war. Sie hatte sich nicht gemerkt, welches der Fenster zu ihrem Zimmer gehörte, nur, dass es im zweiten Stock lag. Von diesem Platz aus ließ sich problemlos die gesamte Rückseite überblicken.

Hier hast du gesessen, nachts, in völliger Dunkelheit. Der nächtliche Wald macht dir keine Angst, du hast ihm sogar deinen Rücken zugedreht, bist also kein Kind der Großstadt. Vielleicht auf dem Land aufgewachsen. Du hast hier gesessen und das Gebäude beobachtet, eine Vielzahl von Fenstern. Was hast du gesehen? Licht, zugezogene Vorhänge, vielleicht das eine oder andere Gesicht hinter der Scheibe, aber mehr auf keinen Fall. Du wusstest wahrscheinlich, hinter welchem der Fenster dein Opfer zu finden ist, was dafür spricht, dass du dich in dem Heim auskennst. Aber wenn das so ist, warum hast du dann hier gesessen, vielleicht stundenlang? Das ist nicht ohne Risiko. Du hättest auch einfach zu gegebener Zeit vorfahren und dein Vorhaben in die Tat umsetzen können. Aber nein. Du hast es vorgezogen, hier zu sitzen und zu beobachten.

Jetzt musste sie noch einen Schritt weitergehen, sich vom Täter lösen und einen Platz *neben* dem Stamm einnehmen.

Franziska stand auf und positionierte sich ein paar Schritte hinter dem Stamm.

Er will das Kind. Er sitzt hier, vielleicht an verschiedenen Tagen stundenlang, obwohl es nicht nötig ist. Er beobachtet. Das tut er gern. Er ist ein Voyeur. Zu sehen, ohne gesehen zu werden, ist wichtig für ihn. Doch das ist noch nicht alles.

Franziska sah zu dem Gebäude empor und stellte sich vor, dort oben in einem warmen, sicheren Bettchen zu liegen. Dicke Mauern, Fenster, Schwestern, die über die Kinder wachten. Die gleiche trügerische Sicherheit, die sie gestern in ihrem eigenen Kinderzimmer empfunden hatte. Ihre Lebenserfahrung, ihr Wissen um das Böse hatten sie nicht darauf hereinfallen lassen, aber die Kinder waren arglos. Ein Bett ist aus Sicht eines Kindes ein sicherer Ort. Was unter der Bettdecke steckt, kann nicht abgehackt werden. Die Decke ist der Schutz vor dem schwarzen Mann.

Er kannte das Bedürfnis der Menschen nach Sicherheit. Er sah sich als Zerstörer dieser Sicherheit, das gab ihm ein Gefühl der Macht. Wahrscheinlich törnte es ihn an, sich vorzustellen, dass diese Kinder dort oben sich unbewusst vor ihm fürchteten, vor dem, was in der Dunkelheit lauerte. Er war die Gefahr, die Augen in der Dunkelheit, der Jäger. Er hatte hier gesessen, weil die Jagd an sich Teil seiner Motivation war. Wahrscheinlich befriedigte es ihn sogar. Alle Täter waren einzig und allein auf der Suche nach Befriedigung.

Franziska senkte den Blick und betrachtete den Waldboden. So wie Paul es gesagt hatte, war das alte Laub vor dem Baumstamm platt getreten. Er war tatsächlich oft hier gewesen. Nicht weil er es musste, sondern weil er es wollte.

Franziska ging zu Paul zurück. Bis hierher war sie zufrieden, den Rest mussten die Spurentechniker herausfinden. Es war immer wieder diese Konstellation aus drei verschiedenen Sichtweisen, die ihr weiterhalf: Ihre eigene als unbeteiligte, möglichst objektive Außenstehende. Dann die des Täters kurz vor und während der Tat. Schließlich die des Opfers in Unwissenheit des bevorstehenden Angriffs. War es stark, mutig, schnell oder verletzlich, schutzlos, hilflos? Für den Täter ein großer Unterschied.

»Sie sollen den Boden vor dem Stamm äußerst gründlich untersuchen«, sagte Franziska, als sie Paul erreichte. »Vielleicht hat er sich hier einen runtergeholt.«

5

Endlich!

Sie erwachte!

Seit fast einer Stunde saß er nun schon in seinem Versteck und beobachtete sie. Von seiner erhöhten Position aus hatte er einen hervorragenden Blick über die Büsche und zwischen den Bäumen hindurch. Sie lag in einer kleinen Mulde vor dem umgestürzten Baumstamm, dessen Verrottung schon weit fortgeschritten war. Eingerollt wie ein junges Rehkitz lag sie dort. Es war ein harmonisches, friedliches Bild. Der Mensch im Urzustand im Schoße der Natur, dort, wo er hingehörte. Frei und schamlos. Das aufs Wesentliche reduzierte Lebewesen. Eines unter vielen, weder göttlich noch unbesiegbar. Diese Harmonie war nach ein paar Minuten auf ihn übergesprungen und hatte die Unruhe vertrieben.

Das kleine Mädchen war entzückend!

Es weckte Erinnerungen in ihm. Daran, wie es bei der

Ersten gewesen war, vor scheinbar unendlich langer Zeit. Er hätte sich geißeln können für seine Feigheit, die ihn so lange davon abgehalten hatte, eine Neue zu holen. Mit diesem Anblick vor Augen konnte er nicht verstehen, wie er sich all die Jahre mit völlig unbefriedigenden Verhältnissen hatte abfinden können. Dieses Alter hier war ideal.

Zuerst lief ein leichtes Zittern von ihren Schultern bis in die Fußspitzen, dann begannen ihre Lider zu flattern, die Stirn zog sich in Falten. Schließlich schien sie zu begreifen und riss die Augen weit auf.

Schöne Augen, und doch so nutzlos.

Warum dieses Aufreißen, wenn es ihr doch nicht weiterhalf?

Sie stemmte die Hacken in den Waldboden, drückte sich mit den Händen hoch und schob sich rücklings gegen den Baumstamm. Dann zog sie die Beine eng an den Körper und schlang ihre Arme um die Knie. Das tat sie in einer fließenden Bewegung, anmutig und graziös, wie es nur Mädchen in ihrem Alter konnten.

Sein Atem wurde schneller, die Erregung stärker.

»Komm, meine Kleine«, flüsterte er so leise, dass nur er es hören konnte, »lass mich dich jagen.«

Aber das schien sie nicht zu wollen, noch nicht. Anders als die blinden Mäuse, Frösche und Kaninchen, die er regelmäßig dieser Situation aussetzte, geriet das Mädchen nicht in heillose Panik. Sie blieb still sitzen, als wüsste sie instinktiv, dass sie damit für ihren Feind unsichtbar oder zumindest uninteressant war. Sie hielt die Augen jetzt geschlossen, hatte das Kinn ein wenig nach oben gereckt, ihre Nasenflügel blähten sich auf, zogen sich zusammen, blähten sich auf. Sie nahm ihre Umgebung durch ihren Geruchssinn wahr. Wahrscheinlich konnte sie damit ebenso gut »sehen« wie er. Nur ganz leicht bewegte sie dabei den Kopf von rechts nach links.

So blieb ihm zunächst Zeit, sie genau zu betrachten. Ihre perfekte Haut, die wundervoll geschwungenen Lippen, die zarten Ohren, die wie ein Teppich auf Wangenknochen und Nasenrücken liegenden Sommersprossen. Vor allem aber ihr erstaunlich kräftig leuchtendes, kupferrotes Haar. Mit ein wenig Sonnenlicht darauf verwandelte es sich in eine Signalfarbe, die ein Jäger wie er schon von Weitem wahrnehmen konnte. Er beglückwünschte sich zu seinem Fang. Mit ihr hatte er wirklich ein außergewöhnlich schönes Exemplar erwischt, schöner noch als die Erste, die gröber und weniger anmutig gewesen war. Er freute sich auf die kommende Zeit mit ihr, malte sich schon jetzt aus, wie sie sich durch das Unterholz bewegen, wie sie flüchten, sich wehren und doch erliegen würde.

Sie regte sich erneut, nahm die Arme herunter und streckte die Beine aus.

Entweder war ihr die Position unangenehm geworden, oder sie hatte etwas gehört oder gespürt. Irgendwas krabbelte immer auf dem Waldboden herum. Mit einem Ruck stand sie auf. Viel zu schnell. Sie taumelte, suchte mit den Händen nach Halt, fand keinen und plumpste mit ihrem Hintern auf den morschen Baumstamm. Sofort sprang sie wieder auf, schwankte erneut, hielt sich aber auf den Beinen.

Er ließ seinen Blick ganz langsam über diesen perfekten kleinen Körper gleiten, nahm jede Kurve, jede sanfte Erhebung, jedes Zittern und Flattern überdeutlich wahr, ergötzte sich daran und fühlte, wie er schmerzhaft hart wurde. Automatisch glitt seine Hand in seinen Schritt und begann zu reiben.

Das Mädchen setzte jetzt langsam und vorsichtig einen Fuß vor den anderen, während ihre Hände den leeren Raum vor ihr erkundeten. Er konnte seine Augen nicht von ihr nehmen, wollte es auch gar nicht, viel zu lange war er ohne solche Anblicke ausgekommen. Er war so durstig danach, als hätte er einen langen Fußmarsch durch eine sengende Wüste hinter sich. Ein kleiner Schluck reichte nicht, er musste alles haben, musste sich satt sehen.

Seine Augen quollen hervor, während seine Hand immer schneller arbeitete. Obwohl die Jagd noch gar nicht begonnen hatte, und das Beste noch bevorstand, konnte er nicht innehalten. Zeit lassen konnte er sich all die anderen Male, die noch kommen würden.

Sein Atem raste.

Seine Hand arbeitete fieberhaft.

Sein Körper begann zu zucken.

Unten suchte das kleine blinde Mädchen fast starr vor Angst einen Weg hinaus, geriet aber mit jedem zaghaften Schritt tiefer in die Hölle.

6

Die Bleistiftspitze kratzte über Papier, schraffierte hier ein bisschen, dort ein wenig, zog ein paar Linien und Kanten.

Gedankenverloren betrachtete Franziska die Zeichnung auf ihrer großen Schreibtischunterlage. Aus dem Gedächtnis hatte sie den Gebäudeflügel nachgezeichnet, aus dem die kleine Sarah verschwunden war. Sie hatte das Fenster, hinter dem Sarahs Zimmer lag, besonders deutlich gezeichnet und durch eine Schraffur herausfallendes Licht angedeutet. Das

Gebäude bei Nacht, alle anderen Fenster längst dunkel, nur Sarahs noch erleuchtet.

Franziska hatte schon als Kind gern gemalt und gezeichnet. Später am Gymnasium hatte ihr Kunstlehrer sie immer wieder ermutigt und ihre Arbeiten gelobt. Er hätte es gern gesehen, wenn sie Kunst studiert hätte. Aber für Franziska war das Zeichnen immer nur eine Art der Zerstreuung gewesen, bei der sie ihre Gedanken zunächst baumeln lassen und später sortieren konnte. Es löste so manche Blockade, wenn sie einen Bleistift in den Fingern hielt und seine Spitze über Papier kratzen hörte. Dementsprechend sah ihre Schreibtischunterlage aus. Eines der großen Blätter reichte meist nicht länger als drei bis vier Tage, dann war es vollgekritzelt.

Warum dieses Heim? Warum dieses Mädchen? Und warum kannte er sich dort so gut aus, dass es ihm möglich gewesen war, sich in das Gebäude zu schleichen, ein Kind herauszuholen und ungesehen zu verschwinden? Er war durch den Lieferanteneingang gekommen, das hatten die Spurentechniker anhand von Bodenspuren herausgefunden, die er dort verloren hatte. Bodenspuren, die zu dem Platz im Wald passten, an dem er gelauert hatte. Aufgebrochen hatte er die Tür allerdings nicht, folglich verfügte er über einen Schlüssel. Da im Heim kein Schlüssel vermisst wurde, hatte er sich einen anfertigen lassen oder selbst angefertigt. So etwas verlangte Vorbereitung und Zeit.

Such den Feind im Schatten deiner Hütte lautete ein sudanesisches Sprichwort. Franziskas Erfahrung lehrte sie, dass die meisten Täter aus dem Umfeld der Opfer stammten, die Opfer sich ihnen anvertraut, sich auf sie verlassen hatten. Sarahs Mutter schied allerdings aus. Sie war überprüft worden. Ihr körperlicher und geistiger Zustand ließ weder aktives Handeln noch eine Anstiftung zu. Beim Vater war es schwieriger, denn der war unbekannt. Ihn zu ermitteln war unmöglich, solange die Mutter seine Identität nicht preisgab. Die behauptete, selbst nicht zu wissen, wer der Vater sei, und der Einschätzung der Beamtin nach, die mit der Mutter gesprochen hatte, war sie glaubwürdig. Beinahe jedes Klischee, das man mit einer drogenabhängigen Gelegenheitsprostituierten verband, traf hier zu.

Nach all den Jahren, die der Vater hatte verstreichen lassen, ohne auch nur den Versuch zu unternehmen, Kontakt zu seiner Tochter aufzunehmen, glaubte Franziska nicht an ihn als Täter. Stattdessen war sie sich sicher, dass der Täter zum Personal oder zu einem der Lieferdienste gehörte oder gehört hatte. Durch die Liste, die Frau Zierkowski hoffentlich gerade anfertigte, würden sie fündig werden, früher oder später.

Während Franziska ihre Zeichnung betrachtete und ihre Gedanken ordnete, fiel ihr wieder ein, was sie sich am Vormittag vorgenommen hatte. Der Täter hatte Sarah nicht wahllos gegriffen, nicht bei siebzehn weiteren blinden Kindern auf dem gleichen Gang. Folglich gab es an dem Mädchen etwas, was ihn besonders reizte. Vielleicht war es eine engere Beziehung als zu den anderen Kindern oder aber ihr Aussehen.

Franziska riss ihren PC aus dem Standby-Schlaf, ließ ihre Finger über ein paar Tasten fliegen und loggte sich in das nationale Register der Bundesbehörden ein. Dort ließen sich mit Schlagworten Querverbindungen zwischen Verbrechen herausfinden, selbst wenn die in verschiedenen Bundesländern stattgefunden hatten. Wenn das nicht weiterhalf, konnte sie auf Europol-Dateien zurückgreifen.

In das Suchfeld gab sie ein: Weiblich, achtjährig, blind, rothaarig, vermisst.

Bevor sie dazu kam, den Computer per Enter-Taste auf die Suche zu schicken, pochte es laut an ihrer nur angelehnten Tür, und Paul Adamek steckte den Kopf in ihr Büro.

»Ich bin sitzend am Schreibtisch eingeschlafen«, sagte er und gähnte. »Horst hat mich sozusagen telefonisch geweckt.«

Franziska warf einen Blick auf die Wanduhr. Zwanzig Uhr vorbei. Wieder einmal den Feierabend verpasst, und das an einem Sonntag. Horst Richter, Chef der Spurentechniker und Vater von vier Kindern, hatte Franziska schon draußen beim Helenenstift versprochen, dass er heute so lange arbeiten würde, bis er fündig geworden war. Scheinbar hatte er sein Wort gehalten.

»Und? Was hat er gefunden?«

»Erst einen Kaffee oder erst das Ergebnis?«, fragte Paul.

»Spann mich nicht auf die Folter, um diese Zeit habe ich keinen Humor mehr. Ist es das, was ich vermutet habe?«, fragte Franziska, stand auf und ging zur Tür.

»Die Frau mit dem zweiten Gesicht hat wie immer recht behalten.«

»Kein zweites Gesicht, nur das Ausnutzen vorhandener Denkkapazitäten, aber davon verstehen Männer nichts. Los, sag schon!«

»Der Mistkerl hat uns tatsächlich den Gefallen getan und in die Büsche gewichst. Bestes Genmaterial. Damit kriegen wir ihn!«

Franziska nickte gedankenverloren. »Warum hat er das getan? Weiß doch heutzutage jeder, dass die Spurentechniker alles finden, jeden kleinen Fussel. Die Öffentlichkeit weiß über Gentests und Reihenuntersuchungen Bescheid. Warum hinterlässt er im Wald seinen genetischen Fingerabdruck, geht innerhalb des Gebäudes aber sehr professionell vor?«

»Hab ich mich auch gefragt«, sagte Paul, der mit vor der Brust verschränkten Armen im Türrahmen lehnte. »Entweder will er mit uns spielen und weiß, wie elendig lange es dauern kann, bis wir die Ergebnisse haben, oder aber es ist ihm egal, weil er sich für unbesiegbar hält.«

»Letzteres wäre am besten, denn diese Typen machen die meisten Fehler. Es kann aber auch sein, dass er bereits eine Grenze überschritten hat, schon jetzt phasenweise die Kontrolle verliert, sich zwar organisiert, auf Dauer der Belastung aber nicht gewachsen ist.«

»Was ebenfalls eine hohe Fehlerquote mit sich bringt«, sagte Paul.

»Ja. Aber wenn er die Nerven verliert, tötet er die Kleine«, gab Franziska zu bedenken.

Sie sahen sich einen Moment schweigend an.

»In einigen Jahren«, sagte Paul dann leise und blickte auf seine Schuhe hinab, »ist meine Kleine so alt wie Sarah und kann so einem Arschloch in die Hände fallen. Ich mag gar nicht daran denken.«

»Dann tu es auch nicht. Du weißt doch, wie das läuft. Wenn du dich für diese Art Ängste öffnest, kannst du den Job gleich an den Nagel hängen. Menschen können nahezu perfekt verdrängen, und gerade wir müssen diese Eigenschaft nutzen.«

»Theorie und Praxis«, seufzte Paul. »Halt mal so einen kleinen Scheißer im Arm, schau ihm in die Augen, die so total wehrlos dreinblicken, und dann erzähl mir noch mal was von Verdrängung.«

Franziska nickte. Sie hatte der kleinen Tabea schon in die Augen gesehen und ahnte, wovon Paul sprach. Sie wusste nicht, was sie dazu noch sagen sollte. Immer öfter machte die Welt sie sprachlos, machte der hoch sozialisierte Mensch sie sprachlos, wütend, ohnmächtig.

»Magst du trotzdem noch einen Kaffee?«, fragte Paul.

»Ja, bitte … Sonst schlafe ich auf der Heimfahrt ein.«

Paul verschwand.

Franziska setzte sich wieder an ihren Schreibtisch und versuchte, das deprimierende Gefühl zu vertreiben, das sich gerade in ihr auszubreiten begann. Noch fiel es ihr leicht, da sie so früh bereits einen Ermittlungsansatz, eine Spur hatten. Ob sie Sarah damit noch helfen konnten, stand auf einem anderen Blatt.

Dass sie mit ihrer Vermutung, der Täter könnte in die Büsche gewichst haben, recht gehabt hatte, überraschte sie nicht. Im Gegensatz zu dem, was Hollywoodfilme gern suggerierten, gab es den perfekt organisierten Täter nicht. Sie alle folgten einem Trieb, und Triebhaftigkeit war ein äußerst saftiger Nährboden für Fehler. Die Quelle ihrer Begierden war gleichzeitig die Keimzelle ihres Untergangs. Und das war objektiv betrachtet nur gerecht.

Franziska klickte mit Verspätung auf die Enter-Taste, lehnte sich zurück und ließ den PC suchen. Mit geschlossenen Augen legte sie den Kopf in den Nacken. Ihre Halswirbel knackten. Sie sehnte sich nach einer heißen Dusche, nach ihrem gemütlichen Lehnstuhl mit Blick auf die freien Wiesen und den Waldrand hinter dem Haus. Ein bisschen Musik hören, ein Bier trinken, Schokolade essen, abschalten, Feierabend, so wie andere auch.

Mit einem leisen Piepen meldete das Programm einen

Fund. Franziska blinzelte sich in die Realität zurück, lehnte sich vor und las die Information.

Las sie noch einmal.

Sie wollte es trotzdem nicht glauben und las ein drittes Mal.

»Ist ja nicht zu fassen!«, murmelte sie.

Paul erschien mit zwei Tassen Kaffee in der Tür.

»Vorsicht! Heiß und giftig!«, rief er und stellte die Becher auf dem Schreibtisch ab.

Franziska fühlte sich auch ohne Kaffee plötzlich hellwach, war quasi elektrisiert. »Komm her, und schau dir das an!«, sagte sie zu Paul.

»Was gibt's denn?«

»Ich habe einen Abgleich gestartet. Und jetzt sieh dir mal an, was das Programm ausgespuckt hat.«

7

Feuer! Feuer!

Die gesamte Schultermuskulatur brannte, schrie, bettelte um Gnade, doch Max Ungemach ließ nicht nach. Den Blick starr nach vorn gerichtet, die Zähne zusammengebissen, ignorierte er den Schmerz und rief sich in Erinnerung, was Kolle ihm eingeimpft hatte. *Wer denkt, er kann nicht mehr, hat erst die Hälfte seines Potenzials ausgeschöpft.* Also weiter. Schlag um Schlag. Wer zwölf Runden im Ring durchstehen will, muss doppelt so lang Seilspringen können. Schweiß lief ihm in die Augen, verschleierte seinen Blick.

Tacktacktack.

Immer wieder schlug das plastikummantelte Stahlseil vor

ihm auf den Boden. Immer wieder glitt es unter seinen nur wenige Zentimeter angehobenen Füßen hindurch. Max steigerte das Tempo noch. Er spürte, dass er nicht mehr lange durchhalten würde. Selbst wenn er seinen Kopf bezwingen konnte, so galten doch auch für ihn die Gesetze der Biochemie. Seine Muskeln übersäuerten, und diesen Schmerz hielt niemand lange aus.

Noch ein bisschen schneller, noch ein bisschen!

Das Seil sirrte durch die Luft, wurde unsichtbar, machte sich nur noch durch das Aufschlagen auf dem Boden bemerkbar. Tacktacktack. Max zwang sich zu den letzten paar Umdrehungen, zwang sich in einen Bereich der körperlichen Erschöpfung, in den die meisten Menschen niemals vordrangen.

Aber dann war auch für ihn Schluss!

Aus voller Umdrehung ließ er das Seil zu Boden knallen, blieb noch einen Augenblick mit verzerrtem Gesicht stehen und sackte dann auf die Knie. Seine Schultern fühlten sich an, als hätten sie sich vom Rest des Körpers getrennt und schwebten nun ein gutes Stück daneben. Schweiß rann in Strömen sein Gesicht hinab und tropfte auf den staubigen Hallenboden. Schwer atmend, die Hände auf die Oberschenkel gestützt, hockte Max da und ließ die Wellen des Schmerzes abebben.

Langsam beruhigte sich seine Atmung, der Puls sackte relativ schnell wieder in den normalen Bereich ab. Er fühlte sich gut! Vor zwei Tagen erst war der Kampf in La Spezia gewesen, und eigentlich hätte er sich noch eine Weile ausruhen und es mit dem Training ein wenig ruhiger angehen lassen können, doch das hatte er nicht gewollt. Es ruhiger angehen zu lassen bedeutete, Zeit zum Nachdenken zu haben, und die brauchte er nicht. Was während des Kampfes gegen den Hünen de Martin passiert war, war eben passiert, was nützte es, sich den Kopf darüber zu zerbrechen. Wer konnte schon zu jeder Zeit seine Gedanken kontrollieren? Und wenn überhaupt jemand das Recht hatte, hin und wieder von seiner Vergangenheit eingeholt zu werden, dann war er das. Viele andere hätten ein solches Trauma niemals überwunden.

Mühsam erhob Max sich vom Hallenboden, nahm das Handtuch vom Stuhl neben sich und trocknete sich das Gesicht ab. Dann trank er von der Apfelschorle und ließ dabei seinen Blick durch die Halle gleiten.

Heute früh war nicht viel los. Nur Kevin und Tarek waren schon da. Die beiden hatten momentan keinen Job und deshalb alle Zeit der Welt für ihr Training. Zumindest nutzten sie diese Zeit auch dafür, statt auf der Straße abzuhängen. Die beiden waren schlank, muskulös und groß, und Disziplin hatten sie auch. Irgendwelche Spinner, denen es nur darum ging, auf der Straße austeilen zu können, hätte Kolle ohnehin nicht aufgenommen. Ehrgeiz und Muskeln nützten aber kaum etwas, wenn das Talent fehlte, und zumindest was Kevin anging, hatte Max seine Zweifel. Dem Jungen fehlte die Härte. Er hatte weiche Züge, seine Augen wirkten stets freundlich, und noch nie hatte Max ihn richtig laut schreien hören. Da war kein Killerinstinkt! Und den brauchte man einfach, um jemandem wieder und wieder ins Gesicht zu schlagen.

Tarek unterbrach sein Schattenboxen. »Wie viele waren es, Max?«

»Dreitausendundzwei.«

»Shit, da komme ich nie ran!«

»Immer am Ball bleiben«, munterte Max ihn auf. Zwischen ihnen lief ein Wettbewerb darüber, wer die meisten Umdrehungen beim Seilspringen schaffte. Tarek war noch knapp unter zweitausend. »In spätestens einem Jahr hast du mich.«

»So lange noch!«

»Klar! Es sei denn, ich binde mir ab jetzt beim Springen ein Bein hoch.«

Tarek grinste, zeigte ihm den Mittelfinger und widmete sich wieder dem Schattenboxen.

Hinter sich hörte Max ein charakteristisches Klappern. Es entstand immer dann, wenn Kolle die Tür zu seinem kleinen Büro aufriss und dabei die Alu-Jalousie gegen das Glas schlug.

Max drehte sich um. Kolle stand in der geöffneten Tür, gekleidet in seinen alten Bundeswehr-Trainingsanzug, sein bevorzugtes Outfit, das dementsprechend abgewetzt aussah. Hier im Gym hatte Max ihn selten in anderer Kleidung gesehen. Kolle war Berufssoldat und Trainer in einer Sportkompanie gewesen, hatte nebenbei aber immer seinen eigenen Boxclub betrieben. Mehr aus Liebhaberei denn aus wirtschaftlichen Gründen, was sich aber an dem Tag geändert hatte, an dem Max diesen Laden betreten hatte. Max erinnerte sich noch genau. Er war damals übel drauf gewesen, hatte dauernd die Schule geschwänzt, sich oft geprügelt und trotzdem immer noch diese Wut mit sich herumgetragen. In den Boxclub war er nur gekommen, weil er gehofft hatte, die Wut hier ausleben zu können. Doch da hatte er sich gründlich getäuscht. Kolle hatte sich von dem überheblichen Jugendlichen überhaupt nicht beeindrucken lassen.

»Du willst hart sein?«, hatte er ihn gefragt.

Und noch ehe Max wusste, was geschah, hatte Kolle ihm eine verpasst. Eine schallende Ohrfeige an die linke Wange. Alle Anwesenden waren erstarrt, und Max hatte nicht gewusst, was er tun sollte.

»Du bist hart, ja?«

Und schon schoss die andere Hand empor, um ihm links eine Ohrfeige zu verpassen. Aber Max hatte aufgepasst, die Hand abgefangen und Kolles Handgelenk mit eisernem Griff umklammert.

»Bin ich«, hatte er gesagt und Konrad Leders bohrendem Blick standgehalten.

Es hatte nie wieder eine Ohrfeige gegeben, dafür von dem Tag an hartes Training, unnachgiebige Befehle, aber auch eine helfende Hand, die Max damals so dringend gebraucht hatte. Dank Kolle hatte er den Realschulabschluss noch geschafft. Dank Kolle war er als Zeitsoldat zur Bundeswehr gegangen, und nur dank Kolle hatte er bis auf die dreimonatige Grundausbildung den Rest der Dienstzeit als Sportsoldat in dessen Einheit verbringen dürfen. Kolle war zusammen mit Max aus dem Dienst ausgeschieden, und zusammen hatten sie sich aufgemacht, den Boxring zu erobern. Max verdankte seinem Trainer weit mehr als nur die vielen Titel, die er seitdem zunächst als Amateur und später dann als Profi geholt hatte – und jetzt war der Kampf um die Weltmeisterschaft nicht mehr weit entfernt.

»Max, komm mal her!«, rief Kolle durch die Halle.

Max legte sich das Handtuch um die Schultern, schnappte sich seine Trinkflaschen und ging zum Büro hinüber, das sich in der rechten hinteren Ecke der großen Trainingshalle befand. Dieses Büro war, bis auf die Umkleide- und Nassbereiche, der einzige abgetrennte Bereich; alles andere war offen und für jeden einsehbar. Vor allem für Kolle, der von seinem Drehstuhl aus alles im Blick hatte.

In ebendem Stuhl saß Kolle jetzt hinter seinem abgestoßenen Schreibtisch aus Armeebeständen, als Max das Heiligtum betrat. Der PC surrte wie immer, auf dem übergroßen LCD-Schirm war die Online-Version irgendeiner Tageszeitung geöffnet. Kolle kontrollierte die Presse nach einem Kampf immer besonders akribisch.

»Mach die Tür zu, und setz dich hin«, sagte er.

Während Max die Tür schloss, fragte er sich, welche Laus seinem Trainer über die Leber gelaufen war. Es klang nicht so, als wäre er sauer, aber irgendwas bedrückte ihn. Dachte er etwa noch über den Kampf in La Spezia nach? Max hatte ihm oft genug versichert, dass alles in Ordnung sei. Nur eine winzig kleine Unkonzentriertheit, mehr nicht. Natürlich hatte er Kolle nicht die Wahrheit erzählt, denn diesen Teil seines Lebens trug er unter Verschluss tief in seinem Inneren mit sich herum.

Max ließ sich in den grünen Holzstuhl fallen, der unter seinem Gewicht in den Verleimungen knirschte. Kolle deutete auf den Bildschirm.

»Einige sprechen von Schiebung«, sagte er. »Andere finden, du hast deinen Zenit überstiegen.«

Max zuckte mit den Schultern. »Na und!«

Kolle sah ihn an, direkt und fordernd, so wie immer. »Steckst du in irgendwelchen Schwierigkeiten, von denen ich wissen muss?«, fragte er geradeheraus.

Max erwiderte Kolles Blick. Sein Trainer stellte nie eine Frage, wenn er sich nicht wirklich für die Antwort interessierte, so wie er überhaupt nie etwas sagte, wenn es nicht nötig war. Also warum hatte er ihn jetzt hierherzitiert? Max war sich nicht bewusst, Kolle einen Grund zur Sorge gegeben zu haben. Trotzdem fühlte er sich bei dieser Frage und unter diesem Blick wie ein schuldiger Pennäler, den man auch blanko bestrafen konnte, weil ohnehin immer etwas anlag. »Ich stecke in keinen Schwierigkeiten. Wie kommst du darauf?«

»Ganz einfach! Weil vor ein paar Minuten, als du mit Seilspringen beschäftigt warst, die Polizei hier angerufen hat und dich sprechen wollte.«

»Die Polizei?«, gab Max erstaunt von sich.

»Die Polizei!«, wiederholte Kolle.

»Und was haben die gewollt?«

»Um einen Strafzettel wegen falschem Parken geht es wohl nicht. Dafür würde keine Kriminalkommissarin anrufen. Die Dame möchte, dass du zurückrufst.«

Kolle schob einen gelben Notizzettel über den Schreibtisch. Max beugte sich vor, nahm ihn auf und las die darauf notierte Telefonnummer.

»Willst du sie auswendig lernen?«, fragte Kolle.

Max blickte zu ihm auf. »Kann ich mir keinen Reim drauf machen.«

»Das lässt sich ja schnell ändern.« Kolle deutete mit einem Nicken auf das schnurlose Telefon. »Ich habe der Dame versprochen, dass du in ein paar Minuten zurückrufst.«

Max griff nach dem Telefon und gab die Nummer ein. Obwohl er überhaupt keine Ahnung hatte, worum es gehen könnte, breitete sich in seinem Bauch ein merkwürdiges Gefühl aus.

»Soll ich dich allein lassen?«, fragte Kolle, bevor am anderen Ende jemand abnahm, machte aber keine Anstalten, sich aus seinem Drehstuhl zu erheben.

Max schüttelte den Kopf. Die Frage war ohnehin nicht ernst gemeint gewesen.

Die Polizistin hatte Konrad eine direkte Durchwahl gegeben, so dass Max sie gleich am Apparat hatte. Sie stellte sich als Kommissarin Gottlob von der Kripo in Hannover vor.

»Und worum geht es?«, fragte Max.

»Ich hätte da ein paar Fragen an Sie, die sich nicht am Telefon klären lassen. Kann ich Sie morgen irgendwo treffen? Es dauert sicher nicht länger als eine halbe Stunde. Ich lade Sie auch gern zu einem Kaffee ein.«

Sie klang betont nett, so als müsse sie ihn überreden. Max überlegte. Dass er mit der Frau sprechen musste, stand wohl außer Frage. Sie hätte nicht angerufen und würde den Weg von Hannover nach Hamburg nicht auf sich nehmen, wenn es nicht wichtig wäre. Fragte sich nur, *wo* er sich mit ihr treffen sollte? Hier im Gym auf keinen Fall, ebenso wenig zuhause. Ein einziger dieser lästigen Reporter würde genügen, um daraus eine Lügengeschichte zu konstruieren, die er dann monatelang dementieren müsste. Ein Profi-Boxer, der von einer Kommissarin verhört wird; so etwas war immer eine Schlagzeile wert, besonders, wenn man wie er gerade die Europameisterschaft verteidigt hatte.

»Kennen Sie die Autobahnraststätte Brunautal an der A7?«, fragte Max.

»Die kenne ich, ja. Aber ist das nicht zu weit für Sie?«

»Das geht schon in Ordnung. Wir können uns dort gegen 10 Uhr treffen. Wie erkenne ich Sie?«

»Sie sind ja nicht unbekannt, Herr Ungemach, also werde ich Sie erkennen.«

»Können Sie mir nicht wenigstens sagen, was das Ganze soll?«

Sie klang unbekümmert, als sie antwortete: »Machen Sie sich bitte keine Sorgen! Ich habe nur ein paar Fragen zu einer weit zurückliegenden Angelegenheit – dem Verschwinden Ihrer Schwester.«

8

Ihre kleine Hand lag warm auf seiner linken Schulter, während sie langsam die Straße hinuntergingen; die so erstaunlich kräftige Hand einer Achtjährigen, die es gewohnt war, sich irgendwo festzuhalten, ihrem Körper Halt, Orientierung und Sicherheit zu geben.

»Und wir bekommen bestimmt keinen Ärger, Max?«, fragte Sina. Allerdings klang ihre Stimme dabei kein bisschen ängstlich, sondern fröhlich und gespannt, voller Erwartung auf ein Abenteuer, und sie wäre sowieso auf jeden Fall mitgekommen.

»Wenn du dich nicht verplapperst, bestimmt nicht!«, antwortete Max.

Die hoch stehende Sommersonne strahlte von einem makellos blauen Himmel. Max genoss kurz die Vorstellung, heute und vielleicht die ganzen endlosen Sommerferien lang, tun und lassen zu können, was er wollte. Aber das war natürlich eine Illusion, denn für die nächsten sechs Wochen musste er den Aufpasser für seine kleine Schwester spielen.

In seine Gedanken versunken hatte er seinen Schritt etwas beschleunigt, und schon spürte er, wie sich Sinas Finger in seine Nackenmuskulatur gruben. Sie mühte sich mitzuhalten, wollte ihm nicht zur Last fallen und würde erst etwas sagen, wenn es gar nicht mehr ging. Im Grunde war sie ziemlich tapfer, fand Max.

Tante Maja hatte mal gesagt, es mache Sina deswegen nicht so viel aus, weil sie ja von Geburt an blind sei und es deshalb nicht anders kenne, aber das hielt Max für ausgemachten Quatsch. Sina wusste schließlich genau, dass die anderen sehen konnten, und aus seinen Beschreibungen wusste sie auch, was ihr entging.

Vor ein paar Minuten erst hatte er ihr beschreiben müssen, wie es ringsherum aussah. Vor allem die Sonne, immer wieder die Sonne, darüber konnte sie gar nicht genug hören. Es fiel Max nicht schwer, die richtigen Worte zu finden. Sie gerieten ihm sogar geradezu poetisch, und er liebte ihren Klang, wunderte sich immer wieder, wie selbstverständlich sie aus ihm heraussprudelten. Dass Sina ihn niemals auslachte, verlieh ihm den Mut, ihr so oft sie wollte die Sonne zu beschreiben. Aber immer nur für sie allein.

»Wie weit ist es denn noch?«, fragte sie von hinten.

»Nicht mehr weit.«

»Und du willst mir nicht verraten, was es ist?«

Max blieb stehen und drehte sich zu ihr um. Dabei rutschte ihre Hand von seiner Schulter und blieb auf halber Höhe in der Luft schweben, bereit, wieder zuzugreifen, wenn es weiterging.

In dem hellen Licht schien Sinas kupferrotes Haar aus sich heraus zu leuchten. Wie immer trug sie es zu kräftigen Zöpfen geflochten. Und obwohl Max wusste, dass sie ihn mit ihren großen, wunderschönen Augen unmöglich sehen konnte, gelang es ihm nicht, ihrem Blick länger als ein paar Sekunden standzuhalten. Immer kam es ihm vor, als könnten gerade ihre blinden Augen tief in ihn hineinsehen.

»Dann wäre es ja keine Überraschung mehr«, sagte er. »Du kannst doch weiterlaufen, oder?«

»Sehe ich aus, als könnte ich nicht mehr? An so einem Tag kann ich bis nach Afrika laufen.«

»Das ist ziemlich weit.«

»Wie weit?«

»Ich habe keine Ahnung, aber dafür würden die Ferien sicher nicht ausreichen.«

»Vielleicht machen wir das ja eines Tages! Du und ich, nur wir beide. Wir gehen zusammen nach Afrika und dann beschreibst du mir dort die Sonne. Was meinst du, Max? Ob das geht?«

Sie war acht Jahre alt. Sie war aufgeweckt, schlauer als er, aber sie war auch kindlich naiv bis dorthinaus. Und er würde es niemals übers Herz bringen, diese Naivität zu zerstören.

»Warum nicht!«, sagte er. »Wenn wir genügend Proviant einpacken.«

»Haben wir heute genügend Proviant dabei?«

»Wir haben eine Flasche Sprite, zwei Äpfel und zwei Butterbrote mit Salami. Für heute wird es reichen.«

»Dann nichts wie weiter.«

Max drehte sich um, und noch in der Bewegung fand ihre Hand zurück auf seine Schulter.

Er hatte wirklich eine Überraschung für sie geplant, aber das war nur ein Grund, warum er mit ihr hinausgegangen war. Der andere war, was seine Mutter Vaters »Kornkater« nannte. Ein Zustand, der nur schwer zu ertragen war und neuerdings regelmäßig dafür sorgte, dass Max mit seiner Schwester aus dem Haus flüchtete. Seit sein Vater vor einem halben Jahr die Anstellung in dem großen Gaswerk hier ganz in der Nähe verloren hatte, trank er zu viel, und nicht nur wegen der Arbeitslosigkeit. Max hatte Gerüchte gehört. Sein Vater sollte schuld gewesen sein an einem Betriebsunfall, bei dem ein Arbeiter getötet worden war und ein weiterer schwere Brandwunden erlitten hatte. Zuhause sprach niemand darüber, und im Ort wurde nur hinter vorgehaltener Hand getuschelt.

Nach weiteren zehn Minuten erreichten sie die kleine Holzbrücke über den Meerbach. Unmittelbar dahinter bogen sie nach rechts auf einen Trampelpfad ab, der am Ufer des Baches entlangführte. Der Weg wurde oft von Anglern benutzt, doch zu dieser Tageszeit hielt sich hier niemand auf.

Das hohe Unkraut kitzelte an ihren nackten Beinen.

»Das fühlt sich lustig an«, sagte Sina, und ihre Hand verschwand von seiner Schulter. Max wandte sich zu ihr um und sah dabei zu, wie sie sich im Kreis drehte. Dann trat sie plötzlich in ein Hasenloch, stolperte in seine Richtung, und ihr Kopf schlug gegen seine Lippen, als er sie auffing. Max spürte Blut in seinem Mund.

»Mist!«, fluchte er laut.

»Hab ich dir weh getan? Das wollte ich nicht!« Sina war erschrocken.

»Mann, hast du einen harten Schädel«, sagte Max und rieb sich das Kinn. Es tat wirklich weh.

»Tut mir leid, ganz ehrlich.«

»Du musst schon gucken, wo du hintrittst«, flachste Max, um der Situation den Ernst zu nehmen.

Sina knuffte ihn am Oberarm und grinste. »Blödmann!«, sagte sie.

Sie nahm es ihm nie übel, wenn er Witze über ihre Behinderung riss. Er war der Einzige, der das durfte.

Er betastete seine Lippe, die bereits anschwoll.

»Mannomann, du hast aber wirklich einen verdammt harten Schädel«, wiederholte er und wartete auf ihre Hand, die sich wieder auf seine Schulter senkte.

Sie gingen weiter am Ufer entlang und erreichten bald einen kleinen Strandabschnitt, der an der Innenseite der Schleife lag, in der der Fluss hier verlief. Ein abgetriebener Baumstamm hatte sich am Ufer verkeilt, so dass es laut plätscherte.

»Wir sind am Fluss!«, rief Sina aus.

Max lächelte.

»Genau, wir sind am Fluss. Und zwar an einer ganz besonderen, geheimen Stelle. Außer uns ist niemand hier. Du musst aber genau das tun, was ich dir sage, verstanden! Ich will nicht, dass du ins Wasser fällst.«

»Verstanden«, sagte Sina.

Max führte seine Schwester auf den feinsandigen, in der Sonne hellgelb strahlenden Sandstrand. Beide zogen die Sandalen aus und spürten die Hitze des Sandes an ihren Fußsohlen. Sina ließ sich auf die Knie fallen und wühlte mit beiden Händen im Sand.

»Der fühlt sich so weich an«, sagte sie und ließ die Körner durch ihre Finger rieseln. »Wie kommt der hierher?«

»Der Fluss bringt ihn mit«, antwortete Max. »Er spült ihn aus dem Boden und lagert ihn irgendwo wieder ab. Meist in Flusskurven, so wie hier.«

Sina drehte sich in Richtung des Baches, und es schien, als schaue sie auf das Wasser. »Wie tief ist es hier?«, fragte sie.

»An der tiefsten Stelle geht es dir bis an die Taille, aber dahin gehen wir nicht, da ist die Strömung zu stark. Wir

bleiben auf dieser Seite, hier reicht dir das Wasser nur bis an die Knie«, sagte er.

»Ich will hinein!«, rief Sina.

»Gib mir deine Hand«, sagte Max.

Sie streckte ihre rechte Hand aus. Er ergriff sie. Dann führte er seine Schwester in das kühle, klare Wasser des Baches, führte sie so weit hinein, wie es ihre kurze Hose erlaubte. Ihr Gesicht war eine einzige Offenbarung, und Max konnte nicht anders, als sie die ganze Zeit anzusehen. Ihr Mund war weit geöffnet, so als sitze tief in der Kehle ein lauter Schrei, der darauf wartete, dass Sina sich ihrer Gefühle sicher war.

»Das fühlt sich toll an!«, rief sie.

»Kann ich loslassen?«, fragte er.

Sina nickte.

Dann tauchte sie beide Hände ins Wasser und benetzte ihr Gesicht, die glühend roten Wangen, die Stirn, den Hals.

Es war ein merkwürdiger Anblick, fand Max. Beinahe so, als würde sie hier und heute getauft werden.

»Danke!«, sagte sie leise.

»Fall bloß nicht hinein!«, warnte Max und übertünchte damit seine Ergriffenheit.

»Würde ich aber gern.«

»Was würdest du gern?«

»Bis zum Hals im Wasser sitzen.«

»Kommt gar nicht in Frage!«

»Bitte, Max!«

Sie wandte ihm ihr Gesicht zu, und er wusste augenblicklich, dass er ihr diese Bitte nicht abschlagen konnte.

»Muss das sein?«, fragte er, auch wenn ab diesem Zeitpunkt jeder Widerstand zwecklos war. Sie hatte Macht über ihn wie niemand sonst.

»Bitte, bitte! Ich ziehe alle Sachen aus und setze mich gleich hier vorn ins Wasser, ja? Nur hier vorn, da kann doch nichts passieren! Ich möchte es überall spüren! Bitte, Max, lass mich doch, ich …«

»Jaja, schon gut. Aber der Kopf bleibt über Wasser!«

»Natürlich!«, sagte sie im Brustton kindlicher Überzeugung.

Schon war sie wieder am Strand, zog in Windeseile Hose, Bluse und Unterhose aus und kam nackt in den Fluss zurück.

Max beobachtete die Umgebung, überzeugte sich davon, wirklich allein zu sein. Sina machte Nacktheit nichts aus, aber sollte irgendjemand aus der Schule sie hier so sehen …! Diese Peinlichkeit wollte er sich lieber nicht ausmalen.

Er stand ganz dicht bei ihr, während sie behutsam ins Wasser glitt. Als es sich kühl um ihren Brustkorb schloss, hielt sie inne, japste nach Luft, ließ sich dann aber weiter hineingleiten. Sie schien überhaupt keine Angst zu haben, und Max fragte sich einmal mehr, wie groß der Mut seiner Schwester wohl war.

Dann saß sie mit ihrem Hintern auf Grund, nur noch Hals und Kopf schauten hervor, und die Enden ihrer langen Zöpfe trieben ein Stück vor ihrem Kopf auf der Wasseroberfläche.

»So schön!«, sagte sie andächtig. Ihr Gesicht entspannte sich, und sie schloss sogar die Augen. Nach ein paar Minuten fragte sie: »Warum haben wir das nicht früher schon mal gemacht?«

»Weil du letzten Sommer noch zu klein warst. Eigentlich bist du immer noch zu klein.«

»Aber ich habe ja einen großen Bruder, der auf mich aufpasst, nicht wahr? Mit dir kann mir nichts passieren.«

»Genau! Und dieser große Bruder pinkelt jetzt in den Fluss, weil er gerade ganz doll muss.«

Sie stieß einen hellen Schrei aus und schnellte aus dem Wasser empor. Juchzend lief sie an den Strand zurück. Max folgte ihr lachend. Der nahe Wald ließ ihre Stimmen widerhallen. Aus einer großen Eiche beim Fluss stieg lärmend eine Schar Krähen empor.

Beide ließen sich in den Sand fallen.

Max öffnete den alten grünen Rucksack, den er auch für seine Schulsachen benutzte, und holte die Sprite und die beiden Salamibrote hervor. Die Seiten des Brotes bogen sich bereits nach oben, es war schon alt gewesen, als Max es geschmiert hatte, aber das spielte keine Rolle. In seinem ganzen Leben hatte ihm eine alte Stulle noch nie so gut geschmeckt. Mit der warmen, beinahe schon eklig süßen Sprite spülten sie die Krümel hinunter. Zufrieden und satt saßen sie da. Sina weigerte sich, ihre Sachen wieder anzuziehen.

»Ich trockne in der Sonne«, bestimmte sie.

Max ließ sie. Als sie sich ausstreckte, um in der Sonne zu dösen, sagte er ihr, dass er sich oben auf die Böschung setzen würde, weil es ihm hier unten zu warm wurde.

Wo der Sandstrand endete, erhob sich ein gut vier Meter hoher Wall aus lehmigem Boden. Max krabbelte hinauf. In Wahrheit war es ihm unten am Wasser keineswegs zu warm gewesen, hier oben war es sogar noch wärmer, aber er hatte von der Böschung einen besseren Überblick und konnte schon von Weitem sehen, wenn sich jemand näherte.

Er lehnte sich an den Stamm einer Pappel, zog die Knie an und umschloss sie mit den Armen. Im Rücken den Wald, der sich unmittelbar an die Böschung anschloss, ließ er seinen Blick schweifen. In weiter Entfernung konnte er die rot schimmernden Dächer des Dorfes erkennen. Sie waren so weit weg, in einer anderen Welt, und Max stellte sich vor, niemals wieder dahin zurückzumüssen. Würde er etwas vermissen? Seine Eltern? Oder die Schule vielleicht? Ja, die Schule schon! Oliver und Jürgen, seine besten Freunde. Bestimmt spielten sie gerade Fußball.

Scheiße! Er würde so gern mit den Jungs Fußball spielen, so wie sonst auch, aber die Ansage seines Vaters war klar: Er hatte auf seine Schwester aufzupassen! Denn auch die Schule für Blinde, die Sina besuchte, hatte Ferien. Geld für die Sommerfreizeit auf Ameland, zu der Sina eigentlich gefahren wäre, war durch die Arbeitslosigkeit nicht mehr da, also musste sie daheim bleiben. Seine Mutter schob zum Ausgleich schlecht bezahlte Doppelschichten in der Wäscherei zwei Ortschaften weiter und war danach kaum noch ansprechbar.

Da unten lag seine Schwester im Sand und wusste nichts von all dem, ahnte nicht einmal, was er für sie aufgab.

Max schloss die Augen, blendete die Gedanken aus und ließ den Kopf gegen den Stamm der Pappel sacken. Fußball war der eine Grund, wegen dem er jetzt gern woanders gewesen wäre, doch es gab noch einen anderen: Emily, das hübscheste Mädchen seiner Klasse! Max versuchte sich vorzustellen, wie sie lächelte und ihm zuwinkte, während er zwischen den Pfosten für seine Mannschaft das Tor hütete. Mehr als ein Lächeln war bislang zwischen ihnen nicht gewesen, aber Max spürte, dass Emily noch in diesem Jahr sein Mädchen werden würde!

»Max!«, rief sie.

»Max!« Diesmal lauter.

Es dauerte einen Moment, ehe Max begriff, dass er mit den Gedanken an Emily eingedöst war. Nicht sie rief ihn, sondern Sina. Schon hörte er Stimmen. Da kam jemand! Max richtete sich auf und entdeckte drei Jungs, die eben von der Brücke auf den Pfad abbogen. Sie waren direkt auf dem Weg zum Strand.

»Max, da kommt jemand!«, rief Sina von unten. Sie saß aufrecht, hatte ihm das Gesicht zugewandt. »Ich finde meine Sachen nicht!«

Ihre Kleidungsstücke lagen ein paar Meter von ihr entfernt am Wasser.

»Ich komme!«, rief Max ihr zu und sprang die vier Meter in den weichen Sand hinunter. Der Aufprall schüttelte ihn ordentlich durch. Sofort holte er Sinas Sachen und half ihr dabei, sich anzuziehen. Als er ganz nahe bei ihr stand, spürte er die Hitze, die sie in der Sonne getankt hatte. Außerdem roch sie nach Fluss.

»Wer kommt da?«, wollte sie wissen.

»Ich weiß es nicht. Ich konnte nur drei Jungs sehen.«

Sina hatte Unterhose, Hose und Bluse an und war gerade dabei sie zuzuknöpfen, als die Stimmen lauter wurden. Max drehte sich in Richtung des Pfades und konnte jetzt erkennen, wer ihre Idylle störte. Jens Sauter kam durch das hohe Gras auf ihn zu. Dicht gefolgt von Thomas Fleischer und Philipp Kehr. Das unzertrennliche Trio. Ausgerechnet die!

Als Jens ihn bemerkte, blieb er stehen. Mit ein paar Worten, die Max nicht verstehen konnte, machte er seine Freunde auf sie aufmerksam. Alle drei stießen ein kurzes, hartes Lachen aus, dann kamen sie näher.

»Sind das deine Freunde?«, fragte Sina, die eben fertig war mit ihrer Bluse.

»Nein. Bleib lieber hinter mir. Könnte sein, dass es Ärger gibt«, flüsterte er ihr zu.

»Sieh an, sieh an, wen haben wir denn da!«, rief Jens und blieb in einiger Entfernung auf dem Strand stehen. »Der Blindenhund mit seiner Blindschleichenschwester. Ist das zu fassen!«

Seine Kumpels lachten kehlig. Sie lachten über alles, was Jens Sauter sagte, waren nichts weiter als seine Speichellecker, seine Untergebenen. Nur weil sein Opa früher im Nachbarort eine große Gastwirtschaft gehabt hatte und sein Vater mal Bürgermeister gewesen war, glaubte Jens, den großen Zampano spielen zu dürfen.

»Was macht ihr an meinem Platz?«, wollte Jens wissen. Er verschränkte seine Arme vor der Brust. Seine Kumpels bauten sich neben ihm auf. Im Verhältnis zu Jens waren sie eher mickrig. Thomas Fleischer war ein grober Kerl mit tumben Gesichtszügen, der nach der Grundschule auf die Sonderschule gewechselt war. Philipp Kehr dagegen war ein typisches Muttersöhnchen aus gutem Hause, das die falschen Freunde hatte. Wenn es hart auf hart kam, würde Philipp abhauen, Thomas aber würde kämpfen. Max war sich nicht sicher, ob er gegen ihn und Jens ankommen konnte.

Tja, wie es aussah, würde er es bald wissen, denn an Flucht war nicht zu denken. Nicht mit seiner Schwester an der Hand.

»Wir können hier genauso gut sein wie ihr«, sagte Max, und verkniff sich erst einmal die Ausdrücke, die er Jens eigentlich an den Kopf werfen wollte. Vielleicht ließ der ja doch mit sich reden.

»Irrtum, Blindenhund«, stieß Jens hervor und zeigte mit dem Finger auf ihn. »Arschlöcher wie du haben hier nichts zu suchen. Und dein behindertes kleines Schwesterchen schon gar nicht. Die hat ja nicht mal Titten.«

Während die beiden Affen erneut lachten, hörte Max hinter sich Sina scharf einatmen.

Er spürte Wut auflodern und ging drei Schritte auf Jens zu. »Du hast ja eine richtig große Fresse, wenn deine Kumpels dabei sind, was? Kannst du auch für dich allein einstehen? Nur wir beide, gleich hier und jetzt? Kannst du das?«

Jens lachte hohl. »Weißt du was? Das muss ich gar nicht. Ich will ja gar nichts von dir. Wie komme ich denn dazu? Ich hab doch nur gesagt, dass deine Blindschleiche keine Titten hat, genauso wie sie keine Augen hat, und das wird man …«

Ansatzlos stürmte Max auf ihn los. Keiner von den dreien hatte damit gerechnet. Ein Einzelner, der gegen eine Überzahl anrennt, so etwas wäre ihnen nie in den Sinn gekommen. Max hatte das Überraschungsmoment auf seiner Seite. Und er war gewillt, es zu nutzen. Auf eine Rangelei am Boden mit Jens konnte er sich nicht einlassen, denn dann würde Thomas eingreifen. Also blieb nur eins übrig.

Jens wich einen Schritt zurück, ebenso seine Freunde. Max aber war schnell, holte aus und drosch Jens seine Faust mitten ins Gesicht. Max hatte bis dahin noch nie jemandem ins Gesicht geschlagen, und er war überrascht, wie weh es ihm selbst tat. Der Erfolg aber war immens. Jens schrie laut auf. Blut schoss aus seiner Nase, er torkelte zurück und fiel hart auf den Hintern. Auf dem Boden sitzend presste er beide Hände an seine Nase. Blut lief zwischen seinen Fingern hervor. Er sagte irgendwas, doch keiner konnte es verstehen.

Max hob drohend die Fäuste vor den Oberkörper.

»Wer jetzt?«, schrie er laut und rasend vor Wut. Er war außer sich, und hätte in diesem Moment nicht Sina nach ihm gerufen, er wäre auch auf Thomas Fleischer losgegangen. So aber drehte er sich zu ihr um, um zu sehen, ob alles in Ordnung war, und plötzlich bekam er einen harten Schlag gegen das linke Ohr. Augenblicklich klingelte es darin, und der Schmerz schoss ihm grell in den Kopf.

Er fiel nach hinten. Ehe er zur Besinnung kam, war Thomas über ihm, ließ sich einfach auf ihn fallen und drückte ihn in den Sand. Max spürte Thomas' Knie auf seinen Oberarmen und seinen Arsch auf seinem Bauch. Und schon klatschte dessen flache Hand in sein Gesicht.

Eine Backpfeife links, die andere rechts. Sein Gesicht brannte, er spürte einen scharfen Schmerz an der Oberlippe und schmeckte erneut Blut. Sofort begann er zu zappeln und zu treten, stieß mit seinem Becken auf und nieder, schrie dabei wie ein Berserker, und irgendwie schaffte er es, den nicht eben leichten Thomas abzuschütteln. Der große Junge landete neben Max im Sand. Überrascht von der heftigen Gegenwehr, reagierte er zu langsam, und so war Max vor ihm auf den Beinen, schlug ihm hart mit der Faust ins Gesicht. Aufheulend zuckte Thomas zurück, presste sich die Hände vors Gesicht und blieb liegen.

Max ahnte, dass ihm jetzt nur wenig Zeit blieb. Schnell lief er zu Sina hinüber. Sie stand zitternd, weinend und mit vor der Brust gekreuzten Fäusten da, die nutzlosen Augen weit aufgerissen, die Lippen bebend.

»Ich bin's«, sagte Max und packte ihre Hand. »Komm schnell!«

Sie folgte ihm sofort.

Aber ein Hindernis gab es noch.

Philipp, der Mitläufer. Der war total perplex und konnte nicht fassen, dass seine beiden Beschützer geschlagen am Boden hockten. Es war offensichtlich, dass Philipp Max nicht angreifen würde. Er hob sogar abwehrend beide Hände mit den Handflächen nach außen, aber das war Max egal. Aus dem Schwung heraus drosch er Philipp seine Faust in den Bauch. Wie ein gefällter Baum klappte der dünne Junge zusammen.

Max zog Sina an Philipp vorbei, dann liefen sie.

9

Die Luft war feucht, dunstig und warm, Gerüche stiegen als wabernde Nebel vom Boden auf, intensiv, betäubend und fremdartig. Und noch etwas anderes entstieg dem Boden. Die hohe Luftfeuchtigkeit lockte die Tiere aus ihren Höhlen. Sie streckten ihre langen, stark behaarten Beine aus, tasteten zunächst vorsichtig, fühlten und reagierten auf Erschütterungen, bevor sich die dicken Körper aus den Löchern schoben.

Theraphosa blondi, die Giganten unter den Vogelspinnen. Sie waren erwacht und auf der Jagd!

Er liebte diese Tiere abgöttisch.

Viele der Exemplare – einige gekauft, andere aus seiner eigenen Züchtung – wiesen eine Körperlänge von zwölf Zentimetern und eine Beinspannlänge von gewaltigen dreißig Zentimetern auf. Er hatte nur die größten Exemplare importiert. Durch ihre starke Behaarung wirkten diese Spinnen sogar noch größer als ohnehin schon.

Seine Blondis!

Im Laufe der Zeit hatte er den Überblick verloren, wie viele Exemplare er ausgesetzt hatte. Er zählte sie längst nicht mehr, freute sich einfach nur darüber, wenn diese Armee von perfekten Jägern aus ihren Löchern gekrabbelt kam.

Das Mädchen hatte sie längst bemerkt, hatte wahrscheinlich das Schaben der harten Beine auf der Rinde und den Blättern gehört. Jetzt lief ein großes, kastanienbraun gefärbtes Exemplar über ihre Hand. Das Mädchen quiekte, sprang erschrocken auf, schüttelte ihre Hände. Die nächste Spinne lief mit anmutigen Bewegungen über den nackten Fußrücken des Mädchens, worauf sie wild herumzutrampeln begann. Er war froh, dass sie die Spinne dabei nicht zerquetschte, das war früher schon vorgekommen und hatte ihm jedes Mal einen Stich ins Herz versetzt.

Theraphosa blondi war eine Bombadierspinne. Bei Gefahr streifte sie die Brennhaare an ihren Beinen ab und schleuderte sie mit hoher Geschwindigkeit in Richtung des Feindes. Das geschah sehr schnell, für das menschliche Auge kaum wahrnehmbar. Was er aber sah, war die Reaktion des Mädchens, die einige dieser Haare auf den Fußrücken und ans Schienbein bekam.

Er wusste, wie stark das brannte. Die Schmerzen waren ähnlich dem Stich einer Wespe, nur großflächig verteilt. Jetzt schrie das Mädchen laut und grell auf, ein hoher, in den Ohren schmerzender Ton, dann spurtete sie nach vorn, zog dabei ihre Knie hoch bis an die Brust, damit sie ihre Füße vom Boden wegbekam.

Sie kam genau auf ihn zu!

Er hockte in seinem Versteck, einer tiefen Mulde im Boden, die mit einer halbrunden Platte aus Sperrholz abgedeckt war. Oben auf der Platte war Dornengestrüpp befestigt, so dass ein Fehltritt darauf kaum möglich war. Unter dieser Abdeckung hatte er genug Platz, um hockend oder liegend aus dem fünfzig Zentimeter breiten Spalt zu schauen. Es war die Perspektive eines Insekts, und wenn er sich in seinem Versteck befand, den Stab mit der präparierten Spitze in der rechten Hand, fühlte er sich seinen Blondis verbunden.

Das Mädchen kam weiter auf ihn zu. Sie schrie noch immer. Die Wirkung der Brennhaare dauerte an. Noch zwei Meter, noch einen, ein halber Meter …

Er machte sich bereit. Sie steuerte genau auf das Hindernis aus Büschen und Baumstämmen zu, an dem sie nicht vorbeikonnte, und so wie er es geplant hatte, blieb sie kurz davor stehen. Instinkt, es war ihr Instinkt. Die andere hatte ihn auch gehabt.

Die beiden schmalen nackten Fesseln befanden sich nun unmittelbar vor ihm. Er sah die geröteten Stellen, wo die Brennhaare sie getroffen hatten.

Blitzschnell griff er zu, legte seine linke Hand um ihren dünnen Knöchel, und noch bevor sie ihren Fuß in Panik wegziehen konnte, hatte er ihr mit der Spitze des Stabes einen kleinen Schnitt am Außenrist beigebracht. Dann zog er sich in seine Erdhöhle zurück wie ein Insekt, das auf den Tod seines Opfers wartet.

Das Mädchen ging in die Knie und umfasste mit beiden Händen sein Fußgelenk. Das Sekret wirkte sehr schnell. Als sie auf den Rücken fiel, Arme und Beine von sich streckte, und in einen schnellen, mühsamen Atemrhythmus verfiel, kroch er aus seinem Erdloch und kauerte sich neben sie.

Sein Opfer, das er als Jäger erlegt hatte.

Er ließ seine Hände zunächst noch über dem nackten Körper des blinden Mädchens schweben, stellte sich einfach nur das herrliche, berauschende Gefühl vor, das ihn gleich durchfluten würde.

Sie hatte die Augen jetzt weit aufgerissen und wirkte katatonisch.

Der richtige Moment war gekommen.

Seine Finger schwebten wie Flügel auf ihre Haut nieder, begannen zu tasten, zu streicheln, zu erobern.

Er war der unbesiegbare Jäger!

10

Eine halbe Stunde vor dem vereinbarten Termin erreichte Max die Autobahnraststätte. Er suchte einen freien Parkplatz in der Nähe des Restaurants und stellte den BMW ab. Bevor er ausstieg, nahm er die Baseballkappe mit dem Aufdruck der Red Sox vom Beifahrersitz, setzte sie auf und zog den Schirm tief ins Gesicht. Dazu schob er sich eine nur wenig getönte Sonnenbrille auf die Nase, die er auch im Restaurant aufbehalten konnte, ohne allzu bescheuert zu wirken. Das Ergebnis seiner Bemühungen betrachtete er im Rückspiegel. Natürlich sah er in seinen Augen immer noch wie Max Ungemach aus – und für alle, die ihn wirklich kannten, wahrscheinlich auch. Sein Gesicht war einfach zu markant. Ein breiter, kräftiger Kiefer, eine ebensolche Nase, noch nie gebrochen, worauf er stolz war, dazu weit auseinanderstehende, dunkelbraune Augen und kurzes, braunes Haar.

Nun ja, wenn sich nicht gerade ein glühender Boxfan in dem Restaurant aufhielt, würde es schon gehen. Max war nicht der Typ Boxer, der sich gern an die Medien verkaufte, dementsprechend selten fand sein Konterfei den Weg in die Illustrierten.

Max stieg aus und verriegelte den teuren Wagen per Fernbedienung. Unter einem bewölkten Himmel schritt er über den Parkplatz auf das Restaurant zu. Die Temperatur war über Nacht um fünfzehn Grad gesunken und würde sich heute auch nicht mehr erholen. Von der Nordsee her war mal wieder ein Tiefdruckgebiet im Anmarsch.

In dem modern gestylten Selbstbedienungsrestaurant suchte Max sich einen freien Platz an der langgestreckten Fensterfront. Er fand einen Tisch hinten in der Ecke, geschützt durch Grünpflanzen, die aus einem Raumteiler wucherten. Er schob sich in die rechte Bank, von der aus er den Eingang im Auge behalten konnte. Viel Betrieb herrschte nicht. Wahrscheinlich würde er die Polizistin erkennen, wenn sie sich suchend umschaute.

Sobald er saß und mit nichts anderem beschäftigt war als warten, wurde Max nervös. Er spürte diese Nervosität als Kribbeln in den Fingerspitzen, dazu begannen seine Füße auf dem Boden zu tappen, als trainiere er mit dem Seil. Wie er Nervosität vor einem Kampf in den Griff bekam, wusste er, dafür hatte er seine Strategie. Mit dieser hier wurde er allerdings nicht fertig. Es dauerte keine fünf Minuten, da hatte sie seinen ganzen Körper erfasst, so dass er einfach nicht mehr stillsitzen konnte. Zwar hatte er sein übliches Frühstück aus vier gebratenen Eiern ohne Eigelb, einem Streifen Speck für den Geschmack und einem gemischten Müsli mit Naturjoghurt bereits zu sich genommen, aber einen Kaffee und irgendein Stück Gebäck wollte er sich jetzt trotzdem holen. Dann wäre er wenigstens beschäftigt.

Aus dem SB-Tresen nahm er einen Nussplunder, aus dem SB-Automaten einen schwarzen Kaffee, an der Kasse durfte er bei einem Wesen aus Fleisch und Blut bezahlen, das aber auch nicht freundlicher oder gesprächiger war als die Automaten. Dann kehrte er mit einem Tablett an den Tisch zurück.

Er saß gerade, da fiel ihm die Frau an der Eingangstür auf, die sich suchend umsah. Sie war hoch gewachsen, mindestens eins achtzig, sehr dünn und hatte rotes, gelocktes Haar. Sie trug Bluejeans, dazu eine weiße Bluse unter einer braunen Wildlederjacke. Sie wäre ihm auch aufgefallen, wenn er nicht auf sie gewartet hätte.

Max nahm Kappe und Brille ab und hob kurz die Hand.

Lächelnd kam sie auf ihn zu. Wie sie sich zwischen Tischen und Stühlen hindurchbewegte, ließ Max erahnen, dass sie regelmäßig Sport trieb. Er mochte sportliche Frauen, die sich leger kleideten und es mit dem Make-up nicht übertrieben.

Er stand auf und schüttelte die zur Begrüßung ausgestreckte Hand.

»Herr Ungemach, nicht wahr?«, sagte die Frau. Ihre Stimme klang kräftig und ein wenig rau.

»Richtig.«

»Sehen Sie, ich habe Sie trotz der bescheidenen Verkleidung erkannt. Ich bin Franziska Gottlob, Kommissarin der Kripo Hannover. Vielen Dank, dass Sie gekommen sind.«

Ihr Blick glitt zu Max' Tablett auf dem Tisch. »Haben Sie etwas dagegen, wenn ich mir das Gleiche hole? Ich habe nicht ordentlich gefrühstückt. Um ehrlich zu sein, nur eine Tasse Kaffee und einen Toast.« Sie lächelte ihn entwaffnend an. Sie hatte hellgrüne Augen.

»Nein, kein Problem«, sagte Max.

»Okay, dann bis gleich.« Im Weggehen drehte sie sich noch einmal um. Ihr Haar flog von einer Seite zur anderen. »Und fangen Sie ruhig schon an.«

Max ließ sich auf der Bank nieder und zog das Tablett zu sich heran. Aber statt von dem Kaffee zu trinken, sah er der Polizistin nach. Sie stand mit dem Rücken zu ihm am Tresen und ließ Kaffee in einen Becher laufen. Selbst aus der Entfernung wirkte alles an ihr eine oder zwei Nummern zu groß. So als hätte ihr Körper groß und lang werden müssen, um die Energie aufnehmen zu können, mit der sie fraglos ausgestattet war.

Eine beeindruckende Frau, wie er fand.

Sie drehte sich um. Max nahm hastig die Kaffeetasse hoch. Hatte sie bemerkt, dass er sie anstarrte? Wahrscheinlich bemerkten Polizistinnen so etwas, ohne es sehen zu müssen.

Mit genau dem gleichen Gedeck wie Max kehrte Franziska Gottlob an den Tisch zurück. Sie stellte das Tablett ab, warf ihre Handtasche auf die Bank und glitt schließlich selbst darauf. Auf Augenhöhe saßen sie sich gegenüber.

»Hatte ich mich schon dafür bedankt, dass Sie extra hergekommen sind?«, fragte die Kommissarin.

Max nickte. »Ja, aber das müssen Sie gar nicht. Ich hatte heute sowieso nichts vor, da kam mir der Ausflug ganz gelegen.«

Sie lächelte. »So richtig gut zu schwindeln lernt man als Boxer nicht, oder?«

»Hm … scheinbar nicht. Es ist aber trotzdem in Ordnung.«

»Ich habe am Samstag Ihren Kampf gesehen!«, sagte sie und biss in den Plunder.

»Sie interessieren sich fürs Boxen?«

»Klar!« Sie kaute, spülte dann mit Kaffee nach. »Schon seit ich zwanzig war. Meine erste große Liebe war Boxer, ein Amateur, und da bin ich oft mit zu den Kämpfen gegangen. Gehalten hat aber nur die Liebe zum Sport.«

»Und, war ich gut?«

»Große Klasse! Ich hatte auch nie Zweifel daran, dass Sie de Martin schlagen würden. Der Junge ist noch zu unerfahren. Eigentlich hat der zusammen mit Ihnen nichts im Ring zu suchen … Es sei denn als Sparringspartner.«

Sie lachte laut und kehlig über ihren eigenen Witz, und Max spürte, wie er sich ein wenig entspannte. Diese Frau hatte eindeutig Boxverstand. Ihre Worte hätten von Kolle stammen können.

»Aber nicht dass Sie glauben, ich wolle mir auf diese Art ein Autogramm von Ihnen erschleichen.« Sie legte das Gebäckstück beiseite und sah ihn an. »Ich war schon ziemlich überrascht, als ich im Zuge aktueller Ermittlungen auf Ihren Namen stieß.«

Ja, überrascht war Max jetzt auch. Zum einen über den raschen Themenwechsel, zum anderen über die Wortwahl, die alarmierend klang.

»Mein Name? Im Zuge aktueller Ermittlungen?«, wiederholte er.

Die Kommissarin strich mit einer schnellen Bewegung eine störrische Locke aus ihrer Stirn und nickte.

»Ich erkläre Ihnen wohl erst mal, worum es geht.«

»Ich bitte darum.«

»In der Nacht von Samstag auf Sonntag ist aus einer Behinderteneinrichtung in der Nähe von Hannover ein achtjähriges Mädchen verschwunden. Wir sind uns sicher, dass dieses Mädchen entführt wurde. Niemand hat etwas gesehen, aber die kleine Sarah ist wie vom Erdboden verschluckt.«

»Und dieses Mädchen ist blind, nicht wahr?«, sagte Max mit brüchiger Stimme.

Franziska Gottlob nickte. »Ja, sie ist blind, von Geburt an. Auf der Suche nach vergleichbaren Fällen bin ich auf den Ihrer Schwester gestoßen – und auf Ihren Namen. Ich war wirklich überrascht, das kann ich Ihnen sagen! Immerhin hatte ich Sie am Abend zuvor noch im Fernsehen gesehen.«

Sie beugte sich ein Stück über den Tisch und sah ihn mit einem Blick an, der intensiv und mitfühlend zugleich war.

»Ich hoffe, Sie können mit mir darüber sprechen.«

Max nickte. »Natürlich. Ich verstehe nur den Grund nicht.«

Er hielt ihrem Blick stand. Selbstbewusste Frauen machten ihn in der Regel nervös, und die überlegene Sicherheit, die er im Ring ausstrahlte, verschwand ihnen gegenüber einfach. Aber bei dieser Kommissarin war es anders. Er war gleichermaßen fasziniert und beeindruckt von ihr und fand nichts dabei, länger in ihre grünen Augen zu blicken, als es nötig war.

Schließlich war sie es, die den Blick kurz niederschlug, bevor sie weitersprach.

»Zwischen Ihrer Schwester und der kleinen Sarah gibt es auffallende Parallelen. Beide Mädchen waren zum Zeitpunkt ihres Verschwindens acht Jahre alt. Sarah hat ebenfalls rotes Haar … und dann natürlich die angeborene Blindheit.«

»Aber das liegt doch schon zehn Jahre zurück!«, sagte Max.

»Richtig, ein sehr langer Zeitraum. Trotzdem könnte es möglich sein, dass der Täter von damals wieder zugeschlagen hat. Ich halte nicht viel davon, mir jetzt schon den Kopf darüber zu zerbrechen, warum so viel Zeit vergangen ist, das kann ich noch klären, wenn ich Sarah gefunden habe. Vielmehr ist für mich jetzt wichtig, einen Ansatz zu finden. Und da kommen Sie ins Spiel, Herr Ungemach.«

In der Boxwelt wurde Max fast ausschließlich mit seinem Vornamen angesprochen, und in diesem Gespräch dauernd seinen ungeliebten Nachnamen zu hören, irritierte ihn. Er hatte so etwas Düsteres, Bedrohliches, das im Ring ja noch ganz nützlich, im Privaten aber einfach nur störend war. Noch traute er sich aber nicht, der Kommissarin das Du anzubieten.

»Inwiefern?«, fragte er.

»Wenn es Ihnen nichts ausmacht, würde ich Sie gern zum Verschwinden Ihrer Schwester befragen. Ich weiß, es ist lange her, aber vielleicht fällt Ihnen gerade deshalb etwas ein. Das passiert oft. Unser Gedächtnis ist alles andere als zuverlässig.«

»Ich weiß nicht …«, Max zuckte mit den Schultern. »Ich konnte ja damals schon nicht viel zu den Ermittlungen beitragen.«

»Sie waren damals fünfzehn, nicht wahr?«

»Es passierte zwei Tage vor meinem sechzehnten Geburtstag.«

»Ein Teenager also. Hatten Sie den Eindruck, von den zuständigen Beamten ernst genommen zu werden?«

Max runzelte die Stirn. Jetzt, wo sie es sagte, fiel ihm wieder ein, dass es eben nicht so gewesen war. Der Beamte, der ihn damals vernommen hatte, war ziemlich arrogant gewesen.

Max schüttelte den Kopf. »Nein, ich glaube nicht.«

»Das habe ich mir gedacht. Ist mir gleich aufgefallen, als ich durch die Akten geblättert habe. Ihre Aussage darin ist auf ein paar Zeilen begrenzt. Damit kann ich nichts anfangen. Jetzt hoffe ich, von Ihnen noch etwas mehr zu erfahren.«

Max, der seinen leeren Kaffeebecher zwischen seinen Händen hin und her drehte, sah zu der Polizistin auf.

»Ich kann mich an alles erinnern. An jede verdammte Kleinigkeit. Das ist alles in meinem Kopf eingebrannt.«

Franziska Gottlob sah ihn eindringlich an.

»Erzählen Sie bitte«, sagte sie.

11

»Du passt auf deine Schwester auf und damit basta!«

»Aber der Trainer hat gesagt …«

»Interessiert mich einen Scheiß, was irgendein Trainer gesagt hat. Und wenn du jetzt nicht Ruhe gibst, knall ich dir eine, dass du nicht mehr weißt, wo oben und unten ist. Hau bloß ab in dein Zimmer, bevor ich mich vergesse.«

Max' Vater hatte sich in seiner ganzen imposanten Größe vor ihm aufgebaut. Er hatte nicht geschrien, war aber trotzdem laut genug geworden, und mit jedem Wort war Max die intensive Bierfahne ins Gesicht geweht. Sein Magen drehte sich um dabei; er hasste den Geruch von Bier, hasste das Geräusch, das entstand, wenn sein Vater die Kronkorken entfernte, einen nach dem anderen, den ganzen Tag über.

»Was is? Red ich so undeutlich?«

»Nein«, sagte Max, ließ die Schultern hängen und trottete in sein Zimmer. Er traute sich nicht, die Tür hinter sich

zuzuschlagen, hätte es aber zu gern getan. Ein klein wenig seiner Wut wäre damit vielleicht verraucht. Er warf sich bäuchlings auf sein Bett, vergrub das Gesicht in den Armen und heulte lautlos.

Das war ungerecht, so unglaublich ungerecht!

Fast zwei Wochen der Sommerferien waren schon vorbei, und er hatte noch nicht einen einzigen Tag allein weggedurft. Die Jungs warteten auf ihn, draußen auf dem Bolzplatz, auf dem sie beinahe jeden Tag für die nächste Saison trainierten. Aber nicht nur die Jungs warteten!

Auch Emily wartete! Im Sportunterricht trug sie immer kurze Hosen, so wie die anderen Mädchen auch, aber keine hatte so schöne Beine wie Emily. Alle Jungs schauten hin, ausnahmslos. Max hatte auch den Sportlehrer schon verstohlen hinschauen sehen. Aber ihre Beine allein waren es nicht. Sie hatte diese blonden Löckchen, die ihr oft wild vom Kopf abstanden, strahlend blaue Augen und ein Lächeln, das ihm tief in den Bauch fuhr.

Max fühlte sich zerrissen.

Einerseits besänftigten die Gedanken an Emily seine Wut, andererseits wurde sie erneut angefacht, wenn er daran dachte, dass er hier nicht wegkam. So wie es jetzt aussah, würde das die ganzen Ferien so weitergehen.

Verflucht noch mal, das durfte er einfach nicht zulassen!

Max schniefte ein letztes Mal in die Tagesdecke, dann drehte er sich auf den Rücken, verschränkte die Arme unter dem Kopf und starrte zur Zimmerdecke empor. Unten in der Küche hörte er seine Eltern streiten. Es war Samstag, und seine Mutter hatte frei, aber auch sie dachte nicht daran, ihm Sina für zwei Stunden abzunehmen. Max hatte das Gefühl, dass sie unter dem Druck ebenfalls zu trinken begann. Sie war dünn geworden in den letzten Monaten, wirkte abgehärmt und war oft wortkarg. Jetzt keifte sie allerdings gerade ordentlich zurück, die üblichen Streitereien ums Geld. Nach dem Essen, wenn Mutter erschöpft und Vater betrunken Mittagsschlaf hielten, wurde es ruhiger.

In der Zeit der Stille, wie Sina und er es nannten, bekamen die beiden nicht viel mit von dem, was im Haus vorging. In dieser Zeit konnte er sich einfach davonschleichen und mit den Jungs Fußball spielen. Aber dann müsste er Sina allein lassen in dieser gruseligen Stille. Er mochte sich nicht einmal vorstellen, wie es für sie sein würde, nichts zu sehen und nichts zu hören, und das den ganzen Nachmittag.

Nein, das kam nicht in Frage!

Über die Möglichkeit, Sina mit zum Bolzplatz zu nehmen, hatte er auch schon nachgedacht. Sie würde ihm bestimmt den Gefallen tun, ruhig am Rand des Feldes zu sitzen und zu warten. Aber Max wusste, was dann passieren würde. Einige der Jungs waren dumm genug, ihre blöden Witze zu reißen. Und er selbst würde sich nicht wirklich auf das Spiel konzentrieren können, würde immer wieder zu Sina hinübersehen und sich ein Tor nach dem anderen einfangen.

Er brauchte sein eigenes Leben, seine eigene Zeit! Warum verstanden Mama und Papa das nicht? Es war einfach zum Kotzen.

Es klopfte leise an seiner Zimmertür.

In diesem Haus gab es nur einen Menschen, der auf diese Art klopfte, und diesen Menschen wollte Max jetzt gerade gar nicht sehen. Also antwortete er nicht.

»Max?«, fragte seine Schwester.

»Komm rein«, sagte er, wischte sich die Augen ab und

schob sich mit dem Rücken gegen das Kopfteil des Bettes. Sie würde ja ohnehin nicht lockerlassen.

Behutsam öffnete Sina die Tür, schlüpfte ins Zimmer, schloss die Tür wieder und blieb stehen.

»Ich bin auf dem Bett. Komm her.« Er klopfte zweimal neben sich auf die Tagesdecke.

Sina orientierte sich an dem Geräusch. Sie kannte sich in seinem Zimmer genauso gut aus wie in ihrem eigenen, steuerte geradewegs auf sein Bett zu, kroch zu ihm und lehnte sich ebenfalls an. Sie trug ihr weißes Sommerkleid mit dem Blumenmuster und natürlich die Haarbänder um die Zöpfe.

»Sie können nichts dafür, oder?«, sagte Sina leise, während es unten polterte und Vater schimpfte. »Es ist nur wegen Papas Arbeit und dem Geld, oder?«

»Ja, genau«, sagte Max, obwohl er sich da nicht so sicher war. Immerhin zwang ja niemand seine Eltern dazu, Alkohol zu trinken.

»Du hast geweint«, stellte Sina fest.

Darauf sagte Max nichts. War ja klar, dass sie es sofort bemerken würde. Mitunter war eine blinde kleine Schwester wirklich nervig.

»Warum?«, fragte sie und ließ dabei einen Zopf durch die Finger ihrer rechten Hand gleiten.

»Ist doch egal«, sagte er und hörte dabei, wie sehr seine Stimme von Wut und Traurigkeit verzerrt war.

Der Zopf glitt wieder und wieder durch ihre Hand. Eine ihrer Marotten, die ihn aber überhaupt nicht störte. Diese gleitende, harmonische Bewegung hatte etwas Beruhigendes. Sina schien stets in sich selbst zu ruhen, wenn sie es tat.

»Ist nicht egal. Du hast Papa gefragt, ob du zum Fußball darfst, oder?«

»Warum fragst du, wenn du es sowieso schon weißt.«

Darauf ging Sina nicht ein. Sie saß schweigend neben ihm, ihre warme Schulter an seiner, und Max wünschte sich, dass sie einfach noch ein paar Stunden so dasitzen könnten. Hier im Zimmer herrschten wenigstens Ruhe und Frieden. Aber Sina erfüllte ihm diesen Wunsch nicht. Sie musste einfach immer reden.

»Es ist meine Schuld.«

»Was ist deine Schuld?«

»Dass du nicht zum Fußball darfst. Wenn ich sehen könnte, müsstest du nicht dauernd auf mich aufpassen.«

Max schüttelte den Kopf. »So ein Quatsch!«, sagte er mit Nachdruck. »Es ist überhaupt nicht deine Schuld. Wenn überhaupt, dann ist es die Schuld unserer Eltern. Die könnten ja auch mal auf dich aufpassen.«

»Bestimmt trinkt Papa so viel, weil ich blind bin, und dann ist es doch wieder meine Schuld.«

Sie ließ den Zopf jetzt schneller durch ihre Hand gleiten. Max konnte die Logik nachvollziehen, die hinter Sinas Gedankengang steckte, und wahrscheinlich entsprach sie wenigstens zum Teil der Wahrheit, aber glauben lassen durfte er es sie trotzdem nicht. Er sah sie von der Seite her an, während er nach den richtigen Worten suchte. Dabei wuchs der Hass auf seine Eltern immer weiter.

»Jetzt hör mir mal zu«, begann er. »Ich will dich niemals wieder so einen Blödsinn reden hören. Man könnte ja meinen, du wärst das dümmste Kind unter der Sonne. Du bist nämlich an gar nichts schuld, hörst du! Papa würde mir das Fußballspielen auch verbieten, wenn du sehen könntest, einfach nur so, weil er es will. Vielleicht ist er einfach kein netter Mensch. Wie der alte Sauter, weißt du, der

schreit auch alle Kinder an, den habe ich noch nie freundlich erlebt. Es gibt solche Menschen, die kommen schon so auf die Welt.«

»Meinst du wirklich?«

»Na klar!«

»Aber warum kommt es mir dann so vor, als läge es nur an mir, dass in unserem Haus alle bedrückt und traurig sind? Manchmal glaube ich, wenn ich wegginge, würde hier drinnen auch wieder die Sonne scheinen.«

Bis zu dieser Sekunde hatte Max noch nicht begriffen, was es bedeutete, wenn einem das Herz brach. Doch jetzt spürte er deutlich in seinem Inneren etwas kaputt gehen. Plötzlich konnte er nicht mehr so gut atmen, und in seinem Kopf wirbelte alles durcheinander. Sina war ein fröhliches Mädchen, sie lachte viel, schien unbekümmert – und nun das! Kannte er seine Schwester überhaupt richtig? Oder sah er nur das, was sie andere sehen lassen wollte?

Für einen Moment wusste er nicht, was er darauf erwidern sollte.

»Was ist denn, wenn wir beide draußen unterwegs sind? Dann ist doch alles gut, oder nicht?«, fragte er schließlich.

»Ja, schon, aber …«

»Na siehst du. Was du gesagt hast, stimmt einfach nicht. Es liegt nur an dem beschissenen Alkohol, an sonst gar nichts.«

Sie schwieg nachdenklich, und Max hatte das Gefühl, schnell etwas nachschieben zu müssen. »Wir beide halten zusammen, dann kommen wir schon zurecht«, sagte er und meinte es auch so.

»Aber du musst zum Fußball gehen.«

»Was?«

»Ich will, dass du zum Fußball gehst, mit den anderen Jungs.«

»Papa hat es verboten.«

Sina lächelte spitzbübisch »Wenn Mama und Papa schlafen, schleichst du dich einfach weg. Ich spiele im Garten und warte auf dich. Bevor sie wach werden, bist du schon wieder da.«

Max schüttelte den Kopf. »Ich kann dich doch nicht hier allein lassen.«

»Hey, ich bin kein kleines Baby mehr, ich kann auf mich selbst aufpassen.«

Er sah seine kleine Schwester an. Wie sie da neben ihm saß, mit einem Ausdruck im Gesicht, der an Selbstbewusstsein kaum zu überbieten war.

»Und du kommst auch bestimmt allein zurecht? Es würde ja nur zwei Stunden dauern.«

»Zwei Stunden sind ein Klacks«, sagte sie und machte eine lässige Handbewegung.

Und obwohl Max noch zweifelte, sah er sich doch schon auf dem Bolzplatz zwischen den Torpfosten stehen, während Emily ihm vom Rand des Spielfeldes aus zusah.

12

Flinke Beinchen überall! Sie flitzten raschelnd über das alte Laub, tasteten, waren immer auf der Suche nach Futter, ließen niemals nach, waren emsig und durch nichts zu stoppen. Drangen in alle Öffnungen, krabbelten in die Ohren, tasteten in der Nase, suchten einen Weg zwischen den Lippen hindurch, wollten rein, rein, rein …

Sarah erwachte mit fest aufeinandergebissenen Zähnen und lückenlos verschlossenen Lippen. Ihr ganzer Körper war ein einziger Krampf. Abrupt riss sie die Augen auf. Statt zu sehen, horchte und fühlte sie. Sofort spürte sie die schmerzhaft pochende Stelle an ihrem Fußknöchel, dort, wo die Schlange sie gebissen hatte. Sarah ließ eine Hand an ihrem nackten Bein abwärtswandern und fand die Stelle. Sie war geschwollen und sehr berührungsempfindlich.

Die Schlange war wohl doch nicht giftig, schoss es ihr durch den Kopf. Sie lebte noch, konnte den Schmerz spüren und auch dieses dumpfe Dröhnen und Pochen im Kopf, dazu einen trocken-pelzigen Belag im Mund. Und sie wurde beobachtet!

Sarah brachte kein Wort hervor, blieb einfach still liegen, konnte aber das konstante Zittern nicht verhindern. Während sie dort lag, nahm sie auf einer rationaleren Ebene zur Kenntnis, dass sie sich nicht mehr im Wald befand. Sie lag in einem ganz normalen Bett. Nicht in ihrem Bett in ihrem Zimmer im Heim, aber auch nicht mehr im Wald, und dafür war sie dankbar. Niemals in ihrem Leben würde sie dieses Gefühl wieder vergessen, wie von allen Seiten, von oben und unten diese scharrenden Beinchen auf sie zugekrochen waren, sie betastet hatten, an ihrer ungeschützten Haut herumgekratzt und …

»Guten Morgen, Sarah. Wie geht es dir?«

Sarah erstarrte. Das Zittern ließ augenblicklich nach.

Er hatte freundlich geklungen, gar nicht fies und böse, nicht so wie der Teufel, den sie sich vorgestellt hatte. War er gar nicht böse? Vielleicht war es auch gar nicht der Mann, der sie entführt hatte, sondern ein ganz anderer, ein Polizist, der sie gerettet hatte und nun auf sie aufpasste!

»Ich habe Kopfweh!«, sagte Sarah. »Und ganz schrecklichen Durst.« Sie spürte, dass ihre Stimme erst wieder in Schwung kommen musste.

»Das habe ich mir gedacht«, sagte der Mann. »Deshalb habe ich auch Frühstück für uns beide vorbereitet. Du kannst so viel Milch trinken, wie du willst. Du magst doch Milch, nicht wahr?«

Sarah wollte ihm nicht sagen, dass sie Milch hasste, denn er hörte sich so freundlich an, wie einer der Betreuer, die sie manchmal begleiteten, wenn sie draußen auf ein Abenteuer unterwegs waren. Sarah meinte auch, die Stimme zu kennen. Irgendwann hatte sie sie schon einmal gehört, aber das konnte lange zurückliegen. Sie hatte ein sehr gutes Gedächtnis für Stimmen, vergaß kaum einmal eine, deshalb gerieten sie in ihrem Kopf auch schnell mal durcheinander.

»Wo bin ich?«, fragte sie, statt auf die Frage des Mannes zu reagieren.

Sie hörte, wie er sich bewegte, auf das Bett zukam.

»Na komm, kleine Sarah, wir werden erst mal ordentlich frühstücken. Das Frühstück ist die wichtigste Mahlzeit am Tag, das weißt du doch sicher!«

Sie spürte seine Hand an ihrer, griff automatisch danach und ließ sich von dem fremden Bett hochziehen. Kaum stand sie, wurde sie auch schon von einem heftigen Schwindel erfasst. In ihrem Kopf drehte sich plötzlich alles, oben war unten und seitlich gleichzeitig, und wenn er sie nicht festgehalten hätte, wäre sie umgefallen.

»Oh, oh, oh, kleine Dame«, sagte er, »das kommt davon, wenn man so lange schläft und nichts Vernünftiges isst. Jetzt wird es aber wirklich Zeit.«

Sarah spürte seinen Atem in ihrem Gesicht. Er war ganz

dicht bei ihr. Sein Atem war warm und roch nach Zahnpasta. Überhaupt roch er gut, so als habe er sich gerade mit Parfum eingesprüht. Darunter lag noch ein anderer Geruch, viel weniger intensiv, aber ihre feine Nase nahm ihn trotzdem wahr. So roch es immer aus der Küche des Heimes, wenn es zum Mittagessen Fisch gab.

»Geht es wieder?«, fragte er. Seine Hand strich dabei zärtlich über ihr Haar.

Sarah riss sich zusammen, obwohl sie meinte, sich übergeben zu müssen. Sie nickte und klammerte sich etwas fester an den fremden, gut duftenden Mann.

»Dann komm jetzt. Es ist nicht weit, du wirst es schon schaffen. Bleib einfach an meiner Hand. Du musst ganz dicht neben mir gehen. Hier steht einiges herum, und wir wollen doch nicht, dass du stolperst, nicht wahr!«

»Nein«, flüsterte Sarah.

Sie ergriff die Hand des Mannes und folgte ihm. Er hatte eine weiche, schwitzige Hand, und je länger sie sich daran festhielt, desto feuchter wurde sie.

Sie gingen geradeaus, dann um eine Ecke, er manövrierte sie zwischen etwas hindurch, das sich an ihrem anderen Handrücken wie Stoff anfühlte.

»So, da sind wir auch schon. Komm, ich zeig dir deinen Stuhl.«

Er führte sie noch ein Stück und legte ihre Hand dann an die Lehne eines Holzstuhls. Sarah fragte sich, ob er schon öfter blinde Mädchen geführt hatte. Er schien zu wissen, dass er sie ab dem Moment, da sie die Rückenlehne des Stuhles ertastet hatte, allein lassen konnte. Sarah kroch auf den Stuhl und setzte sich an einen Tisch, der aus Metall und eiskalt war.

»So, kleine Sarah, und hier ist auch schon deine Milch. Ich habe Pfannkuchen gemacht. Es gibt Preiselbeerkompott dazu und Bagels. Das mögen doch alle kleinen Mädchen, nicht wahr?«

Sarah spürte, wie ihr ein Glas gegen die Finger geschoben wurde. Sie schloss ihre Hand darum. Das Glas war kühl. Kondenswasser perlte daran ab. Es war groß und bis oben hin gefüllt.

»Ich mag aber keine Milch«, sagte Sarah. Sie ekelte sich vor dem Geschmack.

Nachdem der Satz heraus war, herrschte für einen unsagbar langen Moment tiefes Schweigen. Der Mann bewegte sich nicht mehr. Er stand einfach da und starrte Sarah an. Die Stimmung hatte sich schlagartig geändert, Sarah konnte es fühlen. Wo eben noch Wärme und Freundlichkeit geherrscht hatten, waren nun Enttäuschung und Kälte.

»Nun«, begann der Mann mit einer Stimme, die nicht mehr viel gemein hatte mit der vorherigen, »dann gewöhnst du dich besser schnell daran, denn in diesem Haus gibt es für kleine Mädchen nur Milch zu trinken.«

»Aber ich …«

»Nein!«, sagte er laut. »Du trinkst deine Milch! Wenn du deine Milch nicht trinkst, bringe ich dich zurück in den Wald der tausend Beinchen.«

Sarah erstarrte.

Der Wald der tausend Beinchen!

Sie wusste sofort, dass damit der Wald gemeint war, in dem die Schlange sie gebissen hatte, in dem alles kreuchte und fleuchte und nach ihren Körperöffnungen gierte. Sie wollte nicht dorthin zurück, nie mehr wieder, sie würde den ganzen Tag Milch trinken und sich an den sämigen, tierischen Geschmack gewöhnen, wenn sie sich damit vor den tausend Beinchen retten konnte.

Tränen kullerten ihre Wangen hinab, während sie mit beiden Händen das große, schwere Glas umfasste und es an ihren Mund führte. Sie presste die Lider zusammen, atmete tief ein, hielt dann die Luft an und trank. So nahm sie auch immer Medizin zu sich, deren Geschmack sie nicht leiden konnte; sie musste nur den Atem anhalten, dann schmeckte sie fast gar nichts mehr.

Die kühle Milch rann ihre Kehle hinab und tat dort eigentlich ganz gut. Sie trank, bis das Glas sich nur noch halb so schwer anfühlte, dann setzte sie es ab und atmete laut aus.

»Na also, es geht doch«, sagte der Mann, und seine Stimme klang wieder freundlich. »Dann kann es jetzt ja mit den Pfannkuchen weitergehen. Was meinst du, kleine Sarah?«

Sarah nickte. Bemühte sich krampfhaft, die Milch drinnen zu behalten und nicht zu heulen. Sie war ein großes tapferes Mädchen und musste nicht heulen. Alles würde irgendwie schon wieder in Ordnung kommen. Ganz bestimmt!

Sie bekam einen Pfannkuchen auf ihren Teller, und er bestrich ihn ihr sogar mit dem Preiselbeerkompott. Sie begann sofort zu essen. Es schmeckte gut, und sie spürte dabei ihren Hunger, doch ihre Gedanken waren abgelenkt. Frau Hagedorn hatte mal zu Sarah gesagt, sie hätte noch nie ein Mädchen in der Klasse gehabt mit einer so schnellen Auffassungsgabe. Sarah lernte schnell und mit Leichtigkeit, das war schon immer so gewesen, und gerade eben hatte sie ihre Lektion gelernt.

Der Mann, der so gut duftete, der ihr zärtlich übers Haar gestrichen und sie fest an die Hand genommen hatte, damit sie nicht stolperte, war derselbe Mann, der es zugelassen hatte, dass sie von einer Schlange gebissen wurde. Und auch wenn Sarah sich nicht vorstellen konnte, warum er das alles tat, war ihr jetzt klar, dass dieser Mann böse war und sie ihm nicht vertrauen durfte. Sie würde so tun, aber so sehr er sich auch anstrengte, so viel leckere Pfannkuchen er auch für sie backen mochte, sie durfte ihm nie wieder vertrauen. Hinter der Freundlichkeit dieses Mannes versteckte sich etwas, das Sarah nicht verstand. Es veränderte die Stimme des Mannes augenblicklich, es konnte einen Raum rasch abkühlen, es war fies und gemein und unberechenbar. Sarah ahnte, dass sie diese Seite des Mannes am besten umgehen konnte, wenn sie tat, was er sagte.

»Na, da sieht man aber, dass es dir schmeckt. Du hast ja richtigen Hunger, nicht wahr?«

Sarah nickte mit vollem Mund und schob eine weitere Gabel voll Pfannkuchen hinterher.

Der Mann stand neben dem Tisch und blickte auf sie herab. Sie spürte sein Lächeln und seine Zufriedenheit, spürte die Sonne im Zimmer und sagte sich gleichzeitig immer wieder:

Du darfst ihm nicht vertrauen, er ist böse.

Du darfst ihm nie wieder vertrauen, er ist böse.

Vertrau ihm nicht, aber iss und trink, was er dir gibt.

Irgendwie wird irgendwann schon alles wieder in Ordnung kommen.

Bestimmt!

13

Max war unruhig.

Er war schon während der letzten halben Stunde auf dem Spielfeld unruhig gewesen, hatte dauernd auf seine Armbanduhr geschaut, es aber trotzdem noch geschafft, konzentriert zu bleiben. Jetzt, wo das Spiel zu Ende war und die Jungs in alle Richtungen davongingen, wurde die Unruhe allerdings schnell größer, und auf dem Heimweg fragte er sich, wie er das nur hatte tun können.

Es war toll gewesen, keine Frage. Sie hatten haushoch gewonnen, unter anderem auch, weil er drei wirklich gute Paraden hingelegt hatte. Der Trainer hatte ihm nach dem Spiel sogar anerkennend auf die Schulter geklopft. Am schönsten war aber, dass Emily die ganze Zeit über zugeschaut hatte. Noch jetzt konnte er das Kribbeln in seinem Bauch spüren, das ihr Lächeln bei ihm auslöste.

Trotzdem wuchs die Unruhe.

Der Weg vom Bolzplatz nach Hause dauerte gute zwanzig Minuten, und dafür musste er schon die Abkürzung am Meerbach entlang nehmen, der am westlichen Ende an der Ortschaft vorbeiführte.

Die Sonne brannte auf ihn nieder, als er endlich das Maisfeld erreichte. Dort blieb er stehen, um zu verschnaufen. Er war die ganze Strecke gelaufen. Schweiß lief ihm in Strömen von der Stirn und brannte ihm in den Augen. Er zog das nasse T-Shirt aus. Als er es sich über den Kopf gezogen hatte und sich wieder aufrichtete, nahm er eine Bewegung am Ufer des Baches wahr. Irgendwo da vorn, wo in der flirrenden Hitze alles miteinander verschmolz.

Max schenkte der Bewegung keine weitere Beachtung und ging am Rande des Maisfeldes auf ihr Grundstück zu. Der Boden war uneben und trocken. Er fühlte sich, als würde er durch eine Wüste wandern. Leider hatte er vergessen, zu dem Spiel etwas zu trinken mitzunehmen. Zuhause würde er seinen Kopf für mindestens zehn Minuten unter den Wasserhahn halten und sich das kühle Wasser direkt in den Hals laufen lassen.

Max hoffte, dass seine Eltern noch schliefen. Er würde zwar den Ärger überstehen, der Nachmittag und vor allem Emilys Blicke waren es auf jeden Fall wert, aber wenn seine Eltern etwas mitbekommen hatten, würde er so schnell keine Gelegenheit mehr bekommen, Fußball zu spielen.

Die scharfen Blätter der Maispflanzen kratzten an seiner nackten Taille entlang. Es störte Max nicht. Nach wenigen Minuten hatte er die hintere Begrenzung ihres Grundstückes erreicht. Ein ihm bis zur Schulter reichender Maschendrahtzaun trennte es vom Acker und hielt das Wild ab. Die Pforte im Zaun stand offen.

Merkwürdig!

Max war sich sicher, sie vorhin, als er sich fortgeschlichen hatte, geschlossen und das Sicherungsband übergeworfen zu haben. Sina hatte doch wohl nicht allein das Grundstück verlassen!

Max trat durch die Pforte, zog sie hinter sich zu und sicherte sie. Als er zwischen den ungepflegten, nicht bestellten Gemüsebeeten hindurch auf ihr Haus zuging, sah er sich auf der Suche nach Sina im weitläufigen Garten um. Besonders oft hielt sie sich bei den beiden großen Kirschbäumen neben der Garage auf. Dort gab es eine Schaukel. Sina schaukelte gern, konnte gar nicht genug davon bekommen.

Max nahm den Umweg an den Kirschbäumen vorbei. Die Schaukel stand still. Sina war nicht da. Sie lag auch nicht auf dem grünen Plastikstuhl, in dem sie sich gern sonnte. Max drehte sich im Kreis. Noch nie war ihm der Garten derart groß und unübersichtlich vorgekommen, zudem wirkte er auf eine Art verlassen und leer, die ihm plötzlich unheimlich erschien.

Wo war Sina?

Schnell lief Max zum Haus hinüber. Die Tür stand wie meistens offen. Von drinnen wehte ihm der Geruch leerer Bierflaschen entgegen. Ohne jede Scham bewahrten seine Eltern sie in einer Kiste gleich neben der Treppe auf. Max zog seine schmutzigen Sandalen aus, ließ sie vor der Haustür stehen und schlich barfuß die Treppe hinauf. Oben deponierte er leise seine Fußballschuhe in seinem Zimmer und ging dann unmittelbar zu Sina hinüber. Ihre Zimmertür war nur angelehnt. Max freute sich darauf, ihr alles über den Nachmittag und das Spiel zu erzählen. Den Teil mit Emily würde er allerdings auslassen, denn das ging seine kleine Schwester nun wirklich nichts an.

Ihr Zimmer war leer!

Sina lag nicht auf ihrem Bett. Das Fenster war geöffnet, ein leichter Wind ließ die Gardine flattern. Die Stille im Haus war gespenstisch und sehr tief.

Max stand wie erstarrt unter der Tür. Für einen Moment war sein Kopf total blockiert, weil er einfach nicht verstand, was er sah. Dann wollte er nach Sina rufen, ließ es aber bleiben. Irgendwo im Haus oder auf dem Grundstück war sie ganz sicher, und wenn er jetzt nach ihr rief, würden seine Eltern aufwachen und die ganze Sache auffliegen.

Als Erstes sah Max im Bad und auf der kleinen Gäste-

toilette nach, fand seine Schwester aber nicht. Er warf auch einen kurzen Blick ins Wohnzimmer. Auf der Couch lag schnarchend sein Vater, die Füße in weißen Tennissocken mit schmutzigen Sohlen auf der Lehne. Küche, Abstellraum, Keller – Max sah überall nach. Schließlich war er sicher, dass seine Schwester nicht im Haus war.

Mit klopfendem Herzen rannte er hinaus in den Garten. Er sah in der Doppelgarage nach, im ehemaligen Hühnerstall, der nur noch als Lager für allerlei Gerümpel diente, auf der überdachten Terrasse. Er lief kreuz und quer durch den Garten und musste sich zusammenreißen, um nicht Sinas Namen laut hinauszuschreien. Nach zehn Minuten hektischer Suche blieb er schwer atmend unter den Kirschbäumen stehen, stützte sich in vorgebeugter Haltung auf seine Oberschenkel ab und schüttelte immer wieder den Kopf. Sein Haar war nass, Schweiß rann von seiner Stirn, tropfte zu Boden und versickerte im Staub.

Ein Alptraum! Das war ein Alptraum und durfte einfach nicht wahr sein! Sina hätte doch niemals ohne ihn das Grundstück verlassen!

Oder?

Max richtete sich auf und wischte sich den Schweiß von der Stirn. Dabei fiel ihm die Bewegung wieder ein, die er vorhin in einiger Entfernung am Meerbach wahrgenommen hatte. Vielleicht hatte es Sina in ihrer Langeweile ja wieder zu der schönen Stelle gezogen, an der er vor ein paar Tagen mit ihr gewesen war. Seitdem hatte sie ihm immer wieder in den Ohren gelegen damit, dass sie unbedingt noch einmal dorthin wolle.

Sie würde die Standpauke ihres Lebens bekommen, wenn er sie dort fand, das schwor sich Max.

Er lief los. Verließ das Grundstück genau so, wie er vorhin gekommen war. Rannte am Rande des Maisfeldes entlang, hinterließ dabei eine Staubfahne wie ein galoppierendes Pferd. Am Meerbach angekommen hielt er sich links und eilte den steinharten Lehmpfad entlang. Dabei sah er nach vorn, kniff die Augen zusammen, suchte nach einer Bewegung. Aber da war keine. Zur Hölle, da war keine!

Vor seinem geistigen Auge lief ein Film ab, den er nicht sehen wollte, der sich aber nicht stoppen ließ. Er sah seine Schwester in dem flachen Wasser, sah ihr langes Haar mit in den Nacken gelegtem Kopf ins Wasser tauchen, dabei ihr Gleichgewicht verlieren und nach hinten taumeln. Sie geriet in die Strömung, wurde abgetrieben, in tieferes Wasser gezogen, ruderte verzweifelt mit den Armen, schrie, schluckte Wasser …

Nein, nein, nein! Er wollte das nicht sehen und nicht glauben. Das durfte einfach nicht passiert sein!

Seine Lunge brannte und seine Beine zitterten, als er die Holzbrücke erreichte und auf den Anglerpfad abbog. Wenige Minuten später stand er an der Stelle, an der er vor ein paar Tagen Jens und seine Kumpane verprügelt hatte.

Keine Sina!

Max lief am Strand entlang und suchte nach Spuren, nach Kleidungsstücken, fand aber nichts außer ein paar Fußspuren, die die Böschung hinaufführten. Doch die waren zu groß, um von Sina stammen zu können. Als er unten alles abgesucht hatte, krabbelte Max die Lehmböschung hinauf, postierte sich dort oben und suchte den Waldrand ab. Das Unterholz war dicht, viel erkennen konnte er nicht, aber eine Bewegung wäre ihm sofort aufgefallen. Doch es gab keine. Max kam sich plötzlich sehr einsam vor.

Von einer Sekunde auf die andere wurde es ihm zu viel.

Tränen schossen ihm in die Augen, und ein verzweifeltes Schluchzen löste sich tief in seinem Hals.

»Siiiiiinaaaaaaaaaaaaa!«, schrie er mit aller Kraft.

Der Wald gewährte ihm ein schwaches Echo.

»Siiiiiinaaaaaaaaaaaaaa!«

Keine Antwort. Er sank auf die Knie, schlug die Hände vors Gesicht und weinte.

14

Max vermied es, die Polizistin anzusehen. Er spürte, dass seine Augen feucht geworden waren. Für einen Moment hatte er wirklich wieder dort oben an dem hohen Flussufer gesessen und geweint. Nicht um den Verlust, den er bis dahin ja noch gar nicht begriffen hatte, sondern wegen seiner Hilflosigkeit, wegen der namenlosen Angst vor dem, was nun passieren würde, und ... ja, und auch aus Scham. Er hatte sich für sein Versagen geschämt.

»Sind Sie dann sofort zurück nach Hause gelaufen?«, fragte Franziska Gottlob.

Max nickte. »Ja. Ich wusste einfach nicht mehr weiter, wusste nicht, wo ich noch suchen sollte.«

»Was taten Ihre Eltern?«

»Die flippten total aus. Ich habe eine Tracht Prügel bezogen, dann sind beide raus, haben eine Stunde oder so im Garten und auf der Straße nach Sina gesucht und gerufen, was natürlich Zeitverschwendung war, aber das wollten sie nicht hören. Dann erst hat meine Mutter die Polizei gerufen.«

Franziska nickte. »Im Polizeibericht steht, es gab einen

Zeitraum von circa drei Stunden, in denen Sina ohne Aufsicht war.«

»Ja, das kommt hin.«

»Was meinen Sie heute dazu? Könnte es sein, dass Ihre Schwester allein an den Strand gegangen ist? Hätte sie den Weg überhaupt gefunden?«

»Darüber habe ich oft nachgedacht. Sie war schon damals unglaublich gut darin, sich anhand von Geräuschen, Gerüchen und Bodenmerkmalen zu orientieren. Ihr Gedächtnis war phänomenal. Was Sina sich alles merken konnte ...« Max schüttelte den Kopf. »Aber ich weiß es wirklich nicht.«

»Mir ist etwas aufgefallen«, sagte Franziska. »Als Sie mir von dem Nachmittag an diesem Strandabschnitt am Meerbach erzählt haben.«

»Und was?«

»Dass der Täter Sie dabei eventuell schon beobachtet hat. Er hätte sich im Wald verstecken und ohne weiteres zusehen können, wie ein nacktes kleines Mädchen badet. Für einen potentiellen Triebtäter wäre das wie eine Initialzündung gewesen. Sollte es tatsächlich so gewesen sein, dann hätte es ab diesem Zeitpunkt für ihn kein Zurück mehr gegeben. Deshalb spielt es auch keine allzu große Rolle, dass Sie Ihre Schwester an jenem Tag allein gelassen haben. Das war die Chance für ihn, aber wenn nicht diese, dann hätte er später eine andere ergriffen.«

Max sah die Polizistin an. »Sagen Sie das, um mir meine Schuldgefühle zu nehmen?«

»Nein, ich meine es ernst.«

Es entstand eine Pause. Max wusste nicht, was er sagen sollte, und die Polizistin schien ihre Worte wirken lassen zu wollen. Als es peinlich zu werden drohte, und sie dem Geklapper aus der Küche lange genug gelauscht hatten, ergriff sie endlich das Wort: »Ihr Vater wurde damals auch verdächtigt, wussten Sie das?«

Max nickte. »Die haben ihn ja sogar mit einem Streifenwagen abtransportiert, weil er sich wie ein Irrer aufführte. Rückwirkend betrachtet finde ich den Verdacht schon gerechtfertigt. Welcher Vater verpennt den ganzen Nachmittag und merkt nicht, dass seine blinde Tochter das Haus verlässt.«

»Die Aussage Ihrer Mutter und der noch am selben Tag festgestellte, beträchtliche Blutalkoholwert haben ihn zwar entlastet, aber bei den Ermittlern galt er trotzdem als verdächtig. Wenn ich mir die Frage erlauben darf: Wie sehen Sie das heute? Ist es möglich, dass Ihr Vater etwas damit zu tun hatte?«

Max schüttelte den Kopf.

»Nein, ich glaube nicht. Er war mitunter aggressiv, hat mich auch geschlagen, Sina aber nie angefasst. Wissen Sie, er hatte damals seinen Job verloren und verstärkt zu trinken begonnen, und an dem Nachmittag war er völlig zu. Ich wüsste nicht, wie er das angestellt haben sollte.«

»Warum ist er arbeitslos geworden?«, fragte Franziska.

»Damals wusste ich es nicht genau. Später, als er verurteilt wurde, habe ich dann darüber in der Zeitung gelesen. Er hat in der Fabrik nach der Wartung vergessen, ein Pressdruckrohr zu schließen, und es kam zu einer Explosion. Jemand starb. Sie haben ihm wohl Fahrlässigkeit nachgewiesen und zu einer Geld- und Bewährungsstrafe verknackt.«

»Schlimme Sache, so etwas kann einen schon aus der Bahn werfen«, sagte Franziska. »Was ist aus Ihren Eltern geworden?«

»Weiß ich nicht, und es interessiert mich auch nicht«, erwiderte Max knapp.

»Oh, wie schade.«

»Kann man sehen, wie man will, schätze ich. Über dieses Thema will ich nicht sprechen, und es hat ja wohl auch nichts mit den Ermittlungen zu tun, oder?«

»Nein ... hat es nicht.«

Franziska Gottlob war offensichtlich überrascht von seiner brüsken Reaktion. Sie konnte ja nicht wissen, dass sie damit ein heißes Thema anschnitt. Max würde ihr gern helfen, aber über seine Eltern würde er nicht mit ihr sprechen. Alles hatte seine Grenzen.

»Konnte ich Ihnen überhaupt helfen?«, fragte Max.

»Das weiß ich noch nicht. Es ist ja leider so, wie es auch im Bericht steht. Sie haben nichts gesehen. Ich hatte mir den einen oder anderen Anhaltspunkt erhofft, etwas, an das Sie damals nicht gedacht haben oder das den ermittelnden Beamten nicht wichtig erschien.«

»Tut mir leid«, sagte Max.

»Muss es nicht. Es war auf jeden Fall den Versuch wert. Außerdem habe ich so immerhin den nächsten Weltmeister im Schwergewicht kennengelernt.«

Die Polizistin versuchte ihn aufzumuntern, aber so richtig funktionierte es nicht.

»Immer langsam, so weit bin ich noch nicht«, sagte Max.

»Ich für meinen Teil habe keinerlei Zweifel.«

Max lächelte verkrampft.

»Darf ich Sie anrufen, falls ich noch Fragen habe?«, wollte Franziska Gottlob wissen.

»Natürlich. Und wenn Sie mir vielleicht den Gefallen tun könnten, mich auf dem Laufenden zu halten?«

»So weit es mir möglich ist, werde ich das tun«, versprach sie ihm.

Sie tauschten die Handynummern aus.

15

»Das ist doch verdammt noch mal nicht zu fassen!«

Franziska Gottlob machte ihrem Namen mal wieder überhaupt keine Ehre und fluchte sich die Seele aus dem Leib, während Paul Adamek etwas hilflos neben ihr stand. In solchen Momenten, die bei seiner Chefin beileibe nicht selten waren, wusste er nie so genau, wie er sich verhalten sollte. Einerseits waren Wut und Entrüstung bei Franziska echt, andererseits konnte sie sehr schnell wieder runterfahren.

Franziska lief in ihrem kleinen Büro auf und ab und hatte dem Papierkorb schon zwei Tritte verpasst. Während sie sich mit dem Boxer getroffen hatte, hatte Paul routinemäßig die Liste der rechtskräftig verurteilten Sexualstraftäter überprüft, die in einem Umkreis von einhundertfünfzig Kilometern des Helenenstiftes ihren Wohnsitz angemeldet hatten. Und während ihre Unterhaltung mit Ungemach zwar interessant, aber letztlich ohne einen entscheidenden Hinweis gewesen war, hatte Paul mit seiner undankbaren Aufgabe genau ins Schwarze getroffen.

»Lernen die Leute denn niemals dazu? Wie oft muss denn so eine Scheiße noch passieren, bis endlich mal genauer hingeschaut wird?«

»Ob er etwas damit zu tun hat, wissen wir doch noch gar nicht«, wandte Adamek ein.

Franziska funkelte ihn an. »Darum geht es doch gar nicht.

Natürlich wissen wir das nicht, aber wir werden es herausfinden, und zwar so schnell wie möglich. Du hast noch mit niemandem darüber gesprochen, oder?«

»Ich bin sofort damit zu dir gekommen.«

»Das ist gut. Wir müssen auf jeden Fall versuchen, es aus der Presse herauszuhalten. Du weißt ja, wie schnell die mit einer Verurteilung zur Hand sind. Und das ist das eigentliche Problem bei der Sache. Wenn die Öffentlichkeit Wind davon bekommt, dass ein verurteilter Pädophiler für den Fahrdienst arbeitet, der die Kinder eines Behindertenheimes fährt, ist die Hölle los. Und das zu Recht! Ob er etwas mit dem Verschwinden der kleinen Sarah zu tun hat oder nicht, spielt dann keine Rolle mehr. So etwas darf einfach nicht passieren, verdammte Scheiße! Können solche Typen keine Autos zusammenschrauben, oder warum finden die sich immer wieder in solchen Jobs? Los, wir fahren da sofort hin. Wo wohnt der Mann?«

»Kronengasse 11.«

»Hier in der Stadt?«

Adamek nickte. »Aber da wird er wohl nicht anzutreffen sein, weil er ja arbeitet.«

»Okay, ruf bei diesem Fahrdienst an und frag nach. So lange kann ich gerade noch warten. Ich geh aufs Klo. Zum Kotzen.«

Franziska federte mit langen Schritten den Gang hinunter zu den Toilettenräumen. Die zwei Kollegen, die ihr entgegenkamen, gaben bereitwillig den Weg frei. Auf der Toilette war sie zum Glück allein. Als sie aus der Kabine kam, wusch sie sich die Hände und spritzte sich kaltes Wasser in ihr erhitztes Gesicht. Danach betrachtete sie sich in dem schmutzigen Spiegel. Sie hatte immer noch diese roten Wutflecken im Gesicht. Das war bei ihr schon immer so gewesen. Jede etwas stärkere Gefühlsregung konnte man ihr im Gesicht ablesen. Ihr Vater hatte immer gesagt, sie müsse zur Polizei, was anderes bliebe ihr gar nicht übrig, weil sie nämlich nicht lügen könne, und die ehrlichsten Menschen müssten eben Polizisten werden.

Wie naiv er doch ist, dachte Franziska. In diesem Moment an ihren Vater denken zu müssen, der seinem derzeitigen Problem mit ebensolcher Naivität begegnete, löste ein bitteres Gefühl in ihr aus. Doch das Wochenende war hart genug gewesen, sie wollte sich nicht schon wieder damit beschäftigen, deshalb schob sie den Gedanken schnell beiseite. Sie trocknete sich mit Papiertüchern ab und verließ die Toilettenräume.

Auf dem Gang kam ihr Paul entgegen.

»Wir haben Glück. Detlef Kühl arbeitet von sechs bis drei. Er müsste also gerade von seiner Schicht kommen. Wir könnten ihn vor der Haustür in Empfang nehmen.«

»Klasse! So mag ich das!«

»Sollen wir die Jungs in Uniform mitnehmen?«

Franziska überlegte einen Moment, entschied sich aber dagegen. »Nein, ich glaube nicht, dass das nötig sein wird. Selbst wenn er der Richtige sein sollte, kommen wir auch allein klar. Du weißt doch, wie diese Typen sind … nur den Schwachen gegenüber stark.«

Franziska holte ihre Jacke und die Dienstwaffe aus dem Büro. Dann verließen sie die Inspektion. Um die Mittagszeit herrschte nicht viel Verkehr in der Stadt, so dass sie kaum fünfzehn Minuten später die Adresse erreichten.

Es handelte sich um ein Hochhauswohnviertel aus den siebziger Jahren. Zwölfgeschossige Klötze, Wohnbatterien mit ein paar Rasenflächen und Bäumen dazwischen. Hässlich in Franziskas Augen, aber wohl notwendig. Adamek ließ den Wagen langsam die Straße entlangrollen. Beide suchten nach der Nummer elf. Sie fanden das kleine Hinweisschild auf einem in zweiter Reihe stehenden Block ungefähr in der Mitte der Straße.

»Park den Wagen hier«, sagte Franziska und deutete auf einen freien Platz am Straßenrand. Zwischen den Wohnblöcken gab es große Parkplätze für die Anwohner, doch so nah ran wollte sie erst mal nicht.

»Schade, dass wir nicht wissen, was für einen Wagen er fährt.«

Adamek grinste. »Wissen wir doch.«

»Als hätte ich es nicht geahnt. Guter Mann!«

»Detlef Kühl fährt einen Seat Leon, zehn Jahre alt, silberfarben. Zugelassen hier in der Stadt. H DK 210.«

»Erinnere mich bitte daran, dass ich beim Chef eine Gehaltserhöhung für dich beantrage.«

»Eine Woche Urlaub wäre mir eigentlich lieber.«

»Immer noch keine Ruhe zuhause?«

Paul winkte ab. »Wir haben mal rumgefragt – leider! Du glaubst nicht, was für Experten Mütter sind! Mit dem ersten Kind kommst du dir echt vor wie der absolute Loser. Und das nutzen diese übereifrigen Mamis gnadenlos aus. Es war keine dabei, die uns Mut gemacht hat. Im Gegenteil! Bis zu einem Dreivierteljahr kann diese Schreierei angeblich dauern.«

»Na siehst du!«, feixte Franziska mit fröhlicher Stimme. »Da ist doch Licht am Ende des Tunnels!«

Paul warf ihr einen finsteren Blick zu. »Bis dahin bin ich tot.«

»Mein Beileid, aber … Da, ein silberner Seat Leon!«, unterbrach Franziska sich. »Kennzeichen stimmt. Er ist es!«

16

»Lauf schon los, ich zähl bis zehn, dann werde ich dich suchen gehen …«

»Ihr sollt hier nicht herumlaufen! Wie oft soll ich euch das noch sagen!«, rief Günther Müller den beiden achtjährigen Jungen hinterher, die zwischen den Palettenstapeln verschwanden. Er schüttelte den Kopf, lächelte aber. Dann wandte er sich wieder dem komischen Typen zu, der mit einem Zettel in der Hand vor ihm stand. »Diese Bengels! Aber wir waren früher ja nicht anders, nicht wahr?«

Der Mann reagierte gar nicht. Er blickte den beiden Jungen nach, die nicht mehr zu sehen waren. Nur eine dünne Stimme klang zwischen den Paletten hervor.

»… versteck dich gut, ich find dich doch, schaue auch ins kleinste Loch …«

Müller stutzte. Der Mann gefiel ihm nicht, hatte ihm von Anfang an nicht gefallen, als er vor zehn Minuten den Großmarkt betreten hatte. Ein mundfauler, unfreundlicher Kerl, der ihm nicht für eine Sekunde in die Augen schauen konnte. Überhaupt war es ungewöhnlich, dass jemand persönlich hier vorbeikam, um sich nach exotischen Großpflanzen umzusehen. Natürlich führten sie hier im Großmarkt auch Grünpflanzen aus Übersee, aber die wurden eigentlich immer telefonisch bestellt und per LKW ausgeliefert.

»Was suchen Sie noch gleich?«, hakte Müller nach und taxierte den Mann genau.

Der konnte seinen Blick nur sehr schwer von dem weitläufigen Areal nehmen, in dem Müllers Sohn und dessen Schulfreund gerade verschwunden waren. Schließlich wandte er sich doch davon ab, sah den Hallenmeister aber nicht an.

»Ich, ich …«, er blinzelte ein paar Mal und warf dann einen Blick auf seinen Zettel. »Ist denn Herr Radegast nicht da? Der hat mich sonst immer bedient.«

»Ist nicht da und kommt auch nicht wieder … Unter uns gesagt: Er hat hier geklaut und ist rausgeflogen.«

Müller erwartete irgendeine Reaktion, doch die kam nicht. Der Kerl starrte einfach weiterhin auf seinen Zettel. Er schien darüber nachzudenken, ob er mit jemand anderem als Radegast über seine Wünsche sprechen wollte.

»Ich benötige zwei vanilla planifolia. Haben Sie die da?«, schoss es plötzlich aus ihm hervor.

»Da schauen wir mal bei den Orchideen, denn zu der Familie gehört die planifolia ja«, sagte Müller und ging voraus. »Ein ungewöhnlicher Wunsch. Wollen Sie sie in ein Gewächshaus pflanzen? Sie wissen schon, dass die bis zu zehn Meter hoch wird und man entsprechend Platz dafür braucht?«

Keine Antwort.

Müller warf einen schnellen Blick nach hinten. Der Mann folgte ihm, schien ihn aber nicht wahrzunehmen. Er lugte in die schmalen Gänge zwischen den Paletten mit den Bodenextrakten. Irgendwo dort drinnen spielten noch immer die Jungs Verstecken, geisterhaft hallte eine Stimme hervor:

»… meinem Blick entgehst du nicht, kenne ich doch dein Gesicht.«

»Sind Sie auf die Schoten aus?«, versuchte er es erneut.

Keine Antwort. Jetzt war der Kerl stehen geblieben, stierte regelrecht zwischen die Paletten und zitterte sogar. Müller konnte es deutlich an dem vibrierenden Zettel in dessen Hand sehen.

So, jetzt reichte es ihm!

»Stimmt etwas nicht?«, fragte er laut und mit fester Stimme. »Haben Sie ein Problem mit den Jungs?«

Der Kopf des Mannes ruckte herum. Jetzt sah er ihm doch noch in die Augen. Einen kleinen Moment nur, aber der reichte, um dem Hallenmeister einen Schauer über den Rücken zu jagen.

»Ich … Ich komme ein andermal wieder«, stotterte der Mann, wandte sich ab und verließ fluchtartig die Halle.

Müller wollte ihm folgen, wollte sich das Kennzeichen vom Wagen dieses merkwürdigen Typen merken, doch plötzlich schossen die beiden Jungen zwischen den Paletten hervor und liefen ihm direkt vor die Füße.

»Gefunden!«, schrien beide gleichzeitig und klatschten ihm auf den Hintern.

Als Müller den Schreck verdaut hatte und hochsah, war der Mann verschwunden.

17

Seine Laufschuhe klatschten in beständigem Rhythmus auf den Schotterweg, doch Max Ungemach hörte weder das Geräusch noch seine eigene Atmung. Die Kopfhörer seines iPhones steckten in seinen Ohrmuscheln und versorgten ihn mit der laut dröhnende Musik von Rammstein.

Er lief durch den Stadtwald, hatte seine Umgebung aber

völlig ausgeblendet. Schweiß strömte an seinem Gesicht herunter, seine Oberschenkelmuskeln brannten bereits, weil er viel zu schnell lief, doch das war ihm alles egal.

Nach dem Gespräch mit der Polizistin war er in hohem Tempo zurück nach Hamburg gerast. Aufgewühlt und verwirrt war er gewesen, völlig neben der Spur, darum hatte er seinen ursprünglichen Plan, sofort ins Gym zu fahren und mit Kolle zu sprechen, aufgegeben. Stattdessen war er zum Stadtwald gefahren, hatte sich am Auto umgezogen und war losgerannt.

Aber nicht zum Ausdauertraining wie sonst immer. Der Lauf glich diesmal eher einem Kampf – einem Kampf gegen sich selbst, gegen seine Gedanken. Mit dieser Polizistin zu sprechen hatte einige Erinnerungen an die Oberfläche gespült, mit denen Max sich schon lange nicht mehr beschäftigt hatte, und bereits während der Rückfahrt hatte eine bestimmte Idee, die die Polizistin aufgebracht hatte, in ihm gegärt. Doch erst jetzt, während er sich völlig verausgabte und der Rammstein-Sound ihn immer noch aggressiver werden ließ, traute er sich, diesen Gedanken zu formulieren.

Hatte sein Vater etwas mit Sinas Verschwinden zu tun?

In den vergangenen zehn Jahren hatte er oft über Sina nachgedacht, hatte auch versucht, sich den Täter vorzustellen, doch niemals war ihm dabei sein eigener Vater in den Sinn gekommen. Dass er damals kurzzeitig verhaftet und verhört worden war, hatte Max beinahe vergessen, außerdem wäre es dem fünfzehnjährigen Max überhaupt nicht in den Sinn gekommen, dass sein Vater …

War das möglich?

Vielleicht ein Unfall, und in seiner Panik hatte er Sinas Leiche verschwinden lassen?

Oder hatte er sich, stinkbesoffen, wie er damals gewesen war, an ihr vergangen?

Max wurde übel bei der Vorstellung.

Nein! Das konnte einfach nicht sein. Sein Vater war ein egozentrisches Arschloch und ein Säufer, und zwar nicht erst, seitdem er damals seinen Job verloren hatte. Schon vorher war er regelmäßig jedes freie Wochenende betrunken gewesen. Aber nicht aggressiv, jedenfalls nicht so extrem wie nach dem Unfall im Gaswerk.

Hatte diese Geschichte ihn derart verändert, dass er es fertiggebracht hatte, seine Wut an seiner einzigen Tochter auszulassen? Hatte er ihr die Schuld für alles gegeben, weil sie blind war?

Max zog das Tempo noch ein bisschen an.

Sein ganzer Körper schien jetzt zu brennen.

Er konzentrierte sich auf den Schmerz, auf seine Atmung, seinen Rhythmus, wollte nichts wissen von diesem Verdacht, der die körperlichen Schmerzen in den Schatten stellte.

Gleichzeitig wusste er aber auch, dass die Fragen weiter nagen, fressen und knabbern würden, bis sie diesen einen Punkt erreichten, von dem aus es kein Zurück mehr gab.

18

»Herr Kühl!«, rief Adamek laut aus.

Franziska bereitete sich darauf vor, die Verfolgung aufzunehmen. Doch Kühl blieb nun abrupt stehen, drehte sich zu ihnen um und fixierte sie. Binnen weniger Sekunden hatte er sie als Polizisten erkannt. Sein Körper versteifte sich und schien etwas kleiner zu werden.

»Sie sind Detlef Kühl?«, fragte Adamek, als sie auf zwei Meter heran waren.

Ihr Gegenüber nickte. »Bin ich, ja. Was gibt es denn?«

Detlef Kühl war ein untersetzter Mann, nicht größer als ein Meter siebzig, mit hängenden Schultern und einem massiven Kopf, der nur noch von einem dünnen, grau-schwarzen Haarkranz gesäumt wurde. Seine Ohren standen erstaunlich weit vom Schädel ab und schienen zu leuchten. Über den Hosenbund quoll eine Wampe, überhaupt schien er mehr aus Fett denn aus Muskeln zu bestehen. Er trug eine Bluejeans, ein schwarzes T-Shirt, darüber ein Sweatshirt, dessen Reißverschluss geöffnet war, und Sneakers.

Franziska beobachtete seine erste Reaktion genau und stellte sich sogleich die Frage, ob jemand wie Kühl in der Lage war, nachts ungesehen in ein Heim zu schleichen, ein Kind zu entführen und einfach so zu verschwinden. Sie glaubte es nicht, aber die Erfahrung hatte sie auch gelehrt, dass Menschen sich verstellen konnten. Gerade die schlimmen Jungs beherrschten das besonders gut. Kühl wich ihrem Blick aus, sah sie nicht direkt an, so als ahnte er, dass Franziska in seinen Augen lesen würde, sobald sie Zugang bekam.

Adamek ließ Kühl einen Blick auf seinen Dienstausweis werfen, während Franziska ihn taxierte.

Detlef Kühl stöhnte auf.

»Nicht schon wieder!«, sagte er und sah sich dabei um. »Egal was es ist, ich bin es nicht gewesen.«

»Um das rauszufinden sind wir ja hier«, sagte Franziska. »Und wenn Sie uns in Ihre Wohnung bitten, können wir alle Unklarheiten schnell ausräumen, ohne dass die gesamte Nachbarschaft es mitbekommt.«

Kühl schnaufte verächtlich. »Das glauben Sie doch selbst

nicht. In diesem Moment sehen uns mindestens zweihundert Augenpaare, und die wissen alle, dass Sie beide Bullen sind. Sie hätten mich auch anrufen können, oder?«

»Ich komme um vor Mitleid«, sagte Paul Adamek. »Lassen Sie uns einfach reingehen, und ersparen Sie uns Ihr Gelaber.«

Dafür erntete er einen feindseligen Blick von Kühl. In diesem Blick lag etwas, das Franziska schlecht deuten konnte, aber es hob sich deutlich ab von dem anfangs tumben Eindruck, den Kühl auf sie gemacht hatte. Etwas verschlagen Intelligentes lauerte darin. Der Blick machte ihr keine Angst, aber er ließ sie vorsichtiger werden.

Unterschätz den Typen nicht, sagte sie still zu sich selbst.

»Also gut, kommen Sie mit. Ich kann es ja sowieso nicht verhindern«, sagte Kühl, wandte sich ab und ging voraus.

Franziska folgte ihm Schulter an Schulter mit Paul. Dabei ließ sie ihren Blick an der gewaltigen Fassade des Gebäudes emporgleiten. Kühl hatte recht. Unzählige Gesichter klebten ganz unverhohlen an den Scheiben. Im Hausflur schlug ihnen ein Geruch entgegen, wie Franziska ihn nur selten erlebt hatte. Ein Konglomerat aus den unterschiedlichsten Essensdüften, alt, abgestanden und unterwandert von Urin. Möglich, dass man sich an diesen Gestank gewöhnte, wenn man nur lange genug hier lebte, aber Franziskas Magen rebellierte dabei, und wenn sie Pauls mimische Entgleisung richtig deutete, ging es ihm genauso. Vielleicht war er ihr jetzt sogar dankbar, nicht zum Essen gekommen zu sein.

»Wir nehmen den Fahrstuhl, es ist in der achten Etage«, sagte Kühl und betrat als Erster eine leere Kabine. Es gab vier Aufzüge nebeneinander.

Die Türen schlossen sich. In der Kabine war der Geruch

noch kompakter und schien von der Enge in die Poren gedrückt zu werden. Franziska wandte ihren persönlichen Trick an: Sie sah zu Boden und stellte sich mit offenen Augen vor, am Ende des Steges zu stehen und auf den See zu schauen. Das half gegen ihre leichte Klaustrophobie. Als der Fahrstuhl in der achten Etage hielt, trat sie als Erste hinaus und atmete tief ein – jetzt spielte der Geruch keine Rolle mehr.

Sie gingen einen langen, fensterlosen Gang hinunter. Hinter mehreren Türen dudelte orientalische Musik. Der Fußboden war abgetreten und schmutzig, die getünchten Wände zerkratzt und mit gesprayten Sprüchen verziert.

Kühl schloss die Tür zu seiner Wohnung auf und ging hinein. Er wartete nicht, lief durch ins Wohnzimmer und riss dort ein Fenster weit auf. Adamek drückte die Tür zu, dann folgten sie Kühl. Er starrte sie an.

»Ich hasse diesen Gestank«, sagte er.

Franziska nickte. In der Wohnung roch es anders. Die Luft war zwar ein wenig abgestanden, aber neutral – abgesehen vom künstlichen Duft eines Zerstäubers, der hinter ihnen gerade einen weiteren Stoß unechten Flieders in die Umgebung sprühte.

Kühl sah von Franziska zu Paul und zurück. »Und, was wollen Sie von mir?« Es klang weder freundlich noch unfreundlich, sondern einfach nur schicksalsergeben.

»Können wir uns setzen?«, fragte Franziska.

Kühl seufzte, ging zu der abgewetzten Couch hinüber und ließ sich hineinfallen. »Also gut, wenn es denn so lange dauern soll.«

Franziska setzte sich auf einen Stuhl, Paul auf die Lehne eines abgewetzten Sessels. Er wollte nicht auf Augenhöhe mit diesem Typen sitzen.

»Das hängt ganz von Ihnen ab«, sagte Franziska.

Kühl nickte. »Wissen Sie was? Wir brauchen gar nicht lange um den heißen Brei herumzureden. Sie sind hier, weil irgendwo ein Kind verschwunden oder vergewaltigt worden ist, und der PC hat in diesem Zusammenhang meinen Namen ausgespuckt. Jetzt muss ich für irgendeinen Tag ein Alibi vorlegen, sonst gelte ich als Verdächtiger. Ist doch so, oder?«

Paul stand wieder auf. »Wissen Sie, was mich ankotzt, Herr Kühl? Dass Typen wie Sie, die sich an kleinen Kindern vergehen, überhaupt noch mal die Möglichkeit bekommen, sich vor Typen wie uns zu rechtfertigen, und nicht den Rest ihres Lebens im Knast verbringen. Damit hätten Sie nämlich das beste Alibi der Welt. Haben Sie es schon mal von der Seite gesehen?«

Kühl wollte dagegen aufbegehren, wollte vielleicht etwas von Vergangenheit und Krankheit und schlimmer Kindheit erzählen, doch Franziska brachte ihn mit einer schnellen Handbewegung zum Schweigen.

»Sie haben recht«, sagte sie. »Wir brauchen gar nicht lange um den heißen Brei herumzureden. Wo waren Sie in der Nacht von Samstag auf Sonntag?«

»Hä?«

»Ist das so schwer? Die Nacht von Samstag auf Sonntag. Und zwar die ganze.«

Kühls Augen huschten zwischen ihnen hin und her.

»Na wo schon? Im Bett natürlich.«

»Allein?«, fragte Adamek.

»Ja, sicher – und das ist ja mal wieder typisch! An fünf Tagen in der Woche schiebe ich Nachtschichten, da kann ich beweisen, wo ich war, aber nicht am Wochenende. Und genau das wollen Sie wissen.«

»Nach unseren Informationen arbeiten Sie für den Fahrdienst Meyerboldt, der auch Behindertentransporte durchführt. Ich wusste nicht, dass da nachts gefahren wird.«

»Meyerboldt hat auch noch eine Taxiflotte laufen. Und da ich mit den paar Kröten aus dem Tagesgeschäft nicht auskomme, fahre ich in der Woche nachts Taxi. Von abends acht bis morgens sechs.«

»Aber nicht am Wochenende«, wiederholte Adamek.

»Nein, da nicht.«

»Ich nehme an, Ihr Arbeitgeber kann das bestätigen.«

Kühl verzog das Gesicht, als hätte er ein Magengeschwür. »Kann er, ja, aber Meyerboldt weiß nichts von meiner Vorgeschichte, und ich wäre echt dankbar, wenn es dabei bliebe. Sie können sich nicht vorstellen, wie schwer es ist, heutzutage einen Job zu bekommen. Vor allem mit einem Loch von ein paar Jahren im Lebenslauf. Da bleibt fast nur noch Taxi fahren … Und das wird beschissen bezahlt.«

»Hätten Sie sich das mal überlegt, bevor Sie der Zehnjährigen an die Wäsche gegangen sind«, sagte Adamek in frostigem Ton. Dafür warf Kühl ihm wieder diesen eigenartigen Blick zu, den Franziska sehr wohl registrierte.

»Bin ich jetzt aus dem Schneider, oder was?«, wollte er wissen.

»Tja«, sagte Franziska, »Sie haben kein Alibi. Das ist schlecht. Unter den gegebenen Umständen wäre es klug von Ihnen, wenn wir uns in der Wohnung umschauen dürften.«

Kühl breitete in einer resignierenden Geste die Arme aus. »Nur zu. Aber verlaufen Sie sich nicht, es sind immerhin achtundfünfzig Quadratmeter.

Es waren achtundfünfzig erstaunlich aufgeräumte Quadratmeter, die überhaupt keinen Anlass zu der Vermutung gaben, er könnte hier ein kleines Mädchen versteckt halten – oder überhaupt eine weibliche Person zu Besuch gehabt haben. In der Schublade des Nachtschranks fand Franziska nicht mal die üblichen Pornohefte, und auch in der Nähe des Fernsehers befanden sich keine einschlägigen Filme. Das machte sie ein bisschen argwöhnisch. Die Wohnung wirkte zu perfekt.

»Wir benötigen eine Speichelprobe für einen Genabgleich von Ihnen«, sagte Franziska schließlich.

Kühl wusste natürlich, dass so etwas nur auf freiwilliger Basis möglich war, und wirkte nicht beeindruckt. »Wenn ich mich dadurch entlasten kann, gern.«

»Ich schicke ein Team vorbei«, sagte Franziska beim Hinausgehen.

»Und, werden Sie meinen Chef informieren?«

»Wenn Sie freiwillig damit aufhören, kleine Mädchen zu fahren, sehen wir davon ab«, sagte Franziska.

»Hey, das kann ich mir nicht aussuchen! Ich muss doch tun, was der Alte mir sagt!«, beschwerte sich Kühl.

Adamek trat ganz nah an ihn heran, brachte sein Gesicht provozierend dicht an Kühls.

»Weißt du was? Das ist mir scheißegal. Fahr meinetwegen jede Nacht Taxi. Aber wenn ich mitbekomme, dass du weiterhin kleine Mädchen fährst, dann mache ich dir das Leben zur Hölle. Haben wir uns verstanden?«

Ein paar heftige, funkensprühende Blicke wechselten zwischen den beiden Männern, dann gab Kühl nach und senkte den Blick.

»Haben wir«, sagte er leise und verschwand in seiner Wohnung.

»Ich kann diese Schweine nicht leiden«, sagte Adamek, als sie in der Fahrstuhlkabine standen.

Franziska drückte den Knopf fürs Erdgeschoss. »Niemand kann die leiden, aber trotzdem leben sie in unserer Gesellschaft.«

»Und das ist einfach nicht richtig!«

»Ja, aber das Problem werden wir beide nicht lösen. Was hältst du denn von ihm?«

»Für mich kommt er auf jeden Fall in Frage. Wenn so einer derart nah an Kinder herankommt, kann der doch gar nicht anders. Stell dir nur mal die Situation vor! Ein kleines hübsches Mädchen sitzt mit dem zusammen in einem Wagen und kann nicht mal sehen, wie er es angafft und ihm der Sabber aus dem Mund läuft.«

Adamek wurde immer lauter, redete sich in Rage. Der Fahrstuhl gab ein leises »Plink!« von sich, als sie das Erdgeschoss erreichten. Vor der Tür des Wohnsilos atmeten sie beide tief ein. Franziska empfand die Stadtluft zum ersten Mal als wohltuend erfrischend.

»Observierung. So lange, bis das Ergebnis des Genabgleichs vorliegt. Rund um die Uhr«, sagte Franziska auf dem Weg zum Wagen.

»Kriegst du das durch?«

»Wenn ein kleines Mädchen verschwindet, bekomme ich alles durch, wart's nur ab.«

Adamek klatschte in die Hände. »Ich bin dabei. Ich hoffe nur, wir können der Kleinen damit noch helfen.«

»Wenn nicht ihr, dann zumindest vielen anderen«, sagte Franziska und merkte im selben Moment, wie zynisch das klang.

Ihre eigenen Worte hallten bitter in ihr nach, aber sie wusste leider, wie die Welt aussah, und konnte Wahrheit von Wunschdenken unterscheiden. Sarah war jetzt seit drei Tagen verschwunden. Es gab bisher keine konkrete Spur. Alles schien möglich, vielleicht war sie sogar im Auftrag von Kinderhändlern entführt worden. In dem Fall würden sie die Kleine nie wiedersehen. Alles in allem waren die Aussichten trübe und frustrierend, aber das waren sie zu Beginn einer solchen Ermittlung ja meistens.

Trotzdem würde sie alles geben, um die Wahrheit herauszufinden. Und irgendwie hatte sie das Gefühl, es nicht nur Sarah, sondern auch dem Boxer Max Ungemach schuldig zu sein, obwohl das doch jeder vernünftigen Grundlage entbehrte.

Vernunft spielte dabei auch keine Rolle, wie sich Franziska eingestand. Er hatte ihr Interesse geweckt. Darauf war sie nicht vorbereitet gewesen, und es wirkte immer noch nach.

Das war nicht professionell, und doch hoffte sie, Max Ungemach bald wiedersehen zu können.

19

Die Hand brannte auf seiner Schulter, während er den dunklen Bürgersteig hinunterging. Brannte wie Feuer, durchdrang seine Haut mühelos und legte sich schmerzend auf seine Knochen. Machte aber auch dort nicht halt, sondern fand einen Weg bis tief in sein Innerstes, wo sie ein dumpfes Pochen auslöste, ähnlich einem unterschwelligem Kopfschmerz, der sich hinter den Augen einnistete und einen in den Wahnsinn treiben konnte.

Sie war da, sie würde immer da sein, er führte ein Leben mit einer imaginären Hand auf seiner Schulter, und zehn lange Jahre hatten ihn sich daran gewöhnen lassen. Doch heute war es anders! Heute war es eben nicht dieses angenehm warme Gefühl, unter dem er sich früher stets als ihr Held und Beschützer, als ihr starker großer Bruder gefühlt hatte. Heute brannte es wie Feuer, und es musste doch einen Grund dafür geben, warum sich in den letzten Tagen so vieles geändert hatte!

Lag es nur an dem Gespräch mit der Polizistin und der Tatsache, dass ein weiteres blindes Mädchen verschwunden war und dieses auch noch große Ähnlichkeit mit seiner Schwester hatte?

Max war verwirrt wie schon lange nicht mehr. Auch der einstündige Lauf durch den Stadtwald hatte nicht die ersehnte Ruhe gebracht, sondern nur noch mehr Verwirrung. Danach war er völlig erschöpft zu seiner Wohnung gefahren, hatte geduscht, gegessen und dann Kolle angerufen. Sie hatten sich für zwanzig Uhr bei ihm verabredet.

In all den Jahren war Max nur ein einziges Mal im Haus seines Trainers gewesen. Damals, vor vier Jahren, nachdem Kolle einen Herzinfarkt erlitten hatte, aus dem Krankenhaus entlassen worden war und sich zuhause erholt hatte. Bis zu dem Tag hatte Max nie darüber nachgedacht, wie Konrad Leder wohnte, war unbewusst vielleicht sogar davon ausgegangen, das Gym sei sein Zuhause.

Aber dem war natürlich nicht so, und jetzt ging Max mit den Händen in den Taschen auf das gepflegte Einfamilienhaus zu. Es war ein Backsteinbau im Bungalowstil der siebziger Jahre, schnörkellos, langweilig, bieder. Passend zu all den anderen Häusern in der ruhigen Wohnstraße. Nichts Besonderes, aber in dieser Gegend auch nicht gerade billig.

Ein warmer Glockenton scholl durch das Haus, nachdem Max auf den Knopf gedrückt hatte. Auf dem Bronzeschild daneben stand etwas lieblos der Name *Leder*. Kein Vorname. Max wusste, dass Kolle hier allein lebte, nachdem seine Tochter vor einer Ewigkeit ausgezogen war und seine Frau sich vor einer etwas kleineren Ewigkeit von ihm getrennt hatte. Man munkelte, sie wäre mit einem Tütensuppenfabrikanten nach Kanada gegangen. Selbstverständlich trug Kolle seinen alten Bundeswehrtrainingsanzug, als er die Tür öffnete. Er wirkte irgendwie … klein. Nicht so übermächtig wie im Gym.

»N'Abend, Kolle«, sagte Max.

»Komm rein, mein Junge.«

Kolle legte ihm eine Hand auf die Schulter – genau dorthin, wo bereits Sinas Hand lag, aber das konnte er ja nicht wissen – und führte ihn über einen gefliesten Flur in die kleine Küche.

»Setz dich, mein Junge, ich hab Kaffee gekocht. Du trinkst doch eine Tasse mit mir, oder?«

»Eine Tasse kann ja nicht schaden.«

»Sicher nicht.«

Max setzte sich in denselben Stuhl, in dem er vor vier Jahren auch schon gesessen hatte. Das hatte etwas tröstlich Vertrautes. Damals war er gekommen, weil er sich um seinen Trainer gesorgt und befürchtet hatte, seine weitere Karriere ohne Kolle angehen zu müssen. Wahrscheinlich wäre es dann keine Karriere mehr gewesen. An jenem Tag war er genauso aufgeregt gewesen wie heute. Aber heute würden sie sich nicht übers Boxen unterhalten, sondern übers Leben.

Übers Leben und über den Tod.

Kolle stellte zwei große Keramikbecher auf den Tisch und goss sie randvoll mit dampfend heißem Kaffee. Dann ließ er sich Max gegenüber in einen Korbstuhl fallen.

»Ich habe mich wirklich gefreut, dass du angerufen hast«, sagte er. »Dir liegt etwas auf dem Herzen, nicht wahr? Und es hat mit dem Anruf dieser Polizistin zu tun. Seit dem Anruf bist du wie ausgewechselt.«

Max nickte. Obwohl Kolle ihm den Einstieg leicht machte, musste er trotzdem nach den richtigen Worten suchen. Mit der Tür ins Haus fallen konnte er nicht, das konnte man mit einer solchen Wahrheit wohl nur selten.

»Ja, es hat mit diesem Anruf zu tun, aber eigentlich ... Eigentlich hat es schon vor zehn Jahren begonnen ...«

Und dann begann er zu erzählen.

20

»Hatte ich dir nicht ausdrücklich verboten, Fußball spielen zu gehen!«, schrie sein Vater ihm aus kurzer Distanz ins Gesicht. Speicheltropfen landeten auf Wangen und Stirn, alkoholgeschwängerter Atem ließ ihn den seinen anhalten.

Dann klatschte ihm die flache Hand auch schon rechts ins Gesicht. Der Schmerz war heftig, sein Kopf wurde auf die Seite geschleudert, er selbst taumelte zwei Schritte zurück. Sofort schossen ihm Tränen in die Augen.

»Du brauchst hier nicht rumheulen, das bringt dir gar nichts! Ich hatte es dir ganz klar verboten! Du warst für deine Schwester verantwortlich. Du! Und jetzt sieh dir an, was passiert ist, als du für sie verantwortlich warst. Du Versager!«

Die Hand klatschte ihm links ins Gesicht. Mit derselben Wucht, aber der Schmerz war nicht mehr so heftig. Allerdings spürte Max plötzlich einen warmen Kupfergeschmack im Mund, der seinen Rachen hinunterrann. Im selben Moment tropfte auch schon Blut aus seiner Nase auf den Teppich in seinem Kinderzimmer.

»Verdammte Scheiße! Mach das weg hier!«

Blut mochte sein Vater nicht sehen. Er kehrte ihm den Rücken zu, verließ das Zimmer, knallte die Tür hinter sich zu und polterte die Treppe hinunter. Unten schrie er seine Frau an, die seit zwei Tagen, seitdem Sina verschwunden war, nur noch am Küchentisch saß und heulte. Und trank.

Max schnappte sich ein weißes Handtuch, das vom Duschen noch auf seinem Bett lag, und drückte es sich unter die Nase. Dann nahm er es wieder weg und betrachtete die hellroten Flecken auf dem weißen Stoff. Der Kontrast war sehr stark, und irgendetwas löste er in Max aus. Seine Beine begannen zu zittern. Er ließ sich mit dem Rücken an der Wand hinabsinken. Auf dem Hosenboden sitzend, die Knie eng an den Körper gezogen, tropfte das Blut aus seiner Nase auf seine nackte Brust und lief zum Bauchnabel hinunter. Erneut presste er das Handtuch auf seine Nase und legte den Kopf in den Nacken.

Durch das geöffnete Fenster neben ihm drang schwülwarme Luft ins Zimmer. Ein paar Krähen kreischten in den Kirschbäumen. Unten polterte weiterhin sein Vater und heulte seine Mutter.

Max nahm das alles wie durch einen Filter wahr – einen Filter aus Schmerz, Wut und Verzweiflung. Noch an dem Tag, an dem Sina verschwunden war, hatte sein Vater ihn mit einer Weidenrute geschlagen. Max spürte immer noch die roten Striemen an Rücken und Hintern. Was ihn aber bei all der Brutalität am meisten mitnahm, war, dass sein Vater während der Suche nach Sina, also während er in

Gedanken nur bei seiner einzigen Tochter hätte sein sollen, schon daran gedacht hatte, einen Weidenstock zu brechen, um seinen Sohn damit zu schlagen.

Das war einfach nur ... pervers.

Die Krähen krächzten laut ihre Zustimmung.

Max vermisste Sina.

Sie war noch hier im Haus, war in ihrem Zimmer, in dem Kissen, in ihrem Lieblingsstoffhasen mit den langen Plüschohren, in der großen Bürste, mit der sie ihr Haar jeden Tag bürstete und in der Hunderte Haare verzwirbelt waren. Er spürte ihre Hand auf seiner Schulter. Ihre Finger krallten sich in seinem Muskel fest, wie sie es nie zuvor getan hatten, so als wollten sie verhindern, was nicht mehr zu verhindern war. Die Schläge seines Vaters taten weh, aber sie waren nichts gegen diesen Schmerz.

Nichts.

Max spürte, dass das Blut in seiner Nase bereits zu trocknen begann. Er nahm das Handtuch herunter, wartete einen Moment ab und warf es in die Ecke. Dann stand er auf, lehnte sich auf das Fensterbrett und sah hinaus. Sein Zimmerfenster ging auf den großen Garten und die angrenzenden Felder hinaus.

Wenn Sina nicht wieder auftauchte – und daran mochte Max nicht denken –, dann würde seine Welt nie wieder sein wie vorher. Dann müsste er genau das tun, worüber Sina bereits nachgedacht hatte: Fortlaufen! Bliebe er hier, würde es zu einer Katastrophe zwischen ihm und seinem Vater kommen. Denn lange würde Max sich die Schläge nicht mehr gefallen lassen. Seine Grenze war bald erreicht.

»Und was ist dann passiert?«

Kolle war in seinem Stuhl ganz nach vorn gerückt, während Max erzählt hatte. Er saß in angespannter Haltung auf der vordersten Kante, die Finger ineinander verschränkt. Längst war ihr Kaffee ausgetrunken, der Rest in der Kanne erkaltet, denn als Max erst einmal begonnen hatte, hatte er nicht mehr aufhören können.

Genau wie bei der Polizistin hatte Max am Flussstrand begonnen, an jenem letzten wunderbaren Tag mit Sina. Binnen weniger Tage hatte er die Geschichte, die er zuvor zehn Jahre lang wie ein Krebsgeschwür mit sich herumgetragen hatte, zum zweiten Mal erzählt.

Jetzt zuckte Max mit den Schultern, so als wäre es damals nicht die schwerste Entscheidung gewesen, die ein Fünfzehnjähriger treffen konnte.

»Ich wollte es nicht darauf ankommen lassen. An dem Tag, als mein Vater mir die Nase blutig schlug, wartete ich noch, bis es dunkel wurde, dann bin ich getürmt … Das war übrigens mein sechzehnter Geburtstag. Ich konnte nicht länger untätig herumsitzen, wollte nach meiner Schwester suchen. Damals dachte ich wirklich, ich würde sie irgendwann schon finden, weil wir ja so eine besondere Beziehung hatten. Ich würde sie spüren, dachte ich. Kindisch, ich weiß. Wenn es so wäre, hätte ich sie ja schon vorher finden müssen.«

»Ich finde das ganz und gar nicht kindisch«, sagte Kolle. »Ich hätte sicher genauso gehandelt … Nachdem ich mit meinem Vater abgerechnet hätte.«

Max sah zu Kolle auf. »Tja, die Chance dazu sollte ich bald bekommen. Ich bin nämlich nicht weit gekommen. Genau eine Nacht und einen Tag habe ich draußen verbracht, habe überall nach Sina gesucht, dann griff mich eine Streife auf. Die haben mich wieder nach Haus gebracht. Wo mein Vater bereits wutentbrannt und völlig betrunken auf mich wartete.«

»Er ist auf dich losgegangen, oder?«

Max nickte und schluckte einen Kloß in seinem Hals herunter. »War ja nicht anders zu erwarten«, versuchte er sich in Flapsigkeit, was aber völlig misslang.

»Da ist er ja, der kleine Ausreißer«, sagte sein Vater betont langsam, um seine alkoholgelähmte Zunge besser kontrollieren zu können. Mit Jogginghose und weißem Unterhemd bekleidet, baute er sich vor seinem Sohn auf, öffnete und schloss krampfartig die Hände. »Bist ein kleiner Verpisser, was? Brockst uns diese Scheiße hier ein und haust dann einfach ab. Hast nicht mal den Mumm, hier deinen Mann zu stehen.«

Jetzt wurde er wieder lauter und schneller, seine Zunge überschlug sich bereits.

Max heulte. Unter seinen Tränen klang seine Stimme ähnlich wie die seines betrunkenen Vaters. »Ich wollte doch nur nach Sina suchen, nach meiner Schwester … Ich wäre wiedergekommen, aber ich musste wenigstens nach ihr suchen.«

Die erste Backpfeife sah er nicht mal kommen. Sie landete seitlich an seinem Kopf und bescherte ihm sofort ein Klingeln im Ohr.

»Du hättest auf sie aufpassen sollen, dann müsste jetzt niemand nach ihr suchen!«, schrie sein Vater.

Die zweite Backpfeife sah er kommen und wich ihr aus. Sein Vater stolperte im Schwung nach rechts mit der Schulter gegen den Kühlschrank, der mächtig ins Wanken geriet. Die Wut in seinen Augen war unbeschreiblich.

»Komm sofort hierher«, knurrte er.

»Nein«, sagte Max so fest er konnte. Seine Tränen waren plötzlich versiegt, nur in seiner Stimme klangen sie noch ein wenig nach.

»Wie bitte?«

»Hör auf mich zu schlagen«, sagte Max.

Sein Vater kam auf ihn zu. »Sonst was?« Er holte bereits wieder aus, diesmal mit geschlossener Faust. Es war ein blindlings geführter Schlag, der irgendwo treffen und Schmerzen verursachen sollte.

Max aber brauchte nur einen kleinen Schritt nach hinten zu machen, und die Faust wischte an ihm vorbei. Durch den Alkohol ohnehin wackelig auf den Beinen, geriet sein Vater jetzt richtig ins Trudeln, wurde diesmal aber nicht vom Kühlschrank gestoppt, sondern torkelte seitlich an Max vorbei durch die Küche. Max bewegte sich instinktiv. Er schubste seinen Vater so kräftig von hinten, dass der mit der Hüfte gegen den Küchentisch schleuderte, ihn vor sich herschob, seitlich daran abrutschte und wild mit den Armen rudernd zwischen den Stühlen zu Boden ging. Das alles machte einen Höllenlärm, zusätzlich schrie sein Vater noch laut auf, als er sich den Kopf an der scharfen Ecke des Holzstuhls aufschlug. Die Haut am Haaransatz platzte auf und Blut quoll hervor. Viel Blut.

Max blickte auf seinen Vater hinab. Da lag der große, starke Mann rücklings auf dem Boden, hielt eine Hand an seine Stirn gepresst und war nicht mal mehr in der Lage, ein vernünftiges Wort herauszubringen. Er brabbelte irgendwas vor sich hin. Sein Blick war plötzlich glasig, so als sei er weggetreten.

Von dem Lärm aufgeschreckt erschien seine Mutter im

Türrahmen zur Küche. Wirr stand ihr struppiges Haar vom Kopf ab. Entsetzen entstellte ihr Gesicht.

»Was hast du getan!«, kreischte sie in den Raum hinein, stieß Max zur Seite und ging neben ihrem Mann auf die Knie. »O Gott, O Gott, was hast du nur getan … Er stirbt, er stirbt mir hier weg!«

Max brach ab und betrachtete seine Hände, als hätte er sie noch nie gesehen. Dabei spürte er Kolles Blick.

»Verfluchte Scheiße!«, sagte der leise und schüttelte den Kopf. »Was ist das für eine furchtbare Geschichte.«

Dann stand er auf, nahm eine Packung fettarme Milch aus dem Kühlschrank, zwei Gläser aus dem Schrank darüber, kehrte damit an den Tisch zurück und füllte beide Gläser.

Max nickte, dann tranken sie beide.

Kolle setzte sein Glas als Erster ab und wischte mit dem Handrücken den Milchbart ab.

»Hör zu«, sagte er, »von dem Verschwinden deiner Schwester wusste ich bereits …«

»Du wusstest davon!?« Max war überrascht.

»Na, was denkst du denn? Ich musste doch Erkundigungen einziehen über diesen Rüpel, der damals zu mir in den Club kam und sich für unbesiegbar hielt. Ich musste doch wissen, auf wen ich mich da einließ, aber … Na ja, ich hab mir eigentlich nie weiter Gedanken über diese Sache gemacht, habe nicht einmal annähernd begriffen, wie grausam das für dich gewesen sein muss … und vielleicht sogar heute noch ist. Versteh mich bitte nicht falsch, ich bin froh, dass du es endlich getan hast, aber warum erzählst du es mir ausgerechnet heute?«

Max sah seinen Trainer an. »Weil ich deine Hilfe brauche in dieser Sache«, sagte Max.

»Inwiefern?«

Max berichtete ihm in kurzen Sätzen, was er von der Polizistin erfahren hatte.

»Es muss nicht sein«, sagte er nach einer kurzen Pause, »aber es ist auch für die Kommissarin vorstellbar, dass es sich um denselben Täter handelt, der damals Sina verschleppt hat.«

»Nach dieser langen Zeit?«, fragte Kolle.

Max zuckte mit den Schultern. »Bei diesen Perversen ist das wohl nicht unmöglich. Auffällig ist eben, dass dieses Mädchen aus dem Heim im selben Alter ist, wie es Sina damals war ... Außerdem ähnelt sie ihr sehr stark. Rotes Haar, blasse Haut, jede Menge Sommersprossen. Die Polizistin jedenfalls glaubt nicht an einen Zufall. Das war ja auch der Grund, warum sie mich sprechen wollte. Sie hat gehofft, dass ich mich nach zehn Jahren vielleicht an Dinge erinnern würde, die mir damals nicht wichtig schienen oder nach denen keiner gefragt hat. Aber ich konnte ihr leider nicht helfen.«

»Und die Polizei hat keinen Verdächtigen? Keine Spur?«

»Sagt zumindest diese Kommissarin, aber würde sie mir etwas anderes erzählen, bei meiner Vergangenheit?«

Kolle zuckte mit den Schultern. »Wahrscheinlich nicht.«

»Ganz sicher nicht. Und deshalb brauche ich deine Hilfe.«

»Wozu? Du kannst doch gar nichts tun. Das ist Sache der Polizei.«

Max sah seinen Trainer fest an. »Ich würde diesen perversen Mistkerl liebend gern selbst fragen, was damals passiert ist, ohne die Polizei«, sagte er. »Ich nehme mir ein paar Tage frei und fahre dorthin. Vielleicht erfahre ich ja etwas. Aber dafür brauche ich deine Hilfe. Ich muss wissen, aus welchem Heim das Mädchen verschwunden ist. Außerdem musst du vielleicht bezeugen, dass ich zu einer bestimmten Zeit im Gym war. Ich meine, nur wenn es wirklich hart auf hart kommt, verstehst du?«

Kolle sah ihn lange an.

Dann streckte er seinen Arm aus und hielt ihm die zur Faust geballte Hand hin.

»Auf in den Kampf«, sagte er.

21

Das Wasser strömte warm über ihren Körper, prasselte auf ihren Kopf und rauschte in den Ohren. Während der letzten drei Stunden Dienstzeit hatte Franziska sich nach einer Dusche gesehnt. Ihre Kleidung und ihr Haar rochen nach dem Konglomerat aus dem Wohnsilo, in dem Kühl lebte, und sie hatte sich schmutzig und verklebt gefühlt.

Sie blieb länger unter der Dusche als sonst, stand mit geschlossenen Augen still da und genoss das Gefühl der Abgeschiedenheit. Schließlich regelte sie die Temperatur herunter und ließ eine halbe Minute kühleres Wasser über ihren Kopf rinnen. Das vertrieb hoffentlich die bleierne Müdigkeit, die sie seit dem späten Nachmittag quälte. Als sie es nicht mehr aushalten konnte, stellte sie das Wasser ganz ab, quetschte sich aus der engen Kabine und wickelte erst ihr langes Haar und dann den Körper in Handtücher.

Im Vergleich zum aufgeheizten Bad war es im Wohnzimmer kalt, aber das störte sie sich. Schon immer hatte sie Kälte mehr gemocht als Wärme. Vielleicht waren alle blasshäutigen, rothaarigen Menschen so gestrickt, denn Sonne war so gut wie tabu für sie.

Sie warf einen Blick zur Uhr. Neun vorbei. Sollte sie noch bei ihren Eltern anrufen? Wobei sich seit Sonntag natürlich nichts geändert hatte, und vielleicht nervte es ihren Vater ja auch, wenn sie entgegen ihrer Gewohnheiten jeden Tag anrief. Er wollte bestimmt nicht dauernd auf die Krankheit hingewiesen werden.

»Auf den Krebs«, verbesserte Franziska sich leise. »Krebs!«

Das Wort kam ihr nur schwer über die Lippen. Sobald sie es aussprach, hatte sie das Gefühl, er nage auch schon in ihren Eingeweiden. Sie würde sich testen lassen müssen. Bald! Nur nicht zu lange aufschieben. Möglich, dass so etwas vererblich war. Ihr Vater hatte in der Richtung nichts verlauten lassen, aber man konnte ja nie wissen.

Plötzlich fühlte Franziska sich kraftlos und überfordert. Die bleierne Müdigkeit war noch da, die Dusche wirkungslos daran abgeprallt. Sie holte sich ein kaltes Bier aus dem Kühlschrank und ließ sich damit auf die Couch fallen.

Ihre Gedanken schweiften zu dem Boxer ab.

Max Ungemach!

Sein Schicksal ließ sie einfach nicht los.

Schon früh in seiner Jugend war er tief verletzt worden und hatte sich nie wirklich davon erholt. Muskeln und Erfolg klebten wie Pflaster auf diesen Wunden, und wer nicht wusste, wonach er suchen musste, der würde sie nicht sehen. Franziska meinte, sie gesehen zu haben – in seinen Augen. Deren Ausdruck war während des erstaunlich offenen Gespräches alles andere als sicher und abgeklärt gewesen. In seinen Augen hatte sie den kleinen Jungen gesehen, der es nicht geschafft hatte, auf seine Schwester aufzupassen. Wie konnte man leben mit einer solchen Last? Kämpfte er seitdem gegen jeden und alles? Hoffnungslose und deshalb verzweifelt geführte Kämpfe, aus denen sein Erfolg als Boxer erwuchs?

Tat er ihr nur leid, oder hatte er sie wirklich berührt? Tief in ihrem Innersten, wo sie schon so lange nichts mehr gespürt hatte? Fünf Jahre! Gottverdammte fünf Jahre ohne Freund. Dieser Beruf machte einsam. Das Misstrauen gegenüber den Mitmenschen wurde immer tiefer, sie selbst immer komplizierter. Und welcher Mann wollte eine Frau, die Männern grundsätzlich alles zutraute? Jede Gräueltat. Das war doch kein Nährboden für Romantik.

Und jetzt?

Durfte sie ihrem Interesse an diesem Mann nachgeben? So vieles sprach dagegen. Der Altersunterschied zum Beispiel. Max war sechsundzwanzig und damit sieben Jahre jünger als sie. Und dann noch die Tatsache, dass er in den aktuellen Fall involviert war, wenn auch nur am Rande.

Aber hatte sie nicht auch ein Recht auf ein Privatleben, in dem der Beruf keine Rolle spielte?

»Scheiße!«, sagte sie und trank.

Ihre Gedanken wurden immer schwerer und flüchtiger. Nicht wegen des bisschen Alkohols, sondern wegen der Müdigkeit, des Frusts, des Gefühls, nichts ausrichten zu können.

Sina und Max Ungemach.

Zehn Jahre … Suchten sie wirklich nach nur einem Täter?

Vielleicht …

Sie schaffte es gerade noch, die Bierflasche abzustellen, dann schlief Franziska auf der Couch ein.

22

»Wie sieht eigentlich Ihr Verhältnis zu dem Personal des Fahrdienstes Meyerboldt aus, Frau Zierkowski?«

Franziska Gottlob hoffte, dass die Heimleiterin in der Früh noch keine Zeitung gelesen hatte, jedenfalls nicht dieses Boulevardblatt, das die Meldung zu Detlef Kühl auf der ersten Seite gebracht hatte. Ihr Chef, Clemens Oberrath, hatte sie mit seinem Anruf geweckt und sie darüber in Kenntnis gesetzt. Natürlich war er sauer und wollte wissen, wo sie die undichte Stelle vermutete. Irgendjemand musste der Zeitung gesteckt haben, dass mit Kühl ein verurteilter Kinderschänder für den Fahrdienst Meyerboldt arbeitete. Franziska hatte ihn erst mal vertrösten können, war dann aber den Gedanken nicht losgeworden, dass außer ihr nur Paul darüber Bescheid wusste. Inständig hoffte sie, dass er nicht mit der Presse gesprochen hatte, denn das wäre das Ende seiner Laufbahn. Paul hasste Typen wie Detlef Kühl, aber würde er so weit gehen?

Das würde sie später klären. Jetzt war erst mal Frau Zierkowski an der Reihe. Die saß ihr in ihrem Büro gegenüber, runzelte die Stirn und faltete die Hände vor ihrem Bauch.

»Ich verstehe die Frage nicht ganz.«

Innerlich entspannte Franziska sich etwas. Offenbar wusste die Heimleiterin noch nichts von dem Artikel. Franziska räusperte sich und rückte auf dem Stuhl nach vorn. »Nun ja, der Fahrdienst ist doch ein externer Dienstleister, dessen Mitarbeiter nicht im eigentlichen Sinne dieser Einrichtung unterstehen, oder habe ich das falsch verstanden?«

»Nein nein, das ist schon ganz richtig so. Früher hatten

wir zwei eigene Busse. Die waren richtig praktisch, sogar Rollstühle konnten wir darin transportieren. Aber auf Dauer war es einfach zu teuer. Versicherung, Wartungskosten, Verschleiß, einen Fahrer benötigten wir auch. Was soll ich sagen, immer wieder der Kostendruck. Es hat sich einfach als günstiger erwiesen, einen Fahrdienst zu beauftragen. So rufen wir die Fahrzeuge nur ab, wenn wir sie benötigen, und müssen keinen Fahrer dafür vorhalten.«

»Ach so«, sagte Franziska, der ein einfaches Ja oder Nein gereicht hätte. »Dann kennen Sie die Fahrer, die bei Meyerboldt angestellt sind, nicht besonders gut, oder?«

»Ein paar kenne ich schon. Die älteren vor allem, die schon länger dabei sind. Meyerboldt fährt ja schon seit einigen Jahren für uns. Allerdings wechselt das Personal häufig. Es ist ja eine schlecht bezahlte Arbeit, von der man kaum leben kann. Warum fragen Sie überhaupt danach? Ist jemand von Meyerboldts Fahrern verdächtig?«

»Zurzeit ist überhaupt niemand verdächtig«, wich Franziska der Frage aus. »Wir ermitteln lediglich in jede Richtung. Trotzdem würde es mich interessieren, ob Ihnen vom Fahrpersonal jemand besonders aufgefallen ist. Jemand, der sich vielleicht mehr um die Kinder bemüht, als es nötig wäre. Oder im Umkehrschluss, jemand, der besonders grob oder abweisend ihnen gegenüber war.«

Frau Zierkowski legte die Stirn in Falten, grübelte, schüttelte aber den Kopf. »Nein, im Moment fällt mir dazu wirklich nichts ein, aber …« Sie hielt inne, sah zu Franziska auf, öffnete dann eine Schublade zu ihrer Rechten und holte einen blauen Schnellhefter heraus. »Das ist die Liste, um die Sie mich gebeten haben. Ich denke, ich habe niemanden vergessen. Sie ist sehr umfangreich geworden.«

Franziska nahm sie entgegen. Wegen der Liste war sie hier, hatte aber schon befürchtet, dass die Heimleiterin damit überfordert sei. Jetzt war sie überrascht: fünfzehn Seiten Computerausdruck. Firmen, Namen, Adressen, teilweise auch Telefonnummern, logisch untergliedert nach Mitarbeitern, Ehemaligen, Lieferanten und Dienstleistern.

»Das ist mehr, als ich erwartet habe«, sagte Franziska und warf Frau Zierkowski ein Lächeln zu. »So detailliert bekommen wir eine solche Aufstellung selten. Vielen Dank!«

Frau Zierkowski schien sich trotz des Lobes nicht wohl zu fühlen. Unruhig rutschte sie auf ihrem Stuhl hin und her. »Als ich daran gearbeitet habe, ist mir etwas eingefallen«, sagte sie.

Franziska war sofort alarmiert. Das war einer der Gründe, warum sie in der Regel um eine solche Liste bat. Schrieb man einen Namen auf, lieferte das Gedächtnis ein Bild dazu. Und weil das menschliche Gehirn bevorzugt mit Bildern arbeitete, löste so etwas oft verschüttete Erinnerungen aus.

»Und das wäre?«, fragte sie.

»Ich will auf keinen Fall jemanden zu Unrecht in Verdacht bringen, das müssen Sie mir glauben! Wahrscheinlich hat es auch gar nichts mit Sarah zu tun.«

»Frau Zierkowski!« Franziska rückte ein Stück an den Schreibtisch heran, verkürzte die Distanz zwischen sich und der Heimleiterin. »Sie können mir wirklich alles anvertrauen, auch wenn es Ihnen noch so abwegig erscheint. Selbstverständlich wahre ich strengste Diskretion. Riskieren Sie lieber, dass jemand unter falschen Verdacht gerät. Einen solchen Verdacht können wir jederzeit ausräumen. Besser das, als dass Sie schweigen und damit vielleicht den Täter decken. Damit könnten Sie nicht leben, glauben Sie mir.«

Die Heimleiterin sah sie an und nickte schließlich. Sie wirkte müde dabei. »Auf der Liste«, sagte sie und deutete mit dem Kinn darauf, »finden Sie einen Herrn Rolf Wilkens. Die Adresse steht dabei, eine Telefonnummer habe ich leider nicht. Herr Wilkens war bis vor drei Jahren bei uns als Hausmeister beschäftigt. Wir, das heißt ich habe ihm gekündigt. Das war damals eine unschöne Sache mit viel Streit und Unruhe.«

»Warum wurde ihm gekündigt?«

»Ach, da kam vieles zusammen. Er war hin und wieder betrunken, kam oft zu spät, es dauerte viel zu lange, bis er kleine Aufträge erledigte, solche Sachen eben.«

»Aber das allein führte nicht zu seinem Rauswurf, nicht wahr?«

Frau Zierkowski schüttelte den Kopf und biss sich auf die Unterlippe. »Nein ... Da war noch etwas anderes. Ein paar Mädchen und zwei Pflegerinnen haben sich damals darüber beschwert, dass Herr Wilkens einige Male gerade dann in den Duschräumen der Mädchen Reparaturen durchführen wollte, wenn sie duschten. Ich habe ihn ermahnt, aber er hat es noch zwei weitere Male getan. Da war für mich die Grenze überschritten.«

»Er war also mehrere Male in den Duschräumen der Mädchen, während sie duschten? Welche Gründe gab er dafür an?«

»Das weiß ich nicht mehr. Aber es waren Kleinigkeiten, die warten konnten, deshalb haben sich ja alle so aufgeregt. Zusammen mit seiner Unzuverlässigkeit reichte es aus meiner Sicht für eine Kündigung.«

»Hat Herr Wilkens sich dagegen gewehrt?«

»Er wurde sehr laut, beschimpfte mich und drohte mit einer Klage, die aber nie erfolgte.«

Franziska nickte. »Wissen Sie, was Herr Wilkens jetzt macht?«

»Soweit ich weiß hat er den Laden seiner Eltern übernommen … Ein Fischfeinkostgeschäft unter der Adresse, die auf der Liste steht. Ich kann mich auch erinnern, dass er seinerzeit ein begeisterter Angler war. Hat sein Angelzeug immer im Wagen gehabt und für einige Mitarbeiter hier Fische geräuchert. Die sollen immer sehr lecker gewesen sein.«

Während sie zuhörte, suchte Franziska Herrn Wilkens aus der Liste heraus. Er stand auf Seite drei unter den entlassenen Mitarbeitern der letzten vier Jahre. Ohne genau sagen zu können, warum, war sie plötzlich wie elektrisiert. Das alles klang höchst interessant, aber da war noch mehr. Irgendwo in ihren Gedanken wollte sich eine Verbindung schließen, zu der nur noch eine Kleinigkeit fehlte.

»Werden Sie ihn verhaften?«, fragte Frau Zierkowski.

Franziska blickte auf. »Nein, dazu besteht ja kein Anlass. Aber wir werden Herrn Wilkens natürlich überprüfen, wie die anderen auf dieser Liste auch. Ich muss Sie bitten, über alles, was wir hier besprechen, absolutes Stillschweigen zu wahren. Sie würden Sarah gefährden, wenn Sie zum Beispiel mit der Presse sprechen würden.«

»Selbstverständlich! Ich bin Ihnen doch ohnehin dankbar, dass Sie es geschafft haben, den Namen dieser Einrichtung aus den Pressemeldungen herauszuhalten. Ich mag mir gar nicht vorstellen …«, Frau Zierkowski schüttelte den Kopf, »Nein, von mir erfährt niemand etwas.«

»Danke.« Franziska stand auf. Nicht eine Sekunde länger wollte sie sitzen bleiben. Endlich tat sich etwas! »Ich muss dann auch wieder los. Ich melde mich bei Ihnen, sobald es etwas Neues gibt.«

Die Heimleiterin begleitete sie in die Eingangshalle.

Dort herrschte Aufregung vor dem Aquarium. Das Becken selbst war nicht zu sehen, da ein Dutzend Kinder drum herumstand. Zwischen den Kindern und dem Becken hockte ein Mann am Boden und tauchte gerade seine Hände in einen grünen Plastikeimer. Die Kinder tuschelten fasziniert. Plötzlich war ein lautes »Igitt!« zu hören, das Franziska innehalten ließ.

»Heute bekommen wir einen neuen Fisch«, erklärte Frau Zierkowski. »Einen großen Wabenschilderwels. Es gibt eine Projektgruppe Aquarium. Fünfzehn Jungen und Mädchen, die das Füttern und leichte Pflegearbeiten übernehmen, und die haben sich diesen Fisch gewünscht. Sie warten schon seit Wochen darauf! Das ist natürlich eine kleine Sensation.«

Franziska nickte, hatte aber nicht viel Interesse daran. Sie wollte raus, mit Paul telefonieren, in Ruhe nachdenken. Sie spürte, wie sich in ihrem Kopf etwas anbahnte, doch für den entscheidenden Kurzschluss fehlte eben ein Moment absoluter Ruhe.

»Bis bald!«, sagte sie an der Tür und flüchtete quasi aus dem Gebäude.

Draußen lief sie ein paar Schritte über den Parkplatz, bevor sie sich suchend im Kreis drehte. Wo stand ihr Wagen? Sie konnte ihn nicht sehen, wusste auch nicht mehr, wo sie ihn stehen gelassen hatte. Weit entfernt vom Eingang war es aber nicht gewesen.

Franziska lief bis auf Höhe eines Lieferwagens vor, der ihr den Blick versperrte. Dahinter versteckte sich ihr Dienstpassat. Allerdings parkte der Lieferwagen so dicht an der Fahrerseite, dass Franziska dort unmöglich einsteigen konnte.

»Idiot!«, schimpfte sie und überlegte, ob sie reingehen und den Kerl zusammenstauchen sollte. Der Aufschrift nach gehörte der Wagen zu der Zoohandlung, die sich um das Aquarium kümmerte. Doch das dauerte ihr jetzt alles viel zu lange. Kurzerhand kletterte sie über den Beifahrersitz hinein, startete den Motor und preschte vom Hof.

Mit einer Hand lenkte sie, mit der anderen klaubte sie ihr Handy hervor und wählte Paul Adameks Nummer, der im Büro geblieben war.

Er ging sofort ran.

»Ich hab noch eine zweite Spur«, sagte Franziska und berichtete Paul, was sie von der Heimleiterin erfahren hatte. »Lass diesen Wilkens mal durch die Systeme laufen und dann treffen wir uns in einer halben Stunde an folgender Adresse.« Sie gab Wilkens Adresse durch.

»Hör mal. Wegen dieser Pressemeldung über Kühl …«, begann Paul Adamek.

Franziska unterbrach ihn. »Darüber können wir uns später unterhalten. Hast du die Observierungsteams für Kühl eingeteilt und die Speichelprobe organisiert?«

»Hab ich. Ziller und Kindler sind jetzt an ihm dran.«

»Gut. Bis gleich.«

Obwohl sie spürte, dass Paul noch etwas sagen wollte, würgte sie das Gespräch ab. Ihr Verdacht, er könnte etwas mit der Pressemeldung zu tun haben, verstärkte sich noch, und darüber wollte sie jetzt nicht nachdenken müssen.

Irgendwas an der Information, die sie von Frau Zierkowski bekommen hatte, hatte sie elektrisiert. Eine Kleinigkeit, vielleicht nur ein Satz, aber sie kam einfach nicht darauf. Der Gedanke war wie ein Fisch; glitschig, wendig und nicht zu fassen.

Während sie den Hügel hinunterfuhr, schlug sie mit der flachen Hand aufs Lenkrad.

»Komm schon, komm schon!«, sagte sie laut.

23

Verurteilter Pädophiler fährt behinderte Kinder

Unserer Zeitung liegen gesicherte Erkenntnisse darüber vor, dass ein rechtskräftig verurteilter Mann, der vor neun Jahren ein zehnjähriges Mädchen missbraucht und dafür eine Haftstrafe verbüßt hat, für den Beförderungsdienst der Behinderteneinrichtung fährt, aus der in der Nacht von Samstag auf Sonntag die achtjährige Sarah verschwunden ist. Von dem blinden Mädchen fehlt nach wie vor jede Spur. Die Polizei will zu diesem Sachverhalt keine Auskunft geben und verweist auf die laufenden Ermittlungen.

Max Ungemach ließ die Zeitung sinken.

Zehn Zeilen folgten noch, doch da er den Artikel bereits ein Dutzend Mal gelesen hatte, reichte ihm der obere Teil. Darin standen die wesentlichen Informationen, der Rest war ohnehin nur zum Aufbauschen.

Seine Gedanken waren Max so fremd wie noch nie. Er konnte sie nicht einordnen, in keine der gängigen Schubladen ablegen, und sie machten ihm eine Höllenangst. Trotzdem würde er weitermachen. Der Entschluss war gefasst, ein Zurück gab es nicht. Dabei hatte er keine Angst vor dem, was ihn eventuell erwartete, sondern vor dem, was er zu tun bereit war. Er musste nur die Zeitung hochnehmen, den Artikel lesen und sich dann vorstellen, dass der Mann, der

Sina entführt und getötet hatte, frei herumlief und dasselbe nun anderen kleinen Mädchen antat, dann konnte er tief in sich fühlen, wie alle Barrieren niederbrachen.

Max wischte sich über die Augen.

Wusste er wirklich, auf was er sich einließ?

Wahrscheinlich nicht. Aber er war nie der Typ Mensch gewesen, der immer erst alles durchplante, bevor er aktiv wurde. Er war spontan, impulsiv, und das führte nicht immer auf dem leichtesten und kürzesten Weg zum Ziel – aber es führte dorthin.

In der Früh um sechs hatte er den Artikel in der Zeitung gelesen, noch bevor er zu seinem Morgenlauf aufgebrochen war. Mit Wut im Bauch war er dann trotzdem losgelaufen. Sie hatte ihn getragen, diese Wut, hatte ihn beinahe über den Boden schweben lassen, noch nie war ihm das Laufen derart leicht gefallen. Dieser Artikel war wie ein Startschuss für ihn. Ohne es zu wissen hatte er genau darauf gewartet, um endlich von der Leine gelassen zu werden.

Zurück in der Wohnung hatte er sofort seinen Trainer angerufen. Kolle hatte sich ohne zu zögern mit der Sportredaktion der Zeitung, zu der er einen guten Draht hatte, in Verbindung gesetzt und behauptet, die Schwester eines Freundes, die in der Nähe von Hannover lebte, plane, ihr behindertes Kind in Kurzzeitpflege zu geben, hatte nun aber Angst davor, es genau in das Heim zu geben, aus dem die kleine Sarah entführt worden war. Kolle hatte seinen Kontakt gebeten herauszufinden, um welches Heim es sich handelte, denn darüber war in den Zeitungen nichts zu finden gewesen. Nicht mehr, nur den Namen des Heimes, alles andere wäre zu verfänglich gewesen. Für den Typen bei der Zeitung war es ein Kinderspiel gewesen. Binnen fünf Minuten hatte er trotz der polizeilich verhängten Nachrichtensperre die Adresse herausgefunden

Und nun stand Max vor dem Helenenstift.

Bereits seit einer halben Stunde parkte er auf einem schmalen Parkstreifen am Rande eines Waldes gegenüber der Einfahrt. Das Haus konnte er von dieser Position aus nicht sehen, da es hinter einer leichten Anhöhe versteckt lag. Zwei gemauerte Torpfeiler trugen ein gusseisernes Tor, das offen stand. Eine geteerte Zufahrt führte den grünen Hügel hinauf. Auf der Kuppe wuchsen große Nadelbäume, die die Sicht noch zusätzlich beeinträchtigten. Aber das machte nichts. Max musste das Gebäude gar nicht sehen. Es reichte völlig, wenn er den ein- und ausfahrenden Verkehr kontrollierte.

Leichter Nieselregen setzte ein. Tausende kleiner Wassertropfen verteilten sich gleichmäßig auf der Windschutzscheibe und behinderten seine Sicht. Da der Regen ohne Wind aus einem eintönig bleigrauen Himmel fiel, blieb jedoch die Seitenscheibe trocken, so dass er die Einfahrt immer noch gut im Blick hatte.

Max faltete die Zeitung zusammen und warf sie in den Fußraum vor dem Beifahrersitz. Immer und immer wieder darin zu lesen brachte ihn auch nicht weiter. Angestachelt und aufgebracht war er mittlerweile genug.

Ein Wagen näherte sich von hinten.

Max warf einen Blick in den Seitenspiegel.

Es handelte sich um einen großen weißen Transporter. Max' Herz schlug schneller. Er hatte seinen Sitz so weit nach hinten verschoben, dass er praktisch hinter der breiten B-Säule verschwand und von draußen nicht gesehen werden konnte. Aus diesem Versteck heraus beobachtete er den

Transporter, der an ihm vorbeirollte. Er hatte den Blinker gesetzt und bremste ab, um in die Auffahrt einzubiegen. Da er langsam genug fuhr, konnte Max die Aufschrift auf der Beifahrertür lesen.

Personentransporte Meyerboldt. Taxi, Mietwagen, Busse.

Darunter die Anschrift, die Max sich sofort einprägte.

Ja!

Er hatte richtiggelegen! Kolle hatte sich skeptisch gezeigt, als Max argumentiert hatte, der Fahrdienst, bei dem der Perverse arbeitete, würde nicht von heute auf morgen gewechselt werden. Dieser eine bestimmte Fahrer würde sicher keine Kinder mehr transportieren, aber dessen Name würde Max schon herausfinden.

Er gab die Adresse in sein Navigationssystem ein. Keine halbe Minute später verriet ihm das Gerät, dass er bis zur Zieladresse siebzehn Minuten benötigte.

24

Meinem Blick entgehst du nicht, kenne ich doch dein Gesicht!

Er war so verwirrt wie schon lange nicht mehr. Eine ganze Nacht hatte nicht ausgereicht, um den alten Abzählreim in seinem Kopf verhallen zu lassen. Ganz im Gegenteil hatten die Worte ihn sogar um den Schlaf gebracht, und er hatte sich wieder und wieder gefragt, ob es ein Zeichen war, sie ausgerechnet jetzt zu hören, wo sich alles so gut fügte? Das Mädchen war eine Offenbarung, und in seiner überschwänglichen Freude hatte er seiner Sammlung eine vanilla planifolia hinzufügen wollen, die er sich schon so lange wünschte. Eine neue Pflanze für ein neues Mädchen. Doch das war jetzt vergessen. Alles war durcheinander, der Kartenstapel ein einziges Chaos, und er bekam es einfach nicht in den Griff.

Dieser Abzählreim, dieser verfluchte Abzählreim!

Das war unendlich viele Jahre her und trotzdem nicht vergessen.

Am Ende hatten sie ihn immer gefunden, immer ihn, nur ihn, so als hätten sich alle gegen ihn verschworen. Dabei konnte er sich still verhalten wie sonst niemand. Doch egal wo er sich versteckt gehalten hatten, egal wie winzig das Loch gewesen war, sie hatten ihn entdeckt, mit den Fingern auf ihn gezeigt, über ihn gelacht, hatten ihn gesehen, gesehen, gesehen …

Er packte das Lenkrad fester, hielt den schweren Transporter in der Spur. Er fühlte sich kaum in der Lage, den Tag zu bewältigen. Schon der erste Auftrag war schwer gewesen, aber er hatte nicht fortbleiben können, weil das aufgefallen wäre. Er durfte nicht unvorsichtig werden, die übliche Routine nicht durchbrechen. Gerade jetzt, während mit aller Kraft nach dem Mädchen gesucht wurde, machte sich jeder verdächtig, der sich anders verhielt als üblich. Er wusste das, aber Wissen war eine Sache, Verlangen eine andere. Bei ihr dort draußen zu sein würde ihn beruhigen, würde vielleicht sogar den blöden Abzählreim aus seiner Kindheit vergessen machen. Die Sache mit den Karten versuchte er schon, seitdem er in der Früh aufgewacht war, aber die Karten waren störrisch heute, wollten sich einfach nicht fügen. Das Blatt war immer noch völlig durcheinander.

Konzentrier dich!

Du musst dich konzentrieren!

Er bog in seine Straße ein und ihm stockte der Atem!

Sie waren da!

Alles in ihm schrie danach, Gas zu geben, vorbeizufahren, doch er wusste, dass es nichts nützte. In einer halben Stunde musste er den Laden öffnen. So lange würden sie auf jeden Fall warten, und wenn es sein müsste, würden sie wiederkommen. Er machte sich verdächtig, wenn er den Laden nicht öffnete.

»Versteck dich ruhig, ich find dich doch …«

25

Franziska zermarterte sich während der Fahrt in die Stadt den Kopf, welches eine Element ihr bei der neuen Spur immer wieder durch die Finger glitt – doch je intensiver sie nachdachte, desto flüchtiger wurde der Gedanke. Schließlich ließ sie es sein und lenkte ihre Überlegungen in eine andere Richtung. Mit wem hatten sie es hier zu tun? Sollte dieser Wilkens der Täter sein, musste er doch damit rechnen, dass man die ehemaligen Mitarbeiter des Heimes überprüfen würde. War der Mann so dumm? Oder einfach nur eiskalt?

Sie parkte ihren Wagen auf der gegenüberliegenden Straßenseite neben einigen Altglascontainern, blieb sitzen und beobachtete den Laden. Es handelte sich um ein kleines, zwischen zweigeschossigen Wohnhäusern eingezwängtes Gebäude, das kaum wie ein Geschäft aussah. Links neben der normalen Eingangstür befand sich ein großes, bis an den Boden reichendes Fenster, das zur Hälfte mit einer milchigen Folie abgeklebt war. Rechts daneben gab es ein geschlossenes Rolltor aus Aluminium. Ein offensichtlich selbst gebasteltes Werbeschild hing darüber. Fischspezialitäten Wilkens, stand in schwarzen Buchstaben auf weißem Grund. Ein stilisierter Fisch sprang aus dem W.

Der Laden machte auf Franziska einen wenig professionellen Eindruck, so als würde er nur halbherzig betrieben. Geöffnet aber war er. Eine nackte Leuchtstoffröhre brannte in dem kleinen Ladenlokal.

Während der fünf Minuten, die sie das Geschäft beobachtete, ließ sich kein einziger Kunde sehen.

Dann fuhr Paul Adamek langsam an ihr vorbei. Sie betätigte die Lichthupe. Er bemerkte sie, wendete in einer Hofeinfahrt, stellte seinen Wagen hinter ihrem ab, kam nach vorn und ließ sich auf den Beifahrersitz fallen. »Der Laden da?«, fragte er und deutete mit einem Kopfnicken hinüber.

»Genau. Hast du über Wilkens etwas herausfinden können?«

Paul schüttelte den Kopf. »Polizeilich ist er nie auffällig geworden. Acht Punkte in Flensburg, vier allein in diesem Jahr. Angemeldeter Wohnsitz ist hier. Gewerbe ist auf seinen Vater angemeldet. In seinem Profil bei Facebook beschreibt er sich als Naturliebhaber, Jäger und Angler. Und als sehr aufgeschlossen gegenüber weiblichen Bekanntschaften.«

»Also alles ganz normal«, stellte Franziska ernüchtert fest.

»So weit, ja.« Paul sah zu ihr hinüber. »Wollen wir jetzt gleich darüber sprechen?«

Sie erwiderte seinen Blick. »Sag mir einfach, dass du es nicht warst.«

Er zuckte mit den Schultern. »Ich habe zumindest nicht mit der Presse gesprochen.«

»Mit wem dann?«

»Mit dem Chef dieses Fahrdienstes. Ich traue diesem Kühl nicht, der schwärzt sich doch nicht selbst an. Und ich kann einfach nicht damit leben, dass der Typ weiterhin kleine Kinder fährt.«

Franziska seufzte. »Ich kann dich verstehen, aber das ist jetzt wirklich dumm gelaufen. Du hättest Meyerboldt darauf hinweisen müssen, dass er nicht mit der Presse sprechen darf.«

»Habe ich auch.«

»Und er wird den Vorwurf sicher abstreiten«, mutmaßte Franziska. »Hoffen wir, dass es damit im Sande verläuft, aber Oberrath ist verdammt sauer.«

Paul nickte. »Ich weiß, ich habe schon mit ihm gesprochen.«

Franziska riss die Augen auf. »Und was hast du gesagt?«

»Das Gleiche wie dir. Wegen so einem Perversen werde ich doch nicht zum Lügner. Den Arbeitgeber zu informieren verstößt gegen keine Vorschrift, und was der dann damit macht, dafür kann ich ja nichts.«

»Wie sieht Oberrath das?«

»Genauso.«

Franziska seufzte. »Glück gehabt!«

Paul griente sie an. »Somit sind alle glücklich, außer Detlef Kühl, aber wen interessiert das schon.« Er schlug sich auf die Oberschenkel. »Wollen wir rübergehen und Fisch kaufen?«

Sie stiegen aus und überquerten die Straße. Paul war als Erster drüben und drückte gegen die Ladentür. Sie schwang nach innen. Der hell geflieste Verkaufsraum war klein, höchstens fünf mal drei Meter, und wurde links von einem verglasten Kühltresen beherrscht, der zwar mit Eis gefüllt war, in dem aber kein einziger Fisch lag. Preisschilder für Aal und Forelle staken in dem Eis. Eine altmodische Kasse thronte hinter dem Tresen. Es roch intensiv nach Fisch.

»Übersichtliches Angebot«, sagte Paul.

Auf dem Kühltresen stand eine Klingel, wie man sie auch an Hotelrezeptionen finden konnte. Paul streckte die Hand aus und schlug drauf. Der Klingelton war hell und laut.

Eine Reaktion erhielten sie allerdings nicht.

»Ist ja praktisch eine Einladung«, sagte Franziska und deutete auf den Durchgang rechts hinter dem Tresen. »Lass uns doch mal nachschauen, ob wir Herrn Wilkens dahinten finden.«

Sie ging voraus, Paul folgte ihr dichtauf.

Durch einen kurzen Flur, der rechts mit Plastikkisten zugestellt war, erreichten sie einen quadratischen, nach allen Seiten geschlossenen Innenhof. Er war mit lichtdurchlässigen Kunststoffplatten überdacht, die allerdings von Grünspan so verdreckt waren, dass kaum Licht hindurchfiel. Wie in einem Wald unter hohen Baumkronen wirkte das Licht grün. Eine verschwommene diffuse Atmosphäre, in der sie kaum Einzelheiten erkennen konnten.

Jede Menge Gerümpel, Paletten und Kisten standen herum, dazwischen lagen Netze auf dem Boden. Rechts gab es ein hölzernes Tor. Es war geschlossen. Wilkens konnten sie nicht entdecken.

»Da drüben«, sagte Paul und deutete auf eine geöffnete Tür, die von einem Holzkeil an Ort und Stelle gehalten wurde. Der Gang dahinter war lang und dunkel. Er führte scheinbar in die Tiefe eines gestreckten, niedrigen Anbaus.

Franziska nickte und ging darauf zu. Sie wollte gerade

nach Wilkens rufen, als sie plötzlich Geräusche und eine Stimme hörte.

»Stell dich nicht so an«, sagte ein Mann irgendwo weit vorn. »Am Ende kriege ich dich doch. Ich hab euch noch alle gekriegt.«

Diese Stimme und die bedrückende Atmosphäre der Umgebung ließen Franziska frösteln. Sie tastete nach der Waffe unter ihrer Jacke, dann betrat sie den Gang.

Dort roch es noch intensiver nach Fisch. Rechts war eine große Kühlkammer eingebaut, der Motor brummte vor sich hin. Neben der Kühlkammer lagen in einem offenen Bereich Netze und Leinen. Zwei große blaue Tonnen und unzählige Eimer standen herum. Franziska hörte ein Plätschern. Sie ging langsam weiter. Hinter einem weiteren Durchgang entdeckte sie einige gemauerte, hüfthohe Becken. Sie sah hinein. Die Becken waren mit wasserdichter Farbe gestrichen und zur Hälfte mit Wasser gefüllt. Die nackten Glühbirnen darüber reichten aus, um das Gewimmel in dem sauberen Wasser sehen zu können. Aale unterschiedlicher Größe wanden sich darin.

Plötzlich eine Bewegung.

Franziskas Hand ging zur Waffe.

Ein kleiner, dicker Mann tauchte zwischen den Becken auf. In seinen Händen hielt er einen Aal und ließ ihn über die Mauer ins Wasser gleiten. Er bemerkte sie.

»Können Sie nicht abwarten«, fuhr er sie barsch an. »Ich komme gleich nach vorn. Hier hinten haben Sie nichts zu suchen!«

Er kam zwischen den Becken hervor und betrat den Gang.

Rolf Wilkens war keine eins siebzig groß und hatte eine Glatze. Eine Plastikschürze überspannte seinen mächtigen

Bierbauch. Seine Hände steckten in roten Gummihandschuhen, die bis zu den Ellenbogen reichten. Er füllte den Gang aus, schien vor Kraft kaum laufen zu können.

»Herr Wilkens?«, fragte Franziska.

Ohne dass sie sich als Kriminalbeamtin vorstellte, ging eine Veränderung mit Wilkens vor sich. Sein Körper versteifte sich, er nahm die Schultern zurück, das Kinn nach vorn, ballte die Hände zu Fäusten. Seine kleinen Augen funkelten sie an.

»Was wollen Sie?«, fragte er mit leiser Stimme.

26

Geräusche!

Sie hörte Geräusche!

Sofort setzte Sarah sich aufrecht hin und lauschte.

Seit Stunden war es absolut still gewesen. Eine solche Stille hatte sie nie zuvor in ihrem Leben kennengelernt. Es hatte immer irgendwelche Geräusche gegeben. Wind, der ums Haus und durch die Bäume strich. Husten oder Lachen der anderen Kinder. Irgendein Klappern. Türenschlagen. Die Toilettenspülung, die sie nachts in ihrem Zimmer hören konnte. In diesem Raum aber war es, wie es in einem Grab sein musste. Frau Hagedorn hatte ihnen in der Märchenstunde einmal eine Gruselgeschichte vorgelesen, in der ein Mann lebendig begraben worden war. In seiner Eichenkiste tief unter der Erde hatte der Mann auch nichts gehört, absolut nichts, und er hatte diese Stille als Atemzug des Todes empfunden. Der Tod atmet ein, hatte Frau Hagedorn vorgelesen, und verwandelt alles Sein auf Erden in nichts, so wie ein schwarzes Loch im Weltall. Der Mann aus der Geschichte war von dort entkommen, weil er begonnen hatte, mit den Wühlmäusen und Maulwürfen zu sprechen. Er hatte sich mit ihnen verbündet, und sie hatten ihn ausgegraben.

Sarah wusste nicht, warum ihr diese Geschichte, von der sie damals ein wenig Angst bekommen hatte (schöne Angst, solche mit feiner Gänsehaut auf den Armen), gerade jetzt wieder einfiel, zum schlechtesten Zeitpunkt überhaupt. Sie hätte gern darauf verzichtet, doch ihre Erinnerung gönnte sich den Spaß.

Da!

Sie zuckte zusammen!

Erneut ein lautes Schlagen, so als würde irgendwo eine Tür zugeworfen. Sie konnte sogar die Erschütterung spüren, die sich durch das Mauerwerk bis zu ihr fortpflanzte. Sie öffnete sich für das Geräusch, ließ es in sich selbst verhallen und untersuchte dabei die Einzelheiten.

Waren Stimmen darin? Von anderen Kindern? Vielleicht hatte er noch andere entführt und hierher gebracht? Und vielleicht versuchten diese anderen Kinder, Kontakt zu ihr aufzunehmen! Die vermeintlich zugefallene Tür könnte jemand sein, der mit einem harten Gegenstand gegen eine Mauer geschlagen hatte!

Dieser Gedanke brandete wie eine gewaltige Welle durch Sarahs Körper und hinterließ ein euphorisches Glücksgefühl. Plötzlich waren Kraft und Energie wieder da und der Glaube, dass alles gut werden würde.

»Ich bin hier!«, wollte sie aus Leibeskräften rufen, doch nachdem sie so lange geschwiegen hatte, war ihre Stimme nur ein kaum hörbares, jämmerliches Krächzen.

Sie räusperte sich und versuchte es gleich noch mal.

»Ich bin hier! Hört ihr mich? Ich bin hier drinnen!«

Das war schon besser. Viel kräftiger und lauter. Trotzdem hatte sie den Eindruck, dass ihre Stimme den Raum gar nicht verließ. Es gab auch kein Nachhallen, wie sonst immer, wenn man in geschlossenen Räumen schrie. Hier drinnen wurden ihre Schreie einfach von den Wänden gefressen.

Es ist das Nichts, deine Schreie verschwinden im Nichts.

Quatsch, schalt sie sich in Gedanken, *sei kein Dummkopf.*

Es lag bestimmt nur an den besonders dicken Wänden, die waren in Gefängnissen schließlich üblich. Deswegen auch die Klopfgeräusche! Na klar! Die anderen Kinder hatten längst erkannt, dass sie nicht durch Schreie auf sich aufmerksam machen konnten, deshalb hatten sie begonnen zu klopfen.

In einer hektischen Bewegung rutschte Sarah vom Bett hinunter auf den Fußboden, stieß sich dabei den unteren Rücken, achtete aber nicht darauf.

Geräusche, sie musste laute Geräusche machen!

Sie tastete den Boden vor sich ab. Die Tasse! Wo befand sich die Tasse? Er hatte ihr eine Tasse voll mit Milch ins Zimmer gebracht und darauf bestanden, dass sie die trank.

Du musst viel Milch trinken, hörst du, viel Milch, sonst stirbst du, hatte er einige Male zu ihr gesagt.

Wo war nur diese blöde Tasse!

So weit weg konnte sie doch gar nicht …

Da war sie!

Sarah ergriff den Henkel, umklammerte ihn fest, erhob sich, streckte die linke Hand vor sich und tastete sich durch den Raum. Irgendwo musste die Tür sein. Wenn ihre Erinnerung sie nicht betrog, hatte es metallen geklungen, als er sie abgeschlossen hatte. Wenn sie nur fest genug mit der Tasse dagegen schlug, mussten die anderen Kinder sie doch hören!

Sie erreichte eine Wand, tastete sich daran entlang. Die Wand war kühl und ein bisschen rau, aber nicht tapeziert. Wo befand sich die Tür? Sie war vom Bett aus gerade durch den Raum gegangen, genau dorthin, wo sie die Tür vermutete. Obwohl … Nein, so ein Mist! Auf der Suche nach der Tasse hatte sie sich gedreht und damit ihren Orientierungssinn durcheinandergebracht. Die Tür könnte in jeder Richtung sein!

»Wartet, wartet, ich hab's gleich«, sagte sie leise zu sich selbst. Sie spürte bereits wieder Tränen hinter ihren Augen aufsteigen, wollte aber nicht weinen.

Als sie eine Zimmerecke erreichte, blieb sie stehen, um zu lauschen. Klopften die anderen Kinder noch? Oder hatten sie es schon wieder aufgegeben, weil sie keine Antwort bekamen? Sarahs Ohren durchkämmten die Stille, fanden jedoch nichts.

»Nein, bitte nicht!«, rief sie, die Tränen niederkämpfend.

Sie hatte keine Zeit mehr, nach der Tür zu suchen, sie musste es gleich hier versuchen, an der Wand!

Zuerst schlug sie nur leicht mit dem dicken Boden der Keramiktasse gegen die Wand, weil sie befürchtete, dass sie zerspringen würde. Doch das Geräusch war genauso jämmerlich wie vorhin ihr Krächzen. Also schlug sie heftiger und nahm dabei einen bestimmten Rhythmus ein.

Tock, tock … tock, tock … tock.

Und noch einmal.

Tock, tock … tock, tock … tock.

Jetzt innehalten und horchen.

Gab es eine Antwort? Hörten die anderen Kinder sie bereits? Oder war es zu leise?

Sarah horchte eine Minute lang, und sie musste sich dabei

zusammenreißen, weil ihr diese eine Minute so unendlich lang erschien. Sie dehnte sich und dehnte sich, und kein einziges Geräusch schlich sich hinein. Als sie schon meinte, sich vorhin doch getäuscht zu haben, erschütterte erneut irgendwas die Wände.

»Hier, ich bin hier!«, schrie Sarah und knallte die Tasse mit Wucht gegen die Wand.

Diesmal zersprang sie.

Sarah quiekte erschrocken, als der Scherbenregen auf sie niederging. Sie ließ den Griff, den sie immer noch festhielt, los und schlug nun mit den flachen Händen gegen die Wand. Das tat weh und machte kaum Geräusche. Es klatschte nur. Ein jämmerliches Klatschen, das niemals jemand anderer hören würde. Trotzdem machte Sarah weiter, schlug immer wieder gegen die Wand, ignorierte dabei die heftiger werdenden Schmerzen in ihren Händen, begann wieder zu schreien, gleichzeitig flossen die Tränen, obwohl sie sich doch vorgenommen hatte, nicht mehr zu weinen.

»Ich bin hier drinnen, hier, ich bin hier! Hört mich denn niemand?«

27

Eine zweispurige Straße in einem Gewerbegebiet am Rande der Stadt. Auf der rechten Seite zogen sich die langen Hallen eines Maschinenbaubetriebes dahin. Links fuhr Max an einem Autohändler, einem Abschleppunternehmen und der städtischen Kläranlage vorbei, bevor das Grundstück des Fuhrunternehmens Meyerboldt auftauchte. Im Gegensatz zu den anderen Betrieben an der Straße war es ein kleines Grundstück, auf dem sich eine Halle mit flachem Dach sowie zwei Bürocontainer befanden. Max parkte auf der anderen Straßenseite. Schräg versetzt und zwischen zwei Autos, damit er nicht gleich auffiel, aber trotzdem die Einfahrt gut einsehen konnte.

Die beiden silbernen Container befanden sich rechts auf dem Grundstück, links davon stand die Halle. Gleich daneben erstreckte sich ein großer Parkplatz bis an den Maschendrahtzaun, der das Areal zum Nachbarn hin abgrenzte. Im hinteren Bereich des Parkplatzes standen einige Fahrzeuge: drei kleinere Busse und ein Privatwagen. Die Taxis schienen alle unterwegs zu sein, denn Max konnte keines sehen. Auf dem Schotterparkplatz wuchs Unkraut. In kleinen Löchern sammelte sich Regenwasser.

Nachdem Max fünf Minuten hinübergestarrt hatte, trat ein untersetzter Mann in blauem Arbeitsoverall aus der Halle. Er wischte sich die Hände mit einem großen weißen Lappen ab, den er dann in die hintere Hosentasche steckte. Wie eine Kapitulationsfahne hing das Stück Stoff heraus. Der Mann blieb im Schutz des Vordachs stehen und zündete sich eine Zigarette an. Mit offensichtlichem Genuss rauchend stand er ruhig da und starrte in den bleigrauen Himmel hinauf, der noch einiges von dem Nieselregen parat zu halten schien.

Ein Mechaniker bei der Pause, dachte Max.

Was jetzt?

Sollte er rübergehen und diesen Mechaniker nach dem Fahrer fragen? Jetzt, wo alle Kollegen wussten, um was für einen Menschen es sich handelte, dürfte doch keiner mehr gut auf den zu sprechen sein. Würden sie nicht liebend gern Informationen herausgeben?

Vielleicht, aber vielleicht auch nicht. Gut möglich, dass

der Chef oder sogar die Polizei den anderen Mitarbeitern strengstes Stillschweigen auferlegt hatten.

Max war unschlüssig, gleichzeitig war ihm aber auch klar, dass er irgendwas tun musste. Auf einen Zufall zu warten könnte ihn eine Menge Zeit kosten.

Er hatte den Türgriff schon in der Hand, als von vorn mit hoher Geschwindigkeit ein kleiner silberner Wagen angeschossen kam. Der Fahrer bremste vor der Einfahrt stark ab und preschte auf den Hof. Schotter spritzte zu den Seiten auf. Kaum stand der Wagen vor den Bürocontainern, da sprang auch schon ein untersetzter Mann heraus. Trotz des Regens ließ er die Autotür offen stehen, marschierte zielstrebig auf die Container zu und verschwand darin.

Der Mechaniker beobachtete ihn. Dann ließ er seine Zigarette zu Boden fallen, drückte sie mit dem Hacken aus und ging in die Halle zurück.

Das sah interessant aus, fand Max. Er verließ seinen Wagen, verriegelte ihn und lief hinüber. Auf der rechten Seite des Hofes, nahe den Containern, standen drei private Pkws hinter einer Eibenhecke, die er von der Straße aus nicht gesehen hatte. Geschützt zwischen den Wagen und der Hecke schob Max sich auf den silbernen Wagen zu. Es handelte sich um einen Seat Leon älteren Baujahrs.

Plötzlich flog die Tür des vorderen Bürocontainers auf, und der Fahrer des Seat schoss heraus. Aus der Nähe konnte Max deutlich dessen wutverzerrtes Gesicht sehen. Der Mann war so auf die Halle fixiert, auf die er losstürmte, dass er Max überhaupt nicht bemerkte.

»Horst!«, rief er laut, noch bevor er das Hallentor erreicht hatte.

Max ging rasch hinter den Containern entlang. Alte Reifen lagen dort unordentlich gestapelt. Die hintere Ecke des zweiten Containers lag keine vier Meter von der Halle entfernt. Dort blieb Max stehen und spähte um die Ecke. Es war ein Logenplatz, und er kam gerade rechtzeitig, um zu sehen, wie der Mechaniker erneut vor die Halle trat.

In der rechten Hand hielt er einen großen Schraubenschlüssel. Er stand mittig vor dem Tor, die Beine breit auseinander, die Schultern gestrafft, das Kinn erhoben. Der Mann war mit seinen knapp eins siebzig, seinem Bierbauch und dem dicken Hintern nicht gerade eine imposante Erscheinung, aber seine Mimik und Gestik ließen keinen Zweifel darüber aufkommen, wer hier der Chef war.

»Wieso habe ich meinen Job nicht mehr!«, schnauzte der Fahrer des Seat den Mechaniker an. Drei Meter vor ihm war er stehen geblieben, angespannt, zitternd, die Fäuste geballt, die Schultern nach vorn gezogen.

»War ich am Telefon nicht deutlich genug?«, sagte der Mechaniker mit rauer Stimme.

»Doch, aber ich will, dass du es mir ins Gesicht sagst!«

»Das kannst du haben.« Der Mechaniker tat einen Schritt nach vorn, hob gleichzeitig den Schraubenschlüssel und ließ ihn in seine geöffnete linke Handfläche klatschen. »Sofort runter von meinem Grundstück, sonst schlag ich dir deinen verdammten Schädel ein, du perverses Stück Scheiße!«

Der Fahrer des Seat erstarrte. Für einen Moment fehlten ihm die Worte. Doch er fasste sich wieder. Noch wich er keinen Zentimeter zurück.

»Horst, was soll das? War ich etwa nicht immer zuverlässig? Ich stand doch immer für dich auf der Matte, wenn du mich brauchtest. Was soll das jetzt?«

»Du hast mich angelogen. Ich hätte dich niemals eingestellt, wenn ich von deiner Vergangenheit gewusst hätte. Und damit du es gleich kapierst: Typen wie dich sollte man ans Kreuz nageln. Und jetzt hau ab, ich sag's dir nicht noch mal. Bring mich nicht auf die Palme.«

Das Werkzeug klatschte abermals in die offene Hand.

Der Fahrer fixierte seinen Chef, seinen ehemaligen Chef, und wenn ihm dessen Worte und der Nachdruck verleihende Schraubenschlüssel noch nicht gereicht hatten, so tat es wohl das, was er in dessen Augen sah. Mit kleinen Schritten ging er rückwärts, schüttelte dabei den Kopf und sagte: »Du machst einen Fehler, einen großen Fehler.«

»Willst du mir etwa drohen!«, brüllte der Mechaniker plötzlich los, machte einen Schritt nach vorn und holte mit dem Schraubenschlüssel aus.

»Horst!«, gellte eine weibliche Stimme von den Containern her.

Max konnte die Person, die dazu gehörte, nicht sehen, aber die Stimme reichte aus, um Horst in der Ausholbewegung erstarren zu lassen. Ein grotesker Anblick. Mit hoch über dem Kopf erhobener Hand stand der Mechaniker da, vor ihm der Fahrer des Seat, beide Arme zum Schutz vor sein Gesicht gehoben. Zweifellos wäre es ohne den Schrei eine Sekunde später zu einem Unglück gekommen.

Eine Frau erschien auf dem Hof. Eine dralle kleine Person in Jeans und rosa Bluse, die von einem riesigen Busen fast gesprengt wurde. Augenblicklich war Max klar, dass es doch nicht Horst war, der in diesem Unternehmen das Sagen hatte.

Die Frau näherte sich mit emsigen kleinen Schritten dem Fahrer von hinten, packte ihn bei den Schultern und zog ihn weg.

»Bist du noch zu retten!«, fuhr sie ihn an. »Soll er erst auf dich losgehen, oder was? Sieh bloß zu, dass du Land gewinnst. Deine Papiere kommen mit der Post. Den Lohn bis Ende des Monats zahlen wir noch, einschließlich Urlaubsanspruch. Und komm mir nicht mit Kündigungsfrist, sonst bekommst du keinen Euro mehr von uns. Und jetzt hau ab!«

Sie stieß ihn von sich. So heftig, dass er strauchelte und fast in den Matsch gestürzt wäre.

Max zog sich hinter die Container zurück, lief an den Reifenstapeln entlang, drückte sich durch die Eibenhecke und erreichte die Toreinfahrt. Aus dem Schutz der Hecke sah er den Mann in seinen Seat steigen, die Tür zuschlagen und mit durchdrehenden Reifen davonfahren. Max wartete noch, bis er vom Hof war, dann spurtete er los, wobei es ihm egal war, ob er gesehen wurde. Er lief durch das Tor, ließ ein Fahrzeug vorbei, überquerte die Straße und erreichte seinen Wagen, ohne dass jemand nach ihm rief. Also war er wohl nicht bemerkt worden.

Max startete den Motor, wendete in einem großen Bogen auf der Straße und folgte dem Wagen, der schon zwei- bis dreihundert Meter Vorsprung hatte. Max gab Gas. Der BMW hatte einen gewaltigen Anzug, presste ihn in den Sitz, und schon nach zwei Minuten hatte er auf der geraden Straße den silbernen Seat fast eingeholt. Zwei andere Autos befanden sich zwischen ihnen. Der Fahrer fuhr mit knapp siebzig Stundenkilometern durch das Gewerbegebiet. Da kaum Verkehr herrschte, konnte Max mühelos mithalten.

Sein Handy klingelte.

Es steckte in der Halterung der Freisprecheinrichtung. Mit einem Tastendruck am Lenkrad nahm Max das Gespräch entgegen. Es war Kolle.

»Wo bist du?«, fragte sein Trainer.

»In Hannover. Ich fahre gerade zu der Adresse dieses Transportunternehmens«, log Max ihn an.

»Also hast du den Namen?«

»Ja.«

»Tu nichts Unüberlegtes!«, warnte Kolle mit eindringlicher Stimme.

»Mach ich nicht, keine Angst.«

»Und ruf an, wenn was ist.«

Max versprach es ihm und legte auf.

28

Franziska und Paul hatten sich als Beamte zu erkennen gegeben, und Rolf Wilkens war ihnen aus dem feuchten, dunklen, nach Fisch stinkenden Anbau in den Innenhof gefolgt. Dort zog er sich mit einem schmatzenden Geräusch die Gummihandschuhe von den Händen. Franziska sah, dass an seiner schweren Schürze Blut klebte.

Sie fragte ihn danach.

»Von den Fischen«, sagte er mit rauer Stimme. »Die bluten halt, wenn man ihnen den Kopf abschneidet.«

»Fangen Sie die Fische selbst?«, fragte Paul.

»Hat mich jemand angezeigt? Und dann kommt gleich die Kripo?«, raunzte Wilkens.

»Beantworten Sie bitte unsere Fragen«, gab Franziska ebenso unfreundlich zurück.

»Ja, ich fange selbst. Morgens um drei fahre ich raus, um sechs komme ich wieder rein. Und ich habe eine Lizenz der oberen Fischereibehörde, das Kreisveterinäramt kontrolliert mich regelmäßig, alles in bester Ordnung. Können Sie mir jetzt bitte sagen, was das soll? Immerhin halten Sie mich von meiner Arbeit ab.«

»An wen verkaufen Sie Ihre Fische?«, fragte Paul.

»An Gaststätten, Restaurants und Privatkunden. Meine geräucherten Aale und Forellen sind im ganzen Land bekannt. Die bekommt niemand so hin wie ich. Hängt vom Rauch ab. Altes Familiengeheimnis!«

»Und davon kann man leben?«, fragte Paul.

»Nur wenn man hart arbeitet.«

»Wo waren Sie in der Nacht von Samstag auf Sonntag?«, schoss Franziska ihre Frage ab, nachdem Paul den Mann kurz abgelenkt hatte.

Wilkens sah sie an und zwinkerte. »Warum?«

»Beantworten Sie bitte die Frage.«

Jetzt fixierte er sie, und sein Blick wurde erneut so stechend wie vorhin zwischen den Fischbecken.

»Jetzt klingelt es«, sagte er dann. »Die Zierkowski hat mich angeschwärzt, richtig?«

»Herr Wilkens, wenn Sie ...«

»Diese blöde Kuh kann einfach keine Ruhe geben! Aber diesmal ist sie zu weit gegangen. Ich zeige sie an! Gleich hier und jetzt! Wegen Verleumdung. Das kann doch wohl nicht wahr sein, dass diese frigide Kuh einfach so Geschichten erzählen und unschuldige Menschen in Misskredit bringen kann.«

Wilkens hatte sich in Rage geredet, sein Kopf und seine erstaunlich großen Ohren waren stark gerötet. Er fuchtelte mit den Händen herum, als wolle er wieder einen Fisch fangen.

»Herr Wilkens, beruhigen Sie sich bitte. Niemand hat Geschichten über Sie erzählt. Wir führen lediglich Routineermittlungen durch. Sagen Sie uns einfach, wo Sie in der Nacht von Samstag auf Sonntag gewesen sind.«

»Die Nacht, in der das Mädchen aus dem Heim verschwunden ist. War es also doch bei der Zierkowski, was? Der sollten Sie mal auf den Zahn fühlen. Die haben da in dem Heim gar nicht genug Personal, um die Kinder zu beaufsichtigen, gerade nachts nicht. Das habe ich damals schon gesagt. Jeder könnte sich nachts …«

»Herr Wilkens!«, unterbrach Franziska ihn scharf. »Würden Sie bitte meine Frage beantworten. Wo waren Sie in der Nacht von Samstag auf Sonntag?«

Er starrte sie an und dachte nach.

»Im scharfen Eck«, sagte er schließlich.

»Was ist das?«

»Eine Kneipe, keine fünf Minuten zu Fuß die Straße runter.«

»Sie sind dort gesehen worden?«

»Was denken Sie denn? Dass ich allein da gesoffen hab? Klar bin ich gesehen worden.«

»Wie lange waren Sie dort?«

»Weiß nicht mehr genau. War nachher ziemlich breit.«

»Ungefähr.«

»Vielleicht bis zehn. Ich bin aber auch schon um fünf Uhr hin.«

»Und danach?«, fragte Franziska.

»Nichts danach! Ich war besoffen. Is ja wohl nicht verboten, oder? Hab noch ein bisschen ferngesehen und bin dann ins Bett gegangen.«

»Kann das jemand bezeugen?«

»Nee, wer denn auch. Ich lebe allein.«

Franziska seufzte. »Sie machen es uns nicht gerade leicht,

Ihnen zu glauben. Würden Sie sich eine Speichelprobe für einen genetischen Abgleich entnehmen lassen?«

»Häh?«

»Ich schicke ein Team vorbei, oder Sie kommen aufs Präsidium, ganz wie Sie wollen. Damit könnten Sie sich entlasten.«

Wilkens sah Paul an, dann Franziska, schließlich lächelte er. »Ich kenne meine Rechte«, sagte er. »So etwas geht nur auf freiwilliger Basis. Von Ihnen lasse ich mich nicht verarschen.«

»Wollen Sie es drauf ankommen lassen?«

»Ja, will ich. Allein schon, um der blöden Zierkowski eins auszuwischen.«

Franziska trat einen Schritt auf den Mann zu und sah ihn fest an. Weder wich er zurück noch ihrem Blick aus. »Wenn Sie für den in Frage kommenden Zeitraum kein Alibi vorweisen können, und das können Sie nicht, habe ich die Möglichkeit, Sie per richterlicher Anordnung zu einer Blutentnahme zu zwingen.«

Unsicherheit schlich sich in Wilkens' Blick, trotzdem zuckte er mit seinen massigen Schultern. »Ist mir scheißegal. Holen Sie sich eine richterliche Anordnung oder was immer Sie brauchen. Ich rede derweil mit meinem Anwalt. Und jetzt lassen Sie mich meine Arbeit machen.«

29

Zwischenzeitlich hatten sich vier Wagen zwischen Max und den silbernen Seat geschoben, so dass er ihn trotz seiner erhöhten Sitzposition in dem großen X5 kaum noch hatte sehen können. Dann waren sie ein Stück über eine Schnellstraße gefahren, auf der eine höhere Geschwindigkeit erlaubt war, und Max hatte die Kraft des Motors ausgenutzt. Bis auf einen Wagen hatte er alle überholt und sich wieder eingereiht. Zwischen ihm und dem Perversen befand sich nun ein blauer Golf.

Der feine Nieselregen hielt weiterhin an. In enervierend gleichmäßigem Tempo schoben die Scheibenwischer die Tropfen beiseite. Max hasste es, wenn die Wischer liefen, aber ohne konnte er nichts sehen. Er wurde nervös. Zwanzig Minuten folgte Max dem Kerl nun schon.

Wo wollte er hin? Baute er einfach nur seine Wut ab, indem er kreuz und quer durch die Stadt fuhr?

Die nächste große Kreuzung überquerten sie in einer Grünphase, dann bog der Seat ohne zu blinken plötzlich rechts ab. Der blaue Golf fuhr geradeaus weiter. Max blieb nichts anderes übrig, als sich direkt hinter den Seat zu klemmen. Was sollte dieses plötzliche Manöver? Hatte der Fahrer bemerkt, dass er verfolgt wurde?

Sie fuhren jetzt durch eine Tempo-30-Zone, einige Fahrbahnerhöhungen sorgten für ständiges Bremsen und Anfahren. Max gab sich Mühe, einen vernünftigen Abstand zwischen sich und dem Seat einzuhalten, doch immer wieder fuhr er viel zu nah heran. Vor seinem BMW wirkte der Leon klein und verletzlich, und es kribbelte in Max' rechtem Fuß auf dem Gaspedal.

Plötzlich beschleunigte der Seat und fuhr mit deutlich überhöhter Geschwindigkeit weiter. Max hinterher. Er musste jetzt schneller fahren, als er wollte, sonst würde der Seat ihn in dem Gewirr enger Wohnstraßen abschütteln. Einmal sah es ganz danach aus. Er verlor ihn aus dem Blickfeld, fand ihn aber doch wieder, weil der Typ verkehrsbedingt halten musste. Hintereinander überquerten sie eine größere Hauptverkehrsader und gelangten dann in ein Wohngebiet, das aus einer beträchtlichen Anzahl mehrstöckiger Mietshäuser bestand.

Der Seat verschwand rasant auf einem Parkplatz zwischen den Häusern. Max folgte ihm. Plötzlich wurde ihm klar, dass er den Mann in diesen Wohnwaben nicht wiederfinden würde, sobald er hinter irgendeiner Haustür verschwunden war. Pro Tür gab es hier sicher zwanzig oder mehr Parteien.

In heller Aufregung zwängte Max seinen SUV in eine zu enge Lücke. Beide rechte Reifen holperten über den Bordstein, und das Auto kam halb auf einem Rasenstreifen zum Stehen.

Max sprang aus dem hohen Wagen, verriegelte ihn und lief zur Mitte des großen Platzes. Der Typ aus dem Seat ging gerade auf einen Hauseingang zu, war nur noch ein paar Meter davon entfernt. Max würde ihn nicht mehr rechtzeitig einholen. Aber er hatte Glück. Ein Postbote war gerade damit beschäftigt, Post in die Schlitze der Briefkästen zu verteilen. Dem Fahrer drückte er seine gleich in die Hand, und der verschwand damit im Haus.

Max ging auf den Postboten zu. Als er ihn fast erreicht hatte, war der gerade fertig mit dem Einstecken der Post und drehte sich um. Ihre Blicke begegneten sich.

»Das ist nicht zu fassen!«, sagte Max mit Aufregung in der Stimme, die er nicht mal vortäuschen musste. »Der Kerl fährt mir den Seitenspiegel ab und haut einfach ab! Wissen Sie, wer das ist? Der Mann, der gerade an Ihnen vorbeigegangen ist?«

Der Postbote betrachtete ihn mit irritiertem Blick. Max

ahnte, seine Chancen standen fünfzig zu fünfzig. Hatte der Postbote nur einmal zu Weihnachten oder sonst wann ein Trinkgeld von dem Fahrer bekommen, würde er Max dessen Namen nicht verraten. Hielt er ihn allerdings für ein Arschloch, sah die Sache schon anders aus.

Der Postbote zeigte mit dem Daumen hinter sich.

»In das Haus?«

»Ja, genau!«

»Das ist der Kühl, Detlef Kühl. Der fährt immer wie eine gesengte Sau, hat mich schon mal fast vom Fahrrad geholt. Dem sollte man den Führerschein lebenslang wegnehmen, wenn Sie mich fragen. Zeigen Sie den bloß an!«

»Detlef Kühl?«

»Ja. Die einzige Klingel ohne Namensschild. Soll ich die Polizei rufen? Ich hab ein Handy dabei«, bot sich der Postbote an.

Max schüttelte den Kopf. »Ich will ihn mir erst mal persönlich vorknöpfen.«

Der Postbote sah ihn an, betrachtete Max' außergewöhnlich kräftige Statur, die auch unter Jacke und Hose auffiel. Der Postbote lächelte breit. »Verstehe! Bestellen Sie bitte von mir gleich einen schönen Gruß mit, ja? Er wohnt im achten, rechte Tür.«

»Werde ich tun. Vielen Dank.«

»Keine Ursache.« Der Postbote schob sein Fahrrad ein Stück weiter, drehte sich aber noch mal um. »Ach ja … Ich hab Sie nicht gesehen, mein Freund, okay!«

Max nickte und zeigte seinen erhobenen Daumen.

Der Postbote verschwand, und Max wandte sich der Klingelleiste zu. Sie wies circa dreißig Knöpfe auf. Nur neben einem einzigen stand kein Name in dem kleinen Sichtfenster.

Max wollte schon auf den Knopf drücken, überlegte es sich dann aber anders und betätigte mit Daumen und Zeigefinger beider Hände vier andere.

Wie erwartet summte der Türöffner. Schnell drückte Max die Tür auf und betrat den Hausflur. Der Geruch darin war überwältigend und ekelhaft. Max rümpfte die Nase und atmete flach durch den Mund weiter. Er wartete so lange, bis er durch den Schallkanal des Treppenhauses hörte, wie irgendwo ein paar Türen geöffnet und wieder geschlossen wurden. Erst dann spurtete er die Treppen bis in den achten Stock hinauf. Sein Herz raste, und er schwitzte, als er oben ankam, fühlte sich aber gerade richtig aufgewärmt für das, was gleich passieren würde.

Zwei Türen lagen sich auf der Etage gegenüber.

Max wandte sich der rechten zu.

30

Bodo Ziller sah zu seinem Kollegen Fred Kindler hinüber, der in einer Autozeitschrift blätterte.

»Ja, spinn ich denn, oder verfolgt der unser Objekt ebenfalls?«, sagte er.

Sie standen in einer Reihe mit anderen Fahrzeugen an einer roten Ampel. Draußen verwischte der Nieselregen sämtliche Konturen der Stadt, ließ alles verschwommen, wässrig und grau erscheinen. Schon bei Sonnenschein war die Stadt keine Schönheit – im Regen verkam sie vollends.

»Hä!«, machte Kindler und sah auf. Er musste sich erst orientieren. Die letzten zehn Minuten der Fahrt war er in dem Artikel über den neuen Scirocco versunken gewesen.

Es wechselte zwar rasch, aber zurzeit war ein schneeweißer Scirocco sein absoluter Traumwagen, den er sich allerdings nie würde leisten können. Als Familienvater brauchte er einen soliden Passat Variant mit ordentlich Stauraum, und ein Zweitwagen war nicht drin.

»Der X5 da«, sagte sein Kollege und deutete mit dem Zeigefinger durch die Windschutzscheibe nach vorn. »Der fährt schon die ganze Zeit hinter unserem Objekt her.«

Kindler spähte aus der Scheibe, auf der Regen und Insektenleichen einen schmierigen Schimmer hinterließen. Er sah den großen schwarzen SUV trotzdem sofort. Ziller hatte recht! Der monströse Wagen mit dem Hamburger Kennzeichen war ihm auch schon aufgefallen. Dafür wurden solche Dinger ja schließlich gebaut.

»Könnte Zufall sein«, sagte er.

Ziller runzelte nachdenklich die Stirn. »Könnte, ja, aber der klebt an ihm wie eine Zecke. Wenn er in ein paar Minuten noch da ist, startest du bitte eine Halterabfrage.«

Kindler klappte die Zeitung zu und steckte sie ins Seitenfach der Tür.

»Kann ich auch jetzt gleich machen«, antwortete er, nahm sein Handy, klappte es auf und wählte eine Nummer.

Die Ampel hatte auf Grün geschaltet, der Verkehr setzte sich in Bewegung. Ziller folgte dem silbernen Seat im üblichen Abstand, achtete jetzt aber mehr auf den großen BMW. Er konnte es nicht mit absoluter Sicherheit sagen, meinte aber, den auffälligen Wagen schon vorhin in dem Gewerbegebiet gesehen zu haben. Allerdings war das eine angespannte Situation gewesen; sie hatten beide ihre Waffen gezogen und waren auf dem Sprung gewesen, als der Mechaniker mit dem Schraubenschlüssel auf ihr Subjekt losgegangen war. Weder er noch Kindler hatten die Umgebung im Auge gehabt.

Neben ihm klappte sein Kollege das Handy zu.

»Meldet sich gleich«, sagte er nur.

Sie durchfuhren eine lange Linkskurve parallel zur Stadtautobahn. Der Verkehr war nicht besonders dicht, aber der Regen machte das Fahren zur Qual. Ziller hasste solches Wetter. Nieselregen fiel bei ihm in dieselbe Kategorie wie Tornados oder Erdbeben. Wenn er morgens aufstand und Nieselregen klatschte gegen die Fensterscheibe seines Schlafzimmers, dann war der Tag gelaufen, seine Laune am Tiefpunkt, und jeder, der ihm in die Quere kam, riskierte einen ordentlichen Tritt.

Der Seat und der BMW schafften es noch in einer Grünphase über die nächste Kreuzung. Sie nicht, da die beiden Wagen vor ihnen bremsten und warteten, wie es sich gehörte. Ziller blieb gar nichts anderes übrig, als ebenfalls zu halten.

»Kacke!«, sagte er und schlug aufs Lenkrad.

»Sie biegen ab«, sagte Kindler, »beide!«

Ziller sah es auch. An der nächsten Einfahrt rechts bogen beide Fahrzeuge ab. Er kannte die Straße. Sie führte in ein Wohngebiet, aber nicht in das, in dem Kühl lebte.

Kindlers Handy klingelte. Er nahm rasch ab und hörte zu, was die Halterabfrage ergeben hatte, dann legte er auf.

»Der Wagen ist auf einen BMW-Händler in Hamburg zugelassen«, sagte er.

»Hm, hilft uns nicht gerade weiter.«

Nach einer quälend langen Wartezeit gab die Ampel die Fahrt frei. Ziller bog die nächste rechts ein und gab ein bisschen mehr Gas, als erlaubt war. Statt dreißig fuhr er fünfzig Stundenkilometer, mehr war nicht drin. Schließlich war keine Gefahr im Verzug, was eine höhere Geschwindigkeit gerechtfertigt hätte. Nur um am Objekt zu bleiben, würde Ziller es nicht riskieren, einen Passanten anzufahren. Ihm war vor einigen Jahren bereits ein kleiner Junge vors Auto gelaufen. Auch wenn damals nicht viel passiert und der Junge mit ein paar harmlosen Blessuren und einem Schock davongekommen war, würde Ziller trotzdem niemals den Anblick des vor der Motorhaube auftauchenden Gesichts vergessen. Die weit aufgerissenen Augen, das Entsetzen darin!

Er blinzelte, um das Bild zurückzudrängen.

»Wo ist er hin?«, fragte Kindler.

»Keine Ahnung.«

Er ließ den Wagen langsam voranrollen. Beide suchten in den abzweigenden Seitenstraßen, konnten aber weder den Seat noch den BMW sehen.

»Toll«, sagte Kindler.

»Willst du fahren?«

»So war das nicht gemeint. Mein Gott, bist du heute wieder angepisst.«

»Liegt am Wetter – und an diesem Auftrag. Die sollten solche Kerle hinter Schloss und Riegel lassen, dann müssten wir keine Überstunden schieben und Babysitter spielen.«

»Es ist nun mal, wie es ist. Und dadurch, dass du mir auf die Nerven gehst, ändert sich daran auch nichts.«

»Ich weiß.«

»Der ist weg«, sagte Kindler nach kurzem Schweigen.

»Also fahren wir zu seiner Adresse, oder?«

»Ja, sicher. Ich gebe das mal an die Chefin durch«, sagte Kindler und klappte sein Handy erneut auf.

31

Mit Wut in der Bewegung öffnete Detlef Kühl die Tür zu seiner Wohnung. Er riss sie so hart auf, dass Max einen Luftsog spürte.

Ein kleiner Mann mit Bauch, hängenden Schultern und lichtem Haarkranz, unrasiert und mit tiefen blauen Schatten unter den Augen stand vor ihm. Ein Mann, dessen Blick vor Arroganz und Wut loderte, der mit jeder Faser seines Körpers signalisierte, dass es erst ihn gab und dann den kümmerlichen Rest der Welt. Das Universum drehte sich nur für ihn, alle anderen waren unwichtig, und dass er nicht der Herrscher der Menschheit war, verdankte er nur der Unfähigkeit anderer.

So nahm Max Detlef Kühl wahr, als er ihm erstmals Auge in Auge gegenüberstand. Der kleine Mann hielt die Tür in seiner Linken und stützte sich mit der Rechten am Rahmen ab. Sie starrten sich an. Kühl hätte gewarnt sein sollen, war es aber nicht. Vielleicht hatte seine Wut dem Größenwahn aber auch Tür und Tor geöffnet. Jedenfalls hatte er keine Hemmungen, das große Muskelpaket mit den harten Gesichtszügen anzublaffen.

»Was willst du? Ich kaufe keine Tittenhefte! Von ehemaligen Knackis schon gar nicht.«

Max' Augen verengten sich zu Schießscharten. Seine Fäuste schlossen sich, die Knöchel drohten die Haut zu sprengen.

»Detlef Kühl?«, fragte er annähernd ruhig.

»Geht dich das was an? Hau ab, Mann!«

Er wollte die Tür zuschlagen, doch Max war schneller. Seine Pranke landete auf Gesichtshöhe an dem Türblatt und drückte es zurück in den Wohnungsflur, ohne dass Kühl etwas dagegen tun konnte.

»Hey, was soll das!«, beschwerte er sich und stemmte sich dagegen. »Bist du übergeschnappt, oder was!«

Max machte einen Schritt in den Hausflur. »Ich will mit dir über meine Schwester reden.« Seine Stimme war noch immer ruhig, aber er selbst spürte ein tiefes Grollen darin, wie von einem heraufziehenden Unwetter.

»Ich kenne deine Schwester nicht! Lass mich in Ruhe mit deinem Scheiß, oder soll ich die Bullen rufen?«

Kühl drückte jetzt fester von innen gegen die Tür, die Max jedoch mühelos mit einer Hand aufhielt. Er spürte den Gegendruck, zog die Tür kurz zu sich, so dass Kühl ihm entgegenstolperte, dann schlug er sie nach vorn und damit Kühl ins Gesicht. Der gab einen Aufschrei von sich und stolperte zurück in den Flur. Max folgte ihm, schloss die Tür hinter sich und drehte sich dann um.

Detlef Kühl stand vornübergebeugt da, beide Hände vorm Gesicht. Blut lief aus seiner Nase, fand den Weg zwischen seinen Fingern hindurch und tropfte auf den gelben Linoleumboden. Als er zu Max aufsah, waren seine Augen weit aufgerissen, von der Arroganz und Wut war nichts mehr geblieben. Angst hatte alles andere abgelöst. Scheinbar hatte er begriffen, dass ihm Gefahr drohte. Allerdings zu spät.

»Sina«, sagte Max und machte einen Schritt auf den Mann zu. Dabei wäre er fast zurückgezuckt. Plötzlich spürte er überdeutlich ihre Hand auf seiner Schulter, aber statt sich wie sonst immer an ihm festzuhalten, damit er die Führung übernehmen konnte, schien seine Schwester ihn nach hinten ziehen zu wollen, weg von dem Kerl. Es war das erste Mal überhaupt, dass Sina die Führung übernehmen wollte.

Das irritierte Max, aber er hatte keine Zeit, darüber nachzudenken.

»Hä!«, machte Kühl. Seine Stimme klang jetzt wie die eines zänkischen Weibes.

»Meine Schwester hieß Sina. Kannst du dich noch erinnern? Vor zehn Jahren.«

»Mann, ich kenne deine verdammte Schw…«

Max' Faust landete im Bauch des Mannes, tauchte tief in die Fettschicht ein, ließ den Mann zusammenklappen und rückwärts durch den Türrahmen ins Wohnzimmer taumeln, wo er nahe dem Tisch zu Boden ging. Er presste seine Arme in die Leibesmitte und rang mühsam nach Atem.

Max wusste genau, wie es Kühl jetzt ging. Ohne trainierte Bauchmuskulatur und ohne darauf vorbereitet zu sein, war ein kräftiger Schlag in den Magen wirklich schlimm. Alles verkrampfte sich, die Genitalien zogen sich in den Körper zurück, die Atmung funktionierte nicht mehr. Man glaubte, sterben zu müssen.

Ohne Mitleid zu empfinden, sah Max auf den geschlagenen Gegner zu seinen Füßen. Max' Herz schlug wie wild, sämtliche Muskeln waren angespannt, er fühlte sich wie in den ersten Sekunden eines Kampfes, hob sogar die Arme ein wenig an und ging automatisch in die Grundstellung. Er wollte jetzt kämpfen, wollte diesen Perversen zu Brei schlagen. Niemals wieder sollte er Kinder anfassen können. Er sollte büßen für das, was er Sina, was er ihm angetan hatte. Nur dafür hatte er all die Jahre trainiert, hatte sich geschunden und gequält und sich den Schlägen seiner Gegner ausgesetzt. Nur um jetzt hier zu stehen, als der Stärkere, als der Rächer.

Und es kotzte ihn an, dass dieser Mann so eine armselige Kreatur war, die ihm nichts entgegenzusetzen hatte.

»Steh auf!«, knurrte Max.

Kühl röchelte nur. Blut tropfte auf den Teppich.

»Steh auf!«, brüllte Max jetzt.

Er wollte den Mann nicht treten, so führte ein Boxer keinen Kampf. Wer am Boden lag, wurde nicht weiter angegriffen, auch ein so mieses Schwein wie dieses nicht. Obwohl es Max in den Beinen zuckte, obwohl sein Gehirn den Befehl dazu schon erteilt hatte, kämpfte er dagegen an und tat es nicht. Aber nicht nur aus seinem Ehrgefühl heraus.

Sina zog immer noch an seiner Schulter.

Warum ließ sie es ihn nicht endlich zu Ende bringen?

Kühl kämpfte sich langsam auf die Knie. Mit Hilfe des Tisches kam er schließlich ganz auf die Beine, musste sich aber abstützen. Er stand da wie ein alter Mann, als hätten seine Knochen jeglichen Zusammenhalt verloren. Seine Augen schienen ein Stück aus den Höhlen gequollen zu sein.

»Was … was … ich …«, stammelte er. Speichel troff von seinen Lippen.

Max schlug ihm ansatzlos ins Gesicht. Nicht so hart, wie er es hätte tun können, aber immer noch hart genug.

Ohne ein Geräusch von sich zu geben, flog Kühl nach hinten über den niedrigen Couchtisch und landete rücklings auf der Couch, wo er wie ein hilfloser Mistkäfer liegenblieb.

Max setzte ihm nach, packte ihn am Shirt, doch das zerriss sofort, also packte er ihn am Hals, zog ihn nach vorn und schleuderte den Wehrlosen quer durch den Raum. Er riss eine Glasvitrine um, in der Modellautos ausgestellt waren. Sie kippte gegen die Wand, das Glas zersplitterte. Kühl selbst ging zu Boden und blieb auf der Seite liegen.

Max beugte sich über ihn.

In ihm kochte die Wut heiß und verzehrend. Die Randbereiche seiner Augen waren ausgefüllt von glühend roter Farbe. Sein Magen war ein einziger schmerzender Klumpen, seine Schultern zitterten. Kurz sah er Sina in dem flachen Wasser am Flussstrand, sah ihr rotes Haar ins Wasser tauchen und dabei lächeln. Dann verschwand dieses Bild, und irgendwie wurde alles rot, alles explodierte in einer Welt aus Hass, Lärm und Schmerz.

Er war bereit zu töten.

Aber warum um alles in der Welt riss Sina so heftig an seiner Schulter?

32

Franziska und Paul traten nacheinander aus dem Scharfen Eck auf den Bürgersteig. Nach dem schummrigen Licht in der heruntergekommenen Kneipe blendete selbst das graue Tageslicht. Franziska blieb stehen, blinzelte und schüttelte den Kopf. Sie verstand nicht, wie man sein Leben so verschwenden konnte. Es war Vormittag, trotzdem saßen da drinnen fünf ältere Männer mit einem Bier vor sich. Ihrem glasigen Blick nach zu urteilen war es weder das erste nach das letzte. Die Einraumkneipe war trotz des Rauchverbots verqualmt, und Franziska wusste nicht, ob die unwiderstehliche Mischung aus Nikotin, Schweiß und Bier besser war als der Fischgeruch in Wilkens' Laden. Auf jeden Fall hatten sich beide Gerüche in ihrem Haar und der Kleidung festgesetzt. Der Tag war noch nicht einmal zur Hälfte um, und sie sehnte sich bereits wieder nach einer Dusche.

Im Wesentlichen hatte der Wirt, ein Mann namens Alfred Birchler, Wilkens' Aussage bestätigt, wenngleich auch die Zeiten abweichend waren. Nach Birchlers Erinnerung – er hatte zugegeben, auch nicht mehr nüchtern gewesen zu sein – hatte Wilkens das Lokal bereits gegen einundzwanzig Uhr verlassen.

Mehr als genug Zeit, um zum Stift zu fahren und die kleine Sarah zu entführen, dachte Franziska. Sie traute Wilkens nicht über den Weg. Der Mann hatte etwas Verschlagenes an sich.

»Und jetzt?«, fragte Paul Adamek. »Willst du Wilkens auch überwachen lassen?«

»Was meinst du denn?«, sagte Franziska in gereiztem Ton. Sie war genervt, hatte sich von der Spur viel mehr erhofft und ärgerte sich über Paul, der Wilkens scheinbar nicht als besonders verdächtig einschätzte. Außerdem schien er nicht richtig bei der Sache zu sein, lief nur hinter ihr her, ohne selbst die Initiative zu übernehmen. Das kannte sie nicht von Paul. Seine Zuverlässigkeit und Souveränität waren immer wichtig für sie gewesen. War er wirklich nur wegen seiner kleinen Tochter so neben der Spur?

»Was ist los mit dir?«, fragte Paul.

Franziska sah ihn an. Die Frage hätte sie gern zurückgegeben, schluckte sie aber hinunter. Vielleicht lag es ja auch an ihr. Immerhin stand sie, genau wie Paul, unter einer Doppelbelastung. Also atmete sie tief durch und versuchte sich zu beruhigen.

»Welchen Eindruck hat er auf dich gemacht?«, fragte sie schließlich.

»Wenn ich ehrlich sein soll: Keinen verdächtigen. Klar, er ist ein echter Stinkstiefel, aber so ein Ding traue ich ihm nicht zu. Besoffen schon gar nicht.«

»Der Wirt sagte doch, dass Wilkens samstags sonst länger

bleibt, meist bis Mitternacht«, wandte Franziska ein. »Dieser Kneipenbesuch mit dem frühen Aufbruch könnte doch ein zurechtgelegtes Alibi sein.«

»Könnte, ja. Aber stell dir mal diesen Aufwand vor. Der Mann steht um zwei Uhr nachts auf und geht fischen. Danach räuchert er seinen Fang, passt auf den Laden auf und verteilt auch noch seine Ware. Abends geht er für ein paar Stunden in die Kneipe und säuft – ich kann mir einfach nicht vorstellen, wie der nach so einem Pensum noch ein Mädchen aus einem Heim entführt haben soll.«

»Und seine Weigerung, einen Genabgleich durchführen zu lassen?«

»Ach komm! Wie oft hatten wir das schon? Die Leute weigern sich einfach, weil sie es cool finden, sich mit dem Staat anzulegen, und genau wissen, dass sie uns damit richtig ärgern können. Wilkens ist auch nicht der Typ Mensch, der gern kooperiert. Nein, ich weiß nicht! Da erscheint mir dieser Detlef Kühl schon …«

Franziskas Handy klingelte.

»Ziller«, sagte sie nach einem Blick aufs Display, nahm das Gespräch entgegen und wandte sich ab.

Danach starrte sie Paul perplex an. »Scheiße! Der Boxer«, stammelte sie.

»Der Boxer? Was für ein Boxer?«

»Max Ungemach … Ich hab dir doch von ihm erzählt.«

»Ja und?«

»Ziller ist während der Observierung ein BMW X5 mit Hamburger Kennzeichen aufgefallen. Sie haben Kühl kurz verloren, und als sie bei seiner Wohnung ankommen, steht der X5 auch dort, scheinbar in Eile geparkt.«

»Warte«, sagte Paul und sah sie aus großen Augen an.

»Der X5 gehört dem Boxer, dessen Schwester vor zehn Jahren verschwunden ist?«

Franziska nickte. »Ich hab ihn damit an der Raststätte ankommen sehen, als ich dort im Auto saß und wartete. Ist ja kein unauffälliger Wagen. Irgendwie muss er rausbekommen haben, dass wir Kühl verdächtigen.«

»Das ist übel!«, sagte Paul.

»Genau. Der Mann ist im Stande und bringt Kühl um. Los, komm mit!«

Sie liefen zu ihren Autos zurück, die immer noch zwischen den Glascontainern parkten.

33

Fred Kindler klappte das Handy zu und sah es verdutzt an.

»Was is?«, fragte sein Kollege.

»Wir sollen sofort hoch in die Wohnung und nach dem Rechten sehen. Der Typ aus dem X5 ist Profiboxer und könnte aus emotionalen Gründen gefährlich sein. Wir sollen ihn festhalten, aber nicht zu hart anfassen.«

»Profiboxer? Hoffentlich packt der *uns* nicht zu hart an«, sagte Ziller und öffnete schon die Autotür.

Gemeinsam überquerten sie im Laufschritt den Parkplatz. Ziller war dabei gar nicht wohl. Mit so einer Wendung der Observierung war nicht zu rechnen gewesen, und sollte dort oben ein aufgebrachter Boxer Detlef Kühl nach dem Leben trachten, kamen sie vielleicht sogar schon zu spät. Sie wussten nicht genau, wie lange die beiden schon in dem Haus waren, aber irgendwas zwischen fünf und zehn Minuten bestimmt.

»Wenn das hier aus dem Ruder läuft, kassieren wir den Anschiss«, sagte Kindler, als sie die Haustür erreichten.

»Das werden wir uns aber nicht gefallen lassen. Niemand hat uns über diesen Boxer informiert, und wie es aussieht, hat die Gottlob ja davon gewusst.«

Kindler drückte wahllos ein paar Klingelknöpfe. Der Summer ertönte, sie traten ein. Im Erdgeschoss ging sofort eine Wohnungstür auf, aus der ein erschreckend dicker Mann in Unterhemd, Boxershorts und Schlappen trat. Er sah wütend aus, wie ein Terrier mit Zahnschmerzen.

»Jetzt hab ich aber die Schnauze voll, ihr Idioten!«, begann er ziemlich laut.

Ziller, der fast zwei Köpfe größer war als der Terrier, hielt ihm seine Marke unter die Nase.

»Polizei. Auf welcher Etage wohnt Detlef Kühl?«

»Häh!«

»Detlef Kühl, Mann, auf welcher Etage?«

»Achte, wieso?«

»Gehen Sie zurück in Ihre Wohnung«

»Hey, Sie können doch nicht einfach ...«

»Maul halten und zurück in die Wohnung. Verstanden!« Das letzte Wort war gebrüllt und verfehlte seine Wirkung nicht. Der Terrier verschwand in seiner Wohnung. Ziller konnte beeindruckend laut brüllen.

Sie nahmen den Fahrstuhl in den achten Stock. Während die langsame Kabine sie nach oben transportierte, zogen beide die Dienstwaffen, überprüften sie, steckten sie zurück, ließen aber den Sicherungsriemen geöffnet. Schon glitten die Türen auseinander.

»Also los«, sagte Ziller und ging voran. Er war der massigere, der eindrucksvollere von beiden, außerdem war er ganz gut in Selbstverteidigung. Ob gut genug für einen rasenden Boxer, würde sich gleich herausstellen, denn den Geräuschen nach zu urteilen, die aus der Wohnung rechts vom Fahrstuhl kamen, wurde drinnen kräftig ausgeteilt. Glas zersplitterte, gefolgt von einem lauten Poltern.

»Kacke«, sagte Kindler.

Jetzt zogen sie ihre Waffen erneut.

Ziller hämmerte gegen die Tür.

»Polizei! Machen Sie die Tür auf!«

Sie horchten, und wieder polterte es.

»Hat keinen Sinn«, meinte Ziller und drückte seinen Kollegen auf die Seite. »Ich mach selber auf.«

Er nahm einen kurzen Anlauf und trat mit Wucht unterhalb der Klinke gegen die Tür. In diesen Mietskasernen war einfach alles billig, auch die Türen und Beschläge, und diese riss es doch tatsächlich mit nur einem Tritt aus der Füllung. Die Tür schlug im Flur gegen die Wand.

Beide sahen gleichzeitig jemanden an der geöffneten Wohnzimmertür vorbeifliegen. Ein Körper, der sich nicht aus eigener Kraft bewegte.

»O Kacke!«, wiederholte Kindler sein Lieblingswort, dann preschten sie los. Ziller vorweg, er hinterher. Es waren nur vier Schritte bis zur Wohnzimmertür. Dort stoppten sie und verschafften sich einen Überblick.

Insofern man sich auf solch einem Schlachtfeld überhaupt einen Überblick verschaffen konnte.

34

Sinas Hand lag diesmal nicht einfach nur auf seiner Schulter, nein, sie krallte sich mit unglaublicher Kraft in seine Nackenmuskulatur. Gleichzeitig legte sie ihren anderen Arm um seinen Hals, drückte zu und riss ihn zurück.

Max Ungemach wurde mit einer Kraft, die niemals von seiner kleinen Schwester stammen konnte, von dem Perversen weggerissen. Der Unterarm um seinen Hals schnürte ihm die Luft ab, er packte ihn mit beiden Händen, wollte ihn wegziehen, schaffte es aber nicht. Etwas brachte ihn ins Stolpern. Er fiel nach hinten, landete auf seinem Rücken, wurde aber sofort auf den Bauch gedreht. Da waren plötzlich viele Hände, und sie schienen überall zu sein. Etwas oder jemand nagelte ihn mit großem Gewicht auf den Boden. Max meinte, ein Knie in seinem unteren Rücken zu spüren. Dann wurden ihm beide Arme auf dem Rücken in eine äußerst schmerzhafte Position gezwungen. Es tat höllisch weh! Er schrie auf, strampelte wie wild mit den Beinen, versuchte sich aufzubäumen, entkam diesem Griff aber nicht. Die Schmerzen in seinen Schultern lähmten ihn beinahe.

Was ihm geschah, realisierte er erst, als sich Handschellen um seine Handgelenke schlossen, ihm ein Polizeiausweis vors Gesicht gehalten wurde und hinter ihm jemand sagte: »Polizei! Wir nehmen Sie vorläufig fest.«

Max hörte auf, sich zu wehren. Das Rot, das eben noch seinen Kopf ausgefüllt hatte, sickerte langsam nach unten weg, seine Augen bekamen wieder klare Sicht, sein Verstand war nicht mehr länger gelähmt von dem Wunsch zu töten.

Und die Energie, die seinen Körper eben noch fast hätte bersten lassen, verpuffte binnen Sekunden. Er fühlte sich wie ein alter, gebrochener Mann.

Er hatte versagt!

Woher waren die Polizisten so schnell gekommen? Hatte ein Nachbar sie alarmiert?

Das Gewicht verschwand aus seinem Rücken, zurück blieb nur eine schmerzende Stelle neben der Wirbelsäule. Er sah zwei Paar Beine in Jeans und Sneakers an seinem Kopf vorbeihuschen. Die beiden Polizisten gingen neben Detlef Kühl auf die Knie, um sich um ihn zu kümmern. Max beobachtete, wie der eine an dessen Hals nach dem Puls fühlte.

»Er lebt«, sagte er laut genug, damit Max es hören konnte. »Sieht schlimm aus. Ich rufe einen Rettungswagen.«

35

»Junge!«, rief sie vom Bürgersteig her. »Komm her und hilf mir.«

Das Gesicht zum Wagen gewandt schloss er die Augen, atmete tief ein und versuchte, sich zu beruhigen. Er fühlte sich nackt und schutzlos, als er sich schließlich umdrehte und auf den alten grauen Mercedes Benz zuging, neben dem seine Mutter stand. Klein, hutzelig und doch irgendwie imposant.

»Mama, das ist ja eine Überraschung! Was macht ihr denn hier?«

Sie umarmten sich, er bekam den obligatorischen, feuchten, kratzenden Kuss, dann schob sie ihn auf Armeslänge von sich. Ihre Lippen spitzten sich zum Fischmaul.

»Wie siehst du denn wieder aus, Junge! Schau dich doch

nur an. So fährst du zu Kunden raus? Kannst du dir nicht wenigstens eine neue, saubere Hose anziehen? Du warst doch bei einem Kunden, oder?«

»Ja, Mama, ich hatte auswärts einen Termin. Aber was macht ihr denn hier? In einer halben Stunde öffnet der Laden, und ich habe noch so viel zu tun. Warum habt ihr denn nicht angerufen?«

»Unfug! Ich muss ja wohl nicht anrufen, wenn ich meinen Sohn besuchen will. So weit kommt es noch.«

»Nein, nein, natürlich nicht, aber was wollt ihr denn hier?«

»Dein Vater hat sich nicht davon abbringen lassen. Er hatte gestern einen seiner hellen Momente, und da hat er gesagt, du würdest den Laden ruinieren. Er hat gesagt, du würdest alles ruinieren, was er aufgebaut hat. Und er hat darauf bestanden, sich den Laden anzuschauen. Das war gestern Abend, und da ging es nicht mehr, und heute ist er schon wieder weggetreten, aber ich habe es ihm versprochen. Also sind wir hier.«

Sie fixierte ihn mit ihren stechenden Augen.

»Junge! Es ist doch alles in Ordnung mit dem Laden, nicht wahr? Das würdest du uns doch nicht antun, nicht wahr? Ich weiß nicht, wie dein Vater darauf kommt, aber er würde es nicht überleben ... Und ich auch nicht.«

»Natürlich ist mit dem Laden alles in Ordnung, Mutter. Du weißt doch, ich überlege sogar, eine Hilfskraft einzustellen.« Er schüttelte den Kopf in einer übertrieben unverständlichen Geste. »Ich kann mir auch nicht erklären, wie Papa darauf kommt.«

Insgeheim konnte er es natürlich sehr wohl. Hatte der Alte also doch etwas mitbekommen! Verflixt! Das war unvorsichtig gewesen von ihm.

Mutter fixierte ihn immer noch, so wie damals, als sie ihm die vielen Lügen aus der Schulzeit auch nicht geglaubt hatte.

»Nun«, sagte sie schließlich und entspannte ihre widerlich geschürzten Lippen etwas, »wo wir schon mal hier sind, können wir uns ja im Laden umsehen. Du hast sicher nichts dagegen, nicht wahr?«

»Aber Mama! Warum sollte ich etwas dagegen haben? Leider habe ich aber noch so viel zu tun …«

Er warf einen umständlichen Blick auf seine Armbanduhr. »Wollt ihr nicht lieber an einem anderen Tag wiederkommen, wenn es ruhiger ist?«

»Es sieht ja nicht gerade nach einem Kundenansturm aus«, sagte seine Mutter und wies mit der Hand zum Parkstreifen, auf dem außer ihrem Mercedes kein weiteres Fahrzeug stand. In der gesamten Straße war es sehr ruhig. Ein Dauerzustand, seitdem vor ein paar Jahren die neue Umgehungsstraße fertig geworden war. Lauf- oder Fahrkundschaft gab es hier schon lange nicht mehr.

»Hilf mir mal mit dem Rollstuhl, Junge. Papa möchte sich den Laden ansehen.«

Er seufzte und ergab sich in sein Schicksal. Es hatte keinen Sinn, mit seiner Mutter zu diskutieren. Also öffnete er den Kofferraum des Mercedes und hievte den zusammengeklappten Rollstuhl heraus. Das Ding war ziemlich schwer, außerdem fasste er in Essensreste, die an einer Querverstrebung klebten und weiß Gott wie alt waren. Wahrscheinlich hatte nie jemand diesen Rollstuhl gereinigt. Das Sitzkissen aus Schaumstoff roch nach Urin. Sein Vater trug eine Windel, aber so richtig dicht schien die nicht zu halten.

Er musste sich zusammenreißen, um nicht angewidert das Gesicht zu verziehen, während er den Rollstuhl auf dem

Bürgersteig auseinanderklappte. Derweil steckte seine Mutter auf der Beifahrerseite zur Hälfte im Wagen und löste den Gurt. Ihr dicker, schwabbeliger Hintern ragte weit heraus. Als sie wieder hervorkam, war ihr Kopf hochrot.

»Steh nicht dumm herum, schieb den Stuhl bis ganz an die Tür«, keifte sie ihn an.

Es war eine aufwändige Prozedur, seinen Vater aus dem Wagen in den Rollstuhl zu bugsieren. Der alte Mann war groß und schwer, und er half kaum mit. Zwar konnte er noch für einen kurzen Moment auf seinen wackeligen Beinen stehen, doch mussten diese immer erst in die richtige Position gebracht werden. Zum Glück verlangte Mutter nicht von ihm, Vater aus dem Wagen zu ziehen. Das machte sie immer selbst.

Als der alte Mann endlich im Rollstuhl saß, warf er einen verstohlenen Blick zu ihm hinüber. Das Gesicht seines Vaters sah aus wie immer: Die Augen in weite Ferne entrückt, die Züge entglitten, apathisch und abwesend. Wie sich aber gezeigt hatte, konnte man der Krankheit nicht trauen. Einerseits freute es ihn natürlich, dass seine Worte neulich beim Mittagessen zu seinem Vater durchgedrungen waren, andererseits war es aber nicht gut, dass der Alte hin und wieder doch noch zu einem klaren Gedanken fähig war.

Oder …?

Stimmte das überhaupt?

Er betrachtete seine Mutter, wie sie hektisch herumwuselte, Vater festschnallte, seine Kleidung richtete, den obligatorischen Hut aufsetzte und den Wagen verschloss. Sie war ganz in ihrem Element, sobald sie die Herrschaft über jemanden hatte, sobald sie allein bestimmte, was getan und gesagt wurde. Konnte es sein, dass sie Vater nur als Ausrede benutzte? Vielleicht hatte sie ihn doch belauscht! Zuzutrauen wäre es ihr.

Eine Welle des Hasses wogte durch seinen Kopf, und er wünschte sich, ein Lkw möge vorbeikommen und sie auf der Straße zermalmen. Er sah es geradezu vor sich, wie sie unachtsam von der Fahrertür wegtrat, nach dem Schlüssel kramte und den Lkw nicht bemerkte. Der riesige, massive Kühlergrill riss sie blitzschnell von den Beinen, ihr Körper geriet unter den Lkw und wurde von den großen Reifen nach hinten durchgereicht. Jeder einzelne zermalmte sie ein bisschen mehr, so dass hinten nur noch ein blutiger Sack voll Knochen herauskam.

»Junge, steh nicht dumm herum, schließ den Laden auf!«, keifte sie nur allzu lebendig direkt neben ihm.

Tagträume wurden nur sehr selten wahr, und die, von denen man es sich am allermeisten wünschte, erst recht nicht.

Er eilte voraus und schloss die Ladentür auf.

36

Max wartete seit fünfzehn Minuten unter Bewachung eines Beamten in Kühls Küche. Sein Kopf war leer, sein Körper ausgelaugt, er hätte sich gern hingelegt und geschlafen. Er fühlte sich wie nach einem harten Kampf, mit dem einzigen Unterschied, dass er diesen hier verloren hatte. Max wusste nicht, woher die Polizisten so schnell gekommen waren, und es war ihm auch gleichgültig, aber sie hatten Detlef Kühl gerettet. Sonst hätte er ihn getötet! Wären die Polizisten nur zwei Minuten später gekommen, wäre er zum Mörder geworden – und dieser Gedanke erschreckte ihn nicht einmal.

Stattdessen setzte es ihm zu, dass er es versaut hatte. Eine zweite Chance würde er nicht bekommen.

Die Tür wurde aufgestoßen. Franziska Gottlob betrat die Küche und schickte den anderen Beamten hinaus. Sie kam um den Tisch herum und setzte sich ihm gegenüber. Sie sah ihn lange an, mit diesem intensiven Blick ihrer grünen Augen, und diesmal fand Max nicht die Kraft, ihrem Blick standzuhalten.

»Warum haben Sie das getan?«, fragte sie schließlich.

Er meinte Enttäuschung in ihrer Stimme zu hören, und plötzlich tat es ihm leid, was er getan hatte. Nicht wegen Kühl, sondern wegen ihr. Es tat ihm leid, sie enttäuscht zu haben.

»Warum haben Sie mich nicht informiert, so wie es abgesprochen war?«, versuchte er sich zu verteidigen.

»Sie haben nicht für eine Sekunde in Erwägung gezogen, dass dieser Mann überhaupt nichts mit der Sache zu tun hat, oder?«

Max lachte trocken auf. »Der ist so unschuldig wie ein kleines Kind, jede Wette.«

»Sparen Sie sich den Sarkasmus. Es ist ziemlich unwahrscheinlich, dass er es war. Er steht nicht mal unter dringendem Tatverdacht. Wir haben ihn vernommen, weil er als verurteilter Kinderschänder für diesen Fahrdienst gearbeitet hat, nicht weil irgendwelche Indizien für seine Schuld sprechen.«

»Mir reicht das als Indiz.«

»Verflucht!«, sagte Franziska laut, schnellte vor und schlug mit der flachen Hand auf den Küchentisch. »Stellen Sie sich nicht bockig an wie ein kleines Kind! Wissen Sie eigentlich, was Sie getan haben? Um ein Haar wären Sie zum

Mörder geworden! Damit wäre Ihr Leben, so wie Sie es kennen, vorbei. Das können Sie doch nicht ernsthaft wollen. Sie bekommen auf jeden Fall eine Anzeige wegen schwerer vorsätzlicher Körperverletzung, und bei einem Profiboxer wird der Richter besonders strenge Maßstäbe ansetzen. Gut möglich, dass Sie in den Bau wandern.«

»Was dann ja wieder typisch wäre. Die Perversen laufen frei herum und dürfen sogar in die Nähe von kleinen Kindern, und Leute wie mich sperrt ihr ein. Ganz große Klasse! So können sich unsere Kinder und deren Eltern gleich viel sicherer fühlen.«

Franziska ließ sich in die Lehne zurückfallen und gab einen langen Seufzer von sich. Sie legte den Kopf in den Nacken und sah zur Decke hinauf. Sah lange hinauf, bestimmt zwei Minuten, und mit jeder verstreichenden Sekunde fühlte Max sich schlechter. Er begann sogar zu schwitzen.

»Also schön«, sagte Franziska schließlich und sah ihn wieder an. »Bei unserem Gespräch in der Raststätte waren Sie sehr ehrlich zu mir. Das hat mich beeindruckt, und ich fühle mich ein wenig in Ihrer Schuld. Deshalb will ich *auch* ehrlich sein. Meinen Sie nicht, dass es uns nicht auch in den Fingern juckt, wenn wir uns mit solchen Menschen abgeben müssen? Typen wie Detlef Kühl sogar noch beschützen zu müssen ist so dermaßen frustrierend, das können Sie sich gar nicht vorstellen. Ich möchte auch gern mal zuschlagen, mein Kollege sicher auch, aber wir tun es nicht. Zum einen, weil wir es nicht dürfen, zum anderen, weil der Unterschied zwischen uns und diesen Perversen sich dann in Luft auflösen würde. Wir tun, was wir können, und bringen sie hinter Gitter. Das ist unsere Genugtuung. Damit halten wir uns aufrecht. Deshalb können wir jeden Tag wieder hierherkommen und diesen Job tun … Und Sie können sich nicht vorstellen, wie schwer das mitunter ist. Sie haben Ihre Schwester verloren, das ist ein harter und schwerer Schicksalsschlag, und es tut mir wirklich leid für Sie. Aber wir verlieren hier jede Woche einen Menschen, und viele finden wir nicht wieder. Die bleiben einfach für alle Zeiten verschwunden, als habe der Erdboden sich aufgetan und sie verschluckt. Das ist unsere Realität, damit müssen wir leben, und trotzdem schlagen wir nicht einfach zu.«

Max starrte die Polizistin an. Sie hatte ihm den Wind aus den Segeln genommen mit ihrer Offenheit und ihn verwirrt. Ihr Schweigen dehnte sich aus. Max fühlte sich unwohl unter ihrem Blick, schuldig.

»Es tut mir leid«, sagte er.

Franziska schob sich auf dem Stuhl nach vorn, legte ihre Hände nahe den seinen auf den Tisch und sah Max aus kurzer Distanz an. Seine Augen, seine Haltung und seine Mimik drückten deutlich aus, dass er es ehrlich meinte. Die Wut, die sie anfangs wegen seiner unbeherrschten Tat empfunden hatte, verschwand nun vollends.

»Auch wenn ich Sie verstehen kann … Das hätten Sie nicht tun sollen.«

Er nickte. »Und nun?«

Er klang wie am Boden zerstört. Nur mit Mühe widerstand Franziska dem Impuls, ihre Hand auf seine zu legen.

Sie seufzte. »Ich weiß nicht. Was erwarten Sie denn?«

Max rückte ebenfalls ein Stück nach vorn, und plötzlich waren sie sich so nahe, dass sie seinen Atem auf ihrer Haut spüren könnte.

»Dass Sie ihn finden! Wenn es dieser Kühl nicht war, dann war es jemand anderer, und der läuft immer noch da draußen herum«, sagte er leise, so als teilten sie ein Geheimnis miteinander. Und plötzlich lag seine Hand auf ihrer.

»Helfen Sie mir, bitte. Ich muss endlich wissen, was damals passiert ist. Ich habe seit unserem Gespräch nicht aufhören können, darüber nachzudenken, und ich glaube, Sie haben recht. Sinas Entführer muss uns da unten am Fluss beobachtet haben. Vielleicht war es ja ein Angler! Da wurde viel geangelt.«

Franziska erstarrte – und das lag nicht an seiner Berührung.

Da war er, der Zusammenhang!

Vorhin war er ihr nicht eingefallen, und während der Unterhaltung mit Wilkens und der anschließenden Raserei durch den Stadtverkehr zu Kühls Wohnung hatte sie schlicht und einfach vergessen, weiter darüber nachzudenken.

»Kommen Sie!«, sagte Franziska und stand auf. »Wir machen einen Ausflug.«

37

Eine Stunde dieser Blick!

Eine Stunde Gezeter, Vorwürfe, Anordnungen.

Eine Stunde lang hatte seine Mutter überall herumgeschnüffelt, während sein Vater apathisch im Rollstuhl sitzend vor sich hin gestarrt und überhaupt nichts gerafft hatte. Sie hatte gelogen, das war ihm endgültig klar geworden. Nicht sein Vater, sondern sie selbst war neugierig, traute ihm nicht über den Weg, und er musste erkennen, dass es ein großer Fehler gewesen war, während des Mittagessens von einer Aushilfe zu sprechen.

»Ich besorge dir jemanden«, hatte seine Mutter gesagt, bevor sie den Laden verlassen hatten. »So geht es ja nicht weiter! Überall liegt Staub, das Schaufenster ist nicht dekoriert, die Böden sind nicht gewischt. Ein unhaltbarer Zustand! In vierzig Jahren hat es bei uns niemals so ausgesehen. Aber du brauchst niemanden für den Laden, sondern eine Putzfrau! Und ich weiß auch schon, wen.«

Er hatte versucht, sich zu wehren, doch seine Mutter war unnachgiebig. So wie immer. Und wie sie ihn zum Abschied wieder angesehen hatte, dieser durchdringende Blick, dieses Abschätzende, Lauernde darin … Er könnte sie …, könnte sie … Seine Hände öffneten und schlossen sich, so als legten sie sich um etwas und drückten zu.

Unruhig lief er im Laden auf und ab.

Seine Nervosität steigerte sich ins Unermessliche. Er musste raus, unbedingt, sich beruhigen, die Karten ordnen. Er musste sich vom Opfer in den Jäger verwandeln, nur dann würde er einen klaren Kopf bekommen und eine Strategie entwerfen können.

Daher tat er, was er noch nie getan hatte: Schloss den Laden einfach ab, löschte die Lichter, ging hinauf in die Wohnung, holte etwas von dem Antiserum aus dem Kühlschrank, kramte schnell ein paar Lebensmittel zusammen, verließ die Wohnung durch den Hinterausgang und stieg in den Wagen. So eilig hatte er es, dass er sich nicht mal mehr die Zeit nahm, die Autos zu tauschen. Der Lieferwagen stand vor der Garage, in der sein Privatwagen parkte. Er war noch nie mit dem Lieferwagen hinausgefahren, aber das war jetzt auch egal.

38

»Was versprechen Sie sich davon?«, fragte Max Ungemach, nachdem Franziska Gottlob ihn gefragt hatte, ob er ihr den Fluss und das hohe Ufer zeigen würde.

Er saß auf dem Beifahrersitz ihres Dienstwagens, der noch auf dem Parkplatz vor dem Hochhaus stand. Eben war der Rettungswagen mit Kühl darin abgefahren.

»Ich muss mir ein Bild davon machen«, wich Franziska seiner Frage aus. Sie hatte nicht vor, Max vom Verdacht gegen Rolf Wilkens zu erzählen. Nicht nach dem, was er mit Kühl gemacht hatte. Aber sie wollte den Ort sehen, an dem Sina verschwunden war, den Fluss, an dem sie gebadet hatten, wollte ihn unbedingt sehen, jetzt, wo es eine Verbindung zwischen den beiden Fällen gab. So unwahrscheinlich war es schließlich nicht, dass ein Angler, der sich zufällig gerade damals dort aufhielt, die beiden Kinder beobachtet hatte. Ein Angler mit pädophiler Neigung, den sie unwissentlich auf sich aufmerksam gemacht hatten.

»Wenn Sie da nicht hinwollen, kann ich das verstehen. Sie müssen mich nicht begleiten, aber ich fände … Fände es schön. Sie kennen sich dort am besten aus.«

Den letzten Satz schob sie eilig nach und sah aus dem Seitenfenster dem abfahrenden Rettungswagen nach. Ihre Wangen wurden warm und rot. Wie peinlich. In der Enge des Wagens spürte sie Max neben sich, seinen Blick, aber auch noch die Stelle auf ihrem Handrücken, wo seine Hand vor wenigen Augenblicken gelegen hatte.

Franziska, du bist im Dienst!, schalt sie sich. *Was ist nur los mit dir?*

»Ist schon in Ordnung. Lassen Sie uns hinfahren«, sagte Max. Seine Stimme klang belegt.

Franziska startete den Motor und lenkte den Wagen vom Parkplatz. Sie war froh, etwas mit ihren Händen tun zu können.

Sie verließen die Innenstadt über die Schnellstraße in nördlicher Richtung. Nach zwanzig Minuten klingelte Franziskas Handy. Es war Paul. Er teilte ihr mit, wie es um Detlef Kühl stand. Zwei Rippen sowie das Nasenbein waren gebrochen, ein Finger angebrochen, ein Ohr eingerissen, dazu kamen diverse Prellungen sowie zwei völlig zugeschwollene Augen und ein ausgeschlagener Schneidezahn. Die Ärzte hatten den Verdacht, dass die Milz gerissen war, mussten aber erst noch ein paar Untersuchungen durchführen. Viel Mitgefühl lag nicht in Pauls Stimme, als er die Verletzungen wie einen Einkaufszettel runterratterte.

Nachdem sie das Gespräch beendet hatte, sah sie Max von der Seite an. »Wollen Sie wissen, wie es Kühl geht?«, fragte sie.

Max sah sie von der Seite an. »Er lebt doch, oder?«

»Ja.«

»Das reicht mir, mehr muss ich nicht wissen.«

»Vor Gericht sollten Sie später aber ein bisschen mehr Reue zeigen«, gab Franziska zu bedenken.

»Dann werde ich wohl noch Schauspielunterricht nehmen müssen.«

Seine lakonisch trockene Antwort entlockte ihr ein Lächeln, das sie ihm aber nicht zeigte. War die Welt eines Boxers wirklich so einfach gestrickt? Auge um Auge, Zahn um Zahn? Das Recht des Stärkeren, den Schwachen dominieren zu dürfen? Franziska war nicht wirklich überzeugt davon, denn Max Ungemach hatte ja bereits eine ganz andere Seite von sich gezeigt. Eine verletzliche, einfühlsame. Oder war das nichts weiter als eine Reproduktion der Vergangenheit gewesen, wie es sie heute nicht mehr gab?

Hoffentlich täusche ich mich nicht in dir, dachte sie.

Die Ortschaft Hesterfeld erreichten sie nach vierzig Minuten.

Sie war nichts weiter als eine Ansammlung von Häusern und Höfen, die von Wäldern eingerahmt waren. Eine Landstraße, die im Vergleich zu den mehrspurigen Stadtautobahnen wie ein Fahrradweg wirkte, führte mitten hindurch. Sie verfügte nicht einmal über einen Mittelstreifen, der Belag war rissig und oft geflickt. In der Mitte der Ortschaft befand sich eine kleine Kneipe. Ein Schild mit Bierwerbung hing über dem Eingang, aber es sah nicht so aus, als würde dort noch etwas ausgeschenkt werden. Es gab eine Schützenhalle, einen Sportplatz, einen Friedhof und einen Landmaschinenhändler, aber sonst nichts. Kein Laden, kein Frisör, kein Arzt, nicht einmal eine Kirche.

Auf Franziskas Nachfrage hin sagte Max: »Die Kirche ist im Nachbarort, Pennigsahl. Dort gab es damals auch einen Laden, eine Grundschule und einen Allgemeinarzt, aber viel größer als Hesterfeld ist das Kaff auch nicht.«

Franziska fiel auf, dass er die rechte Hand um den Haltegriff über der Beifahrertür gelegt hatte und ihn fest umschlossen hielt. Der Bizeps an seinem Oberarm trat deutlich unter dem T-Shirt hervor. Sein Blick ging starr aus dem Seitenfenster.

»Es sieht noch alles wie früher aus«, sagte er leise.

»Alles in Ordnung?«, fragte sie ihn. Sie konnte sich vorstellen, welchen Aufruhr diese Zeitreise in ihm auslöste, wenn er seit damals nicht mehr hier gewesen war.

Max nickte, ohne sie anzusehen.

»Wo lang?«, fragte sie, als die Ortschaft zu Ende war.

»Am besten parken wir vor der Schützenhalle«, sagte Max und wies ihr den Weg. Dort angekommen stiegen sie aus. Es war sehr still und deutlich kühler als in der Stadt.

Max deutete mit dem Arm die schmale geteerte Straße entlang, die sanft ansteigend scheinbar endlose Getreidefelder durchschnitt und irgendwo am Horizont in der dunstig-feuchten Luft verschwand. Im Hintergrund drehten sich weiße Windräder auf einem Höhenrücken.

»Dort entlang«, sagte er, zog seine Jacke an und ging los.

Franziska verriegelte den Wagen, holte auf und ging neben ihm. Er schritt kräftig aus, sie hatte Mühe mitzuhalten. Seine Körperhaltung hatte etwas von einem Boxkampf, er schien sich in Deckung zu befinden, so als müsse er sich vor dem schützen, was ihn hier erwartete. Ihr fiel auf, dass er den Blick auf den Boden gerichtet hielt, weder nach rechts noch nach links sah. Sie glaubte den Grund zu kennen. Auf der linken Seite, in einiger Entfernung und teilweise hinter Bäumen versteckt, standen ein paar Häuser. Vielleicht war eines davon sein Elternhaus.

Als sie die schmale Brücke erreichten, hinter der sie von der Straße auf einen Trampelpfad abbogen, nahm er den Kopf wieder hoch und sah nach vorn. Sie liefen noch zehn Minuten am Rand des Baches entlang, dann erreichten sie die Stelle, von der Max Ungemach so liebevoll und in farbigen Bildern erzählt hatte.

Max blieb auf dem schmalen Sandstrand stehen und drehte sich im Kreis. Er wirkte hilflos und verlassen, wirkte wie ein kleiner Junge, der seinen Platz in der Welt noch nicht gefunden hatte.

»Zehn Jahre!«, rief er aus, »zehn gottverdammte Jahre, und es hat sich nichts verändert. Nichts!« Seine Stimme zitterte.

Dann drehte er sich plötzlich um und lief auf den Böschungswall zu, hinterließ dabei tiefe Fußabdrücke in dem vom letzten Regen feuchten Sand. Auf Händen und Füßen, mit hektischen Bewegungen, krabbelte er die steile Böschung hinauf, rutschte aus, fing sich wieder, wurde noch schneller.

»Max ... Warten Sie!«

Franziska konnte ihm kaum folgen.

Obwohl es nicht mehr als vier Meter Höhenunterschied waren, war der Blick von dort oben über die Landschaft doch erstaunlich. Hinter ihnen lag dunkel der Wald, vor ihnen der Bachlauf, die Felder, die Dächer der Häuser, der weite Himmel.

»Da unten«, sagte Max schließlich, und Franziska hörte, dass er den Tränen nahe war, »da unten hat sie im Sand gelegen und sich einfach nur darüber gefreut zu leben. Sie hat sich über ihr Leben gefreut, über dieses beschissene Leben ohne Augenlicht ... In diesem Moment fand sie ihr Leben toll ... Und ich fand es toll ... Aber man hat es ihr genommen ... Irgend so ein Arschloch hat es ihr genommen, und wenn ich den jemals zwischen die Finger bekomme ...«

Der Kampf in seinem Inneren dauerte nur ein paar Sekunden an. Franziska konnte zusehen, wie die harte Schale des großen, gefährlichen Max Ungemach von seinen Gefühlen gesprengt wurde. Er begann gleichzeitig zu zittern und zu weinen.

Franziska spürte einen Kloß im Hals und ihre eigenen Tränen dicht hinter den Augen. Sie hatte in ihrer Laufbahn schon oft Situationen erlebt, in denen Angehörige oder Opfer in Tränen ausgebrochen waren, hatte dabei aber stets eine professionelle Distanz gewahrt. Doch das war ihr jetzt nicht möglich. Sie wollte es auch gar nicht. Sie überwand den einen Schritt, der sie noch voneinander trennte, und nahm Max in die Arme. Ohne Gegenwehr ließ er es zu, dass sie ihn an sich drückte. Während Franziska mit den Händen über seinen Rücken strich, spürte sie seinen Atem und seine Tränen an ihrem Hals.

Es war ihr weder unangenehm, noch empfand sie Scham dabei, ganz im Gegenteil genoss sie diesen doch so traurigen Moment. Noch nie hatte ein Mann in ihren Armen geweint, noch nie war ihr ein Mann so nahe gekommen, und ganz egal, was noch geschehen würde oder wie sie in Zukunft zueinander stehen würden, diesen Moment würden sie für immer miteinander teilen.

39

Sarah zog ihre Hand weg.

Gerade eben war etwas über ihren Handrücken gekrabbelt, mit langen, haarigen Beinen, die ein bisschen gekratzt hatten. Das war keine Einbildung gewesen, kein Überbleibsel aus ihrem unruhigen Schlaf. Nein, da war wirklich etwas über ihre Hand gekrabbelt, und es hatte sich widerlich angefühlt, zugleich aber auch so, als wäre es hier zuhause und würde sie als Eindringling betrachten.

Sarah hatte Angst. Der Mann, dem sie nicht trauen durfte,

war zurückgekehrt, hatte sie aus dem Bett gerissen und in den Wald gebracht. Diesen schrecklichen Wald der Tausend Beinchen. Dabei hatte sie doch gar nichts getan! Oder hatte er vielleicht mitbekommen, wie sie durch Klopfzeichen versucht hatte, auf sich aufmerksam zu machen? Bekam sie jetzt ihre Strafe dafür? Er war ganz anders gewesen als sonst, hatte nicht ein Wort mit ihr gesprochen und auch nicht reagiert, als sie ihn um Essen und Trinken bat. Dabei lag ihre letzte Mahlzeit bereits so lange zurück, dass ihr Magen zu knurren begann.

Sie hätte die Tasse nicht kaputt machen dürfen!

Vielleicht hätte er ihr dann wenigstens Milch eingegossen.

Plötzlich hörte sie wieder die Geräusche.

Das flinke, hektische Krabbeln der tausend Beinchen, das sie bereits kannte. Darunter aber auch ein neues Geräusch. Kein Gekrabbel, sondern ein durchgängiges Schleichen, ein ständiges leichtes Berühren des Bodens, dabei schnell und langsam gleichzeitig, und auf eine Art geschmeidig, als würde Wasser durch ein Waschbecken fließen.

Plötzlich fühlte Sarah sich ausgeliefert, wie sie so am Boden hockte. Sie sprang auf und stellte sich hin. Trotzdem waren ihre nackten Füße natürlich ein schutzloses Angriffsziel.

Weg!

Sie musste hier weg!

Wo jeder sehende Mensch in Panik geflüchtet wäre, setzte sie behutsam tastend einen Fuß vor den anderen, streckte dabei die Arme aus und ließ die Finger auf der Suche nach Hindernissen voranschweben. Sie ertastete Äste, Blätter, merkwürdige Fäden, dann den rauen Stamm eines Baumes. Dort blieb sie zunächst stehen. Jetzt meinte sie sogar, ein Zischeln und Flüstern zu hören, so als regten sich die Tiere auf, weil sie befürchteten, ihr Opfer könnte ihnen entkommen.

Sie begann zu weinen und wünschte sich in das fremde Zimmer zurück. Irgendwohin, nur weg von hier, weg aus diesem sich dauernd bewegenden Wald, der nach ihr griff, sie berührte, an ihr zog und sie fressen wollte.

Eine Berührung an ihrem Fuß! Sarah gab einen schrillen Laut von sich, blieb aber stocksteif stehen und hielt den Atem an.

Beweg dich nicht, beweg dich nicht, dann tut es dir auch nichts, dann merkt es nicht einmal, dass du da bist!

Jetzt wusste sie, woher dieses geschmeidige Geräusch gekommen war. Sie wusste es in dem Augenblick, da die Schlange über ihren Fuß glitt. Im Heim hatte sie mal eine Schlange berühren dürfen und das Gefühl nicht vergessen. Ein Mann hatte die Schlange damals extra für die blinden Kinder mitgebracht.

War die Schlange gefährlich?

Sarah wusste, dass es giftige und ungiftige gab.

Plötzlich ein heftiger Schmerz an ihrem Fußrücken, gleichzeitig wand sich die kalte Schlange um ihr Fußgelenk. Gellend schrie Sarah auf, versuchte, das Tier abzuschütteln, doch es gelang ihr nicht.

Auf den heftigen Schmerz folgte ein merkwürdiges Gefühl. Es schlich langsam ihr Bein hinauf und hinterließ Taubheit und Schwindel. Sie klammerte sich an den Baumstamm, aber nach und nach wurde ihr gesamter Körper schwammig, die Muskeln zittrig, so als habe sie lange Zeit nichts mehr gegessen. Schon gaben ihre Knie nach, und sie rutschte an dem Stamm nach unten. Ihre Finger glitten wie nutzlose Anhängsel an der rauen Rinde hinab.

Nicht auf den Waldboden, wo sie alle krabbeln!

Nicht auf den Boden!

40

Franziska bremste scharf.

Sie hatte den Wagen nicht kommen sehen, der mit hoher Geschwindigkeit über die einsame Kreuzung in Hesterfeld schoss. Ein weißer Lieferwagen mit Aufschrift. So schnell, wie er gekommen war, verschwand er auch.

»Fünfzig war das bestimmt nicht«, sagte Max.

Sie warf ihm einen Blick zu. Er hatte sich beruhigt, saß aber wie ein Häufchen Elend auf dem Beifahrersitz. Seine Größe, Kraft und Stärke schien verschwunden zu sein – zumindest für den Moment.

»Haben Sie die Aufschrift gelesen?«, fragte Franziska ihn. Draußen am Fluss, in dieser aufgewühlten Situation, hatte sie ihn noch geduzt, es war ihr einfach so rausgerutscht. Doch sie traute sich nicht, es dabei zu belassen, weil dieses eine Du seiner Hilflosigkeit geschuldet gewesen war, seiner Verwandlung in den fünfzehnjährigen Max Ungemach. Der war er jetzt nicht mehr. Franziska konnte spüren, dass ihm die Situation im Nachhinein unangenehm war und er nicht darüber sprechen wollte.

»Irgendwas mit Saul und Sohn.«

Ja, so was in der Art hatte sie auch gelesen, und Franziska meinte, diese Aufschrift zu kennen. Möglicherweise täuschte sie sich auch. Egal, nicht so wichtig. Sie nahm das Gespräch wieder auf, das sie vor dem Beinahezusammenstoß begonnen hatten.

»Und Sie haben nie Kontakt zu einem der Angler gehabt? Hin und wieder müssen Sie denen doch über den Weg gelaufen sein.«

Max schüttelte den Kopf. »Klar bin ich dem einen oder anderen begegnet, aber die haben uns Jungen meist vertrieben. Die wollten ja nicht, dass wir in dem Bach spielten, weil der Lärm die Fische vertrieb. Warum fragen Sie so gezielt nach den Anglern? Glauben Sie, es war einer von denen?«

Ohne ihn anzusehen sagte Franziska: »Es ist zumindest wahrscheinlich, und es gibt ein paar Indizien, die in die Richtung weisen.« Sie hätte ihn gern mit dem Namen Wilkens konfrontiert, um zu sehen, ob er etwas auslöste, er sich vielleicht sogar erinnerte, doch sie traute sich nicht. Sonst würde er dann bei der nächsten Möglichkeit auf Wilkens losgehen.

»Sie verschweigen mir wieder etwas, oder?«, sagte Max.

»So wie Sie sich heute benommen haben, lassen Sie mir keine andere Möglichkeit, auch wenn es mir anders lieber wäre.«

Max seufzte. »Mittlerweile schäme ich mich dafür ... Ehrlich. Das war nicht richtig. Aber als ich das in der Zeitung las, da war ich so wütend. Und für mich war klar, dass der Fahrer der Täter ist. Ich hab es nicht eine Sekunde in Zweifel gezogen. Können Sie das nicht verstehen?«

Franziska konzentrierte sich auf eine enge Rechtskurve. Erst als die hinter ihr lag, antwortete sie. »Doch, kann ich. Nach dem, was Sie durchgemacht haben, ist das eine zutiefst menschliche Reaktion, wenngleich auch ziemlich dumm.«

»Ich würde es nicht wieder tun, das können Sie mir glauben«, sagte Max.

Franziska warf ihm einen schnellen Seitenblick zu.

Nur zu gern *wollte* Franziska ihm glauben, wusste aber, dass dieser Drang teilweise ihrer fast schon verzweifelten Suche nach einer weiteren Verbindung zu Wilkens entsprang. Und zu einem anderen Teil ihren Gefühlen für Max Ungemach, und das war keine gute Mischung. Sie empfand etwas für ihn, da machte Franziska sich nichts mehr vor, nicht nach diesem intimen Moment am Fluss. Aber schon jetzt, bevor sie überhaupt ein persönliches Wort gewechselt hatten, begannen die Probleme. Privates und Dienstliches vermischten sich. Dabei war es eigentlich ganz einfach: Sie durfte mit Max nicht über Ermittlungsinterna sprechen. Wenn das rauskam, würde sie eine Menge Ärger bekommen. Andererseits hatte er sich durch sein Schicksal das Recht verdient, eingeweiht zu werden.

»Kann ich das wirklich?«, fragte sie ihn.

Er sah sie an und nickte.

Sie entschied sich kurzerhand für einen Umweg.

»Okay. Wenn wir zurück in der Stadt sind, lade ich Sie auf ein Bier ein und wir sprechen darüber. Natürlich nur, wenn Sie mögen.«

Max hatte sich in Kneipen nie wohl gefühlt, aber er fühlte sich in Franziskas Nähe wohl, deshalb hatte er die Einladung angenommen.

Das da draußen am Meerbach war eine merkwürdige Situation gewesen. Er hatte nicht damit gerechnet, dass ihn seine Emotionen derart übermannen würden, aber es war geschehen, er hatte gar nichts dagegen tun können. Als sie ihn umarmt hatte, war es einfach nur ein gutes Gefühl gewesen, es hatte sich richtig angefühlt. Später, auf dem Rückweg zum Wagen, war es Max peinlich gewesen, immerhin hatte er zum ersten Mal in seinem Leben vor einer Frau geweint. Er war Franziska dankbar, dass sie ihn während der Fahrt nicht darauf angesprochen, sondern das Gespräch auf die Ermittlungen gelenkt hatte.

Nun saßen sie an einem kleinen runden Tisch in einer ruhigen Ecke der Kneipe. Nachdem sie ihre Bestellung aufgegeben hatten, begann Max mit einem Bierdeckel zu spielen. Er wusste nicht, ob er etwas sagen oder die Gesprächseröffnung ihr überlassen sollte, und so schwiegen sie ein paar Minuten, taten beide so, als müssten sie die Einrichtung der Kneipe genauestens begutachten.

Schließlich begann Franziska doch. »Herr Ungemach«, sagte sie. »Ich weiß, das ist keine einfache …«

Der Wirt kam mit den zwei Hellen und unterbrach sie. Als er fort war, ergriff Max das Wort. »Ich habe eine Bitte.«

»Na, dann mal raus damit.« Sie sah ihn auffordernd an.

Max nahm sein Bierglas in die Hand. »Ich mag meinen Nachnamen nicht besonders. Und nach all dem … Ich meine, na ja, wir könnten ja auch zum Du übergehen, oder?«

Es kostete ihn eine Menge Mut, diesen Satz auszusprechen, mehr Mut, als es brauchte, um im Ring einem Gegner ins Gesicht zu schlagen.

Franziska lächelte ihn an. Dann nahm auch sie ihr Bierglas zur Hand. »Sehr gern. Ich bin Franziska.«

»Max.«

Sie stießen an, tranken, und Max betrachtete dabei ihre langen, feingliedrigen Finger, die er bereits einmal kurz berührt hatte.

Nachdem sie die Gläser abgestellt und sich den Schaum von den Lippen gewischt hatten, sagte sie: »Okay, ich versuch es einfach. In der Hoffnung, dass du mein Vertrauen nicht missbrauchst.«

»Werde ich nicht.«

Sie nickte. »Sagt dir der Name Wilkens vielleicht etwas? Gut möglich, dass er damals dort draußen gelebt oder geangelt hat.«

Max dachte lange nach. »Nein. Tut mir leid.«

Er konnte sehen, wie er damit ihre Hoffnung zerstörte.

»Ich würde ja gern, aber …«

»Nein, ist schon in Ordnung«, sagte sie und machte eine Bewegung mit der Hand, die Gleichgültigkeit demonstrieren sollte. »Es war einen Versuch wert.«

»Was ist denn mit diesem Wilkens?«

»Nichts. Vergiss es einfach.«

Sie schwiegen, bis der Wirt ihre Baguettes brachte, dann machten sich beide mit Appetit darüber her. Während sie aßen, wurde das Gespräch immer persönlicher. Max erfuhr, dass Franziska in der verschlafenen Provinz in einem romantischen Haus am See aufgewachsen war, dass ihr Vater Schriftsteller war, der Kriminalromane unter einem Pseudonym schrieb und recht gut davon leben konnte, ohne wirklich reich zu sein. Ihre Mutter war früher Lehrerin für Deutsch und Mathematik gewesen, war aber mit fünfundvierzig ausgebrannt aus dem Beruf ausgeschieden. Franziskas Wunsch, Polizistin zu werden, war aus der Tätigkeit ihres Vaters hervorgegangen. Er hatte einen Polizisten zum Freund, der oft zu Besuch war in dem Haus am See, und der viele spannende Sachen aus dem Leben eines Kommissars erzählen konnte. Und als ihr Vater dann auch noch eine Romanheldin nach dem Vorbild seiner Tochter erschaffen hatte, war für sie alles klar gewesen.

Max erfuhr aber auch, dass ihr Vater an Prostatakrebs erkrankt war und sie nicht wirklich wusste, wie es um ihn stand.

»Er ist ein unverbesserlicher Optimist«, sagte sie und lächelte dabei, aber es war ein Lächeln, in das sich Schmerz und Ratlosigkeit mischten. »Und ich glaube, er macht sich selbst etwas vor, indem er die Krankheit herunterspielt. Ich hoffe, ich täusche mich …«

In diesem Moment meinte Max, etwas zurückgeben zu müssen von dem, was Franziska am späten Nachmittag in Hesterfeld für ihn getan hatte. Also legte er vorsichtig seine Hand auf ihre, so wie er es sich in Kühls Wohnung schon getraut hatte, sah sie an und sagte: »Es kommt bestimmt alles wieder in Ordnung.«

Sie lächelte, zog ihre Hand nicht weg, und sie sahen sich lange in die Augen. Bei diesem Blick gab es nichts standzuhalten, er war eine offene Einladung, sie kennenzulernen, sich auf sie einzulassen. Max spürte sich in diesem Blick versinken, und schließlich war sie es, die rot wurde und wegsah.

»Ich muss zur Toilette«, sagte sie, zog sanft ihre Hand unter seiner hervor und stand auf. Auf dem Weg den Gang hinunter drehte sie sich noch einmal um.

Max' Herz begann erst zu rasen, als sie fort war. Er schüttelte den Kopf und trank dann den Rest seines Bieres aus. Er konnte kaum glauben, was er sich gerade getraut hatte. So selbstsicher war er Frauen gegenüber eigentlich gar nicht. Mutig, wie er sich gerade fühlte, bestellte er noch zwei Helle. Er wollte nicht gehen, wollte den bevorstehenden Abschied so lange wie möglich hinausschieben.

Nachdem Franziska von der Toilette zurückgekehrt war,

dauerte es noch eine Stunde, bis die Gläser erneut geleert waren. Max spürte die Wirkung des Alkohols immer stärker. Er trank sonst nie.

»Ich glaube, ich kann heute nicht mehr zurück nach Hamburg«, sagte er.

Franziska warf einen Blick auf ihre Armbanduhr.

»Kurz vor zehn, jetzt wird es auch Zeit. Pass auf! Ich bringe dich zu einem Hotel, in dem wir hin und wieder Leute unterbringen, die schnell untergebracht werden müssen. Da bekommst du um diese Zeit noch ein ordentliches Zimmer. Ist das für dich in Ordnung, du Kampftrinker?«

»Völlig in Ordnung.«

Franziska zahlte die Rechnung. Auf dem Weg zum Wagen hakte sie sich bei Max ein, weil sie merkte, dass er ein wenig taumelte.

»Hast du wirklich nur die zwei Hellen getrunken?«, fragte sie lachend.

»Ja … aber so ungefähr die ersten meines Lebens.«

Gegen Viertel nach Zehn parkten sie vor dem Hotel. Franziska begleitete ihn hinein, regelte das mit dem Zimmer und brachte ihn hoch in den dritten Stock. Sie schloss ihm die Zimmertür auf, blieb aber auf dem Gang stehen.

»Du wirst schlafen wie ein Toter«, prophezeite sie.

Max nickte. Dann hob er die Hand, berührte ihre Wange, strich leicht an ihrem schlanken Hals entlang.

»Vielen Dank … für alles«, sagte er leise.

Sie beugte sich vor, schloss die Augen und hauchte ihm einen Kuss auf den Mundwinkel. Ihre Hand fand den Weg an seine Taille, sie sehnte sich danach, mit ihm auf dieses Zimmer zu gehen, schaffte es aber noch, sich zurückzuhalten. Er war betrunken, sie hatte die gleiche Menge Alkohol im Blut, auch wenn es ihr damit besser ging, aber es war weder der richtige Abend noch der richtige Ort.

»Nicht heute«, flüsterte sie.

Max nickte nur. Franziska wusste, dass sie nachgegeben hätte, wenn er es trotzdem versucht hätte, und ein Teil von ihr wünschte sich sogar, er würde es tun.

Sie blieben noch einen Augenblick dicht beieinander stehen. Plötzlich gab der Fahrstuhl am Ende des Ganges ein leises »Pling« von sich, und Franziska riss sich von ihm los.

»Ich rufe dich morgen an. Schlaf gut.«

»Du auch.«

Max sah ihr lange nach, während sie den Flur hinunterging.

41

Seine Hand zitterte bereits, als er das neue Skalpell aus der Verpackung nahm. Es war nur ein leichtes Zittern, ein Vibrieren, das nicht von der Hand selbst, sondern aus den Tiefen seines Körpers kam, und das er nicht abstellen konnte.

Mit der behandschuhten linken Hand nahm er eine Wüstenrennmaus aus dem viereckigen Glaskasten. Sie zappelte und quiekte. Er drückte fest zu, quetschte den kleinen weichen Körper, tötete sie aber nicht. Er hielt sie auf der Tischplatte fest, den Bauch nach oben, nahm den kleinen Kopf zwischen Daumen und Zeigefinger und fixierte ihn. Dann führte er die Spitze des Skalpells neben das rechte Auge. Wollte es dort aufsetzen, doch das Zittern in seiner Hand verhinderte es. Die feine metallene Spitze tänzelte um das winzige Auge, und so sehr er sich auch anstrengte, es gelang ihm nicht, sie stillzuhalten.

Schließlich stach er einfach zu. Zu fest, zu tief. Die Maus starb binnen Sekunden.

Einen Moment hielt er sie noch fest, presste seine Finger immer fester um den Körper, so dass er sich verformte und Blut aus dem Mund und den Augenhöhlen drang. Dabei zitterte seine Hand immer stärker.

»Verflucht!«, zischte er, warf die tote Maus beiseite und griff abermals in den Glasbehälter. Auf dem Boden des tiefen Gefäßes, aus dem ein Entkommen unmöglich war, tummelten sich an die fünfzig Wüstenrennmäuse, und alle flohen vor der gewaltigen Hand, die nach ihnen griff. Es war ein hektisches Gerenne, Körper purzelten übereinander, trotzdem bekam er eine zu fassen und riss sie aus dem Wust.

Er begann mit der gleichen Prozedur, und wieder zitterte seine Hand, während er das Skalpell ans Auge der Maus heranführte. Als er spürte, dass er es nicht schaffen würde, übermannte ihn plötzlich heiße Wut. Er ließ die Maus los, die jedoch nicht schnell genug reagierte, und stach das Skalpell mitten durch den kleinen Körper. Mit so viel Kraft, dass die Spitze in die Tischplatte fuhr und dort stecken blieb. Die Beinchen griffen wild in die Luft, zuckten und zappelten und standen schließlich still.

Seine Wut aber war noch nicht gestillt. Sie wuchs immer weiter, ohne dass er etwas dagegen tun konnte. So große Wut hatte er schon lange nicht mehr verspürt. Mit einer wuchtigen Bewegung sprang er auf, der Stuhl kippte scheppernd nach hinten um. Er stand da, öffnete und schloss die Hände, sah sich in dem schummrigen Raum um, der nur von dem grünen Licht des Terrariums beleuchtet wurde. Alles war wie immer; das Licht, die Hintergrundgeräusche, die Anordnung der Möbel, alles so, wie er es haben wollte. Gleichzeitig war aber auch alles anders. Es lief aus dem Ruder, und er wusste nicht, wieso. Er fühlte sich hilflos, meinte zu spüren, wie ihm all das entglitt, was er über Jahre hinweg so mühsam und mit so viel Leidenschaft aufgebaut hatte.

Nein, nein, nein!

Das durfte einfach nicht geschehen! Niemand durfte einfach so daherkommen und sein Leben zerstören! Niemand hatte das Recht dazu!

Er wirbelte herum, stieg auf den kleinen Tritt und öffnete die Schiebetür des Terrariums. Dann ging er zum Tisch zurück, schnappte sich den Glasbehälter mit den Mäusen, stieg damit wieder auf den Tritt, hielt ihn vor die Öffnung und kippte ihn einfach. Ihre Beinchen kratzten über das Glas, während sie versuchten, daran hochzulaufen. Er hielt das Gefäß noch schräger, und die ersten Mäuse plumpsten durch das dichte Dach des Regenwaldes hindurch zu Boden. Er schüttelte das Gefäß so lange, bis keine Mäuse mehr darin waren.

Zwei fielen allerdings daneben und landeten auf dem Zimmerboden. Hastig stieg er von dem Tritt, stellte das Glas ab und suchte nach den Viechern. Er hasste es, wenn sie frei herumwuselten, konnte es nicht leiden, diese kleinen Schatten über den Boden huschen zu sehen. Das machte ihn nervös!

Da! Eine versuchte in Richtung des Sessels zu entkommen. Er sprang auf sie zu, schnitt ihr den Weg ab, die Maus machte kehrt, entkam aber dennoch nicht seinen Schuhen. Dann trampelte er so lange auf dem Tier herum, bis nur noch Brei übrig war. Während er mit dem Hacken darauf herumtrat, schrie er sich seine Wut aus dem Leib.

»Lasst mich in Ruhe! Lasst mich doch endlich alle in Ruhe. Ihr sollt mich nicht ansehen! Niemand darf mich einfach so ansehen. Niemand! Lasst mich bloß alle in Ruhe!«

Die andere!

Wo war die andere Maus?

Hektisch sah er sich in dem schummrigen Raum um. Viele Möglichkeiten, sich zu verstecken, hatte die Maus hier nicht. Und er spürte sie bereits, wie sie zitternd in einer Ecke hockte und ihn aus der Dunkelheit heraus anstarrte. Selbst diese winzigen Augen spürte er deutlich überall auf der Haut; es kribbelte und brannte, machte ihn verrückt.

Er musste sie finden!

Er schob den schweren Sessel beiseite, doch da war sie nicht.

Er schob den Tisch beiseite, doch auch dort war sie nicht.

Wo, wo, wo?

Ein kleiner dunkler Schatten huschte nahe der Tür dicht an der Wand entlang. Sofort zuckte sein Kopf herum, und durch die dicken Gläser seiner Brille fixierte er den schwarzen Fleck, der jetzt stillstand.

Ja! Sie war im Auge des Jägers gefangen! Sie würde nicht mehr entkommen und wusste es.

Er ging hinüber, langsam, vorsichtig die Füße aufsetzend, so wie es eine Raubkatze beim Anpirschen tun würde. In der Zimmerecke neben der Tür hockte die Maus reglos in der Ecke, so dicht an die Wand gepresst, dass er sie mit dem Fuß nicht erwischen würde. Also trat er gegen die Wand, sie erschrak und stob davon. Genau auf ihn zu. Wieder vollführte er seinen Veitstanz, und die Maus verendete wie kurz zuvor ihre Artgenossin. Diesmal sprang er sogar noch länger und noch heftiger darauf herum, hörte erst auf, als er keine Luft mehr bekam und sein Puls in gefährliche Höhen schnellte.

Vornübergebeugt, die Hände auf die Oberschenkel gestützt, hechelte er nach Sauerstoff. Schweiß tropfte von seiner Stirn zu Boden. Die Gläser seiner Brille begannen zu beschlagen. Er fühlte sich völlig fertig, erledigt, am Ende seiner Kraft. Aber er fühlte auch, dass die Wut sich zurückgezogen hatte. Jetzt würde er endlich in der Lage sein, seinen Kopf frei zu bekommen, die Karten zu ordnen und abzulegen und dabei einen Plan zu schmieden, wie er die Situation wieder unter seine Kontrolle bekommen konnte.

Während er noch so da stand, vornübergebeugt, den Blick abwesend gen Boden gerichtet, spürte er es. Ein Blick, so kalt und berechnend wie der Tod selbst, ein seelenloses Augenpaar, schwarz und tödlich, effizient und zielgerichtet. Es fixierte ihn, bohrte sich einem glühenden Messer gleich in seinen Rücken.

Schlagartig fiel ihm ein, dass er vergessen hatte, die Schiebetür des Terrariums zu schließen.

Dendroaspis viridis war entkommen.

Die grüne Mamba war auf der Jagd.

Und sie hatte ihn als Opfer auserkoren.

Die Vorstellung des sich windenden Muskelstrangs außerhalb des Terrariums trieb ihm eine ekelhafte Gänsehaut über den gesamten Körper. Seine Hoden zogen sich schmerzhaft zusammen und in den Körper zurück. Langsam richtete er sich auf und wandte den Kopf in Richtung der Panoramascheibe. Die Mäuseschar wuselte am Boden entlang, die Schiebetür stand offen. Die Welten hatten gewechselt. Jetzt waren die Viecher da drinnen in Sicherheit, während ihm hier draußen Gefahr drohte.

Einen Moment lang dachte er daran, fluchtartig den Raum zu verlassen und die Tür zu verriegeln. Aber damit würde er sein Lieblingszimmer der Schlange überlassen, und das wollte er nicht. Gerade jetzt brauchte er diesen Ort der Ruhe, in den er sich zurückziehen konnte. Nein, eine feige Flucht kam nicht in Frage. Er musste die Schlange einfangen.

Wo war sie?

Er drehte sich zum Terrarium, scharrte dabei mit den Fußsohlen über den Boden, um die Jägerin auf sich aufmerksam zu machen. Aber die zeigte sich nicht.

War sie überhaupt aus dem Becken herausgekommen? Vom Blätterdach aus die Schiebetür zu erreichen war für sie kein Problem, aber von dort musste die Schlange sich fast zwei Meter tief zu Boden fallen lassen. Allerdings wusste er, dass sie es konnte und diesen Sturz auch überleben würde.

Der Schlangengreifer, ein anderthalb Meter langer Aluminiumstock mit einer Greifzange am Ende, die vom Griff aus bedient werden konnte, hing gleich neben der Panoramascheibe an der Wand. Er hing immer dort, er war penibel in solchen Dingen. Es waren nur drei Meter bis dorthin, aber solange er die Schlange nicht entdeckt hatte, kamen ihm diese drei Meter wie eine unüberwindbare Distanz vor.

Er ging in die Knie, spähte unter den Tisch, spähte in den Schatten des Sessels, fand die Mamba aber nicht. Da er nicht für ewig und alle Zeiten mitten im Raum stehen bleiben konnte, nahm er schließlich all seinen Mut zusammen und ging schnurstracks auf die Panoramascheibe zu. Unbehelligt dort angekommen packte er den Greifer, zog ihn vom Haken und drehte sich damit um. Jetzt befand sich das Terrarium hinter ihm, so dass er mit dessen Licht im Rücken den Raum besser überblicken konnte.

Es dauerte nur ein paar Sekunden, bis er seinen Fehler begriff.

Dann machte er gleich den nächsten.

Statt nach vorn wegzutauchen, drehte er sich um.

Der schlanke Kopf mit den ölig schwarzen Augen war keine dreißig Zentimeter von seinem Kopf entfernt. Der größte Teil des langen Körpers befand sich noch im Terrarium, aus dessen Schiebetür die Schlange pfeilgerade herausragte.

Die Mamba starrte ihn an.

Großer Gott, was für ein Blick! Ein Blick wie die Spitze seines Skalpells! Mühelos drang er durch seine eigenen Augen tief in seinen Kopf. Er spürte die grausame Kälte des reinen Überlebenswillens, die Urkraft der Evolution, kein Mitleid mit dem Opfer, kein Mitleid mit sich selbst, das Sein im Hier und Jetzt nur auf Töten fokussiert, auf Töten und Fressen und Erhaltung der eigenen Art.

Unter diesem Blick wurde er zur Maus. Seine Atmung versagte, seine Muskeln versagten, sein Gehirn schaltete ab. Nun war er nichts weiter mehr als ein hilfloses Opfer, binnen weniger Minuten vom oberen Ende der Nahrungskette ans untere gerutscht. Er spürte eine harte und brachiale Veränderung seines Denkens.

Dann schnellte die Schlange nach vorn, und ihre Zähne gruben sich tief in seine Wange.

42

Max lag in dem weichen Hotelbett, die Arme hinter seinem Kopf verschränkt und starrte zur weißen Decke empor, an der helle Streifen der Morgensonne schimmerten. Seit zehn Minuten war er wach und konnte an nichts anderes denken als an den gestrigen Abend. Er hatte sofort nach dem Aufwachen sein Handy gecheckt, das er nachts immer stumm stellte, doch ein Anruf von Franziska war noch nicht eingegangen.

Er hatte versucht, seine Gedanken in Richtung der Ermittlungen zu lenken, doch das war ihm nicht gelungen. Immer wieder schob sich Franziska ins Bild. Den Kuss, so sanft er auch gewesen war, hatte er vor dem Einschlafen noch lange gespürt, und wie auch schon gestern Abend fragte er sich jetzt erneut, ob er zu zurückhaltend gewesen war.

Wenn sie nicht die Notbremse gezogen hätte, wären sie miteinander ins Bett gegangen. Es war ihre Entscheidung gewesen – dabei ließen ihre Worte ihn hoffen. Nicht heute. Das war kein Nein. Das war ein Versprechen auf einen anderen Tag und einen anderen Ort. Vielleicht, wenn sie ihre Ermittlungen in dem Fall abgeschlossen hatte und ihm gegenüber nur noch als Franziska und nicht mehr auch als Polizistin auftreten musste.

In seinem Körper begann es zu kribbeln. Es war aufregend, auch nur daran zu denken, was die Zukunft für ihn bereithalten könnte, wenn er sich darauf einließ.

Max sprang vom Bett auf.

Er war es gewöhnt, Probleme mit dem Einsatz seiner Muskeln zu lösen, aktiv zu sein, sich zu bewegen. Herumliegen und sich den Kopf zerbrechen war nicht sein Ding.

Er ließ sich zwischen Bett und Schrank auf den Boden fallen, um zu tun, was er ohnehin jeden Morgen nach dem Aufstehen tat. Liegestütze! Mindestens hundert! Routine. Alltag.

Max begann zu pumpen, zuerst schnell, ab der fünfzigsten langsamer, und als er die hundert erreicht hatte, gab er entnervt auf. Zwar fühlte er sich besser jetzt, vitaler, und die von Blut durchströmten Muskeln am Oberkörper verliehen ihm ein Gefühl der Stärke, aber das Gefühl der Aufgeregtheit war immer noch da.

Entnervt zog er die Shorts aus und ging unter die Dusche. Da er sowieso eher kühl duschte, konnte er sofort in die Kabine steigen und sich das Wasser auf den Kopf prasseln lassen. Nach ein paar Minuten regelte er die Temperatur nochmals zurück und begann, sich mit dem vom Hotel gestellten Duschgel einzuseifen. Während er das tat, begann er nun doch, über die Ermittlungen nachzudenken.

Über den Namen Wilkens, der ihm nichts sagte, Franziska aber wichtig war. Und über die einzige Möglichkeit, die er hatte, etwas über einen Angler namens Wilkens herauszufinden, der vor zehn Jahren eventuell am Meerbach geangelt hatte. Diese Möglichkeit lag nicht fernab des Machbaren, nein, sie war nur verdammt schwer. Wie schwer, das hatte er bereits gestern gespürt, als er mit Franziska in seine alte Heimat zurückgekehrt war, an jene besondere Stelle am Flussstrand. Auf dem Weg dorthin war er keine fünfhundert Meter an seinem Elternhaus vorbeigekommen. Außer den Dachpfannen hatte er nichts davon sehen können, aber das war auch nicht nötig gewesen. Er hatte die Anwesenheit des Hauses *gespürt*. Wie ein tonnenschwerer Stein hatte sie auf seinem Nacken gelegen, so dass er tatsächlich unfähig gewesen war, den Kopf zu heben und nach vorn zu schauen.

Unter der kühlen Dusche schlug Max' Herz plötzlich schneller. Er spürte die Angst vor der Begegnung, wusste gleichzeitig aber auch, dass er diesen Weg gehen musste. Das hätte er schon längst tun sollen. Warum also nicht heute?

43

»Einhundertvierzig durch vier ist …«

»Fünfunddreißig.«

»Richtig!«

»Siebzehn mal sechs ist … einhundertzwei … sehr gut, wieder richtig!«

Ein erneuter Krampf ließ Sarah zusammenzucken. Er war heiß und schmerzhaft, ihr Bauch schien sich dabei umzustülpen, sie bekam keine Luft, Tränen schossen ihr in die Augen. Zweimal hatte sie sich bereits übergeben, jetzt war in ihrem Bauch nichts mehr, was sie hätte erbrechen können.

Als der Krampf abebbte, war sofort der Hunger wieder da. Sie hatte jedes Zeitgefühl verloren, wusste nicht, ob es Tag war oder Nacht, aber wenn sie nach ihrem Bauch ging, dann musste es gestern gewesen sein, als der Mann sie wortlos und grob gepackt und in den Wald der Tausend Beinchen geschleppt hatte, wo sie dann von der Schlange gebissen worden war. Schon da war sie sehr hungrig gewesen, aber er hatte ihr nichts zu essen gegeben. Wie sie aus dem Wald wieder zurück in das kleine Zimmer gekommen war, wusste Sarah nicht, auch nicht, wie lange sie geschlafen hatte, aber Essen hatte sie nicht gefunden, nachdem sie aufgewacht war. Sie hatte das Zimmer systematisch danach abgetastet.

Anfangs hatte es sowohl gegen die Krämpfe als auch gegen den Hunger geholfen, sich selbst Rechenaufgaben zu stellen. Sarah liebte Mathe, sie war sehr gut darin, und es lenkte den Kopf ab. Doch jetzt kamen die Gedanken ans Essen immer häufiger, und sie konnte sich längst nicht mehr so gut konzentrieren.

Sarah hatte jetzt nur noch einen einzigen Wunsch: Sie wollte, dass der Mann wiederkam! Er musste einfach! Er konnte sie doch nicht hier verhungern lassen. Niemand tat kleinen Kindern so etwas an!

Sarah scheute sich davor, diesen Gedanken konsequent zu Ende zu denken, aber ihr war trotzdem klar, dass der Mann sie entführt hatte, dass er böse war und dass er kleinen Kindern antun konnte, was immer er wollte. Vielleicht saß er ja irgendwo da draußen und wartete nur darauf, dass sie verhungerte! Vielleicht war es auch die Strafe dafür, dass sie sich anfangs geweigert hatte, ihre Milch zu trinken.

Ach, wenn sie jetzt doch nur Milch hätte!

Schöne kühle sättigende Milch!

Sie würde auch freiwillig in den Wald der Tausend Beinchen zurückkehren, wenn sie danach nur etwas zu essen und zu trinken bekommen würde.

»Zweiundzwanzig mal sieben ist …«

»… vielleicht einhundertsechsundfünfzig …«

44

Dunkel und voller Gerüche!

Ein Konglomerat aus Gerüchen, jeder für sich annehmbar, zusammen jedoch unerträglich, lähmend, den Verstand umnebelnd. Feine Staubpartikel flossen mit jedem Atemzug in die Lunge, tief hinein und setzten diese zu. Egal wie sehr er sich auch anstrengte, hatte er doch immer das Gefühl, nicht genug Luft zu bekommen. So wurde das Atmen zur Qual, kostete ihn unerhört viel Kraft, lenkte ihn gleichzeitig aber auch ab von der beängstigenden Umgebung.

Hier drinnen war Helligkeit nicht erwünscht, hier herrschten jene Mächte, die sich nur in der Dunkelheit wohl fühlten, die im Innersten absolut finster waren und deren einziges Bestreben es war, das Licht fernzuhalten. Vor unendlich langer Zeit hatten sie sich in diesem Verlies niedergelassen, und nichts und niemand würde sie je wieder daraus vertreiben können.

Neben den jämmerlichen Geräuschen, die er selbst beim Atmen produzierte, hörte er noch etwas anderes: leise, verstohlen, diebisch, aber ständig vorhanden. Es war ein ewiges Kratzen und Krabbeln, ein Zischen und Züngeln, es waren die Wesen, welche die Dunkelheit immer wieder neu gebar. Sie waren nicht riesig, sie hatten keine gewaltigen Klauen und weit aufgerissenen Mäuler, nein, sie waren klein, sie waren flink, sie konnten nagen und kratzen, beißen und saugen, sie waren viel furchteinflößender, als alle großen Dämonen der schwarzen Welt es je hätten sein können. Denn sie waren überall und nirgends, sie zeigten sich nicht, aber er konnte sie hören. Konnte hören, wie sie mutiger wurden, immer näher kamen, den Geruch des Eindringlings aufnahmen und sich fragten, wie er wohl schmecken würde. Noch waren sie vorsichtig, aber nicht mehr lange.

Nicht zu wissen, wann und aus welcher Richtung der Angriff kommen würde – und er würde kommen –, erfüllte ihn mit einer solch panischen Angst, dass in seinem Kopf etwas zu erlöschen begann. Da gab es einen diffusen, nicht zu lokalisierenden Bereich, der nicht gefeit war gegen solch überwältigende Angst, dem nichts anderes übrig blieb, als unter diesem Angriff jämmerlich zu sterben.

Wie konnte Vater ihm das nur antun?

Er hatte doch nichts weiter getan als diese blöden apathi-

schen Kaninchen ein bisschen mit dem Stock zu ärgern, sie durch den Käfig zu scheuchen, damit sie nicht immer fetter und fetter wurden. Er hatte ihnen doch nicht weh getan!

Aber alles Flehen und Betteln und Entschuldigen hatte nichts genützt. Unter den strengen Augen seiner Mutter hatte Vater ihn ins Verlies gesperrt. Und dort würde er bleiben müssen, bis sie ihn wieder herausließen.

»Man quält keine Kreatur nur zu seinem eigenen Vergnügen!«, hatte Vater geschimpft. »Bis du das begriffen hast, bleibst du da drin!«

Jetzt war er da drin, jetzt hatte er begriffen, ganz sicher! Nie wieder würde er die Kaninchen ärgern, aber er konnte es seinem Vater nicht sagen, nicht durch das dicke Holz hindurch.

Sie starrten ihn an!

Augen, so viele Augen, die ihn aus der Dunkelheit heraus anstarrten! Augen, schwarz wie die Dunkelheit selbst, und sie benötigten kein Licht, um sehen zu können. Er konnte sie spüren, diese vielen Tausend Augen, spürte sie auf seiner Haut brennen, jedes einzelne an einer anderen Stelle.

Er wollte raus! Er bereute doch! Er würde es niemals wieder tun! Aber sie mussten ihn hier rauslassen. Die Augen … die Augen … Sie starrten durch sein Fleisch und seine Knochen bis direkt in seine Seele, und da sahen sie alles von ihm, da war er nackt und schutzlos, und da waren auch die Bilder, die doch niemand zu sehen bekommen durfte …

Das wie Nebel fließende Dunkel löste sich nur langsam auf. Die Ränder seines Gesichtsfeldes waren noch vollkommen schwarz. Zur Mitte hin verschwamm das Schwarz mit einem glimmenden Rot, welches wiederum abgelöst wurde von einem hellen Orange. Durch dieses Orange hindurch konnte er bereits wieder etwas sehen. Auch sein Gehör kehrte langsam zurück. Das Nervengift befand sich noch in seinem Körper, aber es zersetzte sich langsam, dank der Hilfe des Gegengiftes. Wenigstens eine Spritze befand sich immer in dem kleinen Kühlschrank unweit des Terrariums, und weiter entfernt hätte es auch nicht sein dürfen. Sie hatte ihn im Gesicht erwischt, nicht am Bein oder an den Händen, von wo aus es länger dauerte, bis sich das Gift im Körper verteilte. Vom Gesicht aus ging es sehr rasch. Eine, höchstens zwei Minuten. Dieses Miststück hatte ihn fast getötet. Zwei Schritte hatte er noch in Richtung des Kühlschrankes gehen können, dann war er zusammengebrochen, weil seine Muskeln ihn einfach nicht mehr tragen wollten.

Die Tür des Kühlschrankes zu öffnen war ein immenser Kraftakt gewesen, aber er hatte es geschafft. Nachdem er sich die Spritze in den großen Oberschenkelmuskel gesetzt hatte, war er noch in der Lage gewesen, den Raum wie eine Schlange auf dem Bauch kriechend zu verlassen. Das Letzte, woran er sich erinnerte, war, dass er die Tür zugezogen hatte. Danach hatte ihn das Dunkel voll und ganz aufgenommen.

Durch das schräge Dachfenster fiel Licht in den Flur. Helles Tageslicht. Er konnte also davon ausgehen, dass er die ganze Nacht über auf dem Flur im Delirium gelegen hatte. Wie spät mochte es sein? Da er seine Armbanduhr vor dem Händewaschen gestern abgelegt hatte, musste er wohl oder übel ins Wohnzimmer oder in die Küche, um es herauszufinden. Also quälte er sich auf die Beine. Es war mühsam. Die Muskeln waren schlaff, und sobald er sie belastete, beschwerten sie sich, begannen zu zucken und leicht zu krampfen. Er musste dringend Milch trinken, die beim Neutralisieren des Giftes half, und dazu eine Ampulle des hoch dosierten Mineralienkonzentrats zu sich nehmen.

Wackelig auf den Beinen stehend visierte er die Küchentür an. Gerade zwei Schritte darauf zu hatte er geschafft, als ein grelles, viel zu lautes Geräusch ihn zusammenzucken ließ.

Die Haustürklingel!

Warum klingelte jemand bei ihm? Das kam so gut wie nie vor. Oder war es vielleicht schon so spät …

So schnell es ging wankte er zur Küche, drückte die Tür auf, blieb aber auf der Schwelle stehen und sah zur Uhr in dem Digitalradio über der Spüle.

Viertel vor zehn!

Vor einer Viertelstunde hätte er den Laden öffnen sollen.

Der Laden öffnete immer um halb zehn. Tag und Jahr, seit ewigen Zeiten. Dabei spielte es keine Rolle, dass vormittags so gut wie nie Kunden kamen.

Warum dann ausgerechnet heute das Klingeln an der Haustür?

Karten, er musste dringend Karten ablegen. Hübsch sauber und ordentlich, Figuren zu Figuren, Zahlen zu Zahlen.

Erneutes Klingeln!

Warum konnte die Welt ihn nicht einfach in Ruhe lassen! Was hatte er ihr denn getan? So viel Stress in den letzten Tagen, und alles hatte damit angefangen, dass er endlich den Plan in die Tat umgesetzt und sich eine Neue geholt hatte. War er doch zu unvorsichtig gewesen? Aber er hatte nichts falsch gemacht!

Weil es wieder klingelte, machte er sich auf den Weg ans Küchenfenster, das auf die Straße vor dem Laden hinausging. Von dort konnte er sehen, wer vor der Haustür stand.

Eine Frau. Eine alte Frau mit kurzem, dunklem Haar und einer Menge Übergewicht. Was hatte die hier zu suchen?

Sein Gesichtsfeld wurde schon wieder schmaler, ihm wurde schwindelig. Sein Gehirn drehte sich innerhalb seines Kopfes um die eigene Achse. Immer schneller und schneller, bis er sich nicht mehr auf den Beinen halten konnte. Mit letzter Kraft schaukelte er zu einem der Stühle hinüber, wollte sich daraufsetzen, schaffte es aber nicht. Stattdessen ging er mit dem Stuhl zu Boden, schlug lang hin und stieß sich den Kopf an der Spüle. Der Schmerz war wie ein Blitz, hell und beängstigend, aber er blieb bei Bewusstsein. Es drehte sich alles, er sich im Raum, der Raum sich um ihn, die ganze Welt, zwischendrin hörte er wieder die Klingel, auch ein lautes und forsches Klopfen, aber das war weit weg, das ging ihn nicht wirklich etwas an.

45

Wach! Plötzlich und vollkommen!

Sie setzte sich im Bett auf, nahm den Wecker in die Hände und starrte ihn ungläubig an. Viertel nach acht! Sie hatte mehr als eine Stunde zu lange geschlafen, hatte den Wecker, der seine Aufgabe zuverlässig erledigt hatte, einfach ausgestellt und sich wieder umgedreht.

Peinlich, aber nicht zu ändern. Gut nur, dass sie sich im Büro zu keiner bestimmten Zeit mit Paul verabredet hatte. Solange nichts Dringliches anlag, hatte Paul die Angewohnheit, um acht im Büro zu sein, genau wie sie. Das war keine zwingende Notwendigkeit, aber Routine schuf mit der Zeit auch Erwartungshaltungen.

Franziska nahm das Handy vom Nachtschrank und wählte den Anschluss in Pauls Büro. Sie ließ es lange klingeln, doch niemand nahm ab. Das war seltsam. Eigentlich müsste er längst da sein. Wegen seines Kindes war sein morgendlicher Ablauf viel strukturierter als ihrer, und Verschlafen kam bei ihm eigentlich nicht vor. Franziska dachte kurz nach, dann wählte sie seine Privatnummer.

Er war sofort am Apparat.

»Ich habe schon versucht dich im Büro zu erreichen«, sagte Paul, und Franziska hörte gleich, dass etwas nicht in Ordnung war. Er klang gehetzt und nervös.

»Tabea ist heute mit hohem Fieber aufgewacht. Wir haben jetzt einen Termin beim Kinderarzt, aber ich kann meine Frau nicht allein fahren lassen, nicht mit der Kleinen, die schreit die ganze Zeit. Ich komme später, so gegen zehn, wenn alles klappt.«

»Mach dir keinen Stress, Paul. Kümmere dich erst mal um deine Familie, und wenn du es heute nicht mehr schaffst, dann ist das auch in Ordnung.«

»Bist du sicher?«

»Absolut. Los, leg auf, sonst steck ich mich noch an.«

Mit einem unwilligen Seufzer strampelte Franziska die warme Decke beiseite und schwang die Beine aus dem Bett. Sie zog das weiße T-Shirt aus, in dem sie zu schlafen pflegte, und ging unter die Dusche. Schon allein wegen ihrer Mähne musste sie jeden Morgen duschen, anders ließ sie sich nicht bändigen. Zwei- oder dreimal war sie nachts direkt aus dem Bett zu einem Einsatz geeilt und hatte sich die doofen Sprüche ihrer Kollegen anhören müssen. Geplatzter Dackel, Wischmopp und so weiter. Seitdem trug sie bei solchen Gelegenheiten eine Baseballkappe.

Kaum rann das warme Wasser über ihren Körper, da dachte Franziska auch schon an den gestrigen Nachmittag und Abend zurück. Es war alles in allem ein verrückter Tag gewesen, aber der Abend hatte dem Fass den Boden ausgeschlagen.

Die Kommissarin und der Boxer?

Mit geschlossenen Augen und nach oben gerecktem Kinn genoss sie das Gefühl des über ihre Haut fließenden warmen Wassers und die Gewissheit, gestern Abend an der Hotelzimmertür das Richtige getan zu haben. Jetzt war sie froh, dem Verlangen nicht nachgegeben zu haben. Gestern Abend, allein in ihrem Bett, hatte das noch ganz anders ausgesehen. Nach fünf Jahren ohne einen Mann hatte sie sich verflucht dafür, die Chance nicht ergriffen zu haben. Doch für eine Nacht im Hotel war Max nicht der Richtige, sie auch nicht, und es hätte vielleicht sogar das, was sich gerade zwischen ihnen entwickelte, kaputt gemacht.

Nachdem sie fertig geduscht und sich angezogen hatte, ging Franziska in die Küche und setzte Kaffee auf. Als sie danach an die Arbeitsplatte gelehnt mit einem Handtuch ihr Haar trocken rubbelte, fiel ihr Blick auf die Liste, die Frau Zierkowski für sie erstellt hatte.

Die war gestern plötzlich total unwichtig geworden. Kein anderer Name außer Wilkens hatte sie mehr interessiert. Nicht sonderlich professionell, sich derart auf einen Verdächtigen festzulegen.

Franziska warf das Handtuch auf den Tisch und nahm die Liste zur Hand. Während hinter ihr die Kaffeemaschine blubberte, begann sie, die einzelnen Namen durchzugehen. Nach der zweiten Seite legte sie sie weg, goss sich Kaffee in eine große Tasse und las dann weiter.

Auf Seite fünf stutzte sie.

Zoofachhandel Sauter und Sohn.

Der Mann, der das Aquarium im Helenenstift reinigte. Der gestern neue Fische gebracht und ihren Wagen zugeparkt hatte!

Ein Bild erschien wie ein Blitzlicht vor ihrem inneren Auge.

Der Lieferwagen, wegen dem sie draußen in Hesterfeld so scharf hatte bremsen müssen. Die Aufschrift. Es war derselbe Wagen wie auf dem Parkplatz des Heimes gewesen. Nicht Saul, sondern Sauter und Sohn.

Franziska ließ die Hand mit der Liste sinken und starrte aus dem Fenster. Gab es solche Zufälle? Zweimal an einem Tag? Und dann auch noch an relevanten Orten?

Vielleicht sollte sie als erste Diensthandlung heute dieser Zoofachhandlung einen Besuch abstatten!

46

»Frau Sauter?«

»Ja, am Apparat.«

»Hier ist Frau Zerhusen.«

»Ja, was gibt es denn?«

»Sie hatten mich doch gebeten, mich heute im Laden Ihres Sohnes vorzustellen, Sie wissen schon, wegen der freien Stelle.«

»Natürlich weiß ich. Sind Sie schon dort gewesen?«

»Ja … na ja, ich war kurz vor Ladenöffnung da, aber … Der Laden hat gar nicht geöffnet!«

»Wie bitte?«

»Ich habe laut genug geklopft und geklingelt, aber es ist niemand gekommen. Ich habe eine halbe Stunde dort gewartet, der Laden macht ja um halb zehn auf, das steht auf dem Schild an der Tür, aber es kam niemand … Ich konnte einfach nicht länger dort herumstehen.«

»Das gibt es doch nicht! Ich werde mich darum kümmern, Frau Zerhusen. Ich rufe Sie dann wieder an. Bleibt es denn bei dem Fußpflegetermin am Nachmittag?«

»Ja, natürlich.«

»Gut. Wie gesagt, ich melde mich. Auf Wiederhören.«

Gabriele Sauter legte den Hörer auf das Gerät und starrte die Wand an. Zunächst wusste sie überhaupt nicht, was sie denken sollte. Sie konnte sich nicht erinnern, dass der Laden einmal nicht pünktlich geöffnet worden war, aber in den letzten Jahren, seitdem ihr Mann so krank war, hatte sie Eduard ja leider nicht mehr regelmäßig kontrollieren können. Bislang hatte sich aber noch keiner der alten Kunden, die sie noch persönlich kannten, bei ihr beschwert.

War etwas passiert?

Hatte Eduard vielleicht einen Unfall gehabt?

Augenblicklich nahmen ihre Gedanken wieder klare Strukturen an, und sie wusste, was zu tun war. Sie nahm den Hörer auf und wählte den Anschluss in der Wohnung ihres Sohnes.

Gabriele Sauter ließ es klingeln und klingeln, doch niemand nahm ab.

47

Seine linke Wange war derart angeschwollen, dass sie sein unteres Lid vor das Auge presste und ihn fast nichts mehr sehen ließ. Der Mundwinkel war weit nach unten gerutscht, die Lippen verzerrt, und mitten in diesem fleischigen, aus seinem Bart herausragenden Hügel prangte die Bisswunde: zwei Löcher, von den scharfen, gebogenen Zähnen der Schlange gestochen. Rund um die Löcher war das Gewebe tiefrot, sehr fest und nochmals dicker angeschwollen als der Rest. Dort war es auch am empfindlichsten.

Eduard Sauter stand vor dem Badezimmerspiegel und betrachtete sein Gesicht. Er war entstellt, schlimmer noch als ohnehin schon. Er hielt den Zeigefinger der rechten Hand ganz nah an die Wunde, traute sich aber nicht, sie zu berühren – allein die Gegenwart des Fingers schien bereits Schmerzen auszulösen.

Auch in den Mundraum hinein war die Wange geschwollen, außerdem fühlte sich seine Zunge auf der linken Seite taub an. Der komplette Kiefer pochte, als hätte er eine eitrige Entzündung unter einem Zahn.

Das war verdrießlich, äußerst verdrießlich.

Den Laden brauchte er gar nicht erst zu öffnen! Mit dem Gesicht konnte er keine Kunden bedienen. Er wandte sich vom Spiegel ab. Am besten ging er jetzt sofort hinunter und hängte ein Schild in die Eingangstür. *Wegen Krankheit geschlossen* oder so ähnlich. Das würde ihm einen freien Tag verschaffen, und den brauchte er dringend.

Als er über den Flur lief, klingelte das Telefon. Wieder mal. Schon vorhin, nachdem die Frau unten geklopft und geschellt hatte und er in der Küche zusammengebrochen war, hatte er in seiner Trance das Telefon klingeln hören. Immer und immer wieder.

Er beugte sich über das Telefon und starrte mit dem offenen rechten Auge auf das Display. Darin stand die Nummer des Anrufers.

Seine Mutter!

Die hatte gerade noch gefehlt!

Konnte sie ihn nicht endlich in Ruhe lassen?

Er wusste, dass er abnehmen musste. Sie würde nicht lockerlassen, sich am Ende noch in den Wagen setzen und hier vorbeischauen. Wahrscheinlich hatte sie sogar noch einen Schlüssel für den Laden.

Seine Hand schwebte über dem Telefon. Er war bereit abzunehmen und sich zu melden, hielt aber im letzten Moment inne.

Konnte das sein? Hatte sie wirklich einen Schlüssel?

In seinem Kopf entblätterte sich plötzlich eine Idee, so vollkommen und wunderschön wie eine Teichrose, so unglaublich passend und gerecht, dass er sich ihr nicht entziehen konnte.

Er nahm nicht ab, ließ es klingeln, bis die alte Hexe aufgab. Er stand einfach daneben, genoss jedes einzelne Schellen, und es machte ihm auch nichts aus, dass sein Lächeln schief war und Schmerzen verursachte.

Er ging in den Laden hinunter. Dort hängte er zuerst ein großes buntes Plakat für ein neues Hundefutter in die Scheibe der Eingangstür. Es passte genau und sorgte dafür, dass niemand mehr einfach so durch die Tür in den Laden schauen konnte.

Gleich darauf begann er mit den Vorbereitungen.

Dabei lächelte er die ganze Zeit sein schiefes Lächeln.

Er würde seiner Mutter den ihr gebührenden Empfang bereiten.

48

Niemand begegnete Max, während er die Straße hinunterging. Am Schotterweg angekommen, der von der Teerstraße zwischen Feldern hindurch zum Haus führte, blieb Max stehen. Er blickte den Weg hinunter. So wie damals wuchs in der Mitte niedriges Unkraut. Wenn er seine Erinnerung an das Haus ausblendete, wirkte der Weg so, als führe er direkt ins Nichts. Tatsächlich aber führte er in die Vergangenheit. In seine Vergangenheit, und zwar so tief hinein, dass es weh tat.

Sollte er wirklich?

Einmal den Entschluss gefasst, hatte er sich von einem Taxi zu seinem Wagen in der Kronengasse bringen lassen und war sofort nach Hesterfeld aufgebrochen, hatte nicht mehr darüber nachgedacht, seine Entscheidung nicht angezweifelt. Mit dem Weg vor Augen sah plötzlich alles anders aus.

Noch war Zeit umzukehren, noch hatte ihn niemand gesehen.

Aber das wäre feige! Und Feigheit konnte er nicht ertragen. Sie war ihm zuwider, und zwar weil er sie mit sich herumtrug, seitdem Sina verschwunden war. Um das zu erkennen, musste man weder Psychologie studiert haben noch ein Blitzmerker sein.

Max betrat den Weg. Heute würde er sich von nichts und niemandem aufhalten lassen. Das Schicksal, Gott, Zufall, was auch immer, bescherte ihm eine zweite Chance, und die zu nutzen war seine Pflicht. Er war es Sina schuldig. Und sich selbst.

Zu seiner Linken tauchte das Haus auf. Zuerst das Dach, dann der schiefe Lattenzaun, schließlich das Gebäude selbst, in dem er sechzehn Jahre seines Lebens verbracht hatte. Nichts hatte sich verändert. Der Vorgarten war noch immer verwildert, die Wege voller Kraut, Laub vom letzten Herbst in den Beeten. Von den Holzfenstern, die in der Sonne schmorten, war die Farbe längst abgeblättert. Es war ein mit roten Steinen verklinkertes Haus, ziemlich groß, aber langweilig. Ein viereckiger, langgezogener Kasten mit ebenfalls roten Dachziegeln. Es gab einen Garagenanbau und einen Hühnerstall. Das Grundstück selbst war groß, für städtische Verhältnisse sogar riesig, aber hinter dem Haus genauso verwildert wie der Vorgarten. Die beiden Kirschbäume standen noch und waren gewaltiger, als Max sie in Erinnerung hatte.

An einem der unteren Äste hing tatsächlich noch die Schaukel, mit der Sina gern geschaukelt hatte.

War die Zeit hier tatsächlich stehen geblieben?

Nun, nicht ganz.

Max bemerkte eine silberne, aus Edelstahl gefertigte Rampe, die am rechten Rand der Stufen zur Haustür hinaufführte. Eine Rampe, wie Rollstuhlfahrer sie benötigten.

Er drückte die schief hängende Gartenpforte auf und überwand das letzte Stück bis zum Haus. Dort drückte er ohne Zögern auf den Klingelknopf und war überrascht, drinnen tatsächlich eine Glocke läuten zu hören. Auch das alte Holzschild mit den eingebrannten Buchstaben gab es noch. Ungemach. Was für ein hässliches Wort, was für ein makaberer Name. Manchmal glaubte er, es sei der Name, der Unglück über diese Familie gebracht hatte.

Zwei Minuten vergingen, doch es passierte nichts.

Max betätigte abermals die Klingel. In ihm regte sich die unvernünftige Hoffnung, dass niemand zuhause war. Dann könnte er einfach wieder abhauen und alles auf sich beruhen lassen.

Feigling!

Drinnen ertönten Geräusche.

Eine Tür wurde geöffnet und wieder zugeschlagen. Jemand schlurfte den langen, gefliesten Flur entlang.

Max machte sich bereit. Er stellte sich breitbeinig hin und zog die Schultern ein Stück vor. Die Hände steckte er in die Taschen seiner leichten Jacke und ballte sie dort zu Fäusten. Plötzlich war er sich sicher, kein Wort herausbringen zu können. Sein Hals war zu. Er konnte ja nicht mal mehr atmen!

Dann wurde die Haustür nach innen gezogen, und ein alter, immer noch großer Mann erschien, blieb aber im kühlen Schatten des Hauses. Er trug eine schlottrige Jeans, die nur durch Hosenträger gehalten wurde. Dazu ein rot kariertes Hemd. Die wenigen weißen Haare standen in alle Richtungen von seinem Kopf ab. Das Gesicht war unrasiert, die Haut wächsern und gräulich, fast durchsichtig. Er strömte einen schlechten Geruch aus, den Max nicht einordnen konnte. Aus schmalen, feuchten Augen starrte der alte Mann ihn an.

»Was gibt's?«, fragte er. Eine knarrende Stimme ohne Tiefe. Aber eindeutig seine Stimme.

Vor ihm stand sein Vater.

Und der erkannte Max nicht. Jedenfalls nicht sofort. Doch dann schien der Groschen zu fallen, denn er trat einen weiteren Schritt vor, und seine Augen wurden noch schmaler. Ein Zittern lief durch die breiten Schultern, und die blassen

Lippen formten sich zu einem erstaunten O, ohne dass ein Laut sie verließ.

Minuten, Stunden, Tage und Jahre vergingen, während sie sich schweigend anstarrten.

»Du?«, sagte sein Vater schließlich, und es klang nicht ganz so abweisend, wie Max befürchtet hatte. Bildete er es sich ein, oder lag sogar ein Hauch Freude und Neugierde darin?

»Hallo, Vater!«, sagte Max. Das klang steif und abwertend, aber ein Papa wollte ihm einfach nicht über die Lippen kommen.

Der alte Mann trat hinaus in die Sonne. Max befürchtete, er würde wie ein Vampir sofort verbrennen, aber außer dass seine Haut noch gräulicher wirkte, passierte nichts.

»Ich …«, er wischte sich mit dem Handrücken über die Lippen, »ich glaub es einfach nicht.«

Die Stimme seines Vaters zitterte, und wenn Max es nicht besser gewusst hätte, wenn all seine Erfahrung und Erinnerung nicht dagegen sprechen würden, dann hätte er gedacht, sein Vater stünde den Tränen nahe. Aber das konnte nicht sein! Er hatte ja nicht einmal geweint, als Sina verschwunden war, sondern nur getobt.

»Wie geht es dir?«, fragte Max. Etwas anderes fiel ihm nicht ein. »Wo ist Mutter?«, schob er noch hinterher.

Sein Vater schüttelte den Kopf, wischte sich wieder über die Lippen und deutete schließlich mit seinem Kinn auf die Rampe. »Dialyse, dreimal die Woche. Seit drei Jahren sitzt sie im Rollstuhl. Ein Bein mussten sie ihr schon abnehmen, das zweite ist dieses Jahr auch noch dran. Andere verschwinden plötzlich, sie Stück für Stück.«

Da lag keine Anteilnahme in seiner Stimme, nur der kaum

versteckte Vorwurf. Er ratterte es herunter, als wiederhole er die Wettervorhersage. Konnte ein Mensch wirklich so abgestumpft, so leer sein? Oder tat er seinem Vater unrecht? Lag es einfach nur daran, dass er seine Gefühle nicht zeigen konnte? Und wenn ja, dann fiel der Apfel nicht weit vom Stamm, und Max durfte sich kein Urteil erlauben.

Allerdings stimmte das seit gestern Abend auch nicht mehr, seitdem er in den Armen einer Frau geheult hatte.

»Das ist schlimm«, sagte Max und hörte, dass er genauso kalt klang wie sein Vater. Nicht nur klang; er fühlte wirklich nichts.

»Tja … Sie ist jetzt auch dort, kommt erst am Nachmittag wieder, du kannst sie also nicht sehen.«

Sein Vater blieb vor der geöffneten Tür stehen und ließ nicht erkennen, ob er seinen Sohn hereinlassen würde. Die Fäuste immer noch in den Taschen, starrte Max zu ihm hinauf.

Hatte dieser Mann, sein Vater, Sina getötet?

Jetzt, wo Max ihm gegenüberstand, erschien es ihm völlig abwegig. Zwar hatte er erst durch sein Verhalten ermöglicht, dass Sina entführt werden konnte, aber selbst Hand an sie gelegt … Nein, das konnte, das durfte einfach nicht sein.

»Bist der große Boxstar jetzt, was?«, sagte sein Vater plötzlich. »Hab deinen Kampf am Wochenende gesehen.«

Lag da Hohn und Spott in seiner Stimme, oder war auch das nur Einbildung?

Max spürte, wie sich etwas in ihm verkrampfte. Er ermahnte sich im Stillen, ruhig zu bleiben, nicht jetzt schon seinem Verlangen, dem Alten alles heimzuzahlen, was auf seiner Rechnung stand, nachzugeben. Dafür war er heute nicht hergekommen.

»Es läuft ganz gut«, sagte Max und zuckte mit den Schultern, als sei das nichts Besonderes.

»Ja … Das glaube ich«, sagte sein Vater. Dann sah er plötzlich über Max' Kopf hinweg, verweilte einen Moment in diesem Blick und trat dann unvermittelt einen Schritt zurück in den Flur.

»Willst du reinkommen, oder was?«

49

Der Laden wirkte altmodisch, verschlissen, blass, unscheinbar – und verschlossen.

Franziska blieb noch einen Moment im Wagen sitzen und betrachtete die Gebäudefront.

Sie war zweigeschossig und ungefähr zehn Meter breit. Fünf Meter davon nahm die große Schaufensterscheibe aus altem Einfachglas ein, die in einem Alurahmen steckte, wie sie in den siebziger Jahren Verwendung gefunden hatten. Die Tür daneben war gleicher Machart, sie führte in den Laden. Daneben gab es noch eine zweite Tür, diese war jedoch aus Holz und mahagonirot gestrichen, so dass sie überhaupt nicht zum Rest passte. Franziska nahm an, dass sie ins Obergeschoss führte.

Um Schaufenster und Türen herum war die Front weiß gefliest – ehemals weiß. Jetzt war es ein von dunklen Rissen durchzogenes, schmutziges Grau, in dem die algengrünen Fugen fast schon leuchteten. Über Fenster und Tür war eine lange Markise angebracht, die aber nicht ausgefahren war. Vorn am Volant war sie mit einem schwarzen, ausgeblichenen Schriftzug versehen.

Sauter und Sohn. Zoofachhandel.

Verblichene Leben, dachte Franziska.

Hier gab es nichts Lebendiges mehr, keine Vitalität, keine Freude. Hier war alles grau und verschlissen, und wahrscheinlich zog der Dunst mehrerer Sauter-Generationen durch den Laden. Ein Wunder, dass er nicht schon längst für alle Zeiten geschlossen hatte. Oder hatte Sauter tatsächlich die Segel gestrichen und kümmerte sich nur noch auswärts um Großaquarien?

Sie würde es nur herausfinden, wenn sie ihn fragte.

Franziska nahm das Handy aus der Freisprecheinrichtung und wählte Paul Adameks Nummer. Sie erreichte ihn in der Arztpraxis. Er verließ den Behandlungsraum und teilte ihr mit, dass er voraussichtlich in zehn Minuten dort fertig sein würde.

So wie sie es immer taten, wenn einer von beiden allein unterwegs war, unterrichtete Franziska ihn darüber, was sie vorhatte, gab ihm, da er die Liste ja noch nicht hatte, Sauters Namen und Adresse durch und bat ihn, Sauter durch das System laufen zu lassen, sobald er im Büro war.

Sie legte auf, und noch während sie das Handy in der Hand hielt, fiel ihr ein, dass sie Max versprochen hatte, ihn anzurufen. Bestimmt war er schon wach. Sie wählte seine Nummer, doch er ging nicht ran.

Dann zog Franziska den Schlüssel ab, stieg aus, verriegelte den Wagen und überquerte mit langen Schritten die Straße.

50

Es klang unfreundlich und halbherzig, aber immerhin war es eine Einladung. Obwohl Max lieber das Gegenteil getan hätte, stieg er doch die drei Stufen hinauf und folgte seinem Vater in die schattigen und muffig riechenden Tiefen seines Elternhauses.

Reiß dich zusammen, sagte er sich dabei. *Du bist hier, weil du etwas von ihm willst, also reiß dich zusammen. Und lass dich von seiner ätzenden Art auf keinen Fall provozieren. Das will er doch nur. Wahrscheinlich meint er sogar, noch eine Rechnung mit* dir *offen zu haben.*

Max folgte seinem Vater in die Küche.

Und erlebte eine Überraschung.

Es war noch dieselbe alte Einbauküche aus mit Kunststoff überzogenem Pressholz, derselbe alte Kieferntisch und die metallenen Stühle mit den Plastikbezügen. Aber es war aufgeräumt, sogar sauber. Der Tisch war frei, es standen keine Flaschen herum, kein Aschenbecher, keine Kippen, nirgendwo klebrige Ränder oder sonstiger Müll. Max hatte diese Küche noch nie so sauber gesehen.

»Setz dich hin«, sagte sein Vater im Befehlston. Dann nahm er zwei Gläser von der Spüle und stellte eine Flasche Mineralwasser auf den Tisch.

Max konnte es nicht fassen.

Mineralwasser! Es hatte nie Mineralwasser bei ihnen gegeben. Er ließ sich auf einen Stuhl fallen. Sein Vater setzte sich ihm gegenüber und schenkte die Gläser voll.

»Ich muss sagen, ich bin überrascht. Mit dir hatte ich genauso abgeschlossen wie mit deiner Schwester.«

Das war ein Satz, der Max das vor ihm stehende Mineralwasser sofort wieder vergessen ließ. Plötzlich war seine Toleranzgrenze erreicht, und all die Ermahnungen, sich zurückzunehmen, waren nur noch einen Dreck wert. Ein paar Minuten hatten seinem Vater gereicht, ihn direkt in die Vergangenheit zurückzuversetzen. Er war wieder fünfzehn Jahre alt.

Max rang um Fassung. »Ja, ist lange her«, sagte er und trank schnell einen Schluck. Sein Vater ebenfalls, und Max sah ihm dabei erstaunt zu.

»Wenn sie die Regeln nicht einhält, stirbt sie, und dann bleibe ich allein«, sagte sein Vater, nachdem er das Glas abgesetzt hatte. »Also gibt es hier keinen Stoff mehr, falls du dich das gefragt haben solltest. Schon lange nicht mehr.«

»Freut mich zu hören.«

»Ist mir ziemlich egal. Ich mach das nicht für andere, sondern für deine Mutter.« Sein Vater schüttelte den Kopf und wischte sich erneut über die Lippen.

»Was willst du hier … nach der ganzen Zeit? Wir haben unseren Frieden gemacht mit damals, deine Mutter und ich. Und so soll es auch bleiben.«

»Es interessiert dich also nicht, was mit Sina passiert ist?«

»Ändert das noch irgendetwas? Sie ist tot. Ich muss nicht wissen, wie sie gestorben ist.«

Jetzt war Max an der Reihe, den Kopf zu schütteln. »Das kann ich nicht verstehen. Sie war doch deine Tochter!«

»Ich habe meine Tochter und meinen Sohn verloren, und ich hatte zehn Jahre Zeit, mich damit abzufinden. Wenn du nur wegen dieser Sache hergekommen bist, dann trink dein Wasser aus und hau ab. In diesem Haus sprechen wir nicht mehr darüber.«

Weiß glühende Grillkohle war nichts gegen die Hitze, die jetzt in Max' Kopf schoss. Er atmete tief durch. »Ich bin nicht gekommen, um mit dir zu streiten, ganz bestimmt nicht. Aber mich interessiert immer noch, was damals passiert ist, und ich hätte gern Antworten.«

»Was für Antworten?«

»Sagt dir der Name Wilkens etwas?«, fragte er einfach drauflos.

»Sollte er?«

»Ist vielleicht jemand, der damals, bevor Sina verschwand, hier geangelt hat. Du hast doch auch am Meerbach geangelt, oder?«

»Na und! Das haben viele gemacht. Und einen Wilkens kenne ich nicht. Ich bin immer mit dem alten Sauter draußen gewesen, bevor er den Löffel abgegeben hat.«

»Sauter? Wie Jens Sauter, mit dem ich zur Schule gegangen bin?«

»Dessen Opa, Richard Sauter, mit dem bin ich oft angeln gewesen. Manchmal war auch sein Neffe dabei, Eduard hieß der, glaube ich. Eigentlich müsstest du das noch wissen. Dem alten Sauter gehörte früher das Gasthaus mit der Kegelbahn drüben in Pennigsahl. Warum interessiert dich das?«

»Lebt der alte Sauter noch?«

»Der ist schon vor zwanzig Jahren gestorben, seitdem steht das Gasthaus auch leer. Und jetzt sag mir verdammt noch mal, warum dich das interessiert? Hat es etwas mit Sina zu tun?«

»Du hast vor ein paar Minuten noch gesagt, es interessiert dich nicht, was mit Sina geschehen ist. Also belassen wir es doch dabei.«

Sein Vater lehnte sich zurück, legte den Kopf in den Nacken, sah zur Decke empor und presste die Lippen aufeinander. Sein Atem ging schwer, und sein immer noch kräftiger Brustkorb arbeitete hart unter dem roten Hemd. Max sah, wie schlaff und faltig die Haut an seinem Hals war. Als sein Vater den Kopf wieder senkte, waren dessen Augen feucht.

»Deine Mutter hat lange darauf gewartet, dass du zurückkommst, weißt du. Lange. Ich nicht. Ich wusste, dass es so besser ist. Noch drei oder vier Jahre danach hätte ich dir den Schädel eingeschlagen, wenn du wie heute vor meiner Tür aufgetaucht wärst. Aber wenn der Alkohol erst mal aus dem Körper raus ist, ändert sich so einiges. Wir haben aufgehört zu warten, und wir haben aufgehört zu hoffen. Aber eines …« Jetzt beugte sich sein Vater weit vor und sah ihm hart in die Augen. »Eines hat sich nicht geändert und wird es nie. Nämlich, dass du deine Schwester im Stich gelassen und damit unser aller Leben zerstört hast … Und das ist die einzige Antwort, die ich für dich habe.«

Nun war er also endlich raus, der Vorwurf, auf den Max sich vorbereitet hatte. Sein Vater konnte und wollte ihm nicht verzeihen. Verzeihen gehörte nicht in seine Welt. Was einzig und allein daran lag, dass er sich nicht selbst in Frage stellte, nicht sehen konnte, wer damals wirklich schuld gewesen war. Trotzdem hatte Max sich fest vorgenommen, ihm ein für alle Mal klarzumachen, wie es wirklich gewesen war. Er biss die Zähne zusammen, schluckte mühsam und nickte dann.

»Ja, du hast recht, ich hätte damals nicht zum Fußball gehen sollen. Genauso, wie ihr beiden nicht hättet saufen dürfen. Genauso, wie ihr mir nicht die ganze Verantwortung hättet aufbürden dürfen. Wir sind alle drei schuld daran, dass

Sina nicht mehr lebt, aber ihr beiden, ihr wart damals erwachsen, und deshalb trifft euch die doppelte Schuld.«

Er war lauter geworden, als er es beabsichtigt hatte, aber auch längst nicht so laut, wie sein Vater es verdient hätte.

Der lehnte sich wieder zurück, sah seinen Sohn lange an und sagte: »Du bist also nicht gekommen, um dich nach all den Jahren zu entschuldigen.«

Max lachte heiser auf. »Entschuldigen!? Es gibt überhaupt keinen Grund, mich bei euch zu entschuldigen. Wenn hier einer zu Kreuze kriechen muss, dann bist du es, vor allem du.« Max schüttelte den Kopf. »Weißt du eigentlich, dass es Menschen gibt, die nach wie vor dich verdächtigen, Sina etwas angetan zu haben?«

Sein Vater erstarrte. In seinem Blick zerbrachen Stolz und Wut zu Trauer und Scham.

»Du solltest jetzt gehen«, sagte er mit kalter Stimme und stand auf.

Max sah ihn an. Plötzlich tat es ihm leid, seinen Vater mit diesem hässlichen Verdacht konfrontiert zu haben. Hätte dieser getobt und geschrien und sich verteidigt, wäre es etwas anderes gewesen, aber diese stumme Verzweiflung versetzte Max einen Stich.

»Es … Es tut mir leid«, sagte er leise und sah zu Boden.

Keine Reaktion.

Sein Vater stand still da, wartete einfach ab.

»Hör zu, ich …«, begann Max.

»Hau ab, bevor ich mich vergesse«, unterbrach ihn sein Vater.

Max erhob sich, ging zur Küchentür, drehte sich dort aber noch einmal um.

»Weißt du was, Vater? Deine Wut auf mich hat dich blind

gemacht … Selbst Sina konnte damals mehr sehen als du heute, aber damit musst du selber fertig werden.«

Mit diesen Worten ließ er seinen Vater in der Küche stehen.

Bis er aus dem Haus war, den kurzen Weg durch den Vorgarten geschafft und die Pforte hinter sich geschlossen hatte, konnte Max noch normal gehen, doch dann musste er laufen. Er rannte den staubigen Schotterweg hinunter, hörte hinter sich eine dünne Stimme »Verpiss dich bloß!« schreien und steigerte seine Geschwindigkeit noch.

51

Franziska klingelte, klopfte und hämmerte gegen die Ladentür, denn sie hatte im hinteren Bereich Licht gesehen und wollte sich nicht für dumm verkaufen lassen.

Plötzlich tauchte jemand im vorderen, dunklen Teil des Ladens auf wie der fliegende Holländer aus dem Nebel. Ein Mann, der sich schnell auf die Ladentür zubewegte, dann aufsah, heftig erschrak und zögerte. Franziska hatte den Eindruck, dass dieser Mann jemand anderen erwartet hatte.

Sie hob kurz die Hand, um ihn erkennen zu lassen, dass sie ihn gesehen hatte. Daraufhin setzte er sich wieder in Bewegung, langsamer als zuvor jedoch, schloss die Tür auf, behielt den Knauf aber in der Hand.

»Ich habe vergessen, ein Schild in die Tür zu hängen. Wir haben heute leider geschlossen. Ein Krankheitsfall, Sie verstehen …«

Er sah sie nicht richtig an, sondern mit einer merkwürdig schrägen Kopfhaltung zu Boden. Franziska fackelte nicht lange, klaubte ihren Dienstausweis aus der Handtasche und hielt ihn hoch.

»Franziska Gottlob, Kripo Hannover. Spreche ich mit Eduard Sauter?«

Er starrte den Ausweis auffällig lange an. Das eine Auge, das Franziska sehen konnte, zuckte dabei unstet hin und her.

»Ja, ich bin Eduard Sauter. Was kann ich denn für Sie tun?«

»Wenn es Ihre Zeit zulässt, würde ich Ihnen gern ein paar Fragen stellen, Herr Sauter.«

»Ein paar Fragen … Ich weiß nicht, ich habe wirklich keine Zeit. Worum geht es denn?«

»Es wird auch nicht lange dauern.« Franziska schenkte ihm ein Lächeln.

»Na ja … gut … Dann kommen Sie bitte herein.«

Er öffnete die Tür vollends und ließ Franziska seinen Laden betreten. Sie schob sich an dem großen, dürren, bärtigen Mann vorbei und steckte den Ausweis ein.

Das Erste, was ihr in dem Laden auffiel, war der Geruch. Natürlich gab es in einer Zoofachhandlung viele verschiedene Gerüche. Sie konnte sich noch ganz gut an ihren allerersten Besuch in einem solchen Geschäft erinnern, damals, als sie ihren ersten Hamster bekommen hatte. Es waren noch fünf weitere gefolgt, die in kurzen Zeitabständen dem ersten in die ewigen Hamsterjagdgründe gefolgt waren. In dem Laden hatte es damals gut gerochen; nach Futter, nach Tieren, nach der warmen Feuchtigkeit der Aquarien, nach frischem Heu. Es war ein Geruch, der Kindern normalerweise strahlenden Glanz in die Augen zauberte.

Nicht so hier!

Hier roch es tatsächlich eher nach mehreren verblichenen

Sauter-Generationen. Alt, dumpf, abgestanden. Irgendwo dazwischen die Gerüche der Tiere und des Futters, aber eben im Hintergrund. Die Tiere spielten hier kaum noch eine Rolle. Es gab drei Aquarien, die sparsam beleuchtet waren, und in denen nur wenige Fische ihre Bahnen zogen. Sie befanden sich auf Brusthöhe an der linken Seite des weit in die Tiefe gehenden Raumes. Viel mehr konnte Franziska auf die Schnelle in dem schlechten Licht aber nicht sehen. Sie drehte sich zu Sauter um, der die Tür in den Rahmen drückte und für einen Moment zu überlegen schien, ob er verriegeln sollte.

Franziska bekam plötzlich ein ganz merkwürdiges Gefühl im Bauch. Ein bedrückendes Unwohlsein, so als wolle ihr siebter Sinn sie vor irgendetwas warnen. Sie betrachtete Sauter genauer. Er war von oben bis unten eingestaubt, auch seine Hände waren schmutzig. Er hielt sich leicht gebückt, die Schultern fielen kraftlos nach vorn, sein Blick hinter den dicken Gläsern der Brille war unstet. Auch schien er ihr absichtlich nicht seine linke Gesichtshälfte zeigen zu wollen. Er stand so zu ihr, dass sie im Schatten blieb. Irgendwas stimmte nicht mit seinem Gesicht.

»Ich kann Ihnen leider nichts anbieten, Frau …«, sagte er.

»Gottlob, Franziska Gottlob. Das macht nichts, Herr Sauter, ich will Sie auch nicht lange von der Arbeit abhalten. Sie scheinen ja gerade viel zu tun zu haben.«

»Wie?«, fragte er geistesabwesend.

Franziska deutete mit einem Nicken auf seine rechte Schulter, die besonders schmutzig war. Es sah wie Kleintierstreu aus, was an dem Pullover haftete.

»Ach so, das, ja, ich … Na ja, im Lager muss dringend aufgeräumt werden. Aber das kann auch ein paar Minuten warten.«

Franziska fixierte ihn, und er wich aus, stellte sich immer noch seitlich, versuchte so verzweifelt seine linke Hälfte unauffällig vor ihr zu verbergen, dass es schon komisch wirkte.

»Herr Sauter«, begann Franziska laut und mit tiefer Stimme, dabei ging sie ein paar Schritte in den Laden hinein. »Sie reinigen doch das Aquarium im Helenenstift hier in der Stadt, nicht wahr?«

»Das ist richtig, ja. Ein schönes großes Becken. Damit sind die meisten Besitzer früher oder später überfordert. Meistens ist es die Wasserqualität, die ihnen zu schaffen macht. Der Ammoniakgehalt, müssen Sie wissen …«

»Wegen der Pflege an sich bin ich nicht gekommen«, unterbrach Franziska seinen aufgesetzten, gezwungenen Redeschwall und ging dabei weiter zwischen den Regalreihen hindurch in die Tiefen des Geschäfts. Ohne Sauter selbst aus den Augen zu lassen. Er folgte, wenn auch langsam und immer so, dass er im Halbschatten blieb.

»Sie haben wahrscheinlich davon gehört, dass aus dem Heim ein kleines Mädchen entführt wurde.«

»Entführt sagen Sie!«, tat er erschrocken. »Das wusste ich nicht. Ich hatte geglaubt, sie sei fortgelaufen.«

»Das ist für ein blindes Mädchen nicht so einfach. Wir gehen davon aus, dass sie entführt wurde. Kennen Sie das Mädchen, Herr Sauter?«

»Ich!? Nein, nicht dass ich wüsste. Wenn ich dort bin, begegnen mir zwar immer wieder Kinder, aber ich merke mir ihre Namen nicht. Es ist natürlich möglich, dass ich sie schon mal gesehen habe. Sehr wahrscheinlich sogar. Ich reinige das Becken ja schon ein paar Jahre, komme zweimal im Monat dort vorbei. Gerade gestern war der fällige Termin.«

Ihr fiel auf, dass er ihr nicht mehr folgte, als sie noch tiefer in den Laden ging. Er blieb zwischen den Regalen stehen. Gab es hier hinten etwas, das sie nicht sehen sollte? Und warum zeigte er ihr nicht sein ganzes Gesicht? Hier stimmte etwas nicht!

»Haben Sie sich verletzt?«, fragte sie ihn.

»Wie?«

Sie hob eine Hand und deutete mit dem Finger auf ihre eigene linke Wange. »Haben Sie sich im Gesicht verletzt?«

Vor Schreck weiteten sich seine Augen, und er drehte sich noch ein Stück von ihr fort. Dabei ging seine Hand in Richtung seines Gesichtes. Im letzten Moment bemerkte er seinen Fehler und ließ sie wieder sinken.

»Nein, es ist nichts. Nur ein Kratzer. Bei der Arbeit im Lager. Hab nicht richtig aufgepasst.«

Kurze, abgehackte Sätze, die Nichtigkeit suggerieren sollten.

»Dürfte ich mich in Ihrem Laden umsehen?«, fragte Franziska. Dabei ließ sie ihn nicht aus den Augen. Wenn er hier drinnen wirklich etwas zu verbergen hatte, dann war das jetzt ein kritischer Moment für ihn. Er würde sie nicht einfach so herumschnüffeln lassen, und auch der scheinbar harmloseste Täter konnte sehr gefährlich werden, wenn man ihn in die Enge trieb.

»Wozu?«, fragte er, und da schwang plötzlich ein Unterton mit, den sie zuvor nicht gehört hatte. Ein bedrohlicher, berechnender Klang.

»Ich mag Tiere«, sagte Franziska.

»Es gibt hier so gut wie keine Tiere. Der Laden läuft schon seit längerem nicht mehr. Ich habe nur noch diese paar Fische und die drei Widderkaninchen dort im Gehege.«

Franziska hatte die Kaninchen mit den Schlappohren

schon bemerkt, die in einem aus Holz und Draht gebastelten Gehege vor sich hin dösten. Sie waren groß und schwer.

»Aha! Und wo waren Sie in der Nacht von Samstag auf Sonntag, Herr Sauter?«

Eine Frage, auf die er nicht vorbereitet war. Rasch das Thema wechseln und schauen, wie der Befragte darauf reagierte, war ein probates Mittel, um jemanden aus der Reserve zu locken. Es funktionierte gerade bei nervösen, angespannten Menschen wie Sauter sehr gut.

»Ich?«, fragte er. Panik schwang in seiner Stimme mit.

»Ja, Sie, Herr Sauter. Sie werden doch noch wissen, wo Sie gewesen sind. Es ist erst ein paar Tage her.« Franziska klang jetzt streng und fordernd, wie eine Lehrerin, die die Geduld mit dem Schüler verloren hatte. Ihre Stimme ließ ihn tatsächlich einen Schritt zurückweichen. Oder wollte er sie nur weglocken von der halb geöffneten Tür im hinteren Bereich des Ladens, die bestimmt in das Lager führte, wo er sich so schmutzig gemacht hatte – wobei auch immer.

»Ich … Ich weiß nicht … Samstagabend sagen Sie?«

»Wollen Sie mich hinhalten, Herr Sauter?«

»Nein, um Gottes willen, nein, aber ich verstehe Ihre Frage nicht. Was soll das überhaupt alles? Ich habe jetzt auch keine Zeit mehr, ich muss wieder ins Lager zurück. Kommen Sie doch morgen wieder, da habe ich mehr Zeit.«

Er sprach schnell, die Worte überschlugen sich fast. Er zog sich zurück, ging in eine defensive Haltung. Franziska hatte also genau den Punkt getroffen, den sie zu treffen gehofft hatte.

»Herr Sauter, ich denke, es wäre besser, wenn Sie mich ins Präsidium begleiten. Dort können wir bei einer Tasse Kaffee doch viel besser reden, nicht wahr? Sie …«

Plötzlich war er verschwunden!

Verwundert zwinkerte Franziska mit den Augen. Eben hatte er keine fünf Meter von ihr entfernt zwischen den engen Regalreihen gestanden, jetzt war er weg. Okay, es war dunkel im Laden, und er hatte sogar am dunkelsten Platz überhaupt gestanden, aber deswegen konnte er sich doch trotzdem nicht in Luft auflösen.

Franziska griff unter ihre Jacke, holte die Walter hervor und entsicherte sie.

»Herr Sauter, was soll das!«, rief sie laut in den Laden hinein. Franziska war jetzt angespannt bis in die letzte Faser. Die Situation hatte sich überhaupt nicht gut entwickelt. Für einen Moment wusste sie nicht, was zu tun war. Ihn suchen oder diesen unübersichtlichen Laden lieber verlassen und Hilfe anfordern. Das würde allerdings seine Zeit dauern, und bis dahin könnte er sonst wohin sein oder sonst was getan haben. Plötzlich war sich Franziska sicher, dass sie den Fall hier und heute lösen konnte, dass sie die kleine Sarah vielleicht sogar hier finden würde.

Ein Geräusch rechts von ihr!

Franziska fuhr herum und zielte mit der Waffe in die Richtung, aus der das Geräusch gekommen war.

»Herr Sauter, ich bin bewaffnet und ziele mit meiner Waffe auf Sie. Kommen Sie mit erhobenen Händen raus, bevor die Situation eskaliert.«

Franziskas Herz schlug hart und dumpf in ihrer Brust, ihr Puls galoppierte. Der Schweiß lief in Strömen, tropfte ihr auch von der Stirn. Warum war es eigentlich so verdammt warm in diesem Laden?

»Herr Sauter, ich fordere Sie zum letzten Mal auf, sich zu zeigen.«

Keine Reaktion.

Okay, er konnte ja nicht weit sein. Wahrscheinlich hatte er sich nur schnell geduckt und hockte jetzt in der anderen Regalreihe am Boden. Franziska ging rückwärts bis ans Ende dieser Reihe, die Waffe nach vorn ausgestreckt. Als sie das Ende erreicht hatte, machte sie einen schnellen Schritt zur Seite und zielte zwischen die nächsten beiden Regale, zwischen denen sie Sauter vermutete.

Doch da war er nicht!

Verflucht!

So groß war der Laden auch wieder nicht. Wohin konnte er so schnell und geräuschlos verschwunden sein?

Gab es vielleicht einen Hinterausgang? Sehr wahrscheinlich sogar, irgendwie musste die Ware ja in den Laden gelangen. Aber sie hatte keine Tür gehört.

Franziska schlich in den Gang hinein. Die Regale waren so hoch, dass sie nicht darüber hinwegsehen konnte. Sie waren angefüllt mit allerlei Kram für die Haustierhaltung. Erst jetzt bemerkte sie eine dicke Staubschicht darauf. Dieser Laden war wie eine Gruft, in der Eduard Sauter lebendig begraben war. Wie konnte er davon leben? Hier verirrte sich doch kein Kunde mehr hinein.

Am Ende des Ganges wurde Franziska langsamer. Sie musste sich für rechts oder links entscheiden. Oder dafür, die wenigen Schritte in Richtung Ausgangstür zu laufen und von draußen, wo sie ihr Umfeld überblicken konnte, übers Handy Hilfe zu rufen. Hier drinnen traute sie sich nicht, es aus der Tasche zu holen. Dann wäre sie abgelenkt und ein leichtes Ziel.

Doch noch bevor Franziska das Ende des Ganges erreichte, hörte sie hinter sich ein deutliches Geräusch.

Sie fuhr herum.

Es war aus den dunklen Tiefen des Laden gekommen, aus dem Bereich, in den ihr Sauter vorhin nicht hatte folgen wollen. Wie war er so schnell an ihr vorbeigekommen? Egal jetzt! Wenn sie die kleine Sarah lebend finden wollte, durfte sie ihn auf keinen Fall entkommen lassen.

Franziska lief mit der Waffe im Anschlag den Gang zurück, an den fetten, zufriedenen Kaninchen vorbei, zwischen mehreren Europaletten mit Futtersäcken hindurch bis an einen Tresen, auf dem nebeneinander aufgereiht circa zehn verschiedene Drahtkäfige für Ziervögel ausgestellt waren. Von dort aus gab es zwei Möglichkeiten: Rechts am Tresen vorbei in einen schmalen dunklen Gang, der an einer geschlossenen Tür endete. Oder links am Tresen vorbei in einen großen Raum, an dessen einer Wandseite in einem speziellen Gestell eine Vielzahl verschiedener Angeln ausgestellt waren. Ein schmales Regal war angefüllt mit Utensilien für den Angelsport. Der Boden des Raumes war mit welligem Linoleum ausgelegt, auf dem verschiedene abgetretene Teppiche lagen. Im hinteren Bereich des Raumes befand sich die Tür, die vorhin noch halb geöffnet, jetzt aber geschlossen war.

Das Lager!

Franziska zögerte nicht mehr.

Durch den übersichtlichen Raum, in dem er sich nirgendwo verstecken konnte, lief sie mit langen Schritten auf die Tür zu, die Waffe darauf gerichtet. Die dicken Teppiche dämpften ihre Schritte. Deshalb also hatte sie ihn nicht gehört!

Ausschließlich auf die Tür fokussiert, hinter der sie Sauter vermutete, war Franziska vollkommen überrascht, als plötzlich der Boden unter ihr nachgab. Von einer Sekunde auf die andere war da nichts mehr. Der Teppich verschwand in der Tiefe und sie gleich mit.

52

Nur einen einzigen Aufschrei hörte er zwischen dem Gepoltere, dann war Ruhe. In seinem Versteck hinter der Tür zum Lagerraum hielt er den Atem an und lauschte. Drangen noch Geräusche aus dem Loch im Boden? Nein! Es blieb mucksmäuschenstill. Er schob sich vor den Türspalt und spähte mit einem Auge vorsichtig hinaus. Der alte Läufer war zur Gänze in dem rechteckigen Loch verschwunden – mit der Polizistin statt mit seiner Mutter.

Für Letztere hatte er diesen Plan ausgeheckt, sie hatte er klopfend und polternd an der Ladentür erwartet, sie sollte jetzt dort unten in dem Loch liegen. Dann wäre endlich Ruhe, für alle Zeiten Ruhe und keine Blicke mehr!

Er versuchte sich zu beruhigen. Die Situation hatte sich abrupt verändert, aber er würde ihrer Herr werden. Er war clever genug dafür, das bewies schon der Plan mit der Falltür. Eigentlich war es recht simpel. Die schwere Holzklappe ließ sich an einem metallenen Ring nach oben ziehen und nach hinten umklappen. War sie geschlossen, fügte sie sich randlos in den Boden ein. An den Seiten lag sie auf Leisten auf. Diese Leisten hatte er mit dem elektrischen Schraubenzieher entfernt, so dass die Klappe in den Keller fallen konnte. Dann hatte er sie auf Bodenniveau mit Holzkeilen im Rahmen fixiert. Dieses Provisorium hielt, solange niemand darauftrat, und es fiel unter dem alten Teppich nicht auf.

Simpel, und gleichzeitig genial!

Es fehlte nur noch eins.

Zum Glück schrie sie nicht! Eduard wusste nicht, ob er sich an das Loch herangetraut hätte, wenn sie geschrien hätte. Vorsichtig schob er sich ganz aus der Tür hinaus und schlich mit leisen Schritten auf das Verlies zu. Dort ließ er sich auf die Knie nieder und spähte über die Kante.

Sein Großvater hatte diesen Kellerraum kurz nach dem Krieg mit noch frischer Erinnerung an die Bombennächte anlegen lassen. Dementsprechend tief und groß war er. Fünfzehn Stufen führten hinunter. Mehr als drei Meter unter Bodenniveau befand sich der Betonboden.

Die Frau lag am Ende der Treppe, ein Bein noch auf den Stufen, das andere in angewinkeltem Zustand unter ihrem Körper. Die Arme waren zu den Seiten ausgestreckt, der Kopf nach links gewandt. Von der Stirn lief Blut über ihr Gesicht. Sie bewegte sich nicht.

Aber ob sie tot war, konnte er von hier oben nicht erkennen. Er schaltete die Taschenlampe ein, die er mit in den Lagerraum genommen hatte, und leuchtete hinunter. Zuerst direkt auf ihr Gesicht. Keine Reaktion. Dann ließ er den Lichtkegel über den Boden ringsherum gleiten, suchte ihn ab.

Wo war ihre Handtasche?

Da!

Keinen Meter von der Treppe entfernt sah er sie im Staub liegen.

Er musste da runter, es nützte nichts. Sie einfach dort liegen lassen und die Klappe verschließen kam nicht in Frage. Sie trug eine Waffe und besaß ganz sicher ein Handy, und mit beiden könnte sie auf sich aufmerksam machen.

Eduard nahm all seinen Mut zusammen und stieg die alten Eichenstufen hinab. Auf jeder einzelnen blieb er stehen, spürte, wie ihm der Schweiß ausbrach, und sah immer wieder zurück, weil er meinte, jeden Moment das Gesicht seines Vaters zu sehen, der die Klappe verschloss.

Bist du das begriffen hast, bleibst du da drin … Er konnte seine Worte hören, irgendwo tief in seinem Kopf, wo auch das Gekratze und Geraschel der unzähligen kleinen Beinchen noch nicht verhallt war.

Schließlich erreichte er die unterste Stufe, auf der noch ihr Bein lag. Sie trug Jeans und wenig weibliche Sportschuhe. Er sprang über ihr Bein und ihren Körper in den Kellerraum hinein und entfernte sich sofort von ihr. Wobei er das gar nicht gemusst hätte, sie rührte sich auch jetzt noch nicht. Er nahm die Tasche an sich, zog den Reißverschluss auf und leuchtete hinein. Das Handy sah er sofort und nahm es heraus. Aber da war keine Waffe. Er durchwühlte den Inhalt. Nichts.

Aber nein! Sie hatte die Waffe ja auch in der Hand getragen, hatte sogar noch gerufen, dass sie auf ihn zielte.

Er warf die Tasche beiseite und suchte mit dem Lichtkegel rings um den langen, dünnen Körper der Polizistin, konnte aber keine Waffe finden. Alles in ihm sträubte sich dagegen, dieser gefährlichen Frau so nahe zu kommen, doch da es nicht anders ging, beugte er sich trotzdem vor und klappte die Seiten ihrer dünnen, olivfarbenen Jacke auseinander.

Unter dem linken Arm trug sie ein Lederholster. Es war geöffnet, die Waffe aber nicht darin, also hatte sie sie nicht zurückgesteckt.

Wo war sie?

Abermals leuchtete er den Boden ab, jeden Quadratzentimeter, doch er fand sie nicht. Vielleicht lag sie unter ihrem Körper! Oder unter dem Teppich! Er würde sie bewegen müssen! Schon allein der Gedanke daran schüttelte ihn.

Plötzlich stöhnte sie laut auf und zuckte mit dem rechten Arm. Er erschrak heftig, taumelte zurück und fiel hin. Schnell krabbelte er ein Stück von ihr weg.

Sie war eindeutig nicht tot, und gleich würde sie aus ihrer Ohnmacht erwachen. Er musste hier raus! Scheiß auf die Waffe! Die würde ihr hier unten ohnehin nicht viel nützen. Wichtig war, dass er das Handy hatte!

Bevor er aber in Panik den Keller verließ, erledigte er noch Teil zwei seines Planes: Er nahm die Platte von der Vorderseite einer Holzkiste, die er im Rahmen seiner Vorbereitungen hier abgestellt hatte, dann entfernte er sich zügig.

Oben angekommen holte er den Akkuschrauber und die Leiste hinter dem Tresen hervor, auf dem die Vogelkäfige standen. Noch einmal auf die Treppe steigen und die Leisten von unten wieder dort anbringen, traute er sich aber nicht. Jetzt half ihm sein handwerkliches Geschick weiter.

Er stellte die Klappe aufrecht, hielt sie mit dem Körper fest und schraubte eine der Leisten mit vier Schrauben an der Oberseite fest. An beiden Seiten stand sie zehn Zentimeter über. Dann senkte er die Klappe ab und verschloss so das Verlies. An die überstehenden Enden der Leiste setzte er noch zusätzlich zwei Schrauben und verband sie mit dem Rahmen. Damit war die Klappe fest verschlossen. Aber von oben leider sichtbar. Selbst wenn er einen anderen Teppich darauflegen würde, würde die aufgesetzte Leiste das Verlies verraten.

Er sah sich um.

Sein Blick blieb an der Palette mit dem abgelaufenen Hundefutter hängen.

Er nahm die schweren Säcke Hundefutter von der

Europalette, schob sie über die Klappe, die davon vollständig verdeckt wurde, und stapelte schließlich die Säcke wieder drauf. Weil ihm das vom Gewicht her aber zu wenig erschien, holte er aus dem Laden alle anderen Säcke, die er finden konnte, und stapelte sie ebenfalls darauf. Als er fertig war, befanden sich zwanzig Säcke auf der Palette, ein Gewicht von mindestens vierhundert Kilo. Da würde sie niemals herauskommen. Und falls sie noch Gelegenheit haben sollte zu schießen, würden die Säcke auch den Schusslärm dämpfen.

Perfekt!

Zwar sah die hoch bestapelte Palette mitten im Raum etwas merkwürdig und deplatziert aus, aber wem sollte das auffallen. Es kam ja doch niemand in den Laden.

Ein wenig zittrig und erschöpft lehnte er sich gegen den Tresen.

Schade, dass er nicht mit ansehen konnte, wie seine Lieblinge da unten auf die Jagd gingen!

53

Max stand am Geländer der kleinen Brücke über dem Meerbach. Hier war der Fluss nicht mehr als knietief und das Wasser so klar, dass er bis auf den sandigen Grund sehen konnte. In der trägen Strömung trieben die langen Blätter der Wasserpflanzen wie menschliches Haar.

Max erinnerte sich an jene eine Nacht und einen Tag, die er allein draußen auf der Suche nach Sina verbracht hatte. Stundenlang war er bis zum Einbruch der Dunkelheit am Flussufer entlanggelaufen, in sich die entsetzliche Angst, sie irgendwo im Wasser treiben zu sehen, mit dem Gesicht nach unten. Ein ums andere Mal hatte er sich von den Blättern der Wasserpflanzen täuschen lassen, hatte geglaubt, es sei Sinas langes Haar, die Zöpfe aufgelöst vom Wasser. Ein paar Mal war er sogar in den Bachlauf hinabgestiegen, um nachzusehen.

Die Pflanzen dort unten lösten auch jetzt noch ein Gefühl der Beklemmung in ihm aus.

Oder lag es daran, dass er sich schämte?

Erneut war er vor seinem Vater davongelaufen, und das als Erwachsener. Aber was ihm noch mehr zusetzte, war sein Verhalten. Letztendlich hatte er sich genauso aufgeführt wie sein Vater, ihrer beider Zorn und Stolz waren nach zehn Jahren wieder aufeinandergeprallt, Alter oder gewonnene Weisheit hatten daran überhaupt nichts geändert. Es war nicht richtig gewesen, ihn zu beschuldigen. Unter seiner unnahbaren Fassade litt er vielleicht genauso wie Max. Hatte er selbst sich die letzten zehn Jahre nicht ebenfalls hinter einer solchen Fassade versteckt?

Die Scham rührte aber auch daher, dass Max erkannte, wie ähnlich er seinem Vater im Grunde war.

Er schlug auf die oberste Strebe des Eisengeländers, so lange, bis seine Hände schmerzten. Das hohle Geräusch verlor sich in der stillen Weite. Erst danach war er in der Lage, wieder einen klaren Gedanken zu fassen.

Sein Vater hatte nichts mit Sinas Verschwinden zu tun. Die Reaktion auf den Vorwurf und der Ausdruck in seinen Augen waren für Max Beweis genug. Damals als Teenager hatte er nicht daran geglaubt, all die Jahre danach auch nicht, erst das Gespräch mit Franziska hatte diesen Verdacht in ihm aufkommen lassen, doch er war falsch. Sein Vater war zu einer solchen Tat nicht in der Lage. Dieser Detlef Kühl nach Franziskas Meinung aber auch nicht, also wer dann?

Wilkens? Sauter?

An Jens Sauter und den Kampf damals am Flussufer erinnerte er sich gut. Das Gefühl, als Sieger dazustehen, hatte sich als eine berauschende Droge erwiesen. An das Gasthaus und den alten Sauter hingegen erinnerte Max sich nur vage. Als sich allerdings Wut und Scham allmählich legten, sprang ihn förmlich ein einzelnes Bild des gestrigen Tages an: der Moment, in dem sie beinahe mit dem Lieferwagen zusammengestoßen waren, hier in Hesterfeld.

Die Aufschrift!

Zoofachhandel Sauter und Sohn.

Plötzlich tauchte überall der Name Sauter auf, und auch Franziska hatte Interesse an der Aufschrift des Lieferwagens erkennen lassen. Und an den Anglern, die sich damals am Fluss herumtrieben.

Max betrachtete den Trampelpfad, der auch heute noch gut zu sehen war. Konnte es so einfach sein? War jemand aus der Nachbarschaft, der zufällig gerade an dem Tag, als er mit Sina dort unten gebadet hatte, seine Angel ausgeworfen hatte, für all dies verantwortlich? Einer von den Sauters? Jens schied seines Alters wegen wohl aus, aber die Sauters waren eine große Familie gewesen.

Max sah zum Wald hinüber, seine Hände krampften sich um das Brückengeländer.

Eine Bewegung irgendwo am Fluss, als er vom Fußballspielen zurückgekommen war. In Richtung des hohen Ufers, in Richtung des Schlahn, eines ausgedehnten Waldgebiets, durch das von dieser Seite keine Straße führte. Was lag jenseits davon?

Felder, Wiesen, Äcker.
Pennigsahl.
Das Gasthaus.

54

Als er das alleinstehende Haus seiner Eltern in der Liegnitzer Straße erreichte, parkte der alte Mercedes in der Einfahrt vor der Garage. Er rollte in seinem Passat, den seine Eltern nicht kannten, langsam am Grundstück vorbei und sah durch die Heckscheibe den Kopf seines Vaters über den Beifahrersitz hinausragen. Die grüne Nebeneingangstür zur Auffahrt stand ebenso offen wie das elektrische Garagentor. Mutter war nicht zu sehen. Wahrscheinlich befand sie sich noch im Haus, war noch einmal zur Toilette gegangen – seit ein paar Jahren war sie inkontinent und musste andauernd auf den Topf.

So hart das Schicksal in den letzten Tagen mit ihm umgesprungen war, so sehr verwöhnte es ihn heute. Sein Zufallsfang, die rothaarige Polizistin, war geradezu ein Kinderspiel gewesen, und nun kam er just zu dem Zeitpunkt hier an, da seine Eltern sich im Aufbruch befanden. Er konnte sich denken, wohin Mutter wollte. Den ganzen Aufwand, Vater anzuziehen und in den Wagen zu verfrachten, nahm sie gern auf sich, wenn es darum ging, ihn zu kontrollieren, zu gängeln, ihm das Leben schwer zu machen. Er hatte es gewagt, nicht ans Telefon zu gehen, hatte dieser fetten Frau nicht geöffnet, die Mutter mit Sicherheit wegen der Stelle als Aushilfe geschickt hatte, und die fraglos sofort bei ihr angerufen und sich beschwert hatte, weil der Laden geschlossen war.

Mutters Spione steckten überall! Er würde niemals sein eigenes Leben leben können, wenn er nicht reinen Tisch machte und die Karten neu mischte.

Heute, nicht irgendwann!

Er parkte neben dem Eingang zum Friedhof. Von dort waren es nur ein paar Schritte zu dem Bungalow, den seine Eltern nach der Ladenübergabe an ihren Sohn gebaut hatten. Schon damals behindertengerecht, als ob Mutter geahnt hätte, wie es mit Vater enden würde. Ein großer Teil der Rücklagen des Ladens war draufgegangen für dieses schmucke kleine Haus, so dass er eine Hypothek auf den Laden hatte aufnehmen müssen, um seiner Leidenschaft nachgehen zu können. Kein Cent von diesem Kredit war in den Laden geflossen. Er hatte damals nicht geahnt, wie sich das aufs Geschäft auswirken würde und dass es sich eines Tages rächen würde. Seit einem Monat saß ihm die Bank im Nacken. Dieser junge Schnösel hatte sogar verlangt, er solle das Erbe seines Onkels verkaufen.

Der wusste ja gar nicht, was er da sagte!

Auf dem kurzen Weg zur Hofeinfahrt vergewisserte er sich, dass ihn niemand beobachtete. Viel los war hier in der Nähe des Friedhofs am Vormittag nicht, und im richtigen Moment, als kein Wagen vorbeifuhr und er keinen Passanten entdeckte, bog er in die Zufahrt zur Garage ein. Zielstrebig ging er zur Fahrertür des Mercedes, ließ sich auf den Sitz fallen und fasste zuerst ans Zündschloss. Wie er es sich gedacht hatte, steckte der Schlüssel.

Er zog die Tür zu und startete den Motor.

»Hallo, Vater«, sagte er und warf einen Blick zur Seite.

Sein alter Herr machte nicht den Eindruck, als bekäme er etwas mit. Stocksteif, den Blick nach vorn in seine eigene

Welt gerichtet, saß er auf dem Beifahrersitz. Speichel troff von seinen Lippen, er stank nach Urin.

Eduard Sauter fuhr den Wagen wieder in die Garage zurück. Zur Sicherheit, obwohl es ja nicht nötig war, stellte er den Wagen so dicht an der Wand ab, dass sich die Beifahrertür nicht öffnen lassen würde. Dann kurbelte er die Fenster herunter, stieg aus, ließ den Motor aber laufen. Drinnen drückte er auf einen roten Knopf, verließ die Garage und sah dabei zu, wie das elektrische Tor den engen, fensterlosen Raum in eine tödliche Falle verwandelte. Dann wandte er sich der offen stehenden Nebentür zu. Bevor er das Haus betrat, sah er noch einmal zur Straße.

Niemand da.

Er ging hinein und zog die Tür hinter sich zu.

Der Nebeneingang führte auf den Flur, in dem es wie immer düster und kühl war. Ihn überkam sofort das Gefühl, eine Gruft zu betreten. Er schlich hinein und warf einen Blick in die Küche. Die Handtasche seiner Mutter stand auf dem Küchentisch, ihr Schlüsselbund mit dem Hausschlüssel lag daneben. Hier und heute würde ihre Macke, den Autoschlüssel getrennt von den anderen Schlüsseln zu halten, damit beim Aufschließen des Wagens keine Kratzer am Lack entstehen konnten, seiner Mutter zum Verhängnis werden.

Er lauschte. Es war still im Haus. Ein weiteres Indiz dafür, dass sie auf der Toilette saß. Eben hatte er sich noch vorgestellt, sie im Bad zu überraschen, aber die Variante, die ihm jetzt vorschwebte, hatte einen viel größeren Reiz.

Sie war geradezu perfekt.

Er legte den Schlüssel in die große Handtasche zurück und vergrub ihn unter all den Utensilien, die sich darin befanden – und es waren viele. Dann griff er in die Innentasche seiner Jacke und holte die schmale Metallschachtel hervor. Das Innere der Schachtel ließ sich aus der Hülle herausschieben. Gegen unbeabsichtigtes Öffnen war sie mit einem stabilen Gummiband gesichert. Er wickelte das Gummiband ab, hielt die Schachtel über die geöffnete Handtasche und schob sie mit dem Daumen vorsichtig auf. Ein Spalt von drei Zentimetern reichte, denn die wesentlich aggressiveren Männchen wurden nur bis zu zweieinhalb Zentimeter groß.

Kaum war der Spalt geöffnet, schoben sich die schwarzen Beinchen auch schon daraus hervor. Atrax robustus hatte wirklich vor nichts Angst, schon gar nicht, wenn man ihn geärgert hatte, und ein Transport in dieser Metallschachtel war bestimmt ein Ärgernis. Zwei männliche Exemplare hatte er von den übrigen unten im Verlies separiert. Diese schüttete er jetzt in die Handtasche seiner Mutter. Nachdem sie hineingefallen waren, zog er vorsichtig, mit spitzen Fingern, den Reißverschluss zu.

Die Küche besaß eine kleine Abstellkammer. Darin bewahrte seine Mutter Vorräte, Putzmittel und andere Dinge auf. Er betrat diese Kammer, die nicht mehr war als ein mit Regalen gefülltes Quadrat. Wenn er den übergroßen Vorratsbeutel mit Inkontinenzwindeln unter das unterste Regal schob, passt er geradeso hinein. Er zog die Tür nur so weit zu, dass ein winziger Spalt offen blieb, durch den er den Küchentisch mit der Handtasche im Auge behalten konnte.

Drei, höchstens vier Minuten musste er warten, dann hörte er die Toilettenspülung. Kurz darauf erschien seine Mutter in der Küche. Sie trug einen grauen, knielangen Rock zu den üblichen schwarzen, plumpen Schuhen und eine violette Bluse mit farblich passendem Halstuch. Natürlich war sie schick gekleidet. Sie verließ das Haus nie, wenn sie sich nicht zurechtgemacht hatte. Sie war eben eine Dame der gehobenen Gesellschaft.

Sie ging auf den Küchentisch zu.

Aber was war das?

In der rechten Hand hielt sie ein weißes Taschentuch, das sie an ihre Augen führte. Vorsichtig, um die Schminke nicht zu verreiben, tupfte sie ihre Tränen ab, bevor sie in das Taschentuch schnäuzte.

Sie hatte geweint.

Seine Mutter hatte geweint! Er hatte seine Mutter eine Ewigkeit nicht mehr weinen gesehen, konnte sich nicht einmal erinnern, zu welcher Gelegenheit es zuletzt passiert war. Er war davon ausgegangen, dass sie überhaupt nicht weinen konnte, egal wie hart das Schicksal auch zuschlug. Nach außen hin gab sie sich immer so stark, so hart und unnachgiebig. Nie hatte irgendjemand daran gezweifelt, dass sie mit der Situation ihres Mannes nicht fertig werden würde. Sie war doch mit jeder Unbill des Lebens fertig geworden.

Ein Ruck ging durch ihren kleinen, schmalen Körper. Sie griff zur Handtasche, hielt im letzten Moment aber inne.

Eduard hielt den Atem an. Plötzlich wurde ihm heiß. Schweiß brach ihm aus allen Poren. Ihm fiel ein, dass sie den Schlüssel ja auch draußen in der Tür vermuten könnte. Würde sie nachschauen gehen? Dann wäre sein schöner Plan zum Teufel.

O nein! Sie wandte sich vom Tisch ab und verließ die Küche.

Was konnte er tun? Was konnte er jetzt noch tun? Eduard sah seine Felle davonschwimmen. Er hatte einen Fehler gemacht und würde dafür bezahlen. Warum hatte er seine kleinen Lieblinge nicht zu ihr ins Bad gebracht? Dann wäre schon alles vorbei.

Plötzlich kam sie in die Küche zurück.

Fast hätte er vor Schreck laut gejapst, presste sich im letzten Moment aber noch die Hand vor den Mund.

Sie packte ihre Handtasche, zog den Reißverschluss auf und steckte ihre Hand energisch hinein. Mit nach vorn gerichtetem Blick wühlte sie in der Tasche herum. Fast meinte er, durch das schwarze Leder hindurch ihre Finger sehen zu können, wie sie fummelten und tasteten, wie sie atrax robustus immer wütender machten, so dass sie sich auf ihre Hinterbeine stellten und ihre großen Fänge nach vorn streckten.

Plötzlich zuckte Mutter, schrie auf und taumelte nach hinten.

Sie hielt ihre Hand hoch und starrte sie an. Durch den schmalen Spalt hindurch konnte er alles mit ansehen. Für atrax robustus war es üblich, bei einem Angriff das Opfer festzuhalten und mehrmals hintereinander zuzubeißen, um möglichst viel Gift zu injizieren. Folglich hing die schwarze kleine Spinne immer noch in dem weichen Gewebe zwischen Daumen und Zeigefinger und schlug die großen Fänge ein ums andere Mal ins Fleisch. Die Trichternetzspinne, wie sie auch genannt wurde, besaß genauso starke Fänge wie eine Schlange, und ihr Biss war äußerst schmerzhaft, da der pH-Wert des Giftes niedrig war.

Es dauerte zwei Sekunden, ehe seine Mutter realisierte, was ihr gerade geschah. Plötzlich begann sie gellend zu schreien. Das lag sicher nicht an dem Schmerz, sondern an dem Tier, das sich in ihrer Hand festgebissen hatte. Trotzdem behielt sie einen klaren Kopf, lief zur Spüle hinüber, drehte den Wasserhahn ganz auf und spülte mit dem kalten Wasser die Spinne ab. Durch seinen Beobachtungsspalt hindurch sah er, wie sie von der Spüle wegtaumelte. Dabei stöhnte sie laut und hielt ihr Handgelenk umklammert. Ihr Gesicht war eine Maske des Entsetzens.

Sie taumelte nach links weg, versuchte sich am Rand der Arbeitsplatte festzuhalten, schaffte es aber nicht und stolperte nach hinten gegen einen der Küchenstühle, der laut scheppernd umfiel.

Da er wusste, wie das Gift auf die Nerven und damit auf die Muskeln wirkte, konnte er sich vorstellen, wie seine Mutter sich gerade fühlte – nämlich so, als habe sie plötzlich keine Muskeln mehr.

Ihre Beine gaben nach, sie sackte vor der Küchenzeile auf dem gefliesten Boden zusammen. Ihr Rock rutschte hoch. Er sah ihre Strümpfe und die große, weiße Baumwollunterhose. Irgendwie brachte sie noch die Kraft auf, mit der linken Hand ihre rechte zu umfassen und sie vor ihre Augen zu führen. Nein, nicht vor die Augen, zum Mund! Jetzt begriff er, was sie vorhatte. Noch im Sterben handelte sie überlegt und klug. Sie wollte die Bisswunde aussaugen, schaffte es aber nicht mehr – es hätte ohnehin nicht funktioniert. Beide Arme rutschten kraftlos an ihrem Körper hinab und blieben auf dem Küchenboden liegen.

Sie stöhnte und jammerte.

Das war der Moment, in dem er sein Versteck verließ. Er ging um den Tisch herum, nahm ein Geschirrtuch vom Haken an der Tür und warf es über die in der glatten Spüle nach einem Fluchtweg suchenden Spinne. Zusammen mit dem Tuch stopfte er das Tier in die Handtasche zurück und schloss den Reißverschluss. Dann erst positionierte er sich so, dass seine Mutter ihn sehen konnte. Und das Gift ließ es sogar zu, dass sie ihn wirklich sah.

Ihn sah, wie er wirklich war.

Er erkannte es in ihren Augen. Das Verstehen. Die Angst. Die bittere Enttäuschung.

Dann hatte sich das Gift über den Blutkreislauf im ganzen Körper verteilt und entfaltete seine volle Wirkung.

Unkontrolliert begann ihr Körper zu zucken.

Zuerst sah es noch wie Schüttelfrost aus, wurde aber schnell immer stärker. Ihre Beine schlugen auf den Boden, sie verlor beide Schuhe, ihr Becken zuckte, ihre Arme schlugen um sich. So wirkte dieses Gift. Die Muskeln ließen sich nicht mehr kontrollieren, und irgendwann trat dann der Tod durch Ersticken ein. Das starke Nervengift der atrax robustus konnte Kinder und alte, physisch schwache Menschen binnen fünfzehn Minuten töten. Bei gesunden Erwachsenen konnte der Tod nach einer Stunde eintreten, es konnte aber auch bis zu sechs Tage dauern. Seiner Mutter allerdings würden sechs Tage unglaublicher Qual erspart bleiben. Dafür war sie zu alt und zu schwach, außerdem hatte die Spinne lange genug an ihrer Hand gehangen, um mehrmals zubeißen und ihr Gift injizieren zu können.

Es dauerte nicht einmal zehn Minuten.

Er wandte sich vorher ab, weil er den Todeskampf seiner Mutter nicht mit ansehen konnte. Aber er wartete so lange, bis es hinter ihm still wurde. Dann nahm er die Handtasche mit dem tödlichen Inhalt und verließ das Haus seiner Eltern so, wie er gekommen war.

In der Garage tuckerte immer noch der Motor des alten Mercedes zuverlässig vor sich hin.

»Tief durchatmen, Vater«, sagte er leise.

Das Gefühl, es endlich geschafft zu haben, war einfach grandios, und er vergaß jede Vorsicht, als er im hellen Sonnenlicht die Hofeinfahrt hinunterging.

55

Max konnte sich nicht erinnern, wo sich dieser Gasthof mit Kegelbahn befand. Nachdem er eine Weile erfolglos in Pennigsahl gesucht hatte, wendete er auf dem Parkplatz des Feuerwehrgerätehauses und durchquerte den Ort ein weiteres Mal. Zweihundert Meter vor dem Ortsschild führte linker Hand eine schmale Straße ab. Max setzte den Blinker und fuhr aufs Geratewohl dort hinein. Nachdem er vier Häuser passiert hatte, verlief die Straße zwei Kilometer schnurgerade zwischen Weiden hindurch, bevor sie an einem Trafoturm aus rotem Backstein einen scharfen Knick nach rechts machte. Im weiteren Verlauf wurde die Straße schlechter, rechts und links duckten sich wuchernde Brombeerbüsche, deren lange nicht zurückgeschnittene Ranken an den Seiten des BMW kratzten. So ging es noch mal einen Kilometer weiter, und vor sich sah Max bereits wieder ein Waldstück auftauchen, in dem die Straße verschwand.

Er glaubte schon, erneut auf dem falschen Weg zu sein, als links das Gebäude auftauchte.

Es stand direkt an der Straße. Ein großes Haupthaus aus rotem Backstein, dessen Giebel mit der breiten Eingangstür zur Straße hin lag. Hinten war quer zu dem Haupthaus ein circa dreißig Meter langes, aber flaches Gebäude angebaut, wahrscheinlich eine Kegelbahn. Links befand sich ein großer Parkplatz, rechts eine schmale Schotterzufahrt.

Daneben erstreckte sich eine Weide bis hin zum nicht weit entfernten Wald.

Über der Eingangstür befand sich noch die alte, ausgeblichene Leuchtreklame. Der Schriftzug war einigermaßen gut zu lesen.

Sauters Gasthaus und Bundeskegelbahn.

Früher mochte es ein imposantes Gebäude gewesen sein, und allein anhand der schieren Größe vermutete Max im Inneren ebensolche Gesellschaftsräume. Heute war es nur noch ein Relikt, eine verblasste Erinnerung an bessere Zeiten. Auf dem großen Parkplatz wuchs überall Unkraut, teilweise reckte es sich einen halben Meter hoch zwischen den Pflastersteinen empor. Sogar ein paar kleine dünne Birken waren darunter. Der vordere Giebel bestand aus gemauertem Fachwerk. Den Backsteinen hatte die Zeit nichts anhaben können, dem Fachwerk aber wohl. Die schützende Farbe war größtenteils abgeblättert, das Holz lag offen, schimmerte silbrig, große Risse klafften wie zahnlose Münder. Die beiden breiten Fenster rechts und links neben der Eingangstür waren mit Sperrholzplatten vernagelt. Oben im Giebel gab es noch zwei kleinere Fenster, deren Scheiben eingeworfen waren.

Außer ein paar Jugendlichen aus dem Dorf, die sich einen Spaß daraus gemacht hatten, die Scheiben einzuschmeißen, war hier schon lange niemand mehr gewesen.

Max war enttäuscht. Trotzdem parkte er den BMW vor dem Eingang und stieg aus.

Es war still.

Pennigsahl war nicht weit entfernt, aber dieser alte Gasthof schien sich am Ende der Welt zu befinden. Wegen der Brombeerbüsche auf der anderen Seite der Straße konnte Max nicht bis zum Dorf sehen, was die Einsamkeit noch verstärkte.

Er ging zur Eingangstür.

Auch dort waren die Farbe abgeblättert und das alte Holz rissig. Trotzdem wirkte die Tür stabil. Max drückte dagegen, doch sie rührte sich keinen Zentimeter. Es gab einen Klingelknopf, eingefasst in eine runde Messingscheibe. Mit dem Daumen versenkte Max den Knopf und hielt ihn fest, aber ein Läuten war nicht zu hören. Er hatte auch nicht damit gerechnet.

Während Max in der stillen Einsamkeit vor dem verfallenen Gasthof stand, fiel ihm auf, dass er sich sehr gut als Versteck eignete. Wenn er selbst ein Kind entführt und nicht sofort getötet hätte, wenn er sich noch eine Weile mit ihm beschäftigen wollte, wäre dies hier doch der perfekte Ort dafür. Er lag ruhig, nicht einsehbar und fernab des Dorfes. Niemand kam hierher, und außer ein paar Bauern fuhr wohl auch nur selten jemand die Straße entlang.

Max ging über den Parkplatz zur langgestreckten Seite des Haupthauses. Das lange Dach war tief heruntergezogen und hing an zwei Stellen gefährlich weit durch. Hier gab es eine ganze Reihe von kleineren Fenstern, die alle mit Holzplatten vernagelt waren. Wahrscheinlich waren irgendwann sämtliche Scheiben eingeworfen worden, und die Holzplatten schützten vor Regenwasser und unbefugten Eindringlingen.

Max suchte sich seinen Weg zwischen dem hüfthohen Unkraut hindurch. Klebrige Blätter blieben an seiner Hose haften. Der Parkplatz endete an einem Jägerzaun. Schief hingen die Latten an den Pfosten, manche fehlten, die Farbe war längst unter Grünspan verschwunden. Kletterpflanzen hatten den Zaun als Gerüst für Höhenwuchs genutzt.

Max fand keine Pforte, also stieg er darüber hinweg. Er gelangte in eine Art Garten. Zwischen Unkrautflächen führten mit Waschbetonplatten gepflasterte Wege hindurch. Die Platten waren aufgeworfen und verschoben, die Kanten teilweise so hoch, dass er aufpassen musste, nicht darüber zu fallen.

Schließlich gelangte er an den Anbau, in dem die Kegelbahn untergebracht war. Der Anbau stand quer zum Haus und bildete die hintere Grundstücksgrenze. Es war ein im Verhältnis zum Haus niedriger Betonbau, an dem noch Reste der grünen Farbe zu sehen waren, mit der die verputzten Wände früher gestrichen gewesen waren. Das Dach bestand aus gewellten Platten. Fenster gab es keine, und eine Tür konnte Max zumindest von dieser Seite nicht sehen. Gut möglich, dass sich der Anbau nur durch das Haupthaus betreten ließ.

Er ging an der vielleicht fünfzehn Meter breiten Giebelwand entlang und gelangte an die Rückseite.

Wie vermutet endete dort das Grundstück. Zwischen Gebäude und Wald lag ein Acker, auf dem ganz offensichtlich seit mehreren Jahren nichts mehr angebaut worden war. Der Boden hatte sich in ein blühendes Biotop verwandelt. Im Sonnenlicht schwirrten Insekten darüber hinweg. Ein lautes Zirpen erfüllte die Luft. Das Kraut war höher als er selbst, vereinzelt wuchsen sogar riesige Sonnenblumen darin. Vögel landeten, stiegen wieder auf, flogen davon. Es gab nur einen schmalen Streifen an der Rückseite der Kegelbahn, der nicht ganz zugewuchert war. Max drückte sich eng an der Wand entlang. Die Sonne schien genau darauf, so dass an dem windgeschützten Ort eine unglaubliche Hitze herrschte.

Max war schweißgebadet, als er das andere Ende des Anbaus erreichte. Kleine Fliegen klebten im Schweiß auf seinem Gesicht, außerdem hatte er das Gefühl, dass irgendwas von unten in sein Hosenbein gekrochen war und sich jetzt auf dem Weg nach oben befand.

Er bückte sich, sah nach, konnte aber nichts finden.

In dieser Giebelseite der Kegelbahn gab es eine Tür. Eine feuersichere Stahltür, die nicht in Bodenhöhe, sondern einen halben Meter darüber in der Wand saß. Das Bodenniveau fiel zur Wiese hin stark ab. Die Tür war in grauer Farbe gestrichen. Max packte die Klinke. Sie ließ sich leicht bewegen, war nicht eingerostet, doch die Tür war verschlossen. Er sah sich das Schloss an. Es war nicht alt und verrostet, wie man hätte vermuten können, sondern ein modernes Sicherheitsschloss. In Anbetracht des generellen Zustands dieser Anlage war das verwunderlich.

Max hämmerte mit der Faust gegen die Tür. Fünf, sechs Mal. Er konnte das Geräusch drinnen dumpf nachhallen hören. Eine Reaktion erfolgte allerdings nicht.

Also ging er weiter und erreichte den schmalen geschotterten Streifen neben dem Haupthaus. In dem Schotter war eine Fahrzeugspur zu erkennen: Platt gedrücktes Unkraut, komprimierte Steine; hier hatte jemand geparkt! In der Ecke zwischen Haupthaus und Anbau, vor Regen geschützt durch das weit heruntergezogene Dach, lagerten aufeinandergestapelt einige Europaletten. Max betrachtete sie nachdenklich. Die unteren Paletten waren alt und schmutzig, aber obenauf lagen drei relativ neue. Ihr Holz wirkte frisch. Einem eingebrannten Aufdruck zufolge stammten sie aus Brasilien.

Darauf konnte Max sich keinen Reim machen, aber letztlich konnte jeder die Paletten hier abgelegt haben.

Er entdeckte eine weitere Tür. Auch diese war aus Stahl

und mit einem modernen Schloss ausgestattet. Max probierte es erneut, aber sie war ebenfalls abgeschlossen. Die Fenster an dieser Längsseite waren genau wie drüben mit Platten vernagelt. Hier befanden sich allerdings einige Graffiti darauf. Sie gaben Auskunft darüber, wer im Dorf blöd war, wer die größte Schlampe, und wer mit wem rummachte. Augenscheinlich waren sie alle von ein und derselben Person gesprayt worden. Allzu viele Sprayer würde es in einem Kaff wie Pennigsahl auch nicht geben.

Als Max die hirnlosen Sprüche begutachtete, wurde ihm schnell klar, woher die Reifenspuren stammten. Dieser geschützte Platz war ein idealer Ort zum Fummeln auf dem Rücksitz eines Autos. In jedem Ort gab es so einen Platz, den alle kannten, den alle für dasselbe nutzten, der eine Art Heiligtum war und gegenüber den Erwachsenen nicht erwähnt wurde.

Max erreichte die Stelle, an der er losgegangen war. Fünfzehn Minuten hatte der Rundgang gedauert. Jetzt fühlte er sich schmutzig, klebrig und lustlos.

Unschlüssig lehnte Max sich an den Wagen und blies sich Luft ins Gesicht. Immer noch hatte er das Gefühl, etwas krabble an seinem Hosenbein empor. Hoffentlich hatte er sich in dem Krautdschungel dahinten keine widerliche Zecke eingefangen. So ein Biss konnte einen die Karriere kosten. Er kannte einen jungen Boxer, der zwei Jahre nach dem Biss einer Zecke eine halbseitige Lähmung bekommen hatte, von der er sich nie wieder ganz erholte.

Max öffnete die Kofferraumklappe des BMW, setzte sich auf die Kante und zog die Schuhe aus. Dann horchte er einen Moment, ob sich kein Fahrzeug näherte, und zog auch noch die Hose aus. In Unterhose im Kofferraum sitzend untersuchte er sich genau, fand aber keine Zecke und auch kein anderes Insekt. Beruhigt zog er seine Sachen wieder an.

Er war gerade bei den Schuhen, als er ein sich rasch näherndes, lautes Motorengeräusch hörte. Schnell band er noch die Schnürsenkel zu und ging dann die paar Schritte zur Straße vor.

Von links, aus dem Wald heraus, näherte sich ein Traktor. Eines dieser neuen Modelle mit gewaltigen Reifen und von immenser Höhe. Max deutete dem Fahrer an, dass er halten möge. Das tat er auch, stoppte das monströse Gefährt direkt neben Max, der den Kopf weit in den Nacken legen musste, um zu dem Fahrer hinaufsehen zu können.

Ein junger Mann mit blondem Haar, freundlichem, braun gebranntem Gesicht und ärmellosem T-Shirt zu Bluejeans öffnete die Tür, blieb aber im Führerhaus sitzen. Er stellte auch den Motor des Traktors nicht ab. Max musste gegen den Lärm ansprechen.

Er zeigte mit dem Daumen hinter sich auf das Gasthaus. »Können Sie mir sagen, wem das gehört?«, fragte er den Fahrer, der nicht älter als er selbst sein konnte.

Der streckte den Arm aus und drehte den Zündschlüssel. Der laute Motor des Traktors erstarb mit einem Blubbern.

»Das solltest du doch wissen, Max.«

Das war nicht die Antwort, mit der Max gerechnet hatte, und im ersten Moment verstand er auch gar nicht, was der Traktorfahrer zu ihm sagte. Er wollte schon die nächste Frage stellen, hielt aber plötzlich inne und sah erstaunt in die hoch liegende Kabine hinauf.

»Was?«, entfuhr es ihm.

Der Fahrer erhob sich von seinem Sitz, kletterte behände die Stufen hinab und stand plötzlich neben Max. Er war genauso groß und nicht weniger kräftig, wenngleich er auch einen beginnenden Bierbauch mit sich herumtrug.

»Erkennst du mich wirklich nicht?«, fragte der Fahrer.

Max kniff die Augen zusammen. Dann fiel der Groschen.

»Jürgen!«, rief er erstaunt aus.

»Na also! So alt bin ich in zehn Jahren ja wohl nicht geworden. Ich hab dich jedenfalls gleich erkannt, aber du bist ja auch dauernd im Fernsehen.«

Sie schüttelten sich die Hände. Max war wie vor den Kopf geschlagen. Vor ihm stand sein bester Freund aus weit zurückliegenden Schultagen. Zehn Jahre hatte er ihn nicht mehr gesehen.

Jürgen grinste und schüttelte den Kopf. »Max Ungemach, Europameister im Schwergewicht. Ich kann es immer noch nicht glauben. Der Einzige aus Hesterfeld, der je Karriere gemacht hat. Alter, ist das lange her!«

Max nickte. »Stimmt, verdammt lange her.«

Er wusste nicht so recht, was er sagen sollte. Er war damals von hier fortgegangen, ohne sich von seinen Freunden zu verabschieden, hatte alle Brücken hinter sich abgebrochen. Zumindest Jürgen hätte jeden Grund, ihn nicht mal mehr mit dem Hintern anzusehen. Aber scheinbar freute der sich wirklich über das unverhoffte Wiedersehen.

»Was machst du denn hier?«, fragte Jürgen und deutete mit einem Nicken auf das alte Gasthaus. »Willst du wieder hierher zurück? Kann ich mir ja eigentlich nicht vorstellen.«

»Ich bin zum ersten Mal seit zehn Jahren wieder hier, und ausgerechnet du läufst mir als Erster über den Weg … unglaublich«, sagte Max, ohne auf Jürgens Frage einzugehen.

Der zuckte mit den Schultern. »Na ja, ich lebe hier, so unwahrscheinlich ist das gar nicht. Wir haben 'ne Menge Land dahinten«, er wies mit dem Daumen hinter sich in Richtung Wald. »Aber das weißt du ja.«

Max nickte. Er fühlte sich wie betäubt, gleichzeitig aber auch so, als sei er schuld an etwas. An dem Bruch ihrer Freundschaft vielleicht. Hatte Jürgen es damals so empfunden?

»Wie geht es dir?«, fragte Max ihn.

»Bestens. Ich habe den Hof übernommen, das wollte ich ja schon immer, und mit den neuen Mastställen bleibt auch ordentlich was über. Aber das ist ja nichts gegenüber dem, was du erreicht hast. Mann, ich hab dich am Samstagabend noch im Fernsehen gesehen, wie du es dem Italiener gezeigt hast. Klasse Kampf!«

Max lächelte verlegen und spürte seine Ohren rot werden. »Ist nur ein Sport, in dem ich ganz gut bin«, sagte er.

Jürgen schlug ihm mit der flachen Hand auf die Schulter und lachte laut und sympathisch. Keine Spur davon, dass er eventuell beleidigt sein könnte.

»Ja, ganz bestimmt. Jens Sauter hat dein Talent dafür ja schon vor zehn Jahren kosten dürfen … damals, unten am Fluss.«

»Das weißt du noch?«

»Klar! So was vergisst hier keiner …«, plötzlich verschwand das Lächeln aus Jürgens Gesicht, und er wurde für einen Moment still, bevor er weitersprach. »Die Sache mit Sina natürlich auch nicht. Hat sich da eigentlich noch jemals was ergeben?«

Max schüttelte den Kopf. »Nein, nichts«, sagte er knapp.

Jürgen nickte, presste die Lippen zusammen. »Mann, ich wollte damals unbedingt zu dir, aber die haben mich nicht gelassen. Meine Eltern nicht, die Bullen nicht und später deine Alten auch nicht … Und dann warst du plötzlich weg.«

Max hörte und spürte in den Worten seines alten Freundes, dass auch er sich schuldig fühlte, dass auch er seit damals etwas mit sich herumschleppte. Was für tiefe Spuren diese Geschichte doch hinterlassen hatte! Nicht nur bei ihm, wie er immer geglaubt hatte, sondern auch bei den Menschen, die hiergeblieben waren, die nicht geflüchtet waren, sondern ihr Leben hier weiterlebten.

»War eine beschissene Situation damals«, sagte Max, »ich konnte mich auch nicht mehr verabschieden.«

Sie sahen sich für ein paar Sekunden wortlos an. Dann nickte Jürgen, und sein Lächeln kehrte zurück. Max erinnerte sich, dass sein Freund schon damals von sonnigem Gemüt gewesen war, ein Mensch, dem schlechte Laune nichts anhaben konnte.

»Aber ein paar Schläge hast du dir von mir abgeguckt«, wechselte er das Thema abrupt, ging in Boxgrundstellung und hob die Arme.

»Fast alle«, sagte Max und musste unwillkürlich grinsen. Es war ihm ganz recht, dass Jürgen nicht länger über Sina sprechen wollte.

»O Mann! Zehn Jahre nicht gesehen, und jetzt steht er vor mir! Aber sag doch, was machst du hier? Warum siehst du dir den alten Gasthof an?«

Max zuckte mit den Schultern. »Ich suche tatsächlich ein ruhiges Haus auf dem Lande«, log er seinen alten Freund an.

»Echt! Das wäre ja ein Ding, wenn wir wieder Nachbarn würden! Aber ausgerechnet hier? Der Schuppen steht schon eine ganze Weile leer. Ich kann mir vorstellen, dass die Bausubstanz ziemlich gelitten hat.«

»Ja, aber es liegt schön ruhig. Ich würde es mir gern mal von innen ansehen. Weißt du, wem es jetzt gehört?«

Jürgen zuckte mit den Schultern und ging ein paar Schritte auf die Ruine zu. »Ich glaube, es gehört immer noch jemandem aus der Familie.«

»Den Sauters?«, fragte Max.

»Ja. Ich komme öfter hier vorbei, ab und zu habe ich einen Wagen hier stehen sehen. Da schaut noch jemand nach dem Rechten. Ein paarmal stand der sogar noch sehr spät abends hier. Keine Ahnung, ob der hier pennt.«

»Hast du jemanden gesehen?«

»Nee. Aber der Wagen hat ein Hannover'sches Kennzeichen, das weiß ich genau. Einer aus der Stadt also. Mein Vater hat mal erzählt, dass der alte Sauter Verwandte in der Stadt hatte. Als der noch lebte, waren die oft zum Feiern, Angeln oder Jagen hier draußen. Der Sauter war ja einer der größten Jagdpächter, hatte auch die Fischereirechte für den Meerbach von Liebenburg bis nach Sahlingen. Nach ihm haben mein Vater und der Bürgermeister sich die Pacht geteilt.«

»Aha«, machte Max. »Und wer könnte mir was Genaues über die Besitzer sagen?«

Jürgen überlegte kurz. »Ich würde auf Bürgermeister Winkler tippen. Der weiß bestimmt was. Um diese Zeit triffst du ihn wahrscheinlich in der Gemeindeverwaltung.«

Schweigend sahen sie sich den alten Gasthof an, der gleichmütig und irgendwie lustlos in der gleißenden Sonne lag. Auf dem hinteren Feld stiegen kreischend ein paar Krähen auf.

Schließlich landete Jürgens Pranke abermals auf Max' Schulter.

»Mensch! Wie mich das freuen würde, wenn du hierherziehen würdest. Dann müssen wir unbedingt wieder zusammen angeln gehen. Versprich mir, dass du vorbeikommst, wenn es ernst wird … und sonst natürlich auch jederzeit.«

Max nickte, obwohl er schon jetzt wusste, dass daraus nichts werden würde. Er wollte Jürgen aber nicht enttäuschen. Sein alter Schulfreund freute sich wirklich, es kam von Herzen, und das berührte Max. Schade, dass er aus einem Grund hier war, über den er mit Jürgen nicht sprechen konnte. Vielleicht später irgendwann, wenn es vorbei war.

»Ich verspreche es. Und wenn nicht zum Angeln, dann wenigstens auf ein Bier oder zwei.«

»Klasse! Ich freue mich drauf. Ich würde dich auch jetzt schon einladen, aber ich habe 'ne ganze Hucke voll Arbeit …«

Max winkte ab. »Ich muss auch wieder los, hab noch ein paar Termine heute. Ich wollte mich hier nur kurz umsehen.«

»Alte Erinnerungen auffrischen, was?«

»Auch, ja.«

Sie reichten sich die Hände und verabschiedeten sich voneinander. Jürgen stieg in seinen Traktor, startete den Motor, hob noch einmal die Hand zum Gruß und preschte dann los. Max sah ihm nach. Jürgen drehte sich noch einmal um, so als könne er immer noch nicht glauben, wen er da gerade getroffen hatte. Das konnte Max gut verstehen; ihm ging es ebenso. Eine Staubwolke wallte noch lange hinter dem Traktor auf.

Max selbst stieg nun in den BMW, startete den Motor und stieß rückwärts auf die Straße. Bevor er wegfuhr, warf er noch einen Blick auf das alte Gasthaus. In seiner verblichenen Einsamkeit, seiner abweisenden Verschlossenheit, vermittelte es ihm ein ungutes Gefühl.

Während er langsam anfuhr, nahm er sein Handy aus

dem Mittelfach. Ein Anruf in Abwesenheit von Franziska! Sie musste in der Zeit angerufen haben, als er bei seinem Vater gewesen war. Das Handy hatte er im Wagen gelassen. Max rief sofort zurück, doch sie nahm nicht ab.

56

Franziska kam zu sich, doch es dauerte noch eine Weile, ehe sie begriff, wo sie war.

Der Laden ... Der dunkle Laden ... Der unheimliche, verblichene Eduard Sauter, der ihr sein Gesicht nicht zeigen wollte ...

Sie wollte den rechten Arm ausstrecken. Sofort schoss ein scharf stechender, hundsgemeiner Schmerz vom Oberarm in den Rest ihres Körper, ließ ihr Herz im Eiltempo jagen und Schweiß von ihrer Stirn rinnen. Während Franziska mit zusammengebissenen Zähnen darauf wartete, dass der Schmerz abebbte, formierten sich die Puzzleteile in ihrem Kopf zu einem großen Ganzen.

Sie war auf diesen tumb wirkenden Sauter hereingefallen. Hatte sich geradewegs in eine Falle locken lassen. In was für eine, wusste sie noch nicht genau, nur, dass sie auf diesen Teppich getreten und mit ihm zusammen in die Tiefe gefallen war. Eine Kellerluke, anders konnte Franziska es sich nicht erklären. Eine dämliche Kellerluke, die Sauter für sie präpariert hatte. Und sie war dumm genug gewesen, in seine Falle zu laufen.

Warum lebte sie noch?

Warum hatte er es nicht zu Ende gebracht, während sie ohne Bewusstsein gewesen war?

Als der Schmerz ihren Körper nicht mehr lähmte, hob Franziska vorsichtig den linken Arm an. Er funktionierte einwandfrei. Sie langte zum rechten hinüber und betastete ihn vorsichtig. Der Oberarm war stark angeschwollen, dort konzentrierte sich der Schmerz. Wahrscheinlich ein Bruch.

Wie lange war sie bewusstlos gewesen?

Franziska wusste es nicht und konnte es auch nicht einschätzen, aber dafür, und auch um Hilfe zu rufen, gab es ja ein Handy.

Mit der linken Hand tastete sie herum und stellte dabei auch ihre Position fest. Sie lag rücklings auf dem Teppich, der die Falltür verdeckt hatte, ein Bein noch auf den Stufen der Treppe. Ihre Beine waren in Ordnung, sie konnte sie problemlos bewegen. Sie stemmte sich gegen die unterste Stufe ab und schob sich nach hinten, in der Hoffnung, sich dort gegen eine Wand lehnen zu können. Aber da war keine. Franziska biss die Zähne zusammen und ignorierte die Tränen, die die Schmerzen ihr in die Augen trieben. Heulen konnte sie später noch, zu einer anderen Zeit an einem anderen Ort.

Den verletzten Arm angewinkelt in den Schoß gelegt, den Oberkörper nach vorn gebeugt, hockte sie da und tastete nach ihrer Handtasche, fand sie aber nicht. Hatte Sauter sie etwa mitgenommen, mit allem, was darin war?

Paul würde sie vermissen, früher oder später, und Gott sei Dank hatte sie ihm gesagt, wohin sie unterwegs war! Trotzdem durfte sie es nicht darauf ankommen lassen, dass er sie hier unten auch fand. Die Luke war zu, sicher von oben getarnt, so wie sie es vorher auch gewesen war, und vielleicht würde Paul schon vor der verschlossenen Ladentür kehrtmachen. Sie musste an ihr Handy kommen!

Such die Tasche! Vorher darfst du dich nicht ausruhen!

Es tat weh, es war mühsam und schweißtreibend, auf dem Hosenboden durch den Raum zu rutschen und mit nur einer Hand den Boden abzutasten.

Plötzlich hatte Franziska das Gefühl, etwas husche an ihren Fingern vorbei. Etwas enorm schnelles, kleines, mit vielen Beinen. Eine Spinne wahrscheinlich. In so einem Kellerloch gab es doch immer Spinnen. Aber diese hier, die sie nicht mal gesehen, sondern nur gespürt hatte, schien so … energisch zu sein.

Franziska robbte von der Stelle weg, tastete woanders und fand dort tatsächlich ihre Handtasche. Das klobige, olivfarbene Ding, das mehr wie ein Outdoorbag wirkte, in dem aber alles Platz fand, was sie brauchte. Jetzt brauchte sie ihr Handy, aber genau das fand sie nicht. Ganz gleich, wie lange sie zwischen den Utensilien herumwühlte, es war nicht da. Franziska war sich absolut sicher, ihr Handy eingesteckt zu haben, nachdem sie versucht hatte, Max zu erreichen. Folglich hatte Sauter ihr das Handy abgenommen. Nach dem Sturz, während sie bewusstlos gewesen war, war er zu ihr heruntergekommen und hatte es an sich genommen.

Was hatte er noch mitgenommen?

Ihre Dienstwaffe!

In den Tiefen ihrer Tasche stieß sie auf den Lightpen, den sie seit einigen Jahren mit sich herumtrug. Eine Taschenlampe im Kugelschreiberformat, die ihr schon oft gute Dienste geleistet hatte. Sie nestelte den Stift aus der Tasche und schaltete ihn ein. Er besaß keine herkömmliche Glühbirne, sondern eine Leuchtdiode, deren Batterie beinahe ewig hielt.

Der hellblaue Lichtpunkt fiel an die gegenüberliegende Wand. Eine nackte, weiße Wand. Franziska ließ den Punkt daran entlanggleiten, um die Ausmaße des Kellers zu erkunden. Dabei huschte wieder etwas an ihr vorbei, diesmal ganz nah, an der nackten Stelle zwischen Schuh und Hose.

Sie ließ den Lichtpunkt sofort dorthin rucken.

Tatsächlich, eine Spinne. Eine drei Zentimeter kleine, schwarze Spinne, die eilig vor dem Licht davonhuschte. Eklig, aber harmlos.

Franziska wollte die Lampe schon wieder auf die Wand richten, als ihr weitere Bewegungen auffielen. Sie ließ daher den blauen Punkt über den Boden wandern.

Ihr stockte der Atem!

Nicht eine Spinne, Dutzende!

Sie flitzten in schnellem, aggressivem Tempo über den Kellerboden. Hierhin, dorthin, überallhin. Einige kamen ihren Beinen sehr nahe, und plötzlich fühlte sich Franziska auf dem nackten Boden überhaupt nicht mehr wohl. Es gab in Deutschland keine Spinnen, die einem Menschen Schaden zufügen konnten, das wusste sie. Aber diese hier wirkten irgendwie … undeutsch! Sie waren so tiefschwarz, so flink, energisch, geradezu aggressiv. Als zwei sich begegneten, stellten sie sich sogar auf die Hinterbeine, entblößten ihren Unterkörper und zeigten sich gegenseitig ihre Fänge, die Franziska enorm groß vorkamen. Wie Zähne!

Nichts wie weg!, schoss es ihr durch den Kopf.

Sauter war zoologischer Fachhändler. Weiß Gott, welche Spinnen der hier unten hielt.

Franziska klemmte sich die Stiftlampe zwischen die Zähne und robbte zur Treppe zurück. Dort, auf den Stufen, war sie diesen ekligen Viechern nicht so ausgeliefert und könnte sie zertreten, falls sie versuchen sollten, ihr zu nahe zu kommen.

Sie setzte ihre Hand auf die erste Stufe, wollte eben ihr

Körpergewicht darauf stützen, um sich hochzuwuchten, da spürte sie auch schon den Biss.

Am kleinen Finger! Das Vieh biss ihr in den kleinen Finger! Und es tat verdammt weh!

Franziska konnte nicht schreien, da sie die Stiftlampe immer noch zwischen den Zähnen hatte. Sie schüttelte ihre Hand, hatte aber das Gefühl, als klammere sich die Spinne immer noch daran. Und der Schmerz ließ auch nicht nach, nahm sogar noch zu.

Großer Gott! Was war das für ein elendiges Mistvieh!

Franziska drehte den Kopf so, dass sie ihre Hand anleuchten konnte. Und tatsächlich, die Spinne hing noch dran. Deutlich konnte Franziska sehen, wie sie ihre schwarzen Hauer noch einmal in ihre Haut versenkte. Franziska tat das einzig Mögliche: sie schmetterte ihre Hand auf die Treppenstufe und zerquetschte dabei die Spinne. Dann streifte sie den toten Körper ab, und der fiel zwischen den Stufen hindurch zu Boden.

Franziska strampelte mit den Beinen, wuchtete sich in einer verzweifelten, den gebrochenen Arm malträtierenden Bewegung auf die Treppe, die nächste Stufe hoch, dann noch eine.

Dort blieb sie zitternd und schwer atmend sitzen. Leuchtete mit dem Stift im Mund den kleinen Finger ihrer linken Hand an und sah die roten Bissmale in dem bereits anschwellenden Gewebe. Der Schmerz, der davon ausging, war beinahe genauso heftig wie der des gebrochenen Arms.

Eine Giftspinne!

Das war eine Giftspinne!

Sie hatte es noch nicht zu Ende gedacht, da wurde ihr auch schon übel und schwindelig.

57

Paul Adamek war gestresst, als er seinen Volvo auf den Parkplatz der Inspektion fuhr, und für ihn stand fest, dass dieser Tag in einer Reihe beschissener Tage einen der vorderen Ränge einnahm. Es war nicht immer einfach, den Job und die Familie unter einen Hut zu bekommen. Er nahm diesen chaotischen Vormittag weder Miriam noch Tabea übel, sie konnten ja nichts dafür, der Zeitpunkt war einfach nur blöd. Nach dem kurzen Telefonat mit Franziska hatte es nicht zehn Minuten, sondern noch eine halbe Stunde gedauert, und dann waren sie noch bei der Apotheke vorbeigefahren, um das Medikament zu besorgen.

Auf der Fahrt zum Büro hatte er versucht, Franziska zu erreichen, um ihr mitzuteilen, dass er jetzt im Dienst sei, doch sie war nicht an ihr Handy gegangen.

Möglicherweise befand sie sich in einem Gespräch.

Er verließ den Wagen und trabte auf den Haupteingang des Gebäudes zu. Als er die Eingangstür aufstieß, fiel ihm die mittelgroße, bullige Gestalt sofort auf, die am Empfang stand und ihm den Rücken zudrehte.

Der Boxer! Was hatte der denn hier zu suchen?

Paul näherte sich ihm. Der ältere Beamte hinter dem Empfangstresen sprach gerade.

»… oft genug versucht, sie ist nicht da. Hinterlassen Sie bitte eine Nachricht.«

»Kann ich helfen?«, fragte Paul.

Max Ungemach drehte sich abrupt um. Er hatte ihn gestern in Kühls Wohnung nur kurz gesehen, schien sich aber zu erinnern.

»Sie sind doch ihr Partner, oder?«, fragte er.

»Wenn Sie Frau Gottlob meinen, stimmt das. Womit kann ich Ihnen helfen?«

»Ich muss Fran... Frau Gottlob sprechen.«

Paul registrierte sehr wohl, dass der Boxer Franziska mit ihrem Vornamen ansprechen wollte. Aber das hatte nicht viel zu bedeuten. Sie war sehr schnell damit zur Hand, was, wie sie einmal zugegeben hatte, größtenteils an ihrem Nachnamen lag, den sie albern fand. Nicht einmal ihr Vater schrieb unter seinem richtigen Namen.

»Da sind wir schon zu zweit«, sagte Paul. »Vielleicht sagen Sie einfach mir, worum es geht, dann gebe ich es weiter.«

Der Boxer fixierte ihn mit einem Blick, der besser in den Ring gepasst hätte. Betrachtete Ungemach ihn etwa als Gegner?

»Ich würde es lieber Frau Gottlob persönlich sagen.«

Das klang sehr bestimmt. Paul sah den Boxer nachdenklich an. Was wollte er von Franziska? Er war gestern verhaftet worden und hatte eine Anzeige bekommen. Freiwillig und ohne triftigen Grund war er bestimmt nicht hier. Oder hatte Franziska ihm gestern, als sie zusammen weggefahren waren, irgendwas versprochen? Vielleicht, ihn über die Ermittlungen auf dem Laufenden zu halten, damit er nicht erneut ausrastete?

»Hören Sie«, fuhr er Ungemach an, denn gerade heute hatte er kein Interesse daran, auch noch auf dessen Befindlichkeiten Rücksicht zu nehmen. »Entweder Sie sagen mir, was Sie wollen, oder Sie kommen morgen wieder. Wir haben hier eine ganze Menge zu tun.«

Daraufhin verengten sich die Augen des Boxers, wurden zu Schießscharten. Zusätzlich schob er seinen bulligen Kopf ein gutes Stück nach vorn. Auf Paul wirkte das wie die Vorbereitung eines Angriffs; er machte instinktiv einen Schritt zurück und suchte den Blickkontakt zu dem Beamten.

Doch Ungemach hielt sich zurück. Ohne sein Gesicht oder seinen Körper zu entspannen, sagte er mit dunkler Stimme: »Also seid ihr Bullen doch alle gleich.«

Paul klappte die Kinnlade herunter. Er stand im Foyer des Polizei-Dienstgebäudes und musste sich von einem gestern verhafteten Profiboxer beleidigen lassen! Zum Teufel noch mal, was war das nur für ein Tag. Jetzt hatte er endgültig die Schnauze voll! Er hob die Hand und drohte dem Boxer mit ausgestrecktem Zeigefinger.

»Sie haben sich gestern wohl noch nicht genug Ärger eingehandelt, oder was? Ich rate Ihnen jetzt dringend, sich hier zu verpissen, bevor ich ungemütlich werde und Sie verhaften lasse. Und diesmal bleiben Sie eine Nacht lang unser Gast, das verspreche ich Ihnen.«

Dem uniformierten Beamten wurde die Situation zu heikel. Wahrscheinlich spürte er, dass sie jeden Moment kippen konnte. Er trat aus Max' Schatten und stellte sich neben ihn.

»Soll ich Sie hinausbegleiten?«, fragte er freundlich, wenn auch ohne nennenswerte Reaktion von Seiten des Boxers.

Wer allerdings reagierte, war Paul. Die Worte des Kollegen machten ihm deutlich, dass er sich falsch verhielt. Statt auf diesen ja bekanntlich aggressiven Mann deeskalierend einzuwirken, übertrug er seinen Stress auf ihn. Das war nicht professionell, und der uniformierte Kollege wunderte sich fraglos über sein Verhalten. Aber die beiden hatten sich am frühen Morgen ja auch nicht von einem kleinen schreienden Kind auf die Hose kotzen lassen müssen.

»Ja, bringen Sie ihn zur Tür. Wir sind hier fertig, denke ich.

Und Ihre Zeugenaussage wegen der Beleidigung nehme ich später noch auf.«

Dann wandte er sich ab, lief zu den Fahrstühlen hinüber und fuhr hinauf. Allein im Büro beruhigte er sich etwas. Er schaltete den PC ein, wartete darauf, dass dieser hochfuhr, und versuchte erneut, Franziska zu erreichen. In ihr Büro hatte er schon geschaut, da war sie nicht.

Sie ging wieder nicht ans Handy.

Das war ungewöhnlich!

Sprach sie immer noch mit diesem Mann – wie hieß der doch gleich –, den er überprüfen sollte?

Paul holte den kleinen Notizblock aus seiner Jackentasche.

Sauter. Eduard Sauter. Zoofachhandlung.

»Mach schon, du Scheißteil!«, fuhr er den PC an, der immer noch nicht so weit war.

58

Max preschte aus dem Gebäude, lief über den Vorplatz auf die Straße und zu seinem Wagen. Er sah nicht zurück. Zum zweiten Mal in seinem Leben hatte Max intensiven Kontakt zur Polizei, und zum zweiten Mal wurde er enttäuscht. Kurzsichtigkeit, Verbohrtheit und Ignoranz hatte er bereits als Fünfzehnjähriger kennengelernt, schon deswegen hätte er es besser wissen müssen. Hatte er aber nicht und fühlte sich wie vor den Kopf geschlagen. Franziskas Kollege war einfach nur arrogant, das konnte ihm egal sein, aber was war mit Franziska?

Sie hatte versucht ihn zu erreichen, ging jetzt aber nicht mehr an ihr Handy, obwohl Max es auf dem Rückweg in die

Stadt fünfmal versucht hatte. Im Büro war sie offensichtlich auch nicht. Es sei denn, sie ließ sich verleugnen. Aber warum sollte sie das nach dem gestrigen Abend tun? Hatte sie es sich anders überlegt und ihm das am Telefon sagen wollen?

Nein. Max war sich sicher, dass es nicht so war. So eine Frau war Franziska nicht. Irgendetwas anderes war ihr dazwischengekommen. Sie würde sich schon noch melden.

Aber bis es so weit war, konnte er selbst ja schon mal aktiv werden. Das konnte sie ihm nachher nicht zum Vorwurf machen, nachdem ihr arroganter Kollege ihn wie einen Deppen behandelt hatte.

»Scheiß drauf!«, sagte Max, stieg in den BMW, knallte die Tür zu und rammte den Zündschlüssel ins Schloss. Er würde es jetzt selbst in die Hand nehmen. Das hätte er von Anfang an tun sollen.

Max startete den Motor, fädelte sich rüpelhaft in den Verkehr ein und trat das Gaspedal durch. Auf dem Weg hinaus nach Pennigsahl würde er bei einem Baumarkt halten und sich ein paar Werkzeuge besorgen.

Werkzeuge, mit denen sich Türen aufbrechen ließen!

59

Auf die letzten dröhnenden Geräusche hatte Sarah nicht mehr reagiert. Es war ohnehin hoffnungslos. Vielleicht gab es diese Geräusche ja nur in ihrer Fantasie. Sie waren zwar laut gewesen, viel lauter als vorher, so als schlüge jemand mit einem Hammer auf Metall, trotzdem hatte sie keine Lust gehabt, schon wieder mit der flachen Hand gegen die Zimmerwand zu schlagen. Es gab hier keine anderen Kinder. Sie war allein. Eine grauenhafte Vorstellung, die sie jedoch nach und nach als Wahrheit begriff. Und nicht nur das. Sie ahnte auch, dass sie für immer und ewig allein bleiben würde. Der Mann kam nicht zurück. Er hatte sie vergessen oder wollte nichts mehr mit ihr zu tun haben. Sie war nicht artig gewesen, also ließ er sie hier allein.

Ohne Essen und ohne etwas zu trinken.

Der Hunger war längst nicht mehr so schlimm. Gegenüber dem Durst war er sogar harmlos. Das Zwicken in ihrem Bauch war schon vor Stunden abgeklungen. Stattdessen war die Gier auf etwas zu trinken ins Unermessliche gestiegen. Sarahs Mund war unglaublich trocken! Drinnen fühlte es sich an, als klebe die Zunge am Gaumen fest, und sie war immer wieder froh, wenn sie sich doch lösen ließ. Aber diese klebrige Trockenheit ging noch viel tiefer, durch den Hals bis in den Bauch und von dort in den Rest des Körpers. Schlucken war seit einiger Zeit eine Qual, richtig schwere Arbeit, die sie zu vermeiden versuchte. Spucke sammeln konnte sie schon lang nicht mehr. Ihr Körper hatte einfach keine mehr.

Dazu kam diese Hitze, die ihr in den Kopf stieg. Alles fühlte sich heiß an, aber der Kopf am heißesten. Wie Fieber! Nur ohne schwitzen.

Wenn doch nur endlich jemand kommen und ihr zu trinken geben würde. Das war ihr einziger Wunsch.

Aber es kam niemand, und in der Stille ihres Gefängnisses schien die Welt, wie sie sie kannte, immer unwahrscheinlicher zu werden. Wie ein ferner, schöner Traum. Dies hier war die Realität, es musste so sein, denn hier waren die Schmerzen. In ihren Träumen von der anderen Welt im Heim gab es keine Schmerzen, keinen Hunger, keinen Durst.

Und leider auch keinen Weg zurück.

60

Das Wasser war schwarz und schwer wie Öl. Es klebte an ihrem Körper und zog sie immer tiefer hinab in die dunkle, menschenfeindliche Welt am Grunde des Sees, dorthin, wo sie nicht atmen konnte und ihr Leben enden würde. Alles Zappeln und Rudern mit den Armen und Beinen nützte nichts, je mehr sie sich wehrte, desto schneller sank sie, desto zäher wurde das Wasser. Es war gnadenlos in seiner Endgültigkeit, es war eiskalt und lähmend, aber wenigstens fühlte sie keinen Schmerz – außer dem der Erkenntnis über ihren bevorstehenden Tod.

Doch sie wollte nicht sterben! Auf gar keinen Fall! Es gab so viel zu tun, so viel zu erleben und zu entdecken. Da oben warteten Menschen, die sich auf sie verließen und gerade jetzt ihre Hilfe brauchten. Ihr Vater! Max! Gerade für Max musste sie am Leben bleiben, er brauchte sie dringend, würde ohne sie niemals Erlösung von seinem Schicksal finden, und außerdem … außerdem hatte sie sich gestern Abend verliebt. Das durfte doch nicht schon wieder vorbei sein!

Nein, nein, nein!

Wieder strampelte sie und schlug um sich, trat in das Wasser, spuckte es aus, versuchte sich davon zu befreien. Es war ein Kampf auf Leben und Tod, und er wurde mit harten Bandagen ausgetragen. Denn das Wasser würde ein Opfer, das sich einmal in seinen Fängen befand, nicht einfach so wieder hergeben. Aber Franziska war stark; sie war schon immer ein wirklich starkes Mädchen gewesen, hatte schon früher in der Schule mit den Jungs mithalten können, egal ob beim Kugelstoßen, Weitsprung oder den Klimmzügen. Sie konnte kämpfen wie eine Löwin, das hatte sie von ihrem Vater. Der trug auch gerade den schwersten Kampf seines Lebens aus. Auch seinetwegen durfte sie hier und heute nicht sterben.

Also reiß dich gefälligst zusammen! Krieg deinen Arsch hoch! Na los! So schwer ist das nicht, das haben schon ganz andere vor dir geschafft. Du musst nur fest an dich glauben, an das Leben, an alles, was darin noch auf dich wartet. An Max. Verflucht, es hat doch gerade erst angefangen!

Franziska begann zu würgen und zu husten, spie das ölige Wasser aus, presste es aus ihrem Körper, ihrer Lunge, ihrem Mund. Und plötzlich gelangte wieder Atemluft hinein. Nicht unbedingt frisch, aber lebenserhaltend.

Es dauerte noch ein paar Sekunden, ehe sie begriff, dass es kein Wasser gab. Sie trieb nicht im See. Sie befand sich noch in dem Keller unter dem Zoogeschäft des Eduard Sauter.

Bleib bei Bewusstsein!

Du musst bei Bewusstsein bleiben, sonst ist alles verloren!

Immer wieder geriet Franziska nah an eine Grenze, hinter der absolute Dunkelheit lauerte. Diese Grenze jagte ihr eine tiefe Angst ein, spürte sie doch, dass es von dort keine Rückkehr geben würde. Die Dunkelheit würde die Schmerzen nehmen, ja, und deshalb war sie für einen Teil ihres Bewusstseins auch so verlockend, deshalb sehnte sich ein Teil von ihr immer wieder dorthin, aber Franziska wollte nicht aufgeben, noch nicht. Selbst wenn die Symptome nach dem Spinnenbiss sich ins schier Unerträgliche steigerten.

Kurz nach dem Biss hatte sie heftige Übelkeit befallen, und sie erbrach ihr Frühstück auf den Kellerboden. Danach hatte sie sich noch fünfmal erbrochen, ohne dass mehr als heiße Flüssigkeit herausgekommen war, aber ihr Magen wollte sich einfach nicht beruhigen. Er krampfte und schmerzte so stark, dass sie ihren gebrochenen Arm darüber vergaß.

Diese zunächst auf die Mitte ihres Körpers konzentrierten Schmerzen waren binnen weniger Minuten bis in die Arme und Beine gewandert. Noch niemals hatte sie einen so allumfassenden Schmerz erlebt. Keine bestimmte Stelle, auf die sie sich konzentrieren, die sie vielleicht sogar anfassen konnte, nein, ihr kompletter Körper war ein Gefäß voller Schmerz. Dazu schwitzte sie stark, Tränen und Speichel flossen unkontrolliert. Und je länger sie auf der Treppe lag, desto schneller raste ihr Herz. Die Frequenz wurde immer bedrohlicher, und in der Folge ihre Atemnot immer schlimmer.

All ihre Kraft musste sie aufbringen, um den gesunden linken Arm, dessen Hand sich um die Bissstelle herum wie ein stramm gefüllter Ballon anfühlte, nach der Stiftlampe auszustrecken, die sie vorhin abgelegt hatte. Doch sie stieß sie nur fort, so dass sie auf der Innenseite der Treppe von der Stufe auf den Kellerboden fiel. Dort blieb sie so liegen, dass der schmale Lichtstrahl unter der Treppe heraus knapp über dem Boden bis ans andere Ende des Raumes leuchtete.

Spinnen!

Kleine schwarze Spinnen, mindestens ein, vielleicht sogar zwei Dutzend, genauer ließ es sich nicht schätzen, da sie wie wild über den Betonboden wuselten. Sie krabbelten ungeheuer flink hin und her, scheinbar ziellos, und immer, wenn zwei sich nahe kamen, stellten sie sich auf die Hinterbeine. Eine Angriffsstellung, bei der Franziska sogar aus der Entfernung die schwarz glänzenden Fänge sehen konnte.

Franziska hatte keine Ahnung von Spinnen, sie wusste nicht, welcher Gattung diese hier angehörten, aber in Deutschland kamen sie ganz sicher nicht vor.

Gerade lief wieder eine direkt auf die Treppe zu. Sie schoss über die Kante des Teppichs, schien ein bestimmtes Ziel zu haben, verschwand kurz darauf aus dem beleuchteten Teil des Raumes, und Franziska geriet in Panik, weil sie glaubte, die Spinne an dem Holz der Treppe hinaufkriechen zu hören.

Warum auch nicht?

Sie könnten alle heraufkommen und sie beißen. Sie war das perfekte Opfer. Und ein einziger weiterer Biss würde reichen, um sie sofort zu töten.

Ein heftiger Krampf fuhr durch ihren Körper, sammelte sich im Unterleib und ließ sie in ihrer halb liegenden Position zusammenzucken. Dabei bewegte sie den gebrochenen Arm, nahm diesen Schmerz aber kaum noch wahr.

Franziska presste die Kiefer und Lider zusammen, versuchte es zu ertragen, stöhnte dabei verhalten und spürte, wie ihr der Speichel aus dem Mund troff. Der Tod schnellte vor, stach zu, und zog sich wieder zurück. Er wollte sein Opfer nicht schnell, er wollte es quälen, wollte die Zeitspanne zwischen Schmerz und Tod, die den Menschen solche Angst machte, möglichst lange ausdehnen.

Lass es doch einfach zu! Lass dich fallen, gleite, es ist wie ein Gleiten auf Wellen, es trägt dich dorthin, wo keine Schmerzen mehr sind, nur Frieden …

Teil 3

1

An diesem Ort konnte ihn niemand sehen.

Niemand konnte hier sehen, außer ihm selbst.

An diesem Ort fand er Ruhe und Schutz vor den Augen der Anderen, und auch der alte, verhasste Abzählreim existierte hier nicht. Er saß an einem der vielen Tische im großen Saal. Einzig die Glühlampe über diesem Tisch streute gelbliches Licht in die ausufernde Dunkelheit. Um ihn herum tanzten die Geister der Vergangenheit, stoben den Staub auf, der ihm in die Nase stieg, ließen ihn ansonsten aber in Frieden.

Vor wenigen Minuten noch hatten seine Finger stark gezittert, in seinem Kopf hatte es gepocht, und sein Körper war voller Unruhe gewesen. Er hatte sich entwurzelt gefühlt, so wie ein vom Sturm gefällter Baum, dessen Wurzeln in die Höhe ragten, nicht mehr länger geschützt vom Erdreich, allen Blicken dargeboten. Seine Fahrt hierher hatte einer panischen Flucht geglichen. Er hatte all die Blicke gespürt, die nach der Tat im Haus seiner Eltern zu ihm durchgedrungen waren, ihn durchschaut hatten. Auch den Reim hatte er gehört, immer und immer wieder.

… meinem Blick entgehst du nicht, kenne ich doch dein Gesicht …

Vorbei! Für immer vorbei!

Hier war er in Sicherheit.

Mit jeder einzelnen Spielkarte aus dem neuen Deck waren Ruhe und Gelassenheit zurückgekehrt. Dame auf Dame, Bube auf Bube, König auf König, erst die Figuren, dann die Zahlen. Jede Karte musste exakt ausgerichtet werden, so dass die Kanten eine Linie ergaben. Auch die Abstände zwischen den einzelnen Streifen mussten genau übereinstimmen.

Nur so war es perfekt!

Mit der wohlgeordneten Struktur des Blattes kehrte Ruhe zurück in seinen Kopf und Körper. Die Nackenmuskeln begannen sich zu entspannen, in seinen Eingeweiden verebbte das Kribbeln.

In den letzten Tagen war alles ein wenig aus dem Ruder gelaufen. Das hatte er weder voraussehen, noch durch bessere Planung verhindern können, es war einfach geschehen. Doch er hatte sich dadurch nicht in Panik versetzen lassen, hatte gehandelt und die Probleme somit gelöst. Jetzt konnte er sich endlich voll und ganz seiner Neuen widmen. In den letzten Tagen war sie viel zu kurz gekommen.

Ein bisschen Vorbereitung noch, dann war er bereit für sie, bereit für die Jagd. Die Jagd war jetzt genau das, was er brauchte.

Er stand auf und trat vom Tisch zurück. Zog sein Hemd und das Unterhemd aus, legte es ordentlich über der Stuhllehne ab, achtete darauf, die Karten nicht durcheinanderzubringen. Schließlich nahm er den dicken Wachsstift mit den Tarnfarben zur Hand, schraubte die Kappe ab und setzte ihn oberhalb des Hosensaums auf seinen Bauch. Ohne Unterbrechung zog er einen breiten Streifen schräg von unten bis über das Schlüsselbein. Das wiederholte er so lange, bis sein Oberkörper komplett mit der schwarz-oliven Tarnfarbe bemalt war. Danach zog er dünnere Striche durch sein

Gesicht, ließ dabei aber den immer noch schmerzhaft geschwollenen Bereich um die Bisswunde aus. Er malte auch über seinen Bart, in dem die Wachsfarbe in dicken Brocken hängen blieb.

Als er fertig war, war der Stift zur Hälfte aufgebraucht.

Er fühlte sich gut!

Stark und gnadenlos!

Wie die großen Jäger der Natur, die kein Mitleid kannten, nicht einmal mit sich selbst. Er sah ein letztes Mal auf das geordnete Kartenblatt hinunter, nahm den Anblick in sich auf, lächelte grimmig, trat schließlich vom Tisch weg und drehte sich um.

Nur dieser eine Tisch war beleuchtet, der Rest des großen Saales lag im Dunkeln. Genauso mochte er es. Ein wirklicher Jäger brauchte für die Jagd kein Licht, er verließ sich auf seine anderen Sinne, die den Augen weit überlegen waren. Das hatte er trainiert, viele Jahre lang, um so fühlen und denken zu können wie seine Opfer. Wenn er es wollte, war er so blind wie sie.

Auf seinem Weg zwischen den Tischen und Stühlen hindurch, die noch so dastanden, als wäre die letzte Feierlichkeit gestern gewesen, stieß er nirgendwo an. Er ging betont langsam, so als müsse er sich heranpirschen, übte sich dabei in völliger Geräuschlosigkeit. Er verließ den Saal durch die Pendeltür zur Küche.

Aus dem Kühlschrank nahm er eine Packung Milch. Laut Datum war sie noch zwei Tage haltbar. Er stellte sie zusammen mit einem sauberen Glas auf dem großen Tisch in der Mitte der Küche ab. Dann suchte er sich alle notwendigen Lebensmittel zusammen und beschmierte ein paar Brote mit Butter, Salami und Käse. Sie musste jetzt erst mal eine kräftige Mahlzeit zu sich nehmen. Bestimmt war sie furchtbar hungrig, und für die Jagd musste sie in guter Verfassung sein. Während er die Brote beschmierte, wuchs die freudige Erregung in seinem Inneren. Er konnte es kaum noch erwarten, doch ein guter Jäger verstand es auch, sich in Geduld zu fassen. Das hatte er schon im frühen Kindesalter von seinem Onkel beim Angeln gelernt.

Als er zuletzt die Butter zurückstellte, überprüfte er im Licht des Kühlschrankes die auf der oberen Glasplatte sauber aufgereihten kleinen Glasampullen. Es waren braune Flaschen mit weißen, von Hand beschriebenen Etiketten. Jede einzelne hatte er selbst abgefüllt. Die Menge stimmte jeweils auf den Milliliter genau. Diese Gegengifte waren teuer, er konnte es sich nicht leisten, auch nur einen Tropfen zu verschwenden. Außerdem war die richtige Dosierung bei der Injektion wichtig. Er ließ seinen Blick über die zehn Reihen mit Ampullen gleiten. Von jeder Sorte war noch ausreichend vorhanden.

Sehr schön. Alles in Ordnung.

In dem Fach darunter befand sich die Ampulle mit dem Sekret des Pfeilgiftfrosches. Sein größter Schatz. Er hatte es nur aufgrund seiner langjährigen und guten Kontakte zu den Lieferanten in Südamerika bekommen, und es hatte ein Vermögen gekostet, aber das war es wert.

In die hintere Wand der Küche hatte er einen Durchbruch geschlagen, der auf den Wartungsgang der Kegelbahn führte. Dort, wo sich früher die elektrischen Vorrichtungen und die Plattformen für die Kegel befunden hatten, hatte er seine Kammern hineingebaut. Schallisoliert durch doppelte Wände, in deren Hohlraum sich sechzehn Zentimeter Dämmwolle befand.

Er blieb vor der ersten der drei Kammern stehen, drehte den Schüssel im Schloss, betätigte den außen angebrachten Lichtschalter, öffnete die Tür – und wich erschrocken zurück.

2

Kindler und Ziller warteten vor der Zoofachhandlung Sauter und Sohn, als Paul Adamek eintraf.

Nachdem er Sauter ergebnislos gecheckt hatte, hatte Paul weitere sechs Mal versucht, Franziska zu erreichen – ohne Erfolg. Das hatte ihn alarmiert, zumal sie auch in der Inspektion nicht gesehen worden war. Seit ihrem letzten Anruf waren mittlerweile zwei Stunden vergangen. So lange dauerte kein Gespräch, und so lange würde Franziska auch nicht ihr Handy ignorieren.

Paul hatte Kindler und Ziller zu der Adresse geschickt.

Volltreffer!

Auf der Straßenseite gegenüber dem Laden parkte Franziskas Dienstwagen! Kindler und Ziller hatten ihren direkt dahinter abgestellt. Das verlassene Auto steigerte die Anspannung in Paul noch mehr – jetzt war unmissverständlich klar, dass hier etwas nicht stimmte.

Er eilte zu den beiden Observationsbeamten hinüber. Zwischen ihnen stand eine ältere, beleibte Frau. Sie wirkte geschockt.

Kindler übernahm das Wort.

»Das hier ist Frau Zerhusen. Sie traf vor zwei Minuten hier ein, um mit Eduard Sauter zu sprechen. Sie hat uns etwas Interessantes erzählt. Das sollten Sie sich anhören.«

»Um was geht es?«, fragte Paul ungeduldig. Das Gefühl,

keine Zeit mehr zu haben, verstärkte sich von Minute zu Minute.

»Ja, also«, begann Frau Zerhusen, »ich hatte heute in der Früh einen Termin bei dem jungen Sauter, weil der doch eine Aushilfe für den Laden sucht, und da meinte Frau Sauter, ich soll mich vorstellen, ich war auch …«

»Moment«, unterbrach Paul die alte Dame, die sichtlich aufgeregt war, »entschuldigen Sie bitte. Lassen Sie doch vielleicht besser meinen Kollegen berichten.«

Frau Zerhusen machte ein beleidigtes Gesicht, hielt aber den Mund.

Kindler lieferte ihm eine Zusammenfassung.

»Frau Zerhusen war heute gegen halb zehn hier am Laden, aber es öffnete niemand. Sie sagt, das sei ungewöhnlich. Jetzt kommt sie gerade von den Eltern Eduard Sauters, aber auch dort öffnete niemand. Frau Zerhusen ist erneut hierhergekommen, weil sie sich Sorgen machte und hoffte, die Eltern hier anzutreffen. Aber der Laden ist immer noch geschlossen.«

»Und Franziskas Wagen steht vor der Tür«, fügte Paul an und betrachtete die Ladentür. Dahinter war es dunkel. Die Tür wie auch die große Schaufensterscheibe waren dicht mit Plakaten und Werbung beklebt. Sämtliche Plakate waren alt, verblichen und wellten sich – außer dem an der Tür.

Paul Adamek traf eine Entscheidung.

»Wir gehen rein«, sagte er.

Kindler und Ziller nickten.

»Frau Zerhusen. Würden Sie bitte rüber zu dem Wagen gehen und sich dort zur Verfügung halten.«

»Aber was ist mit den Eltern? Da stimmt doch was nicht!«, rief die alte Dame.

»Darum kümmern wir uns später. Bitte, gehen Sie rüber.«

Sie fügte sich, wenngleich auch widerwillig.

Paul postierte sich mit Kindler und Ziller vor der Tür. »Ich nehme an, ihr habt schon geklingelt.«

»Oft genug.«

»Okay. Ich weiß nicht, was uns erwartet, aber wir sollten vorsichtig sein.«

Sie zogen ihre Dienstwaffen, ließen sie aber noch gesichert. Paul trat vor und schlug mit dem Griff seiner Waffe das Glas der Tür gleich neben der Klinke ein. Das Geräusch war dank des großflächigen Plakates kaum zu hören. Er schlug auch noch die Scherben heraus und schloss die Tür mit dem Schlüssel auf, der rückseitig in dem Schloss steckte.

Die Waffe zu Boden gerichtet betrat er als Erster den Laden. Es folgten Ziller und Kindler. Drinnen verteilten sie sich so, dass sie zwischen die Regalreihen sehen konnten.

»Hier ist die Polizei«, rief Paul. »Ist jemand da?«

Der Laden schluckte seine Worte. Eine Reaktion gab es nicht.

»Sucht mal einen Lichtschalter«, sagte Paul.

Sie fanden keinen, jedenfalls nicht vorn im Laden. Also schoben sie sich weiter in den hinteren, dunkleren Bereich vor, jeder in einer anderen Regalreihe. Unbehelligt und ohne etwas Auffälliges zu bemerken, erreichten sie einen scheinbar angebauten, eine Stufe tiefer liegenden Bereich des Ladens. Dort befanden sich Angelruten, Vogelkäfige und eine Palette mit Tierfutter mitten im Raum. Nichts wies darauf hin, dass Franziska sich hier aufgehalten hatte. Oder sonst jemand. Die ganze Bude wirkte verstaubt.

Hinter einem langen Holztresen, auf dem einige Vogelkäfige standen, entdeckte Paul eine Reihe Lichtschalter. Er ging hin und betätigte einen nach dem anderen. Unter der Decke flammten klickend und klackend nackte Leuchtstoffröhren auf. Es wurde heller im Laden, aber die unheimliche, an eine Gruft erinnernde Stimmung vertrieb das Licht nicht.

In der hinteren Wand war eine Tür halb geöffnet.

Paul zeigte mit seiner Waffe darauf.

»Nachsehen.« Warum flüsterte er plötzlich? Und was hatte die Gänsehaut auf seinen Armen zu bedeuten?

Ziller und Kindler nickten und schoben sich gleichzeitig an der ungünstig platzierten Palette vorbei auf die Tür zu. Kindler sicherte, Ziller sprang vor, schwenkte seine Waffe durch den Raum und betrat ihn schließlich.

»Ein Lager«, rief er und tauchte kurz danach wieder auf. »Niemand drin.«

Alle drei entspannten sich etwas.

»Verflucht, wo ist sie?«, sagte Paul.

»Von außen sah es so aus, als gäbe es noch eine Wohnung über dem Laden«, warf Ziller ein, »vielleicht existiert sogar eine Verbindung vom Laden aus.«

Paul nickte. »Könnte sein, aber ohne Durchsuchungsbeschluss wird es langsam kritisch. Gefahr im Verzug ist hier nicht zu erkennen.«

»Es sei denn, jemand würde schreien«, sagte Kindler.

»Richtig«, bestätigte Paul und sah die beiden an. »Hat jemand einen Schrei gehört?«

»Laut und deutlich«, meinten beide unisono.

»Ich glaube, das kam von oben«, sagte Paul, kam hinter dem Tresen hervor und ging in den schmalen Gang, der an einer geschlossenen Tür mündete.

Kindler und Ziller folgten ihm.

3

Mitten im Flug, in diesem wunderschönen Moment voller Leichtigkeit, Anmut und Glück, drangen von allen Seiten Geräusche über den See. Ein tiefes Grummeln und Stampfen, wie von einem entfernten Gewitter, das aus der Weite die Macht seiner Stimme spielen ließ.

Franziska wollte aber nicht auf diese Stimme hören. Sie hatte den letzten Schritt bereits getan, hatte ihre Zehen vom Holzsteg gelöst, war bereit für den endgültigen Kuss des kalten Wassers, der alle Schmerzen und alles Leid hinwegfegen würde.

Lass mich gehen … Lass mich gehen … Lass mich gehen.

Aber die Stimme war anderer Meinung.

Ihr Grummeln wurde intensiver, das Stampfen realer.

Wie Schritte auf Holz.

Jemand näherte sich ihr vom Steg her! Franziska konnte die Erschütterung in dem Holz spüren, obwohl sie sich nicht mehr darauf befand. Nein, Irrtum! Großer Irrtum! Sie stand noch auf dem Steg, hatte sich gar nicht abgestoßen, befand sich nicht im freien Flug.

Sie drehte den Kopf, wie vorhin, als ihr Vater ihr zum Abschied zugewinkt hatte. Ihr Vater war nicht mehr da. Andere Männer, schwarz gekleidete Männer, kamen vom Land her über den Steg auf sie zugelaufen. Das Holz zitterte und bebte, der Steg wackelte, drohte zusammenzubrechen.

Franziska wollte ihnen zurufen, dass sie wegbleiben sollten. Es war gefährlich hier vorn, nicht jeder durfte hier stehen. Sie schon, es war schließlich ihr Zuhause, aber nicht diese Männer, die hatten hier nichts zu suchen.

Geht weg … Geht weg …

Sie hörten nicht. Das Poltern wurde lauter. Staub rieselte auf ihr Gesicht.

Auf ihr Gesicht?

Franziska schaffte es, die Augen zu öffnen.

Großer Gott, sie hatte sich nicht geirrt! Zwischen den Holzbohlen der Luke rieselte Staub herunter, der wie Geisterfinger ihr Gesicht berührte, ihr in die Augen fiel. Außerdem konnte sie Schritte hören. Schritte von mehreren Personen. Und Stimmen! Da oben unterhielten sich Männer. Es war gar nicht die Stimme des Gewitters, es waren wirkliche, reale Menschen. Über ihr. In dem Laden.

Schrei! Schrei dir die Seele aus dem Leib!

Aber ihre Zunge war zu stark angeschwollen, auch die Kehle fast zu. Außerdem fehlte ihr schlicht und einfach die Kraft für einen Schrei, den man dort oben hören würde. Jetzt waren sie da, suchten nach ihr, weniger als einen Meter über ihrem Kopf, und sie konnte sich nicht bemerkbar machen.

Lass dir etwas einfallen, Mädchen! Du wirst hier nicht sterben, während sie genau über deinem Kopf nach dir suchen.

Die Tatsache, dass nicht alles verloren war, dass ihr Leben weitergehen konnte, wenn sie sich nur stark genug anstrengte, aktivierte irgendwo in ihrem Körper ein letztes bisschen Kraft. Ein kleiner Funke, der ihre Muskeln noch einmal zum Leben erweckte, der sich um das Gift herumschlich, sich eine Hintertür suchte.

4

Die Tür führte auf einen kurzen, schmalen Flur. Rechts befand sich die Tür zur Straße hin, die Kindler schon von draußen überprüft hatte – sie war verschlossen.

Links führte eine Treppe ins Obergeschoss. Es war eine alte, mit verblichenem Linoleum ausgelegte Holztreppe, deren Stufen unter dem Gewicht der drei Männer knarrten. Paul ging mit nach vorn gestreckter Waffe voran. Am oberen Ende der Treppe erwartete sie abermals eine geschlossene Tür.

Pauls Herz raste, als er die Klinke niederdrückte. Seine beiden Kollegen auf der Treppe unter ihm konnten ihm kaum helfen, sollte hinter der Tür jemand lauern.

Aber da war niemand.

Abgestandener Geruch schlug ihm entgegen, sonst nichts.

Paul betrat die Wohnung von Eduard Sauter. Hinter ihm schoben sich Kindler und Ziller ebenfalls in den schmalen Flur.

Es war still. Von irgendwoher tickte leise eine Uhr.

»Franziska?«, rief Paul. Das war nicht unbedingt schlau, aber er konnte einfach nicht anders. Das Gefühl, dass ihr etwas zugestoßen war, verstärkte sich von Minute zu Minute.

Keine Antwort.

Sie teilten sich auf. Paul links, Kindler rechts, Ziller nahm die Tür gegenüber.

Paul sicherte das Schlafzimmer. Die Möbel in dem Raum – ein Doppelbett, ein Nachtschrank, ein Schminktisch, ein Kleiderschrank und ein stummer Diener – waren aus den siebziger Jahren. Billiges Furnierholz, ausgeblichen und abgegriffen. Alles war akkurat aufgeräumt. Kleidungsstücke hingen sauber gefaltet auf dem Diener. Ein Paar Pantoffeln stand exakt ausgerichtet vor dem Bett. Der Schminktisch besaß einen Rahmen für einen Spiegel, doch der war leer. Auf der Tapete dahinter war ein dunkler, ovaler Fleck zu sehen, wo sich der Spiegel einst befunden haben musste.

Was nicht passte, war das Bett! Es war nicht gemacht. Das Laken lag zu einem Knäuel verknotet da, so als hätte Sauter nachts an Fieberkrämpfen gelitten. Die Spritze neben dem Kopfkissen fiel Paul erst beim näheren Hinsehen auf. Er ging zum Bett hinüber, kniete sich daneben, berührte die Einwegspritze jedoch nicht. Sie war leer, aber eindeutig benutzt worden. Ein von Hand beschriebener Aufkleber befand sich darauf. Paul musste sich weit hinunterbeugen, um ihn lesen zu können.

Dendroaspis viridis.

Damit konnte er nichts anfangen. Nach einer Droge klang es aber nicht.

Paul überprüfte noch den Kleiderschrank und sah unter das Bett, dann verließ er den Raum und wandte sich der nächsten Tür zu. Schon als er sie aufdrückte, spürte er eine fremdartige Atmosphäre. Er musste kein Licht einschalten. Die der Tür gegenüberliegende Wand war eine einzige Lichtquelle.

Pauls Schussarm sackte hinab, seine Kinnlade ebenfalls.

Er meinte, sich in einem Regenwald zu befinden. Erst nach einigen Sekunden begriff er, was er da vor sich hatte.

Ein Terrarium von gewaltigem Ausmaß.

Es bedeckte die komplette Wandseite, eine riesige Scheibe, hinter der eine andere, fremde Welt wucherte. Die Pflanzen wuchsen so dicht, dass Paul die Tiefe des Terrariums nicht abschätzen konnte. Das Licht darin schimmerte grün, außerdem tropfte von irgendwoher Wasser durch das Blätterdach zu Boden. Lebewesen konnte er darin nicht entdecken. Er bemerkte aber eine schmale Schiebetür im oberen Drittel, über der Panoramascheibe, die offen stand.

Plötzlich hinter ihm ein Geräusch!

Paul erschrak heftig. Er war so eingefangen gewesen von dem Anblick, dass er Ziller und Kindler nicht bemerkt hatte. Sie standen unmittelbar hinter ihm. Zumindest Ziller trug den gleichen Gesichtsausdruck zur Schau, den er gerade eben wohl auch gehabt hatte.

»Unfassbar!«, gab Ziller von sich.

»Was gefunden?«, fragte Paul, während er weiterhin das Terrarium betrachtete.

»Nein«, kam es unisono von den beiden Beamten.

Die Bewegung bemerkten sie alle drei gleichzeitig.

Ein grüner, schmaler Kopf, der kurz und schnell unter dem Sessel, der wie ein Logenplatz zum Terrarium ausgerichtet mitten im Raum stand, hervorschnellte und wieder verschwand.

»Scheiße«, stieß Kindler aus, »'ne Schlange!«

»Raus hier!«, sagte Paul. Rückwärtsgehend verließ er den Raum und schloss die Tür.

»Was ist das für ein komischer Typ, der hier lebt?«, fragte Ziller.

Paul atmete scharf aus. »Frag mich was Leichteres, aber normal ist das nicht.« Er sah seine Kollegen an. »Und ihr seid euch sicher, dass niemand hier ist?«

Ziller zuckte mit den Schultern. »So groß ist die Wohnung nicht. Hier kann sich niemand verstecken.«

»Okay, dann gehen wir noch mal in den Laden runter. Franziska kann ja nicht spurlos verschwunden sein.«

5

Die Waffe!

Ihre Dienstwaffe war ihre einzige Rettung, damit konnte sie auf sich aufmerksam machen. Auch wenn die Geräusche über ihr längst verklungen waren, musste sie es doch versuchen. Sie hoffte, dass sich die Waffe dort befand, wo sie sie vermutete.

Ihre Stiftlampe lag immer noch unter der Treppe und leuchtete. In deren Licht hatte sie entdeckt, dass sich ungefähr in der Mitte des auf dem Kellerboden liegenden Teppichs eine Beule abzeichnete.

Mühsam ließ Franziska sich die Treppe hinuntergleiten. Die Spinnen, die mittlerweile etwas ruhiger geworden waren und sich dunkle Ecken gesucht hatten, waren ihr jetzt egal. Wenn sie an die Waffe herankam, war sie gerettet, nur das zählte.

Ihr war klar, dass sie den Teppich weder anheben noch zur Seite schieben konnte, dafür fehlte ihr die Kraft. Doch der Teppich lag nicht gerade, sondern in Falten, und eine davon führte auf die Beule zu, von der sie hoffte, dass es ihre Waffe war. Sie musste in den Tunnel greifen, den diese Falte bildete. Ein Tunnel, in den Arm und Hand gerade so reinpassten, der dunkel war und in dem sich die Spinnen sicher auch wohl fühlten.

Denk nicht darüber nach, tu es einfach.

Tu es!

Ihr Unterbewusstsein schrie sie geradezu an. Also legte sie ihre Hand auf den staubigen Kellerboden und wappnete sich innerlich gegen einen erneuten Biss, gegen den Schmerz, den sie noch sehr gut in Erinnerung hatte. Schließlich bewegten sich ihre Finger selbst wie Spinnenbeine in den Tunnel. Langsam schob sie ihre Hand, dann das Handgelenk, dann den Unterarm hinein. Dabei musste sie immer dichter mit dem Gesicht an den Tunnel heran.

Was, wenn eine Spinne ihr ins Gesicht sprang?

Was, wenn ihr Arm zu kurz war und sie die Waffe nicht erreichte?

Dann hatte sie verloren, denn sie spürte, wie ihre Kraft rapide nachließ. Allein diese kleinen Bewegungen reichten aus, sie erneut nah an eine Ohnmacht zu manövrieren. Trotzdem kämpfte sie weiter.

Plötzlich spürte sie das kalte Metall an ihren Fingerspitzen!

Ihr Gesicht befand sich ganz nah am Teppich. Franziska schloss die Augen, drückte ihre rechte Wange gegen die Teppichkante und schob ihre Hand noch ein Stück weiter vor. Umfasste den Griff der Walter PPK. Wunderbar, er fühlte sich wunderbar an. So fest es ihr möglich war, schloss sie die Finger darum und zog ihren Arm aus dem Tunnel heraus. Es schien ewig zu dauern. Als sie es endlich geschafft hatte, hörte sie über sich wieder Geräusche.

Sie hatte die Waffe vorhin nicht entsichert, und jetzt brauchte sie mit ihren fast steifen Fingern mehrere Versuche, ehe es ihr gelang. Dann richtete sie den Lauf der Waffe nach oben gegen die Luke und drückte ab.

Einmal, zweimal, dreimal.

Schließlich fiel ihr Arm hinab, und in ihrem Kopf gingen die Lichter aus.

6

Ihr Anblick ließ seinen Atem stocken.

Nur mit ihrer Unterhose bekleidet lag sie in fötaler Stellung auf dem Fußboden. Es stank nach Exkrementen, nach Schweiß und Angst. Sie rührte sich nicht, und von der Tür her sah es so aus, als atme sie nicht einmal mehr.

Er stürzte in den Raum, achtete darauf, nicht in ihre Ausscheidungen zu treten, und ging neben ihr in die Knie. Legte seine große Hand auf ihre Brust, konnte aber keinen Herzschlag fühlen. Erst als er zwei Finger an die Halsschlagader legte, spürte er ihren Puls. Sie lebte. Er drehte sie auf den Rücken und nahm ihren kleinen Kopf in beide Hände. Ihr sonst wunderschönes Haar war jetzt schweißnass und verfilzt.

Sie spürte die Berührung. Flatternd öffneten sich ihre Lider. Der leere Blick ihrer unbrauchbaren Augen schien sich wie ein Brandeisen auf sein Gesicht zu pressen. Mit ihren kleinen schwachen Händen umklammerte sie seine Handgelenke.

Er achtete auf ihre Lippen, als sie zunächst unhörbar, dann aber immer lauter Worte formulierte. Ihre Lippen waren so trocken wie der Staub im Saal. Risse hatten sich darin gebildet, die rötlich schimmerten.

»... trinke ich aus ...«

»Was? Was sagst du? Komm zu dir!« Er schüttelte ihren Kopf.

»Trinke die Milch ... Bitte ... Milch ... So schrecklichen Durst.«

Sie hatte Durst, wollte Milch trinken. Er atmete erleichtert aus. Sie würde ihm nicht wegsterben. Das wäre fatal gewesen, denn in der jetzigen Situation hätte er sich keine Neue besorgen können.

»Du bekommst deine Milch«, sagte er mit sanfter Stimme. Dann schob er seine Arme unter ihren Körper, hob sie von dem besudelten Boden auf und trug sie aus der Kammer. Kaum waren sie draußen auf dem Wartungsgang, da streckte sie ihre Hände aus und legte sie rechts und links an seine Wangen. Er konnte sich nicht dagegen wehren, da er sie trug und nicht fallen lassen wollte.

»Nicht! Lass das!«, sagte er streng, schüttelte den Kopf hin und her.

Doch ihre Hände blieben an seinem Gesicht und begannen zu lesen. Sie tasteten, berührten die geschwollene und empfindliche Bisswunde der Schlange, was ihm leichte Schmerzen bereitete. Schmerzen, die aber nichtig waren gegen das, was er in seinem Innersten empfand. Niemals zuvor hatte ihn jemand auf diese Art berührt, auch seine Mutter nicht. Seine Mutter hatte immer eine Abscheu vor seinem Gesicht empfunden, hatte nie seinen Kopf an sich gedrückt und ihn gestreichelt. Dieses Mädchen ertastete sein Gesicht mit ihren Fingern, und schlagartig wurde ihm bewusst, dass sie ihn in diesem Moment sah. Ihre Finger waren ihre Augen. Sie prägte sich seine Züge ein, um sie niemals wieder zu vergessen.

Er hatte einen großen Fehler begangen, als er sie auf die Arme genommen hatte.

Schweiß brach ihm aus, immer schneller und hektischer wurden seine Schritte, und als er endlich die Küche erreichte, ließ er sie einfach auf einen der Stühle fallen. Sie war aber zu schwach, kippte sofort vom Stuhl, schlug hart mit Rücken und Kopf auf den Boden und schrie erschrocken auf.

Im gleichen Moment dröhnte ein gewaltiger Lärm durch seine geheimen Hallen.

Wumm, wumm, wumm.

Das Dröhnen drang in seinen Kopf, drohte ihn zerplatzen zu lassen. Er vergaß das Mädchen auf dem Boden, wandte sich ab und lief in den großen Saal hinaus, dessen Fenster alle doppelt mit harten, soliden Holzplatten vernagelt waren. Das Dröhnen der Schläge hallte in dem großen Saal von einer Wand zur anderen, wiederholte und multiplizierte sich, wurde binnen kurzer Zeit zu einem wahnsinnigen Crescendo. Hektisch ruckte sein Kopf von einer Seite zur anderen, wie ein Hund versuchte er, die Quelle der Schläge zu orten, schaffte es aber nicht. Sie waren hier, dort, überall. Tausende Fäuste hämmerten zugleich auf das Gebäude ein und ließen es in seinen Grundfesten erzittern.

Er lief zur linken Seite hinüber, an der sich eine lange Schanktheke mit dahinterliegendem Lagerraum für Getränkekisten und Bierfässer befand. Jetzt lagerten dort seine Utensilien. Von diesem Raum führte eine eiserne Tür nach draußen. Ebenjene Tür, durch die er stets kam und ging. Er drehte den Schlüssel, öffnete sie einen schmalen Spalt und spähte hinaus.

Er sah gerade noch, wie ein großer, kräftig gebauter Mann an der Hausecke zur vorderen Giebelseite verschwand. Auch sah er den schweren Hammer mit langem Stiel in der Hand dieses Mannes.

Ein einzelner Mann!

Keine Polizeiarmee, nur ein einzelner Mann, der versuchte, seine Burg zu stürmen.

Er würde es verhindern.

Das kurze Brecheisen, mit dem er die regelmäßig aus dem

Ausland eintreffenden Holzkisten öffnete, lag neben der Tür auf einem Regalbrett. Er nahm es in die rechte Hand, schob sich nach draußen und drückte die Tür leise ins Schloss. Als sie zu war, hörte auch das gewaltige Dröhnen auf, das ihn drinnen fast um den Verstand gebracht hatte. Hier draußen war es nur das, was es wirklich war: Hammerschläge gegen Holz. Jetzt gegen die Eingangstür, die er von innen auch doppelt mit Platten vernagelt hatte. So leicht kam niemand hinein, mit einem einfachen Hammer schon gar nicht, da konnte er noch so kräftig sein.

Eduard Sauter schlich bis zur Hausecke vor. Dort blieb er schwer atmend stehen. Er empfand gleichzeitig Angst, Entzücken und freudige Erwartung. Anders als er es geplant hatte, befand er sich plötzlich in der Position des Jägers. Würde er auch mit dieser Beute fertig werden?

Ja, wenn er das Überraschungsmoment nutzte.

Er positionierte sich ganz nah an die Ecke, nahm das Brecheisen in beide Hände und holte weit hinter dem Kopf aus.

»Hilfe, ich bin hier, hilf mir!«, rief er mit hoch gestellter Stimme.

Augenblicklich hörte das Hämmern gegen die Eingangstür auf.

Das Kribbeln in seinen Fingern und Beinen nahm dagegen zu.

Schritte auf dem Schotter. Schnelle Schritte, die sich rasch der Hausecke näherten.

Er drosch mit dem Brecheisen zu, just in dem Moment, als der Mann um die Ecke kam. Das perfekte Timing eines professionellen Jägers. Das Brecheisen erwischte ihn seitlich am Kopf. Durch das Metall hindurch spürte er Knochen brechen. Blut spritzte in hohem Bogen auf den Parkplatz. Der Mann gab einen erschrockenen Laut von sich, taumelte zurück und stürzte auf den Rücken. Dabei verlor er seinen Hammer. Er schlug beide Hände vor sein eingeschlagenes Gesicht und schrie gequält auf.

Der Jäger setzte nach. Man ließ ein verletztes Beutetier nicht in seinen Qualen liegen. Er beugte sich über den Mann und holte aus. Der bemerkte ihn, wollte die Hände zur Deckung hochreißen, schaffte es aber nicht mehr. Die Brechstange drosch ihm diesmal mitten ins Gesicht. Jetzt schrie er schrill und laut.

Töte die Beute! Töte sie, bevor sie Artgenossen anlockt mit ihrem Geschrei.

Er drosch so oft auf den Mann ein, bis der endlich still war und er selbst seine Arme vor Schmerzen nicht mehr heben konnte.

Als er sich aufrichtete, stieg über dem Feld nebenan krächzend ein Schwarm Krähen auf. Schwer atmend beobachtete er die schwarzen Vögel. Blut troff von seinen Händen und der Brechstange auf den zerstörten Körper hinab. Er sah nicht hin, beobachtete weiterhin die Krähen bei ihrem Rundflug. Sie bewegten sich nicht majestätisch, aber strukturiert und zielgerichtet. Sie waren gute Jäger, mussten sich vor keinem Feind in der Tierwelt fürchten, denn es gab keinen. Sie waren konsequent und tödlich und ohne Mitleid. Genauso musste er jetzt auch vorgehen. Die Dinge richteten sich, wurden strukturierter, daran änderte auch dieser kleine Zwischenfall nichts. Er hatte den Ablauf wieder unter Kontrolle, alles war in bester Ordnung. Allerdings musste er den nächsten Schritt jetzt auch gehen. Die Neue hatte ihn mit ihren Fingern gesehen, hatte ihn ertastet. Das konnte er nicht akzeptieren. Er musste jetzt wie die Krähen handeln. Kalt und zielgerichtet.

7

Plötzlich dröhnte und bebte der Fußboden!

Kindler, Ziller und Adamek, die eben den Laden wieder erreicht hatten, zuckten zusammen. Es dauerte eine Sekunde, bis sie begriffen, dass es sich bei dem Dröhnen um Schüsse handelte. Schüsse, die unter ihnen abgefeuert wurden.

Dreimal unmittelbar aufeinander.

Aus der Palette mit Futtersäcken, die mitten im Raum stand, stob Staub auf. Einer der unteren Säcke platzte, braune Körner ergossen sich auf den Fußboden.

Alle drei zielten mit ihren Waffen auf die Palette. Ziller und Kindler aus der Hocke, Adamek im Stehen aus dem schmalen Gang heraus.

»Scheiße! Was war das!«, schrie Ziller.

Die Schüsse hallten noch in ihren Ohren nach.

»Da hat jemand geschossen, unter uns … Das kam eindeutig von unten. Hier gibt es einen Keller!«

Noch wagten sie nicht, sich zu bewegen. Aus Furcht vor weiteren Schüssen warteten sie eine Minute ab.

»Unter der Palette«, sagte Paul schließlich. »Die Projektile sind von unten in die Säcke eingedrungen.«

Er ahnte, was das bedeutet, was es bedeuten musste.

»Los, packt die Säcke runter!«, wies Paul die beiden an.

Sie steckten ihre Waffen weg und machten sich an die Arbeit. Vorsichtig, weil sie weitere Schüsse befürchteten, nahmen sie die Säcke einzeln von der Palette und warfen sie ein Stück weiter auf den Boden. Paul stand daneben und sicherte.

Schließlich war die Palette leer, und sie zogen sie beiseite.

Eine hölzerne Klappe im Boden, darin die drei zerfetzten Austrittslöcher der Projektile.

Sie gingen neben der Klappe in die Hocke, passten aber auf, nicht darüber zu geraten.

»Franziska? Bist du da unten?«

Keine Antwort.

»Los, macht sie auf«, befahl Paul. »Schnell!«

Das war nicht so einfach, da sie mittels einer Latte am Rahmen verschraubt war. Sie versuchten es mit Fußtritten, doch das klappte nicht. Ziller sah sich um und fand einen Akkuschrauber hinter dem Tresen mit den Vogelkäfigen. Damit lösten sie die Schrauben. Während Paul weiterhin sicherte, hoben Ziller und Kindler die Klappe an und legten sie auf der anderen Seite ab.

Das Licht aus dem Laden, das in den Kellerabgang fiel, reichte aus, um Franziska zu erkennen. Sie lag in verkrümmter Haltung am Ende der Treppe, scheinbar leblos.

»Verfluchte Scheiße!«, rief Paul, steckte seine Waffe weg und kletterte die Stufen hinunter.

Als er neben Franziska auf die Knie ging und an ihrem Hals nach dem Puls fühlte, bemerkte er aus den Augenwinkeln ein schnelles Huschen auf dem Boden des Kellerraumes. Schon dabei, seine Waffe erneut zu ziehen, sah er, dass es sich um Spinnen handelte. Kleine, schwarze, ziemlich flinke Spinnen, die von ihm aufgeschreckt worden waren. Eine krabbelte gerade an Franziskas Schuh hoch. Paul holte mit der Hand aus und schlug sie weg. Kurz bevor seine Hand sie traf, sah er, wie das Mistvieh sich auf die Hinterbeine stellte und ihm scheinbar drohte. Sie flog bis ans andere Ende des Raumes.

Erneut legte er seine Finger an Franziskas Hals. Er spürte einen schwachen Puls, der aber in unglaublicher Geschwindigkeit raste. Dann fiel ihm die rote, immens geschwollene Bisswunde an Franziskas Hand auf.

Hatten die Spinnen sie gebissen?

Er sah genauer hin, beobachtete die umherwuselnden kleinen Viecher. Paul war nach seinem Abitur für sechs Monate in Australien gewesen, hatte dort das Geld verbraten, das er zuvor mit Hilfsjobs verdient hatte, um sich diesen Traum zu erfüllen. Australien beherbergte die giftigste Fauna der Welt, und natürlich hatte er sich vorher darüber informiert, was ihm dort gefährlich werden konnte. Wirklich sicher war er sich nicht, aber diese flinken und aggressiven schwarzen Spinnen sahen der Trichternetzspinne verdammt ähnlich.

»Einer muss runter und mit anpacken«, rief er.

Ziller kam die Stufen hinunter. Er packte die leblose Franziska unter den Achseln, während Paul die Beine nahm. Zusammen trugen sie sie die Treppe hinauf und legten sie oben ab.

»Ruf einen Rettungswagen. Sag denen, es handelt sich um den Biss einer giftigen Spinne. Wir brauchen das Gegengift für die Trichternetzspinne.«

Kindler, der sein Handy schon in der Hand hielt, sah ihn verständnislos an.

»Was?«

»Mach schon!«, fuhr Paul ihn herrisch an. »Australische Trichternetzspinne. Sag ihnen das. Wir brauchen gleich hier dringend das Gegengift, nicht erst im Krankenhaus. Sie stirbt sonst.«

Während Kindler telefonierte und durchgab, was Paul ihm aufgetragen hatte, hockten er und Ziller neben Franziska, die mehr tot als lebendig wirkte.

»Wie kommst du darauf?«, fragte Bodo Ziller.

»Ich war mal in Australien, hab diese Viecher dort auch gesehen. Es gibt verschiedene Arten, und ich könnte mich täuschen, aber da unten krabbeln noch welche herum, und diese sehen aus wie die Gattung, die ausschließlich in der Gegend von Sydney vorkommt. Es ist die gefährlichste. Ihr Gift ist tödlich. Aber wir brauchen ein Exemplar aus dem Keller, zur Sicherheit.«

Ziller starrte Paul an. »Ich bestimmt nicht«, sagte der eigentlich hartgesottene Beamte.

»War mir klar. Bleib bei ihr und überwach den Puls. Ich geh runter.«

Paul sah sich hinter dem Tresen um, fand mehrere Gläser mit Schraubverschluss sowie eine Metallschaufel, mit der wahrscheinlich Futter abgewogen wurde. Damit bewaffnet stieg er erneut in den Keller hinab. Jetzt sah er auch den Lichtschalter, der sich neben der Klappe an der Decke befand. Zwei ausreichend starke Leuchtstoffröhren flammten auf, nachdem er ihn betätigt hatte. Das Licht machte die Spinnen noch nervöser. Sie rannten auf dem Boden umher als gälte es, ein Wettrennen zu gewinnen.

Auf der letzten Stufe hockend atmete Paul tief ein und aus und nahm seinen ganzen Mut zusammen. Eigentlich hatte er keine Angst vor Spinnen, weil er genau wusste, dass sie ihm nichts taten. Mit diesen hier verhielt es sich aber anders. Gerade die Männchen galten als äußerst aggressiv, und als eine der wenigen Ausnahmen im Tierreich verfügten *sie* über das tödliche Gift, nicht die Weibchen. Während der Paarungszeit verließen die Männchen die Nester und streiften durch die Gegend, deshalb passierten die meisten Bissunfälle auch mit ihnen.

Paul schluckte trocken, setzte einen Fuß auf den Boden, dann den anderen. Direkt vor ihm flitzten die Spinnen von rechts nach links. Paul stellte die vordere Kante der Schaufel auf den Boden, wartete, bis eine in seine Nähe kam und hielt ihr die Schaufel genau in die Marschrichtung. Aufgescheucht wie sie war, lief sie direkt rauf. Paul riss die Schaufel hoch und wollte die Spinne in das Glas schütten, doch die hielt sich auf dem glatten Metall der Schaufel, krabbelte sogar noch daran hoch in Richtung seiner Hand.

Ein kalter Schauer lief ihm den Rücken hinab.

Bevor die Spinne seine Hand erreichte, ließ er die Schaufel fallen. Er machte einen schnellen Schritt zurück und stülpte das Glas einfach über die nächste Spinne, die vorbeikam. Die versuchte sofort, an dem Glas emporzuklettern. Paul kippte es mit einer schnellen Handbewegung um und schraubte das Glas zu. Dann brachte er sich mit einem ungelenken Sprung nach hinten in Sicherheit.

Er hielt das Glas gegen das Licht.

Die Spinne richtete sich auf und zeigte ihm ihre eindrucksvollen Fänge.

Kein Zweifel. Eine Trichternetzspinne.

Jetzt konnte er für Franziska nur noch hoffen, dass sie nicht zu spät gekommen waren. Paul konnte sich noch daran erinnern, dass es bei gesunden erwachsenen Menschen recht lange dauern konnte, ehe der Tod durch Herzversagen eintrat.

»Halt durch«, murmelte er und stieg die Treppe hinauf.

8

Das Glas frischer kühler Milch war das Beste, was sie je getrunken hatte. Sie trank es in einem langen, gierigen Zug aus. Dann rülpste sie laut, roch das Brot, ertastete es und aß beide Scheiben in aller Eile auf. Sie konnte gar nicht anders; eine Scheibe liegen zu lassen war ihr nicht möglich.

Beinahe sofort floss neue Energie durch ihren Körper. Genauso wie ihr Bauch sofort zu rebellieren begann und merkwürdige Geräusche von sich gab, doch darauf achtete sie jetzt nicht.

Er hatte sie allein gelassen, war einfach weggelaufen. Sie konnte fühlen und hören, dass er sich nicht mehr im Raum befand. Dies war kein Test! Das laute Dröhnen hatte ihn aufgeschreckt und fortgelockt. Hier war ihre Chance! Sarah wusste, dass sie wohl keine zweite bekommen würde, deshalb zögerte sie nicht eine Sekunde. Die Arme weit vors Gesicht gestreckt, die Hände gespreizt, machte sie sich auf die Suche nach einem Ausweg. In völlig fremdem Terrain war so etwas immer schwierig und Zeit raubend, doch Zeit hatte sie nicht, deshalb musste sie das Risiko eingehen, irgendwo anzustoßen. Lieber holte sie sich eine Beule, als sich noch mal in der kleinen Kammer einsperren zu lassen – oder gar in den Wald der Tausend Beinchen geschleppt zu werden.

Sarah stieß sich die Hüfte, die Schulter und das rechte Knie, fand aber einen Ausgang. Nachdem sie sich durch die Pendeltür getastet hatte, spürte sie einen wesentlich größeren und kühleren Raum. Ohne stehen zu bleiben, lief sie weiter, bis sie an etwas stieß, das sich wie ein Stuhl anfühlte. Sie drängte sich daran vorbei, ging weiter, stieß bald an den nächsten und kurz darauf an einen Tisch. Sie konnte das alles nicht einordnen, aber ein großer Raum mit Stühlen und Tischen musste wohl so ähnlich sein wie die Mensa in ihrem Wohnheim.

Das Dröhnen hörte plötzlich auf.

Sarah verharrte und lauschte.

Nichts, es war nichts mehr zu hören.

Sie musste sich beeilen, musste ein Versteck finden. Sicher würde er gleich zurückkehren. Weil ihr nichts anderes einfiel, ließ Sarah sich auf die Knie fallen und krabbelte weiter vorwärts. Schnell geriet sie an den nächsten Stuhl, zwängte sich daran vorbei und zwischen allerlei Holzbeinen hindurch. Über ihr war plötzlich ein Dach, und als sie rund um sich herumtastete, begriff sie, dass sie unter einem Tisch hockte, um den einige Stühle standen und von dem eine Decke herunterhing. Sarah hoffte, dass er sie darunter nicht sehen würde. Also blieb sie einfach dort hocken, zog die Beine dicht an den Oberkörper und umklammerte die Knie mit den Armen.

Sie fühlte sich plötzlich nicht mehr so gut.

Die frische Energie der Milch schien bereits verschwunden zu sein.

In ihrem Bauch grummelte es, und er zog sich schmerzhaft zusammen. Hatte sie die kalte Milch zu schnell getrunken? Hoffentlich musste sie sich nicht übergeben! Das war ihr schon einmal passiert, als sie nach einem scharfen Essen fast einen ganzen Liter kalten Apfelsaft getrunken hatte.

Obwohl sie dagegen ankämpfte, spürte sie etwas in ihrem Hals aufsteigen.

Jetzt nicht, o bitte, nicht jetzt, er darf mich doch nicht hören!

Aber sie hörte ihn!

Geräusche. Poltern. Schwere Schritte. Ein Schleifen. Dann einen Moment Stille, in dem sie wieder nur ihren Bauch hörte, der immer lauter wurde.

»Neeeeiiiiiiiiiiiiiin!«, brüllte plötzlich eine Stimme, die ihr völlig fremd vorkam.

Wieder Schritte, hektisch diesmal. Er befand sich jetzt in dem Raum, in dem sie sich versteckt hatte.

»Wo bist du?«, rief der Mann jetzt mit seiner üblichen Stimme. Sie klang völlig anders als das gebrüllte Nein kurz zuvor. Sarah machte sich noch ein bisschen kleiner und befahl in Gedanken ihrem Bauch, dass er doch still sein möge.

»Sarah, mein Schatz, komm doch heraus. Ich mag solche Versteckspiele nicht so gern. Es ist hier auch viel zu gefährlich für dich. Alles steht mit alten Dingen voll. Du könntest dich verletzen. Das willst du doch nicht, oder?«

An seiner Stimme und dem Schallverlauf konnte Sarah hören, dass er sich langsam durch den großen Raum bewegte. Mal direkt auf sie zu, dann wieder weg. Also konnte er sie unter dem Tisch nicht sehen. Wenn sie ganz still und ruhig sitzen blieb, sich nicht rührte, dann würde er sie vielleicht nicht finden!

»Ach, Sarah, mein kleiner Schatz, du musst doch keine Angst haben vor mir. Ich tue dir doch nichts. Lass uns doch Verstecken spielen, ja? Du musst mir aber eine Chance geben. Kennst du das? Mäuschen mach mal Piep! Jetzt musst du Piep machen, ganz leise nur, und ich muss versuchen, dich zu finden. Und danach essen wir ein großes Eis. Versprochen!«

Sarah hörte zwar, was er sagte, es klang auch verlockend, und seine Stimme war so nett, aber still in ihrem Kopf sagte sie sich immer wieder diesen einen Satz, den sie sich vor ein paar Tagen eingeprägt hatte, nachdem er ihr sein wahres Gesicht gezeigt hatte:

Du darfst ihm nicht vertrauen, er ist nicht nett, du darfst ihm nicht vertrauen, er ist nicht nett.

Dieses Mantra hielt sie davon ab, unter dem Tisch hervorzukriechen. Aber leider wurde ihr Bauch immer lauter, die Krämpfe immer schmerzhafter. Sie wusste wirklich nicht, wie lange sie das noch aushalten konnte. Und würde er dieses Grummeln nicht ebenfalls hören? Es war doch so schrecklich laut!

»Mach mal Piep, kleines Mäuschen!«, sagte er, und es klang sehr nah.

Sarah schwieg, presste sich die Knie noch fester an den Bauch, damit die Geräusche nicht entkommen konnten, und kämpfte verzweifelt gegen die Übelkeit und den Brechreiz an. Sie musste würgen. Milch und Brot stiegen in ihrem Hals hoch.

»Mäuschen, mach mal Piep«, wiederholte er, jetzt schon ungeduldiger. »Ganz wie du willst. Dann hole ich jetzt die Spinnen. Dann wird *das* hier der Raum der Tausend Beinchen!«

Sie hörte ihn laut stampfend davongehen. Scheinbar davongehen, denn Sarahs Gehör war fein genug, um zu erkennen, dass er sich nicht wirklich entfernte, sondern mit Stampfen auf der Stelle nur so tat. Darauf fiel sie nicht herein. Ihre Angst wurde aber trotzdem schlimmer. Wenn er wirklich tat, was er soeben angekündigt hatte, wenn er die Spinnen holte und sie hier laufen ließ, dann würde sie sich verraten. Sie könnte hier nicht zwischen den Spinnen sitzen bleiben!

»Komm endlich raus!«, brüllte er plötzlich, und Sarah zuckte wimmernd zusammen.

Ein paar Stühle flogen polternd um, Tische wurden zur Seite geschoben.

Sie konnte ihren rebellierenden Bauch nicht mehr länger zurückhalten. Er presste das Essen die Speiseröhre hoch, und sie musste sich übergeben. Mit einem lauten Würgen spritzte das Erbrochene vor ihr auf den Fußboden. Sarah keuchte und würgte, war einfach nicht mehr in der Lage, sich still zu verhalten. Er aber polterte immer noch mit den Stühlen und Tischen. Vielleicht hatte er sie deswegen ja gar nicht gehört.

Doch plötzlich verstummte das Poltern, und seine Schritte näherten sich.

9

Paul Adamek stand vor dem Ladengeschäft und sah zu, wie Franziska in den Rettungswagen geschoben wurde. Der Wagen stand mit angeschaltetem Blaulicht auf dem Bürgersteig, die Heckklappen geöffnet. Zwei weitere Polizeiwagen sperrten quergestellt mit ebenfalls eingeschaltetem Blaulicht die Straße ab. Uniformierte Beamte hatten Absperrbänder gezogen und hielten die Schaulustigen zurück.

Paul fühlte sich seltsam abwesend. Im Laden hatte er dabei zugesehen, wie sich der Notarzt und die Rettungssanitäter um Franziska bemühten. Sie war zwischenzeitlich kollabiert, ihr Herz stehen geblieben. Sie hatten ihr die Bluse aufgerissen, den BH zerschnitten, die Strompads des Defibrillators auf ihre Haut gedrückt, und ihr Körper hatte wild gezuckt, dreimal hintereinander. Dann war sie zurückgekommen. Paul hatte die Hände zu Fäusten geballt, sich innerlich windend in seiner Hilflosigkeit. Seine Chefin war immer eine starke Frau gewesen, er hatte sie nie schwach und verletzlich erlebt – aber auch noch nie in einer lebensbedrohlichen Situation. Der Notarzt hatte ihm nicht viel sagen können. Es war kritisch, nach wie vor, möglicherweise würde sie auf dem Weg ins Krankenhaus sterben. Vielleicht aber auch nicht.

Wut keimte in Paul auf.

Sie half ihm dabei, seine Gedanken unter Kontrolle zu bringen.

Dieser Eduard Sauter würde ihm nicht entkommen. Für das, was er Franziska angetan hatte, würde er bezahlen. So oder so!

Entschlossen wandte Paul sich von dem Laden ab und überquerte die Straße. Auf der anderen Seite, auf dem Rücksitz eines Streifenwagens sitzend, wartete nach wie vor Frau Zerhusen auf ihn. Sie sah ihn kommen und krabbelte aus dem Fond.

»Sie ist doch nicht verstorben?«, fragte sie.

Paul erkannte, dass die alte Dame geweint hatte. »Nein, sie lebt, aber es sieht nicht gut aus. Wir können nur hoffen.«

»Und beten«, sagte Frau Zerhusen mit Inbrunst in der Stimme.

Paul sah sie nur an. Vom Beten hatte er noch nie viel gehalten. »Erzählen Sie mir bitte alles, was Sie über Eduard Sauter wissen, Frau Zerhusen.«

Sie blickte erschrocken zu ihm auf. »Aber zuerst müssen wir doch zu seinen Eltern! Da stimmt was nicht!«

»Ich habe meine Kollegen bereits dorthin geschickt. Sie melden sich, sobald sie etwas wissen.«

»Ach so. Ja, das ist gut. Ich habe ein ganz schlechtes Gefühl dabei. Hoffentlich ist ihnen nichts passiert.«

»In welcher Beziehung stehen Sie zu den Sauters, Frau Zerhusen?«, drängte Paul die Frau weiter. Auch sie schien unter Schock zu stehen.

Sie sah ihn an, ihre Lider flackerten, dann konzentrierte sie sich ganz bewusst. »Ich … Ich bin Fußpflegerin, müssen Sie wissen, und ich behandle Herrn und Frau Sauter, also die Senioren, schon seit vielen Jahren. Ich kenne sie ganz gut, auch den Sohn, Eduard. Obwohl … Den kennt eigentlich niemand so richtig gut, der war schon immer sehr verschlossen, hatte nie Freunde … Und eine Freundin auch nicht. Genau wie der Vater hat er immer nur für den Laden gelebt, für die Tiere.«

»Er hat also diesen Laden von seinen Eltern übernommen?«

»Ja, schon vor mehr als zehn Jahren, seitdem ist aber alles ein bisschen heruntergekommen. Ich hab zuhause nie darüber gesprochen. Ich mochte das den Eltern nicht antun, verstehen Sie?«

»Lebt Eduard Sauter nur hier über dem Laden?«, fragte Paul und deutete mit einem Nicken zu dem Geschäft hinüber.

»Ja, da oben, wie vorher seine Eltern. Wieso fragen Sie?«

»Frau Zerhusen, das ist jetzt sehr wichtig. Wir verdächtigen Herrn Sauter, ein kleines Mädchen entführt zu haben. Vielleicht hält er sie noch gefangen, aber ganz sicher nicht hier. Gibt es einen anderen Ort, an dem er sich aufhalten könnte?«

Frau Zerhusen legte die Stirn in Falten und dachte intensiv nach.

Pauls Handy klingelte. Er nahm ab und drehte sich weg.

Ziller war am Apparat. Er und Kindler waren zum Haus der Sauters gefahren.

»Die alten Leute sind tot«, sagte Ziller. »Die Frau liegt in der Küche, sieht ebenfalls nach einem Spinnenbiss aus. Der Mann sitzt tot im Wagen in der Garage. Die Garagentür war geschlossen, und dem Geruch nach zu urteilen lief der Motor des Wagens eine ganze Weile. Als wir ankamen, lief er nicht mehr, wahrscheinlich wegen des Sauerstoffmangels. Der alte Herr ist an einer Kohlenmonoxidvergiftung gestorben. Mann, was ist das für eine Scheiße hier!«, fügte Ziller an seine sachliche Berichterstattung an. Paul konnte hören, dass es auch ihm an die Nieren ging.

»Ihr habt den Notarzt angefordert?«

»Na klar. Aber die sind definitiv tot.«

»Sobald die Spurentechniker hier fertig sind, kommen sie rüber. Ich schick euch eine Streife, die den Tatort bewacht. Wenn die Jungs da sind, kommt ihr bitte wieder hierher. Ich brauche euch.«

»Wir wollen dabei sein«, sagte Ziller.

»Sollt ihr auch. Und wir kriegen das Schwein.«

Paul drückte das Gespräch weg und drehte sich wieder zu Frau Zerhusen um.

»Ist Ihnen etwas eingefallen?«, fragte er sie. Dabei versuchte er, sich die eben erhaltene Information nicht anmerken zu lassen.

»Waren das Ihre Kollegen?« Frau Zerhusen war nicht dumm.

Paul nickte nur. Die alte Frau sah ihn aus großen Augen an. Er wusste, sie würde nichts sagen, bevor sie nicht die Wahrheit erfuhr.

»Sie sind tot, beide«, sagte Paul.

Dass ihre Augen noch größer werden könnten, hätte Paul nicht für möglich gehalten. Plötzlich schlug sie beide Hände vors Gesicht, schluchzte laut auf und schüttelte heftig den Kopf.

Paul ließ sie so lange in Ruhe, wie sie brauchte. Auch wenn ihm die Zeit durch die Finger rann und er immer unruhiger wurde.

Schließlich sah Frau Zerhusen mit roten, nassen Augen zu ihm auf.

»Es gibt da dieses Erbe seines Onkels. Ein altes Gasthaus, draußen auf dem Lande«, sagte sie.

10

In der schmalen Schottereinfahrt parkte ein älterer VW-Passat mit getönten Heckscheiben. Die metallene Tür an der Längsseite des Hauptgebäudes war nicht mehr verschlossen – sie stand einen Spalt breit offen. Verblichen und abweisend war dieser Ort noch immer, aber nicht mehr länger verlassen und einsam. Drei Stunden war es her, seitdem Max von hier aus in die Stadt aufgebrochen war. Jetzt war es Nachmittag, und die Sonne stand bereits ein gutes Stück tiefer. Ihr Licht wirkte gelber und wärmer, doch auch darin wirkte der alte Gasthof noch bedrohlich.

Max parkte unmittelbar hinter dem Passat und stieg aus. Vom Rücksitz, auf dem ein Abbruchhammer, eine Stichsäge, ein Stahlseil sowie eine lange Brechstange lagen, nahm er die Brechstange mit. Die anderen Werkzeuge, die er für den Einbruch in den Gasthof gekauft hatte, brauchte er jetzt nicht mehr.

Mit der Brechstange in der Hand blieb er zwischen seinem Wagen und dem Passat stehen. Betrachtete die Tür. Warum stand sie offen? War das eine Falle oder einfach nur Unachtsamkeit?

Max fiel eine deutliche Schleifspur im Schotter auf. Er drehte sich um und sah, dass sie an der Hausecke begann; dort war der Boden sogar besonders stark aufgewühlt. Rückwärts, die Tür immer im Blick, ging er dorthin.

Der Boden war mit Blut getränkt, die Schottersteine schwammen geradezu darin, und als Max sich bückte, entdeckte er Haarbüschel, an denen noch Hautfetzen hingen, sowie drei Zähne, menschliche Zähne.

Ihm wurde schlecht. Schnell wandte er sich ab.

»Komm endlich raus!«, brüllte plötzlich eine männliche Stimme im Inneren des Hauses.

Max zuckte zusammen, packte die Brechstange fester und ging ein paar Schritte auf die Metalltür zu. Sein Herz raste jetzt. Auf der Fahrt aus der Stadt hier heraus und auch während des Einkaufs in dem Baumarkt hatte er sich immer wieder vorzustellen versucht, wie das alles ablaufen würde. Hatte sich in den verlassenen Gasthof einbrechen und das entführte Mädchen retten sehen, aber jetzt war alles anders, die Situation kaum noch kontrollierbar. So wie es sich eben angehört hatte, war Sauter auf der Suche nach jemandem, wahrscheinlich nach der blinden Sarah.

Aber zu wem gehörte das Blut? Die Haare? Die Zähne?

Mit Grausen dachte Max daran, dass Franziska auch während der zweiten Fahrt hier heraus nicht an ihr Handy gegangen war.

Nein, das durfte einfach nicht sein!

Mit einem schnellen Schritt gelangte er an die Metalltür

und zog sie vorsichtig weiter auf. Sie führte in einen rechteckigen, langen Raum voller Regale, Kisten und Paletten. Max konnte niemanden darin sehen. Er betrat den Raum und sah sich um. Die Blutspur führte direkt zu einer anderen Tür in der gegenüberliegenden Wandseite. Abgewetzte Schuhsohlen lugten aus der Tür hervor, jemand lag dort auf dem Boden.

Max schlich dorthin und bückte sich. Das von draußen einfallende Licht reichte aus, um die Person am Boden zu erkennen. Max identifizierte sie nicht am Gesicht, denn das war zerstört, war nur noch eine blutige Masse, aus der Knochenfragmente herausstachen, sondern an der Figur, an den Händen, den Schultern. Und verstand gar nichts mehr.

Dort lag sein Vater!

Plötzlich ein gellender Schrei!

Max fuhr hoch und dachte nicht länger darüber nach, wie sein Vater hierhergekommen war und warum. Dieser Schrei, der nach einem Mädchen oder einer Frau geklungen hatte, war in höchster Not ausgestoßen worden.

Er versuchte sich zu konzentrieren und sich auf seinen Gegner einzustellen.

Wie im Ring, es ist wie im Ring, sagte er sich. *Wenn du gewinnen willst, musst du hochkonzentriert sein, keine Ablenkung, keine anderen Gedanken als den an den Sieg.*

Max stieg über seinen Vater hinweg. Hinter der Tür lag ein großer dunkler Raum, ein Saal, der nur von einer einzigen Glühbirne über einem Tisch notdürftig beleuchtet wurde. Tische und Stühle standen überall herum, einige Stühle lagen umgekippt auf dem Parkettboden. Der Saal war voller Schatten und Verstecke. Max sah eine große gebückte Gestalt, die gerade einen Tisch beiseiteschob. Abermals gellte ein Schrei auf.

»Gefunden!«, sagte die Gestalt triumphierend.

»Hey!«, schrie Max. »Kämpf mit *mir*!«

Er packte die Brechstange fester und trat zwei weitere Schritte in den Saal hinein.

Die Gestalt verharrte. In dem trüben Licht konnte Max keine Einzelheiten erkennen, aber was er sah, reichte ihm: Ein großer, dünner Mann um die fünfzig mit freiem Oberkörper, Brust, Bauch und Gesicht mit Tarnfarbe bemalt, wie sie bei der Bundeswehr benutzt wurde. Auf der langen, schiefen Nase trug er eine Brille mit dickem Rahmen.

Jetzt richtete er sich langsam auf.

»Was wollen Sie hier?«, fragte der Mann, von dem Max annahm, dass es sich um Sauter handelte.

Max ging noch einen Schritt auf ihn zu. »Du verfluchtes perverses Schwein! Ich will, dass du das Mädchen in Ruhe lässt. Komm her und kämpf mit mir.«

Sauter stand da, starrte ihn über eine Entfernung von vielleicht drei Metern an. Die Augen konnte Max in dem schlechten Licht nicht sehen, dafür aber fühlen. Er spürte sie auf seiner Haut wie Tausende feuriger Bisse roter Waldameisen.

»Sie haben hier nichts zu suchen. Verlassen Sie mein Haus!«

Sauter bezog frontal Stellung zu ihm und reagierte nicht, als ein Geräusch hinter ihm das Mädchen verriet, das sich unter einem weiter entfernten Tisch in Sicherheit brachte.

»Nichts zu suchen?«, sagte Max. »O doch, ich habe hier sehr wohl etwas zu suchen: Dich! Aber du weißt wahrscheinlich nicht mal, wer ich bin, oder?«

Eduard Sauter stand einfach nur da und starrte ihn an.

»Mein Name ist Max Ungemach. Meine Schwester hieß Sina, und sie war gerade acht Jahre alt, als du sie mir weggenommen hast. Und ich will hier und jetzt wissen, was mit ihr geschehen ist, sonst schlage ich dich mit meinen eigenen Händen tot.«

Ein kurzes Schweigen.

»Du erfährst es nie, wenn du mich tötest«, sagte Sauter dann.

»Stimmt.« Max warf die Brechstange beiseite und stürmte los.

Eduard Sauter hatte mit einer so schnellen, scheinbar unüberlegten Reaktion nicht gerechnet. Er stolperte ein paar Schritte rückwärts, wurde vom nächsten Tisch gestoppt, und dann war Max auch schon bei ihm.

Die Grundstellung eingenommen, die Fäuste erhoben, perfekt in der Deckung. Seine erste Linke fegte Sauter die Brille vom Kopf. Er schleuderte über den Tisch zurück, Spielkarten flogen durch die Gegend. Max setzte sofort nach. Sauter kam hoch, wollte sich wehren, aber das wartete Max nicht ab. Er ließ eine Reihe von harten Schlägen auf den Mann niedergehen. Gesicht, Bauch, Nieren, Gesicht, Solarplexus, jeder einzelne Schlag wohl platziert und mit kontrollierter Wucht. Max hätte härter zuschlagen können, hätte diesen wehrlosen, weichen Mann mit ein paar Schlägen töten können, doch das wollte er nicht.

Noch nicht.

Als er röchelnd zwischen den Spielkarten auf dem Boden lag und sein Blut den alten Parkettboden besudelte, hörte Max auf. Schwer atmend stand er über Eduard Sauter. Seine Knöchel schmerzten höllisch, aber diese Schmerzen waren gut.

»Du … sagst … mir … jetzt«, Max schnappte nach Luft, »was du … mit meiner … Schwester … gemacht hast.«

Er bekam nur ein blubberndes Röcheln als Antwort.

Max stolperte ein paar Schritte zurück und stützte sich an einem Tisch ab, versuchte, wieder zu Atem zu kommen. Eduard Sauter würde ihm nicht mehr davonlaufen. Er würde nie wieder irgendwohin gehen. Aber Max war nicht bereit, von ihm abzulassen, ehe er nicht alles erfahren hatte. Zehn Jahre lang hatte er auf diesen einen Moment gewartet. Zehn Jahre lang hatte er gekämpft, hatte die falschen Gegner geschlagen, seine Wut an Menschen ausgelassen, die nichts damit zu tun hatten. Er hatte die Wahrheit gesucht, wo sie nicht zu finden war. Aber dort auf dem Boden lag der einzige Mensch, der die Wahrheit kannte, jetzt endlich. Er würde sie aus ihm herausschneiden, wenn es nötig sein sollte. Für Sina. Und auch für seinen Vater.

Max hob die Hände und betrachtete sie.

Sie waren voller Blut, die Knöchel schwollen bereits an. Hände, die töten konnten.

Oder doch nicht?

Max' Körper bebte, seine gewaltigen Schultern zitterten. Ihm wurde plötzlich schlecht. Er schaffte es gerade so, sich nicht zu übergeben.

Ein Scharren ließ ihn aufschrecken.

Das Mädchen! Er hatte das kleine blinde Mädchen ganz vergessen.

»Sarah?«, fragte er in den dunklen Raum hinein. »Sarah, du musst keine Angst mehr haben. Er kann dir nichts mehr tun. Ich bin hier, um dich zu retten. Kannst du mich hören, Sarah?«

Sie antwortete nicht.

Max überlegte. Er konnte sie nicht einfach in ihrem Versteck belassen. Das kleine Mädchen durfte nicht mitbekommen, was er mit Eduard Sauter tun würde. Sie war sicher total verschreckt und panisch und traute im Moment niemandem. Trotzdem musste er sie irgendwie hervorlocken und hinausbringen. Am besten in den Wagen, wo sie in Sicherheit sein würde.

»Sarah, bitte, komm raus, ich will dir doch nur helfen.«

Keine Antwort.

Max warf einen Blick auf Sauter. Der war völlig weggetreten, von ihm ging die nächste Zeit keine Gefahr aus.

Max ging dorthin, wo das Licht der einzigen Glühbirne ihn in Helligkeit tauchte, ließ sich zu Boden sinken und lehnte sich mit dem Rücken gegen einen Stuhl. Er zog die Beine an und verschränkte die Hände im Schoß.

»Weißt du«, begann er und wusste bis zu diesem Moment noch nicht, was er der kleinen Sarah erzählen sollte, damit sie ihm vertraute. Trotzdem waren ganz tief in ihm die richtigen Worte, und er spürte, dass sie hinauswollten. Also ließ er sich fallen, tief zurück in die Vergangenheit, als sein Inneres noch kein Gefängnis und sein Körper noch keine Festung gewesen waren. Als es einen Menschen in seinem Leben gegeben hatte, an dem ihm etwas lag … Den er liebte.

»Weißt du … Ich … Ich hatte eine kleine Schwester. Sina. Sie hieß Sina. Sie sah wirklich genauso aus wie du.«

Max musste unwillkürlich lachen und fuhr sich mit dem Finger über den Nasenrücken.

»Diese Sommersprossen, die wie Schmetterlingsflügel unter den Augen liegen, hast du die auch? Sina hatte sie. Und dazu kupferrotes Haar, das in der Sonne fast glühte. Ja, wirklich! Sie trug es immer zu Zöpfen geflochten, mit kleinen weißen Schleifen darin. Das sah ganz zauberhaft aus. Schade … Schade, dass sie es selbst nicht sehen konnte. Meine Schwester … Sina … Sie war blind, genau wie du auch. Von Geburt an. Sie hat nie in ihrem Leben die Sonne oder die Wolken gesehen, aber das hat ihr gar nichts ausgemacht, ich habe ihr die Sonne oft beschrieben …«

Max spürte warme Tränen über seine Wangen laufen. Aber er war nicht traurig, ganz und gar nicht, fühlte sich plötzlich sogar glücklich, so als sei Sina an seine Seite zurückgekehrt. Ihre Hand war wieder da. Er spürte sie ganz deutlich auf seiner Schulter, dort, wo sie immer gelegen hatte. Warm und zärtlich. Max legte seine eigene Hand dorthin, spürte ihre Finger unter seinen.

»Sie war trotzdem immer fröhlich, der fröhlichste Mensch, den ich kannte. *Was du siehst, das kann ich fühlen*, hat sie immer gesagt. Wenn wir zusammen unterwegs waren, hat sie sich an meiner Schulter festgehalten, dann war ich ihre Augen …«

… der sicherste Platz auf der Welt ist hinter dir, Max …

Dieser Satz von ihr durchflutete ihn plötzlich, und er brachte den alten bitteren Schmerz mit sich. Sie hatte sich so geirrt.

Max schluchzte laut. »Ich … Ich habe sie im Stich gelassen.« Er legte seinen Kopf in den Nacken und schluckte die Tränen hinunter, den Schmerz, den Kloß in seinem Hals.

»Sie hat sich auf mich verlassen, und ich habe sie im Stich gelassen. Und dann ist dieser Mann gekommen und hat sie mir weggenommen. Genauso, wie er auch dich weggenommen hat.«

Er konnte nicht mehr sprechen. Seine Stimme versagte, wurde ertränkt von Tränen und bitterem Geschmack.

Aber dann hörte er das Scharren von Stuhlbeinen auf dem Parkett, als Sarah irgendwo in dem weiten, dunklen Saal einen Stuhl verschob.

»Beschreib mir die Sonne«, sagte sie unsichtbar aus dem Dunkel heraus.

Max wischte sich mit dem Handrücken unter der Nase entlang.

»Was?« Seine Stimme zitterte.

»Die Sonne. Beschreib sie mir, wie du sie ihr beschrieben hast.«

Es war ein Test. Sie würde aus ihrem Versteck kommen, würde ihm ihr Vertrauen schenken, wenn er ihr die Sonne so beschreiben konnte, wie er es für Sina getan hatte. Max schloss die Augen und erinnerte sich. Sofort waren sie da, diese poetischen, wie Musik klingenden Worte, die Sina so geliebt hatte.

»Die Sonne«, begann er mit leiser, aber fester Stimme. »Die Sonne hat keine Hände, aber sie kann dennoch streicheln. Du fühlst, wie sich ihre Finger an dein Gesicht legen, wie sie deine Haut wärmen, wie sie in dich eindringen und auch dein Herz wärmen. Mal so sanft wie der Hauch eines warmen Windes, mal so kräftig wie die Flamme eines Lagerfeuers, an dem du ganz nahe sitzt. Ihre Hände können deinen ganzen Körper einhüllen, und dann fühlst du dich so wohl und geborgen wie ein kleines Baby im Bauch seiner Mutter. Und wenn sie am Abend untergeht, die Sonne, dann tut sie das nicht schnell, sondern verabschiedet sich mit vielen kleinen Berührungen, dann ist es, als würdest du aus warmem Wasser aufsteigen, und dort, wo deine Haut nicht mehr im Wasser ist, spürst du die schwindende Sonne als kühlen Hauch, aber sie hinterlässt die Gewissheit, dass sie immer wiederkehren wird.«

11

Paul war angespannt und schaute immer wieder in den Rückspiegel. Überprüfte, ob Ziller und Kindler noch dran waren. Sie fuhren dicht hinter ihm, ihnen folgte ein Streifenwagen mit zwei uniformierten Beamten. Was sie dort draußen erwartete, in dem alten Gasthaus, von dem Frau Zerhusen berichtet hatte, wusste keiner von ihnen, aber nach dem, was bisher geschehen war, wollte Paul kein Risiko eingehen. Lieber mit der Kavallerie anrücken, als dort das Nachsehen zu haben. Es reichte, dass Franziska nichtsahnend zu diesem Zoofachhandel gefahren und in die Falle getappt war.

Damit war nicht zu rechnen gewesen, klar, aber Paul machte sich trotzdem Vorwürfe. Franziska hätte nicht allein fahren dürfen, er als ihr Partner hätte an ihrer Seite sein müssen, dann wäre nichts passiert, dann würde sie jetzt nicht mit dem Tode ringen. Diese Situation, dieser Drahtseilakt zwischen Familie und Beruf, war echt beschissen, und auf Dauer ging es so nicht weiter.

Erlebte er jetzt das, was viele andere Kollegen schon hinter sich gebracht hatten, inklusive Scheidung? Das wollte Paul nicht wahrhaben. Es konnte doch nicht sein, dass dieser Job alles andere auffraß und irgendwann jede Beziehung zerstörte. Er würde einen Weg finden, einen anderen als den bisherigen, denn der hatte Franziska in eine fatale Lage gebracht.

Sein Handy klingelte. Er nahm das Gespräch entgegen. Es war Sönke Ruge, ihr jüngstes Teammitglied. Paul hatte ihn ins Krankenhaus geschickt, damit er ihn auf dem Laufenden hielt.

Sönke sprach leise und mit belegter Stimme. »Keiner sagt mir was. Aber die laufen alle mit ernsten Gesichtern rum. Tut mir leid, ich kann dir nichts Neues sagen.«

»Bleib dran, okay? Und melde dich, wenn es was gibt.«

»Auf jeden Fall!«

Er drückte Sönke weg. Nichts Neues zu erfahren war weder gut noch schlecht, es war einfach frustrierend. Franziska war stark, sie würde kämpfen, aber in dem Laden war sie bereits tot gewesen, wenn auch nur kurz, deswegen wusste Paul wirklich nicht, woran er glauben sollte. Und das machte ihn fertig.

Er passierte ein gelbes Ortsschild, auf dem Pennigsahl stand. Er drosselte das Tempo, da ihn das Navi aufforderte, demnächst rechts abzubiegen. Max fuhr rasant in eine schmale Straße und wäre beinahe mit einem Monstrum von Traktor kollidiert, der auf stählernen Zinken einen runden Heuballen transportierte. Die Zinken stachen vorn durch den Ballen und befanden sich kaum noch einen halben Meter von seinem Wagen entfernt, als er ihn zum Stehen brachte.

Der Traktor blockierte die Straße. Wegen des Strohballens konnte Paul den Fahrer nicht sehen. Er hämmerte auf die Hupe, damit der den Weg freigab. Stattdessen ließ der sein Gefährt stehen, stieg aus und kam auf Paul zu. Ein älterer Mann mit dickem Bauch und ebensolchen Armen. Er wirkte zornig.

»Geht's Ihnen noch gut?«, schnauzte der Landwirt Paul an, der die Scheibe runtergelassen hatte.

»Polizei!«, blaffte er zurück. »Machen Sie den Weg frei, wir sind im Einsatz.«

Der dicke Mann blieb an der Motorhaube stehen, blickte

auf die beiden anderen Wagen, die hinter Paul zum Stehen kamen.

»Ich auch. Deswegen fahre ich aber trotzdem nicht wie eine gesengte Sau.«

»Ich verhafte Sie, wenn Sie nicht sofort die Straße frei machen«, schnauzte Paul, dem die Wut heiß in den Kopf stieg.

Der dicke Mann lehnte sich doch tatsächlich in aller Ruhe gegen seinen Wagen. »Und dann fahren Sie meinen Fendt weg, oder was?«, sagte er und wies mit dem Daumen auf sein Gefährt, das im Leerlauf tuckerte und wie ein Dinosaurier auf der Straße stand. Paul ahnte, dass er den Traktor nirgendwohin fahren könnte.

»Ihr seid heute schon die Dritten, die wie die Bescheuerten hier um die Kurve nageln. Beim Nächsten stelle ich den Traktor auf der Straße ab, und da bleibt er dann bis morgen früh. Da können Sie Ihren städtischen Polizeiarsch drauf verwetten.«

Sprach's, wandte sich ab und schlenderte betont langsam zu seinem Fendt zurück.

Paul sah ihm kopfschüttelnd nach. Darin unterschied sich die Bevölkerung auf dem Lande anscheinend nicht von den Städtern: Niemand hatte mehr Respekt vor der Polizei. Sie waren die Deppen der Nation, setzten aber jeden Tag für ebendiese Nation ihr Leben aufs Spiel. Eine verdrehte Welt, in der man schnell die Beherrschung verlieren konnte. Paul spürte, dass er nahe dran war. Die Hitze in seinem Kopf kam nicht nur von der Sonne.

Der Traktor schaukelte an ihm vorbei. Der Fahrer hob die Hand zum Gruß.

Paul zeigte ihm den Stinkefinger und gab Gas.

12

Max trug das kleine blinde Mädchen auf seinen Armen nach draußen und zu seinem Wagen. Im Tageslicht betrachtet erschütterte es ihn, wie sehr sie Sina ähnelte. Natürlich waren die Gesichtszüge nicht die gleichen, auch ihre Mimik nicht, aber der Rest war eine frappierend genaue Kopie seiner kleinen Schwester. Franziska hatte recht gehabt: Sauter bevorzugte einen bestimmten Typus als Opfer.

Sarah war aus ihrem Versteck gekrochen, hatte die Arme um seinen Hals geschlungen und schien ihn nicht mehr loslassen zu wollen. Sie zitterte, ihr Atem roch nach Erbrochenem, ihr Körper nach altem Schweiß und Urin. Max fragte sich, was sie in den Tagen seit ihrer Entführung hatte durchstehen müssen, und er empfand gleichzeitig Mitleid und Hochachtung für sie. Sie hatte es nicht nur überstanden, sie war Sauter auch noch abgehauen, hatte sich widersetzt, war nicht einfach nur Opfer geblieben. Dazu gehörte eine ordentliche Portion Mut. Ein starkes Mädchen. Sina war auch so gewesen. Sie hatte sich bestimmt nichts gefallen lassen – auch wenn es ihr am Ende nichts genützt hatte. Manchmal war es eben wichtiger, seinen Stolz und seine Würde zu behalten, auch wenn das eigene Leben auf dem Spiel stand. Für die Kleine hier war es noch mal gut gegangen. Sina hatte nicht so viel Glück gehabt.

Am Wagen angekommen hievte er Sarah auf den Rücksitz. Dort, so plante Max, sollte sie warten, bis er mit Sauter fertig war. Doch sie ließ ihn nicht los. Wie Klammern lagen ihre Ärmchen an seinem Hals.

Max nahm ihre Handgelenke und zog sie vorsichtig auseinander.

»Hab keine Angst mehr, kleine Sarah. Das ist mein Auto, und hier bist du in Sicherheit. Niemand wird dir hier etwas tun, ich verspreche es dir. Aber du musst mich noch mal kurz gehen lassen.«

»Nein!«, jammerte sie sofort, kämpfte gegen seinen Griff an, wollte ihre Arme wieder um seinen Hals schlingen.

»Psst. Keine Angst. Es ist nur für kurz. Nur ein paar Minuten. Ich muss hineingehen und den bösen Mann fesseln, damit er nicht weglaufen kann. Das verstehst du doch, nicht wahr?«

Er zog ihre Arme auseinander, hielt sie aber weiterhin fest, knetete ihre Händchen. Sie sah zu ihm auf. Aus tränenfeuchten, roten Augen, in denen trotz ihrer Blindheit alle Emotionen auf einmal zu schwimmen schienen. Dann entwand sie ihm ihre Hände und legte sie an seine Wangen, ertastete sein Gesicht. Er ließ sie gewähren, auch wenn ihm die Zeit im Nacken saß. Zwar glaubte er nicht, dass Sauter sich so schnell von den Schlägen erholen würde, aber sicher konnte er nicht sein. Außerdem wollte er es jetzt endlich hinter sich bringen.

»Du kommst gleich zurück, versprich es mir«, sagte Sarah.

»Ich verspreche es. Und dann bringe ich dich nach Hause. Ist das okay?«

»Okay«, sie schniefte. »Aber ich verstecke mich hier drin.«

»Ja, tu das. Du kannst zwischen die Sitze auf den Boden krabbeln, da sieht dich niemand.«

Max half ihr dabei. Sie machte sich ganz klein, presste sich zwischen die Sitze und verschwand tatsächlich im Schatten.

»Ich schließe jetzt die Tür. Hab keine Angst, ich bin gleich wieder da.«

»Wie gleich?«

Max überlegte.

»Zähl bis hundert. Kannst du das?«

»Natürlich!«

»Wenn du bei hundert bist, dann bin ich wieder da.«

Damit drückte er die Tür ins Schloss, verriegelte aber den Wagen nicht, denn der Schlüssel steckte noch im Zündschloss.

Bis hundert zu zählen würde nicht lange dauern, und Max wollte die Kleine nicht enttäuschen, also musste er sich beeilen.

Auf dem Rückweg ins Gasthaus war sein Kopf plötzlich wie leer gefegt. Er wusste nicht mehr, was er tun sollte – was er mit Sauter tun sollte. Das kleine Mädchen hatte seine Wut verfliegen lassen. Seitdem er ihr von Sina und der Sonne erzählt hatte, fühlte Max sich auf eine angenehme Weise träge und ermattet, wie nach einem harten Training. Er glaubte nicht, dass er jetzt noch einmal die Kraft aufbringen würde, die er brauchte, um aus Sauter herauszuprügeln, was er wissen musste. Vielleicht sollte er ihn wirklich nur fesseln und der Polizei übergeben. Vielleicht war es das Beste.

Als Max den Saal betrat, war der Plan gefasst.

Und Sauter verschwunden!

Auf dem Parkett nur noch eine Blutlache, dort, wo er gelegen hatte.

Und eine Tropfspur, die davon wegführte in den hinteren, dunklen Bereich des Saales.

Max verengte die Augen zu Schlitzen, konnte aber nichts erkennen. War da nicht eine Tür? Dort neben dem langen Tresen? Die Blutspur schien genau dorthin zu führen. Max verstand zwar nicht, wie dieser zerbrechliche Mann sich so schnell von den Schlägen erholt hatte, aber das spielte jetzt auch keine Rolle. Weit würde er mit seinen Verletzungen nicht kommen.

Auf dem Weg zu der vermeintlichen Tür machte Max einen Umweg und nahm die Brechstange mit, die er vorhin weggeworfen hatte. Mit dem harten, kalten Stahl in der Rechten machte er sich an die Verfolgung. Vielleicht war es ganz gut so! Einen am Boden liegenden Mann hätte er nicht geschlagen, aber wenn Sauter ihn angriff, sah es natürlich anders aus.

Es war tatsächlich eine Tür, die Max aus der Entfernung gesehen hatte. Eine Pendeltür. Auf der rechten Seite prangte deutlich der blutig-rote Abdruck einer Hand. Sauter war hier durchgegangen. Mit der Brechstange stieß Max die Tür auf, hielt sie geöffnet und schaute in einen schummrig beleuchteten Raum. Er tastete an der Wand nach einem Lichtschalter, fand und betätigte ihn. An der Decke flammten mühsam klackend ein paar Leuchtstoffröhren auf.

Es war eine Küche.

Niemand zu sehen.

Max ging hinein. Auf dem großen Tisch in der Mitte standen ein leeres Glas und eine Milchpackung, daneben ein Teller mit Krümeln darauf. Die Tür eines großen Kühlschrankes stand offen, Licht fiel heraus. Max warf einen Blick hinein. Außer ein paar Lebensmitteln befand sich eine Vielzahl kleiner Glasampullen darin. Die Beschriftung war in Latein und sagte ihm nichts. Aber irgendwie sah das Zeug gefährlich aus.

Max schloss die Tür und sah sich um.

Wo war Sauter hin?

Es gab kein Fenster, nur eine schmale Lichtleiste oben

in der Wand, die aber mit Holz vernagelt war. Erst auf den zweiten Blick fiel Max der Vorhang in der Wand neben einem großen Metalltisch auf.

Bewegte der sich etwa?

Die Brechstange fest umklammernd schlich Max auf den Vorhang zu. Er versuchte, nicht zu atmen, keine Geräusche zu verursachen. Hinter dem Vorhang, da war er sicher, lauerte Eduard Sauter. Wartete auf die Möglichkeit, ihm in den Rücken zu fallen. Max würde es nicht dazu kommen lassen. Er näherte sich dem Vorhang bis auf zwei Schritte. Dann stellte er sich breitbeinig hin, holte aus und schlug mit der Brechstange zu. Von rechts nach links, mitten hinein in den Vorhang.

Er rechnete mit Widerstand, mit menschlichem Fleisch, in das die Brechstange eindringen würde, mit einem schmerzerfüllten Schrei, doch der Vorhang flatterte wild beiseite, und die Wucht des in die Leere gehenden Schlages ließ Max taumeln.

Hinter dem Vorhang verlief ein schmaler Gang sowohl nach rechts als auch nach links. Max rief sich in Erinnerung, wie das Gebäude von außen aussah, und er erkannte, dass dieser lange Gang schon zu der quer angebauten Kegelbahn gehörte. Er verlief offenbar über die komplette Längsseite. Der Zugang von der Küche befand sich ungefähr in der Mitte. Da es kein Licht gab, konnte Max in keiner Richtung bis ans Ende sehen. Nur ein paar Blutstropfen zu seiner Rechten verrieten ihm den Weg, den Sauter genommen hatte.

Als er der Blutspur folgen wollte, hörte er eine Tür zufallen, so hart und schwer, dass das Mauerwerk erzitterte. Max erinnerte sich an die metallene Tür an der Stirnseite der Kegelbahn, die zur Wiese und dem Wald hinausführte.

Er begann zu laufen.

Sauter durfte nicht entkommen!

Wenn es ihm gelänge, in den Wald zu fliehen, wuchs seine Chance, und das konnte Max nicht zulassen. Er spurtete den schmalen Gang hinunter, der am Ende scharf nach links abknickte und breiter wurde. Zu seiner Linken sah Max drei metallene Türen in einer gemauerten Wand. Sie waren geschlossen. Hinter jeder konnte Sauter lauern, jede konnte das Geräusch verursacht haben, das Max gehört hatte. Oder Sauter war tatsächlich durch die einzelne Tür in der Stirnwand ins Freie geflüchtet.

Wohin?

Max entschied sich für die Tür ins Freie. Er ging darauf zu, legte die Hand auf die Klinke, atmete tief ein und drückte sie mit Schwung auf. Sie schlug gegen die Außenwand und prallte zurück, so dass er sie mit dem Fuß stoppen musste.

Warme Luft schlug ihm entgegen. Das Zirpen von Grillen. Die Gerüche der Wildwuchswiese.

Durch das hüfthohe Gras führte eine deutliche Spur auf den Wald zu.

Und irgendwo dort vorn meinte Max, eine große Gestalt zwischen den Bäumen verschwinden zu sehen.

13

Die tief stehende Sonne hatte die Wiese in zwei Hälften zerschnitten. Auf der einen lag warmes gelbes Licht, auf der anderen der Schatten des hoch aufragenden Waldes. Es war nicht mehr so heiß wie noch mittags, trotzdem brach Max der Schweiß bereits aus, als er die erste Hälfte hinter sich gebracht hatte. Der gut zu erkennenden Spur durch das hohe Gras folgend, lief Max auf den Waldrand zu. Sein Herz pochte dumpf in seiner Brust. Die schwere Brechstange behinderte ihn beim Laufen, also ließ er sie mitten im Feld einfach fallen. Er brauchte keine Waffe. Er hatte seine Hände und seine Erfahrung als Boxer.

Zwischen dem Feld und dem Wald verlief ein zwei Meter breiter Streifen, auf dem das Gras wesentlich kürzer und trockener war. Darin waren die Fußspuren nicht mehr so deutlich zu sehen, aber Max fand sie trotzdem wieder. Sie führten ein paar Meter links am Waldrand entlang, bevor sie abrupt endeten. Max blieb stehen und sah auf. Vor ihm lag tiefer, schattiger Wald. Die Strahlen der schon tief stehenden Sonne fielen schräg zwischen den Nadelbäumen hindurch und erreichten den Boden nicht mehr. Das Unterholz war dunkel und aus der Entfernung kaum zu durchschauen. An dieser Stelle war Sauter in den Wald eingedrungen. Er hatte nicht mehr als zwei, drei Minuten Vorsprung, und trotzdem war er bereits im Dickicht verschwunden. Eine Spur gab es hier nicht mehr, zumindest keine durchgängige, die Max schon vom Waldrand aus hätte sehen können.

Er durfte keine Zeit verlieren!

Max spurtete los. Einfach geradeaus, so wie Bewuchs, Gestrüpp und am Boden liegende Äste es zuließen. Auch Sauter würde wohl den einfachsten Weg gewählt haben. Unter seinen Füßen brachen Zweige. Laute Geräusche, die man sicher weithin hören konnte. Nach kaum zwanzig Metern blieb Max stehen.

Er lauschte und hörte tatsächlich etwas. Knacken und Brechen, links von ihm!

Max korrigierte die Richtung und lief weiter. Tief hängende Zweige junger Bäume peitschten ihm durchs Gesicht, starre Äste kratzten an seinen Schultern entlang. Er sprang über einen umgestürzten, halb vermoderten Baumstamm hinweg, sah noch im Sprung die Vertiefung auf der anderen Seite, konnte aber nicht mehr stoppen. Er kam unglücklich an den Grubenrändern auf, so dass beide Fußgelenke nach innen überdehnt wurden. Die plötzlich heraufziehenden Schmerzen waren heftig. Er ging in die Knie und schlug mit der Hand auf den Boden.

»Scheiße!«, fluchte er laut.

Max ließ sich auf den Hintern fallen und rieb seine Fußgelenke. Er glaubte nicht, dass etwas gerissen war, aber ganz sicher überdehnt, und das schmerzte fast noch mehr. Humpelnd lief er weiter, jetzt langsamer als zuvor. Max biss die Zähne zusammen, versuchte den Schmerz zu ignorieren, so wie er es von Kolle im Training gelernt hatte. Schmerz fand im Kopf stand und limitierte den Körper in seiner Leistung. Max aber wollte sich nicht limitieren lassen. Er war durch Training und Kampf gewöhnt, über den Schmerz hinauszugehen, Grenzen zu überschreiten.

Nach fünf Minuten änderte sich der Wald.

War es zu Beginn noch eine Mischung aus Tannen, Laubbäumen und jungen Büschen gewesen, so bestimmten jetzt ausschließlich hohe Kiefern das Bild. Ihre langen dünnen Stämme ragten kerzengerade in die Höhe, hoch oben bildeten ausladende, aber karge Kronen ein löchriges Dach, durch das kaum noch Sonnenlicht fiel. Am Übergang vom Nachmittag zum Abend hatte es im Wald bereits zu dämmern begonnen. Max konnte trotz des zurückweichenden Unterholzes nicht weit sehen.

Beinahe orientierungslos rannte er weiter, immer tiefer

in den Wald hinein, nur nicht nachlassen, nicht aufgeben. Dieses Schwein würde ihm nicht entkommen. Während er rannte und über Hindernisse sprang, wurde ihm plötzlich klar, dass er den Wald kannte.

Als sie noch Kinder gewesen waren, hatten Jürgen und er darin gespielt, waren aber nie viel weiter als ein paar hundert Meter vorgedrungen. Denn sobald das Licht weniger wurde und sich die Welt da draußen zurückzog, wurde der Schlahn unheimlich, und all die wilden Geschichten von Hexen und Waldschraten, die man ihnen im Kindesalter aufgetischt hatte, schienen plötzlich wahr werden zu können. Heute empfand Max das nicht mehr so. Heute war es nur ein großer, schattiger Wald, und das Einzige, wovor er Angst haben musste, war Eduard Sauter, war ein Mensch.

Max hörte Geräusche. Nicht weit voraus. Ein Knacken und Krachen.

Er lief weiter. Nach fünfzig Metern kam er an einen tiefen Graben, der von rechts nach links verlief. Am Boden lag eine dicke Schicht Nadeln, dazwischen Äste und sogar ein Baum, der erst vor kurzem umgestürzt war. Auf seiner Seite des Grabens führte eine deutliche Spur hinunter, auf der anderen Seite wieder hinauf. Max blieb stehen und sah in einiger Entfernung eine Bewegung zwischen den Bäumen. Noch einmal und noch einmal.

Max glitt vorsichtig in den Graben hinab und krabbelte auf der anderen Seite wieder hinauf. Dann lief er weiter. Der Waldboden war jetzt eben und ohne viel Unterholz, er kam schnell voran und dem flüchtenden Sauter immer näher, erblickte immer häufiger die Bewegungen zwischen den Bäumen.

Dann plötzlich nichts mehr!

Max lief weiter, hielt auf die Stelle zu, an der er zuletzt etwas gesehen hatte. Kurz bevor er sie erreichte, kapierte Max, was geschehen war, warum der Flüchtende so plötzlich verschwunden waren. Gerade noch rechtzeitig konnte er stoppen.

Der Wald endete hier.

Sonnenlicht schien ihm warm ins Gesicht.

Er befand sich auf dem vier Meter hohen Lehmwall über dem Meerbach. Vor ihm öffnete sich weit die Landschaft, unten floss träge der Bach.

Doch für ihn hatte Max keinen Blick übrig.

14

Sie ließen die Dienstwagen auf der Straße stehen und blockierten sie damit. Paul wies einen der uniformierten Polizisten an, Rettungswagen, Notarzt und Verstärkung zu alarmieren. Mit Kindler und Ziller bewegte er sich auf den alten Gasthof zu. Auf einem schmalen Schotterstreifen rechts des Hauses standen zwei Fahrzeuge: ein Passat älteren Baujahrs mit abgedunkelten Scheiben, dahinter ein BMW X5 mit Hamburger Kennzeichen.

»Das ist dieser Boxer«, sagte Kindler »Was macht der denn hier?«

»Wir werden es herausfinden. Los! Aber seid vorsichtig.«

Sie zogen die Dienstwaffen und gingen auf das Gebäude zu, die Abstände zwischen sich ausreichend groß. Paul erreichte den BMW als Erster. Er schlich sich von hinten an das Heck heran, drückte sich dagegen und warf durch die Seitenscheibe einen Blick ins Innere. Niemand drin. Mit einer Kopfbewegung bedeutete er Ziller weiterzugehen. Ziller schlich an ihm vorbei auf den Passat zu. Nachdem er ihn gesichert hatte, drang Kindler zu der offen stehenden Tür in dem Gebäude vor.

Paul wollte sich von dem BMW lösen, um seinen Kollegen zu folgen, da nahm er eine Bewegung im Inneren des Wagens wahr. Er trat einen Schritt zurück und zielte mit der Waffe auf die hintere Seitenscheibe. Sein Finger lag am Abzug der entsicherten Waffe. Plötzlich blickte er in das schmale Gesicht eines kleinen Mädchens, das zwischen den Sitzen lag.

Paul sicherte die Waffe und steckte sie weg.

»Das gibt's doch gar nicht!«, entfuhr es ihm.

Kindler blieb neben der Tür stehen, Ziller kam zurück.

»Was ist?«, fragte er.

Paul zog behutsam die Autotür auf. »Da ist das kleine Mädchen drin. Die aus dem Heim!«

Sarah blieb zwischen den Sitzen liegen, eingerollt, Schutz suchend. Ihre blinden Augen sahen blicklos zu ihnen empor. Sie weinte. »Bis hundert hast du gesagt, nur bis hundert. Ich habe aber schon bis vierhundert gezählt!«

Ihre Unterlippe zitterte unter Tränen.

Paul winkte einen der uniformierten Kollegen heran. Sie trafen sich ein paar Schritte vom BMW entfernt.

»Da ist ein kleines Mädchen im Wagen. Das Entführungsopfer aus dem Heim. Kümmern Sie sich um die Kleine, bis der Notarzt eintrifft. Ihr Kollege soll sie sichern. Der Täter befindet sich wahrscheinlich noch im Gebäude. Ich gehe mit meinen Kollegen rein.«

Der Polizist nickte, kam mit an den Wagen und beugte sich in den Fond. »Hallo, Kleine«, begann er, »ich bin Polizist und …«

Sarah stieß einen gellenden Schrei aus, als sie nicht wie erwartet Max' Stimme hörte. Der Polizist stieg geistesgegenwärtig ein, zog die Tür hinter sich zu und schnitt den Schrei damit ab.

Paul drehte sich um. Die Kleine war jetzt in Sicherheit. Er konnte sich nicht um sie kümmern. Wichtiger war es, den Täter zu fassen. Zu dritt gingen sie auf die offen stehende Metalltür zu. Dort holte er seine Waffe hervor und sah seine Kollegen an.

»Wollt ihr auf ein MEK warten?«

Beide schüttelten den Kopf.

Paul nickte. »Ich auch nicht, aber ich musste ja wenigstens fragen. Also, schnappen wir den Wichser ... Aber seid bloß vorsichtig. Wer weiß, ob er hier nicht noch mehr giftige Tiere rumlaufen hat.«

Ziller ging vor, sicherte den Lagerraum. Alle drei sahen die Füße im Türrahmen zum nächsten Raum. Sie schoben sich vor und erstarrten beim Anblick des männlichen Leichnams. Sie hatten schon viel gesehen, aber dieses zerstörte Gesicht gehörte trotzdem zu dem Schlimmsten. Paul kannte den Mann nicht, aber Max Ungemach war das nicht. Der war jünger und besser durchtrainiert. Kindler stieg als Erster über die Leiche hinweg in den dunklen Saal dahinter.

»Gibt es da einen Lichtschalter?«, fragte er zurück, ohne sich umzudrehen.

Paul fand mehrere Schalter nebeneinander. Er betätigte sie einfach alle. Im Saal flammten über den Tischen ein paar Glühlampen auf, aber längst nicht alle, dafür strahlte der große Kronleuchter in der Mitte des Saales hell. Spinnenweben hüllten die Arme und Kerzen ein.

Und wieder trauten sie ihren Augen nicht.

Der Saal maß ungefähr zwanzig mal zehn Meter, die Wände waren halbhoch mit dunklem Holz vertäfelt, die Decke mit Stuckplatten ausgestattet, die vergilbt waren. Das Unglaubliche aber befand sich auf den runden Tischen. Davon gab es ungefähr vierzig Stück mit den dazugehörigen Stühlen, und bis auf drei in der Mitte, standen alle ordentlich da. Sie waren mit weißen Decken verhüllt, und die waren nicht vergilbt. Auf jedem einzelnen der Tische lagen Spielkarten. Zu langen Reihen aufgereiht lagen sie da: Buben, Damen, Könige, Asse und auch alle anderen Spielfarben, jeweils eine Farbe pro Reihe.

Paul trat näher an einen Tisch heran.

Die Karten waren so genau ausgerichtet, dass die Kanten exakt miteinander abschlossen. Auch die Abstände zwischen den einzelnen Reihen schienen gleich zu sein. Paul schätzte, dass, würde er mit einem Zentimetermaß nachmessen, diese auf den Millimeter genau stimmten. Pro Tisch waren es ungefähr fünfzig Karten.

»Mich laust der Affe«, murmelte er und versuchte sich vorzustellen, was für eine Art Mensch dieser Sauter war. Die Worte zwanghaft und pedantisch kamen ihm in den Sinn, darüber hinaus vermochte er den Charakter dieses Mannes aber nicht zu erfassen. Etwas Ähnliches war Paul bis heute noch nicht untergekommen.

Kindler, der zur Mitte des Saales vorgegangen war, deutete auf einen dunklen Fleck auf dem Parkett. Drum herum lagen Spielkarten verstreut.

»Frisches Blut ... Und zwei Schneidezähne«, sagte er leise und deutete auf die Blutspur. »Da entlang.«

Sie folgten der Spur.

Wie zuvor schon Max, führte sie diese bis in die Küche.

Sie kamen nur langsam voran, mussten sie doch alle möglichen Verstecke auf dem Weg dorthin sichern. Da der Vorhang zur Seite geschoben war, fanden sie den Durchgang zu dem schmalen Gang in der ehemaligen Kegelbahn sofort. Einen Lichtschalter allerdings nicht, also folgten sie den Blutstropfen im Halbdunkel. Ziller blieb so lange am Durchbruch zur Küche stehen, bis seine Kollegen die Ecke erreicht hatten. Dann folgte er ihnen auf ihr Zeichen hin.

»Das ist der lange Anbau, den wir von der Straße aus gesehen haben, oder?«, fragte Ziller.

Paul nickte. »Eine Kegelbahn, schätze ich.«

Der schmale Gang führte bis zum Ende des Gebäudes. Dort schloss sich ein Raum an, der nicht mehr als vier Meter breit und fensterlos war. In der gegenüberliegenden Wand sowie in der Giebelwand rechts gab es jeweils eine Tür. Zu ihrer Linken befanden sich drei Metalltüren im Abstand von circa vier Metern in einer Wand aus unverputztem Kalksandstein, die scheinbar nachträglich gemauert worden war. Jede Tür war mit zwei stabilen Metallriegeln versehen, um sie von außen zu verschließen, einer in Gesichtshöhe, einer in Kniehöhe – die Riegel waren jedoch zurückgezogen. Unter der Decke verliefen metallene Lüftungsrohre.

Paul probierte zuerst die einzelne Tür links aus, die einzige, in deren Schloss ein Schlüssel steckte. Sie ließ sich öffnen und führte nach draußen. Er zog sie zu und drehte den Schlüssel herum. Dann deutete er mit der Waffe auf die andere einzelne Tür. Kindler verstand und ging hinüber. Während sein Kollege sicherte, öffnete er sie. Paul beobachtete, wie die beiden in dem Raum dahinter verschwanden. Er hatte sich dicht an der Wand positioniert, so dass er sowohl den Gang als auch die Türen im Auge behalten konnte.

Paul war angespannt. Irgendwo hier musste sich Sauter versteckt halten. Oder war er nach draußen geflüchtet und der Boxer verfolgte ihn? Sobald sie die Räume hier gesichert hatten, würden sie dieser Möglichkeit nachgehen. Aber ein Schritt nach dem anderen, nur keinen Fehler machen. Paul wünschte sich, er hätte schon vor ihrer Abfahrt aus Hannover ein MEK in Marsch gesetzt, dann müsste er sich und seine Kollegen jetzt nicht dieser kaum einschätzbaren Situation aussetzen.

Kindler und Ziller kamen zurück.

»Toilettenräume«, sagte Kindler, »und sie sind in letzter Zeit benutzt worden. Bürsten, Papier, Mülleimer, alles vorhanden, alles frisch ... Sogar Damenbinden gibt es.«

Hatte Sauter tatsächlich vorgesorgt und jetzt schon für eine Achtjährige Damenbinden besorgt? Das erschien Paul seltsam, aber der Mann war schließlich nicht nur seltsam, sondern wohl ziemlich verrückt.

»Okay! Jetzt die anderen Türen«, wies Paul seine Kollegen an. »Jeder nimmt eine.«

Sie postierten sich davor.

Auf Pauls Fingerzeichen – drei, zwei, eins – schlugen sie auf die außen angebrachten Lichtschalter, rissen die Türen auf, schrien »Polizei!« und sicherten mit ausgestreckten Waffen in die Räume hinein.

Paul Adamek, der die mittlere Tür übernommen hatte, blickte verständnislos in einen karg eingerichteten Schlafraum, der nicht größer war als eine Gefängniszelle. Ein Einzelbett ohne Matratze, ein Stuhl, ein Tisch, ein großer Holzkasten, mehr befand sich nicht darin. Es gab keinen Hinweis, dass jemand darin gelebt hatte. Alles war verstaubt. Das Licht stammte von einer in die Decke eingelassenen Leuchtstoffröhre.

In der gegenüberliegenden Wand gab es eine weitere Tür, ebenfalls aus Metall. Paul ging hinüber und legte die Hand auf die Klinke. Dann zögerte er aber, nahm die Hand noch mal weg, fuhr sich durchs schweißnasse Haar und atmete tief ein und aus. Er spürte, wie er immer nervöser wurde, je länger die Suche nach Sauter andauerte. Die Hand, in der er seine Dienstwaffe hielt, zitterte leicht. Würde er heute damit auf einen Menschen schießen? Zum ersten Mal in seiner Laufbahn? Ein beunruhigender Gedanke, der ihn zögern ließ, diese Tür zu öffnen. Viele Möglichkeiten gab es nicht mehr, irgendwo musste Sauter ja stecken.

Er riss sich zusammen und drückte die Klinke nieder. Die Tür war unverschlossen. Er öffnete sie schnell und weit.

Der Anblick, der sich ihm bot, ließ ihn augenblicklich erstarren und an seinem Verstand zweifeln.

Fred Kindler bot sich ein ganz anderer Anblick, als er in den kleinen Raum stürmte: ein Tisch, ein Stuhl, ein Einzelbett mit Bettzeug, aber unordentlich, ungemacht, schmutzig. Eine große Kiste voller Kleidungsstücke. Ein Teller auf dem Fußboden, eine zersplitterte Tasse, menschliche Exkremente dazwischen. Es stank widerlich. Er ging durch den Raum, stakste an den Exkrementen vorbei und probierte die andere Tür aus, die es auch in diesem Zimmer gab, doch sie war verschlossen. Ein Schlüssel steckte nicht. Unschlüssig drehte er sich im Kreis. Hier war jemand gefangen gehalten worden, wahrscheinlich das blinde Mädchen, und es schnürte ihm den Magen zusammen, wenn er sich vorzustellen versuchte, was die Kleine hier ausgestanden hatte. Wenigstens hatten sie sie lebend gefunden! Ein kleiner Trost für ihn, aber auch für sie?

Der Gestank trieb ihn hinaus.

Er folgte Paul Adamek in das mittlere Zimmer. Es war mit dem identisch, das er gesichert hatte. Mit dem Unterschied, dass hier die gegenüberliegende Tür geöffnet war. Paul stand regungslos darin, sein Waffenarm hing seitlich an seinem Körper, so als gäbe es keine Gefahr.

Kindler trat von hinten an seinen Chef heran, wollte etwas sagen, doch die Worte blieben ihm im Halse stecken. Es dauerte ein paar Sekunden, bis er wieder sprechen konnte.

»Was … zum Teufel ist das?«

Vor sich hatten sie die langgestreckte, vielleicht fünf Meter hohe Halle, die früher einmal die Kegelbahn des Gasthauses gewesen war. Doch sie war in etwas völlig anderes verwandelt worden.

In einen Regenwald!

Eine gigantische Variante des Terrariums, das sie in Sauters Stadtwohnung vorgefunden hatten.

Die Dachschrägen bestanden im First aus lichtdurchlässigen Platten, so dass Sonnenstrahlen das innere Dach aus Pflanzen grün erstrahlen ließen. Schling- und Kletterpflanzen, Lianen, große Gummibäume, dazwischen Palmen, Moose und Flechten am Boden. Von den Wänden rechts und links und dem Ende der Halle war dank des üppigen Bewuchses nichts zu sehen – eine scheinbar endlose, fremdartige grüne Welt lag vor den beiden Beamten. Selbst die Gerüche und Geräusche waren stimmig. Die Luftfeuchtigkeit war hoch, irgendwo plätscherte Wasser, und es roch nach süßlicher Fäulnis. Unter der Hallendecke verliefen Wasserleitungen mit Sprinklern, scheinbar dazu gedacht, künstlichen Regen auf den Wald niedergehen zu lassen. Sie hörten auch das Gezirpe von Grillen und das Gezwitschere kleiner Vögel, die sie aber nicht sehen konnten.

Hier hatte sich jemand verdammt viel Mühe gegeben und sicher Tausende Arbeitsstunden investiert – von dem finanziellen Einsatz ganz zu schweigen –, um etwas zu schaffen, was Paul bis dahin nur in professionellen Zoos oder Vergnügungsparks gesehen hatte. Eben die perfekte Replik eines Regenwaldes.

Kindler wagte einen Schritt nach vorne, betrat den weichen, feuchten Boden und sah sich um. Er deutete auf die Wand, in der sich die drei Türen zu den Räumen befanden, die sie durchsucht hatten.

»Was ist das hier?«, fragte er dabei. »In diesem Zimmer hat er das Mädchen gefangen gehalten. Und dann? Hat er sie direkt hier in sein Terrarium getrieben? Was hat er hier mit ihr angestellt? Ich kapier das nicht.«

Paul auch nicht. Er machte sich aber um etwas anderes Sorgen.

»Wie lang sind Kegelbahnen?«, fragte Paul.

»Zwanzig, dreißig Meter, ich weiß nicht genau«, antwortete Kindler.

Dreißig Meter lang, fünfzehn Meter breit, schätzte Paul. Jede Menge Platz für Sauter, um sich zu verstecken. Vielleicht beobachtete er sie gerade aus diesem undurchdringlichen Grün heraus. Vielleicht wartete er nur darauf, dass sie es betraten.

Paul bekam ein mulmiges Gefühl.

»Wollen wir da rein?«, fragte er.

»Auf keinen Fall!«, sagte Ziller sofort. »Denk an die Spinnen und die Schlange! Hier könnte alles voller giftiger Tiere sein. Das können wir nicht riskieren.«

Paul nickte. Er sah das genauso. Um diesen künstlichen Regenwald mussten sich später Fachleute kümmern. Sie würden sich auf das Sichern beschränken. Allerdings waren sie weder der Ergreifung Sauters einen Schritt näher gekommen, noch wussten sie, wo sich der Boxer aufhielt.

Von hinten näherten sich Schritte. Es war Bodo Ziller, und er fiel mit ein in das atemlose Staunen.

Paul, der sich gefangen hatte, fragte: »Was habt ihr in den Zimmern gefunden?«

»In dem Raum, den ich durchsucht habe, steht Geschirr herum, eine Kiste voller Kleidungsstücke, ein benutztes Bett … Ganz sicher hat er das kleine Mädchen darin gefangen gehalten«, antwortete Ziller, ohne den Blick von dem Urwald zu nehmen.

Kindler sah ihn an, runzelte die Stirn. »In dem anderen Raum hat er aber auch jemanden gefangen gehalten. Da sieht es genauso aus.«

15

Springen konnte er wegen seiner lädierten Fußgelenke nicht, also rutschte Max die Böschung hinunter in den weichen Sand des schmalen Strandes am Ufer des Meerbaches.

Eduard Sauter, der mit dem Rücken zum Bach dastand, beobachtete ihn. Er hatte der jungen Frau mit dem langen, kupferroten Haar einen Arm um den Hals gelegt, presste sie eng an sich und hielt die Spitze einer Einwegspritze an ihren Hals. Die feine Nadel war weniger als zwei Zentimeter von ihrer Haut entfernt. Die junge Frau trug nur Boxershorts und einen BH, war dürr, fast ausgemergelt, und ihre Kraft reichte nicht, um sich gegen Sauter zur Wehr zu setzen. Sie hing starr vor Angst in seinem erbarmungslosen Griff, die grau-grünen, blinden Augen weit aufgerissen. Auf ihren Wangen zogen sich Flügel aus Sommersprossen bis zum Nasenrücken.

»Hau ab!«, schrie Sauter.

Sein Gesicht war eine blutverschmierte Maske, die Augen fast zugeschwollen, viel sehen konnte er nicht mehr. Seine zurückgezogenen Lippen offenbarten zwei große Lücken zwischen den vorderen Zähnen. Max hatte nicht mal gemerkt, dass er ihm die Zähne ausgeschlagen hatte.

»Hau ab, oder ich steche zu. In der Spritze ist das Sekret des Pfeilgiftfrosches. Niemand kann ihr mehr helfen, wenn ich es injiziere.«

Sauter nuschelte und lispelte, aber Max verstand ihn.

»Lass sie los«, sagte er mit ruhiger Stimme.

Mit der jungen Frau ging eine Veränderung vor sich. War sie eben noch apathisch und angststarr gewesen, so straffte sich jetzt ihr Körper, und sie riss die Augen noch weiter auf. Ihre Lippen bebten.

»Ich bringe sie um, ich schwöre es. Du lässt mich gehen, oder ich bringe sie um.« Sauter schrie, seine Stimme überschlug sich, er war einer Panik nahe.

Max ging einen Schritt auf ihn zu. »Hier bist du als Kind oft mit deinem Onkel zum Angeln gewesen, oder?«, fragte er. »Hier hast du uns beobachtet, hast gesehen, wie sie sich ausgezogen hat, und da hast du deinen Plan geschmiedet.«

»Du weißt nichts, überhaupt nichts! Bleib da stehen, sonst steche ich zu!«

Sauters Hand zitterte stark. Er war schwer verletzt, hielt sich mühsam auf den Beinen, und es war nur eine Frage der Zeit, bis er zusammenbrechen würde.

Es kostete Max Mühe, am Gesicht der jungen Frau vorbeizuschauen, aber er schaffte es und sah Sauter an. In dessen Augen schien es zu lodern. Hass, Wut, Schmerz, alles brannte zugleich darin. Der Mann war unberechenbar und würde sich nicht auf ein Gespräch einlassen, das kapierte Max.

Auf dem Acker jenseits des Baches stieg lärmend ein Schwarm Saatkrähen auf. Ihr Gekreische, die Sonne, das Plätschern des Wassers, die golden schimmernden Getreidefelder, all das versetzte Max zurück in die Vergangenheit, zu jenem schönen Tag, den er hier gemeinsam mit seiner Schwester verbracht hatte. Und es spülte auch die unbedeutenden Details hervor, die über die Jahre verschüttet geblieben waren.

Der nächste Satz war wie ein Reflex; automatisch, ohne darüber nachdenken zu müssen, verließen die Worte seine Lippen.

»Du hast aber wirklich einen verdammt harten Schädel«, sagte Max laut und deutlich.

»Was?«, geiferte Sauter.

»Du hast einen verdammt harten Schädel«, wiederholte Max.

Ansatzlos riss die junge Frau mit Wucht den Kopf zurück. Ihr Hinterkopf schlug gegen Sauters Unterkiefer. Der taumelte zurück, lockerte seinen Griff, die junge Frau rutschte nach unten zwischen seinen Armen heraus, und beide gingen zu Boden.

Sofort war Max über ihm. Er packte die Hand, die immer noch die Spritze hielt, und brach ihm mit einem heftigen Ruck die Finger. Die Spritze fiel in den Sand, Sauter heulte auf wie ein Hund. Noch einmal versuchte er, sich aufzubäumen, doch es war ein jämmerlicher, kraftloser Versuch. Max packte Sauters Haar und schleifte ihn zum Wasser hinunter.

Dort ließ er ihn mit dem Gesicht in den Sand fallen, stellte sich breitbeinig über ihn, griff mit beiden Händen erneut in sein Haar, zog ihn ein Stück vor und drückte sein Gesicht unter Wasser.

Sauter zappelte mit den Händen und Füßen, aber aus Max' eisenhartem Griff entkam er nicht. Gnadenlos drückte Max ihn unter Wasser, während er selbst zu den Weizenfeldern am gegenüberliegenden Ufer aufsah.

Er würde es jetzt zu Ende bringen, ein für alle Mal. Dieser Unmensch hatte keine Gnade verdient. Durch seine Hand an diesem Strand zu sterben, war noch das Gerechteste, was Eduard Sauter erwarten konnte.

Von hinten legte sich eine weiche Hand auf Max' Schulter. Legte sich genau an die Stelle, an der sie früher immer gelegen hatte, nur dass sie jetzt größer war. Zehn Jahre größer. Die Finger gruben sich leicht in seine gespannte Nackenmuskulatur.

»Max«, sagte Sina mit leiser Stimme, »es ist vorbei.«

Und Sauter wurde leblos in seinen Händen.

Epilog

Mit der Abenddämmerung hatte sich eine beruhigende Stille über den See gelegt. Der leichte Wind des Tages, der in den Wipfeln der Douglasien sein Lied gespielt hatte, das Rufen der Haubentaucher, das leise Surren eines Motorbootes am anderen Ufer, all diese Geräusche waren nach und nach verklungen. Ebenso waren auch ihre Gespräche ruhiger geworden, Pausen hatten sich eingeschlichen, in denen sie zu verarbeiten versuchten, was eigentlich nicht zu verarbeiten war.

Nachdem er einen Moment von der Terrasse des Hauses aus über das spiegelglatte, undurchdringliche Wasser geschaut hatte, fuhr Max fort:

»Nicht lange nachdem ich mit Jürgen vor dem alten Gasthof gesprochen hatte, traf er meinen Vater an der Tankstelle in Pennigsahl. Jürgen sprach ihn darauf an, wo und wann er mich gesehen hatte ... Warum auch nicht, er argwöhnte ja nichts Böses, und für ihn war das eine kleine Sensation ... Tja, und dann hat mein Vater eins und eins zusammengezählt. Nach zehn Jahren tauche ich im Ort auf und stelle Erkundigungen an, frage nach Leuten, die damals, als Sina verschwand, am Meerbach angelten. Plötzlich war auch sein Interesse geweckt ... Ich hatte ihm seinen scheinbaren Gleichmut sowieso nicht abgenommen. Für meinen Vater musste es für alles einen Schuldigen geben. In Sinas Fall war ich es ... Bis ich nach diesem Angler, Wilkens, fragte. Mein

Vater stellte, genau wie ich, den Bezug zu den Sauters her. Und er war ein Hitzkopf, er konnte gar nicht anders, als zu dem Gasthof zu fahren … Ebenfalls genau wie ich.«

Franziska Gottlob sah ihn aus schmalen Augen an. »Was ihm passiert ist, hätte dir auch passieren können«, sagte sie. »Ich bin immer noch sauer auf dich. Du hast dich in unglaubliche Gefahr gebracht.«

Max zuckte mit den Schultern. »Was hätte ich tun sollen? Warten? Noch länger, nachdem ich schon zehn Jahre meines Lebens verschwendet habe?«

Franziska sah ihn lange an. Sie hatte keine Antwort für ihn. Er hatte ja recht.

Schließlich ließ sie ihren Blick zum Horizont schweifen.

Die rot über dem See untergehende Sonne tauchte den schwarz dastehenden Wald in ein feuriges Licht, verlieh ihm einen brennenden Saum und eine Schwärze, die tiefer nicht hätte sein können.

Zwei Wochen waren vergangen, seit sie in dem dunklen Verlies voller aggressiver Giftspinnen beinahe gestorben war. Noch immer schreckte sie nachts schweißgebadet aus dem Schlaf, noch immer betrat sie keine dunklen Räume, konnte nur schlecht allein sein und fuhr zusammen, sobald sich auch nur ein Schatten auf dem Fußboden bewegte. Das Trauma saß sehr tief. Noch weigerte sie sich, einen Therapeuten aufzusuchen, aber Franziska ahnte, dass sie es allein vielleicht nicht schaffen würde.

Aber hier draußen, auf der großen Terrasse mit dem freien Blick, ging es ihr gut. Hier durfte sie hoffen, sich von den Verletzungen erholen zu können.

Vor drei Stunden hatte ihr Vater Max vom Bahnhof abgeholt. Er konnte nicht selbst fahren, da die Innenbänder seines rechten Fußgelenkes doch angerissen waren und er einen stabilen Plastikschuh, eine Art Schienenersatz, trug und zum Gehen Krücken benutzte. Sie sprachen zum ersten Mal miteinander, nachdem sie sich mit einem Kuss vor der Hotelzimmertür verabschiedet hatten. Kolle hatte Max zweimal von Hamburg nach Hannover in die Uni-Klinik gefahren, weil er Franziska besuchen wollte, doch das hatte sie in ihrem Zustand nicht mitbekommen. Er hatte an ihrem Bett gesessen und zwischendurch immer wieder ihre Hand gehalten.

Max saß in einem bequemen Korbstuhl und beobachtete Franziska, so wie er sie im Krankenhaus beobachtet hatte. Sie lag auf einer Sonnenliege, das Kopfteil hochgestellt, ihre nackten Füße lugten unter der Decke hervor, ihre Arme lagen auf Kissenbergen. Ihr hochgestecktes rotes Haar gewährte ihm einen Blick auf ihren langen, schlanken Hals und ihre großen Ohren. Vorhin hatte sie ihn zur Begrüßung geküsst. Auf den Mund, ganz zart, aber länger, als es nötig gewesen wäre, und das vor ihrem Vater und ihrer Mutter. Max war rot geworden dabei, das hatte er gespürt, viel wichtiger war aber das Gefühl in seinem Bauch gewesen. Beschreiben konnte er es nicht, aber es hatte ihm eindringlich klargemacht, dass er endlich einen Menschen gefunden hatte, von dem er bis vor ein paar Tagen noch nicht einmal gewusst hatte, dass er ihn suchte, dass er ihn brauchte – mehr noch als das Boxen.

Hinter ihnen trat Franziskas Vater aus der geöffneten Terrassentür. Er trug zwei Flaschen Bier. Eine reichte er Max, mit der anderen ließ er sich seufzend in einen Sessel fallen.

»In fünfzehn Minuten hat meine Frau das Essen fertig. Und wer hier nicht pünktlich am Tisch sitzt, mit gewaschenen Händen wohlgemerkt, bekommt nicht mal mehr die abgenagten Knochen.«

»Na dann«, sagte Max, nahm das ihm angebotene Bier und stieß mit Leopold Gottlob an. »Schnell runter damit.«

»Auf dass ihr beiden wieder gesund werdet«, sagte Franziskas Vater, und beide setzten ihre Flasche an die Lippen.

»Ihr lasst mich tatsächlich kaltlächelnd verdursten!«, empörte sich Franziska.

»Keinen Alkohol haben die Ärzte gesagt«, drohte ihr Vater mit gespieltem Ernst in der Stimme.

Franziskas Arm war in Gips und würde es auch mindestens noch vier Wochen bleiben. Der Bruch des Oberarmknochens war zwar nicht kompliziert, die Heilung brauchte aber ihre Zeit. Zeit brauchte auch ihr rechter Arm, in dessen Finger sie von der australischen Trichternetzspinne gebissen worden war. Die Nerven würden sich erholen, meinten die Ärzte, aber da das Gift so lange Zeit gehabt hatte, Schaden anzurichten, konnte das Tage oder auch Wochen dauern. Sie konnte ihren Arm zwar etwas bewegen, durfte ihn aber nicht belasten, so dass sie beim Essen und Trinken auf Hilfe angewiesen war.

»Wie geht es Ihrer Schwester jetzt?«, fragte Leopold Max.

»Mit jedem Tag ein wenig besser. Aber der Weg ist noch lang, sehr lang. In einem Monat kann ich sie wahrscheinlich für ein Wochenende zu mir holen. Sie ist wirklich ein erstaunliches Mädchen. Das war sie schon früher. Sie hat so viel Mut und Kraft.«

Max konnte sich nicht einmal ansatzweise vorstellen, was Sina in den zehn Jahren ihrer Gefangenschaft erlebt hatte, durch welche Hölle sie jeden Tag aufs Neue gegangen war. Sie sprach nicht darüber, auch mit ihrem Therapeuten nicht.

Dr. Willburg hatte Max anvertraut, dass es ein harter und langer Weg zurück in die Normalität werden würde, auf dem Sina alle Hilfe benötigte, die sie bekommen konnte. *Sie ist zerbrechlich wie Glas*, waren seine Worte gewesen.

Unten am Flussufer aber war sie die Starke gewesen, nicht er. Zehn Jahre hatten sie verändert, hatten auch in Gefangenschaft eine junge Frau aus ihr werden lassen, aber in dem Augenblick, als ihre Hand sich auf seine Schulter gesenkt hatte, war sie seine kleine Schwester gewesen, die zähe kleine Sina, der die Welt nichts anhaben konnte.

Er spürte wieder ihre Hand, während er an diesen Moment zurückdachte, der so erstaunlich und surreal gewesen war und ihm immer noch wie ein Traum erschien, der nicht verblassen wollte. Max hatte sein Leben mit ihrer Hand auf seiner Schulter verbracht, in irgendeiner Form war sie immer da gewesen. Aber erst jetzt, im Nachhinein, hatte er verstanden, dass nicht nur Sina dadurch Hilfe gefunden hatte. Er selbst auch, vielleicht sogar in weitaus größerem Maße, als es ihm bewusst war.

Ihre Hand auf seiner Schulter, ob real oder gefühlt, war zu jeder Zeit sein größter Schutz gewesen, und im entscheidenden Moment hatte sie ihn vor einem schwerwiegenden Fehler bewahrt. Dank Sina hatte Max Eduard Sauter nicht ertränkt. Er war dazu bereit gewesen, doch sie hatte ihn zurückgehalten.

»Wisst ihr, was sie zu mir gesagt hat, da unten am Strand, nach zehn Jahren in dieser Hölle?«

Franziska und Leopold sahen ihn gespannt und schweigend an.

»Hast du das Fußballspiel gewonnen, Max?« Max schüttelte den Kopf und schluckte mühsam den Kloß in seinem

Hals hinunter. »Nach all den Jahren«, fügte er an, »hat sie sich daran erinnert …«

Ihm versagte die Stimme.

Sie schwiegen und lauschten dem langgezogenen Ruf eines Haubentauchers, der weit über den See schallte. Ein einsamer, klagender Laut.

»Dann kommt doch hierher«, sagte Leopold schließlich. »Verbringt das Wochenende hier. Nirgends auf der Welt kann man sich besser erholen als an diesem Ort.« Er machte eine ausladende Armbewegung. »Schaut euch um und wagt zu widersprechen.«

Franziska nickte. »Er hat absolut recht, und ich muss es schließlich wissen.«

Max musste nicht lange überlegen. Er hatte sich ohnehin schon gefragt, wohin er mit Sina gehen sollte. Nicht zurück in ihr Elternhaus, denn das stand leer und würde verkauft werden. Da ihre Mutter sich nicht mehr selbst versorgen konnte, war sie in einem Pflegeheim untergebracht worden. Max hatte das veranlasst, ihr beim Umzug geholfen und würde die Rechnungen bezahlen. Blieb nur seine eigene Wohnung in Hamburg, die aber klein und nicht für Besuch eingerichtet war.

Leopolds Angebot machte ihn ein bisschen verlegen, gleichzeitig hatte er seit ewigen Zeiten, vielleicht zum ersten Mal überhaupt, das Gefühl, zu einer Familie zu gehören.

»Das nehme ich gerne an … Danke«, sagte er.

Ende

So, liebe Leserin, lieber Leser,

die Geschichte ist erzählt, und ich möchte mich bei Ihnen bedanken. Wofür? Ganz einfach: fürs Lesen. Was könnte es Wichtigeres geben für mich? Aber auch für die vielen Zuschriften, die mich über meine Homepage www.andreaswinkelmann.com in der letzten Zeit erreicht haben. So wird Feedback zur Nahrung, und davon dick zu werden, macht richtig Spaß. Ich hatte eine geradezu diabolische Freude daran zu erfahren, wie tief die Angst geht, die ich bei einigen Menschen auslösen konnte. So erreichten mich Zuschriften von Leserinnen, die sich seit der Lektüre von *Tief im Wald und unter der Erde* an einsam gelegenen Bahnschranken fürchten, die während der Wartezeit nicht mehr aussteigen, um zu rauchen, sondern lieber den Wagen verriegeln und den dunklen Waldrand im Auge behalten – schön, dass ich Ihnen die eine oder andere Zigarette ersparen konnte. Andere schrieben mir, sie könnten das Kinderlied Hänschen Klein nun nicht mehr hören, ohne dass ihnen eine Gänsehaut den Rücken hinabläuft. Gern entschuldige ich mich dafür bei Ihnen, Ihr Leben um ein paar Ängste angereichert zu haben, aber … Ehrlich meine ich das nicht!

Folgendes Versprechen aber schon: Für Euch, meine geschätzten Leserinnen und Leser, lasse ich mir weiterhin furchtbare Geschichten einfallen und riskiere dabei meine geistige Gesundheit.

Dass diese vorerst noch erhalten bleibt, dafür sorgen drei Frauen: Meine Frau Steffi, meine Tochter Nina und unsere Hündin Yuka. Sie sind meine Normalität abseits des Wahnsinns, der in meinem Kopf ein trautes Zuhause gefunden hat. Danke, ihr drei! Ich liebe euch.

Apropos Gesundheit! Der PSA-Wert, also das Prostata-Spezifische-AntiGen, findet in dieser Geschichte Erwähnung, und ich möchte die Chance nicht verpassen, allen Männern zu raten, sich mit dem Thema vertraut zu machen. Das kann unter Umständen Leben retten!

Aus vielerlei Gründen war dies bisher mein schwierigstes Buch, und dass ich es überhaupt schreiben konnte, verdanke ich Klaus Middendorf. Einmal mehr erwies er sich als mein Lieblingsagent, als guter Freund und ehrlicher Ratgeber.

Für die gute Zusammenarbeit möchte ich allen bei Goldmann danken, die mit dem Buch zu tun haben – und ich *meine* alle! Was wäre ein Autor ohne ein solches Team? Ich geb einen aus, wenn wir mal zusammenkommen!

Meiner Königin der Details, Vera Thielenhaus, an dieser Stelle ein dickes Danke für die tolle Zusammenarbeit, ihren herrlichen Humor und ihre romantische Ader (was ich nicht verraten soll, aber Sie werden es für sich behalten, nicht wahr?).

Ebenfalls ein dickes Danke an Barbara Heinzius, die mich entdeckt hat und somit auch an allem schuld ist.

… und damit schließt sich der Kreis.

Bis zum nächsten Buch
Euer
Andreas Winkelmann

Martha Grimes
Minette Walters